»Diese exquisite Familiensaga umspannt Kulturen und Kontinente.«
The New York Times

Als sich in den 1920ern die Stimmung in Europa verdunkelt, beginnt die Odyssee Rebecca Cohens von Istanbul über Barcelona und Havanna bis nach New York. Unterwegs wird sie zur Ehefrau und Witwe, muss ihre Eltern zurücklassen, um ihren Kindern eine Zukunft zu bieten, und ihr Schicksal einem Mann anvertrauen, den sie nur aus Briefen kennt. Doch überallhin trägt sie ihre Erinnerung und ihre Lieder und baut sich daraus gegen alle Widerstände eine neue Heimat.

»Die leuchtende Geschichte einer sephardischen Familie. Fans epischer Generationenromane werden sie lieben.«
Publishers Weekly

Elizabeth Graver
KANTIKA
Roman
Aus dem amerikanischen Englisch
von Juliane Zaubitzer

368 Seiten,
gebunden mit Schutzumschlag
und Lesebändchen
€ 25,– [D]
ISBN 978-3-86648-710-9

HANNA
MERETOJA

DIE NACHT DER ALTEN FEUER

Roman

Aus dem
Finnischen
von
Stefan Moster

mare

Die Originalausgabe erschien 2022
unter dem Titel *Elotulet* bei WSOY, Helsinki.

Die Übersetzung wurde gefördert von
FILI – Finnish Literature Exchange.

1. Auflage 2024

Typografie Iris Farnschläder / mareverlag
Schrift Stempel Garamond
Druck und Bindung CPI books GmbH, Germany
ISBN 978-3-86648-719-2

MIX
Papier | Fördert gute Waldnutzung
FSC® C083411

www.mare.de

Voll von Geschichten tut sich vor Elea das Meer auf, aber sie weiß nicht, ob ihr eine davon jetzt helfen kann. Das Meer funkelt still in der Sonne. Heute Abend wird ein Band von Lichtern am schwarzen Wasser aufleuchten.

Man hat in dieser Region schon immer Signalfeuer entzündet. Die Seefahrer brauchten Leitlichter, um an Land zu finden und Riffe zu meiden, die Schärenbewohner machten die Feuer, um sich gegenseitig zu warnen und in Kontakt zu bleiben. In der *Nacht der alten Feuer*, am letzten Samstag im August, wird hier in den Schären einer Kette von Feuern gedacht, die über Jahrhunderte hinweg reicht. Es ist ein Fest des Wassers und des Lichts, es beendet den Sommer und bereitet die Menschen auf die Dunkelheit vor.

Für Elea findet an diesem Abend endlich das Lebensfeuerfest statt, von dem sie seit Jahren träumt. Als sie vor einem Monat die Einladungen an ihre Freundinnen und Freunde verschickte, dachte sie, diese Nacht der alten Feuer würde etwas ganz Besonderes werden: eine Feier zum Ende der Isolation, ein Fest der Freundschaft, des Meeres und der im Dunkeln leuchtenden Lichter.

Nun aber ist alles anders. Nun wünschte sie, es wäre bloß ein Spätsommertag von vielen, Teil des gleichförmig wiederkehrenden, zuverlässigen Jahreslaufs. Stattdessen ist sie aus dem Umlauf der Zeit hinauskatapultiert worden, aus allem, was sie zu wissen geglaubt hat.

Wieder ist sie zu früh aufgewacht, in dem überdrehten Zustand, der sie seit dem Anruf von letzter Woche wach hält – seit dem Moment, in dem ihr bisheriges Leben in sich zusammenfiel, auf die Größe eines Punktes ohne Vergangenheit und Zukunft zusammenschrumpfte. Jeden Morgen wacht sie nun mit dem Gefühl blanken Entsetzens auf, mit dem Versuch, für einen Augenblick noch das Bewusstsein fernzuhalten, das unweigerlich kommt: Der Albtraum, der ihr die Kehle zugeschnürt hat, war gar kein Traum, sondern ist ihre neue Wirklichkeit. Er nimmt kein Ende.

Sie geht ans Ufer und sieht das Meer im Glanz der Morgensonne daliegen. Silberne Streifen glitzern auf der spiegelglatten Oberfläche, beinahe durchsichtig. Atemberaubend weit wölbt sich der Himmel darüber. In ihrem alten Leben hätte sie an einem solchen Morgen gedacht: Die Welt ist offen vor dich hingeworfen worden, alles ist möglich. Nun ist das Gefühl, dass sich überall Möglichkeiten auftun, nur noch eine schmerzhafte Erinnerung, ein Traum, der sich bereits verflüchtigt hat, wenn man ihn zu fassen versucht.

Der Wind drückt auf das Wasser. Zuerst entstehen kleine Falten auf der schläfrigen Oberfläche, dann eine neue Aufgewecktheit, Plätschern, Bewegung. Sie scheint daran zu erinnern, dass sich alles ändern muss, dass auch das schönste Bild zerbricht. Nur die Bewegung ist von Dauer. Die Kräuselungen der aufgerührten Wasserfläche, die auf einen zukommen, immer wieder auf einen zu.

Elea entschließt sich zu einem Spaziergang, damit sich ihre innere Unruhe legt, bevor die Gäste da sind. Alles Vertraute wird von einem hartnäckigen Gefühl der Unwirklichkeit eingefasst.

Die Insel hat sich verändert, wie auch die Welt um sie herum. Der alte Märchenwald, der die Sommer ihrer Kindheit verzaubert hatte, wurde schon vor Jahren gefällt, aber seine Vernichtung erschüttert sie noch immer. Es ist, als wäre die Landschaft ausgerenkt und in Schieflage liegen gelassen worden, als hätte jemand vergessen, den fatalen Fehler zu beheben. Anstelle des uralten Fichtenbestands mit seinen Farnen, seinem Sauerklee und seinem Torfmoos wächst auf dem Kahlschlag undurchdringliches Gestrüpp. Kein Wunder, dass die Insel verschlossen und in sich gekehrt wirkt.

Das Bewusstsein von der Veränderung der Insel hat Elea im Hinterkopf. In den Vordergrund aber drängen sich im Rhythmus ihrer Schritte auf der Schotterstraße andere, gleichförmig wiederkehrende Gedanken.

So vieles nehmen wir als gegeben hin.

Unser Leben – dass es uns gegeben ist und dass wir ein Recht darauf haben, dass es dieses Leben immer geben wird, zumindest so lange, bis wir genug davon haben, dass genug davon da ist, zum Verschwenden, zum Genießen, in Hülle und Fülle.

Die Erde – dass sie uns gegeben ist und wir ein Recht auf sie haben, dass es sie immer geben wird oder zumindest so lange, bis wir genug davon haben, dass genug davon da ist, zum Verschwenden, zum Genießen, in Hülle und Fülle.

Und erst wenn das Wichtigste in Gefahr gerät, sehen wir, wie erstaunlich und zerbrechlich alles ist, wie unendlich viel wir zu verlieren haben. Erst dann halten wir inne und fragen uns, was wir tun können oder ob es bereits zu spät ist.

Inmitten der Erschütterung zu leben ist eine seltsame Erfahrung, denkt Elea. Normalerweise lebt man entweder, oder man denkt über das Leben nach, ist selbstvergessen in einer Situation versunken oder reflektiert die Bedeutung seiner Erfahrungen, indem man sich selbst mit Abstand betrachtet. Plötzlich fallen diese beiden Formen des Daseins zusammen, der Unterschied zwischen ihnen wird eingeebnet. Sie steht hier, starr von der Angst, die in ihr pocht, am Rand eines ruinierten Waldes, und sieht sich gleichzeitig von außen. Als würde man langsam fallen, so langsam, dass man nicht sicher weiß, ob man sich überhaupt in Bewegung befindet, und würde dabei das eigene Fallen beobachten, wie in einem Traum, in dem man sich nicht bewegen kann und die Zeit langsamer läuft. Als würde man sich in die erste und in die dritte Person aufspalten, als wäre man gleichzeitig ich und sie.

Beim Gehen auf der heißen Schotterstraße ist sich Elea auf neue Art der Undurchlässigkeit ihrer Haut bewusst, der Unnachgiebigkeit ihrer Sehnen und der Härte ihrer Knochen, der Zähigkeit, mit der ihre Organe die Flüssigkeiten ihres Körpers pumpen, spülen und reinigen, der Geschmeidigkeit, mit der die unsichtbaren kleinen Bewegungen ihrer Zellen und die frappierend großen ihrer Gliedmaßen nahtlos zu einer Reihe von Bewegungsabläufen verschmelzen. Sie spürt, wie das Gewicht der Erde ihren Füßen stoßartig Widerstand entgegensetzt. Die Schuhe reiben über den Schotter, Libellen schießen über dem Graben hin und her, Grillen zirpen auf der Böschung. Ein heißer Augusttag kündigt sich an, überbordend vom Rauschen und Reifen, die Luft dick vom vollen Duft der Blüten und Früchte, getönt vom süßlichen Geruch faulender Pflanzenbestandteile.

Elea verlässt die Straße an der Stelle, an der noch etwas vom alten Fichtenbestand übrig ist, samt einem Pfad, der sich hindurchschlängelt. Die knorrigen Äste wölben sich und spenden wohltuenden Schatten. Licht strahlt durchs Geäst und flimmert in transparenten Grüntönen. Schimmernde Lichtflecken fallen auf den Pfad. In der Ferne plätschert das Meer.

Wir können alles immer nur gegen einen Hintergrund sehen, im Verhältnis zu etwas, denkt Elea. Im Vakuum kann man nichts sehen, ohne etwas, das die Proportionen, den Bedeutungszusammenhang, den Vergleichsmaßstab sichtbar macht. Den Ausbruch der Freude empfindet man nur vor dem Hintergrund der Trauer oder der Eintönigkeit. Das Niederschmetternde der Trauer erlebt man erst, wenn sie die gleichmäßige Stabilität des Lebens aus dem Gleis wirft, das verlässliche Kontinuum der aufeinanderfolgenden Tage. Wir erwachen erst dann wild entschlossen zum Leben, wenn wir verstehen, dass wir sterben.

Die bevorstehende Begegnung mit ihren Freundinnen und Freunden macht sie nervös. Hier bin ich, denkt sie, dieselbe wie zuvor und doch eine andere. Ist es verrückt, jetzt zu feiern, inmitten all dessen? Otto schlug vor, das Fest abzusagen, aber das wollte Elea nicht. Sie muss diese Not mit ihren Freundinnen und Freunden teilen, auch wenn sie noch so diffus ist, oder vielleicht gerade deshalb. Wenn sie sich jetzt nicht mit aller Kraft an den anderen festhält, wird sie in die tiefste Finsternis abrutschen, jetzt, da die Zeit nicht mehr vor sich hin fließt und sie trägt und den gegenwärtigen Augenblick ans Vergangene und Künftige bindet, sondern sie an den Rand des Unwiderruflichen drängt, wo sie taumelnd und schwankend an einem Abgrund steht, der unmittelbar vor ihren Füßen klafft.

Als Elea zum Haus zurückkehrt und von dort ans Ufer hinuntergeht, bringt der vom Morgen noch frische Wind plötzlich alles in die Schwebe, in eine mühelose Schwerelosigkeit. Sie zieht sich aus, und ein Windhauch umspült ihre erhitzte

Haut, abkühlend und warm zugleich. Als sie in die kühle, schimmernde Umarmung des Meeres hineingeht, verwirrt es sie, wie Entsetzen und Hoffnung zugleich jede Faser des Menschen ganz und gar durchdringen können.

1. TEIL

DIE GÄSTE

»Es ist, als wäre die ganze Welt
ein Strömen und Kreisen – auf der Erde
die Bäume, am Himmel die Wolken.«

Virginia Woolf, *Die Wellen*

1

Elea hebt das Glas zur im Zenit gleißenden Sonne. Das Meer glitzert um sie herum, als sie lächelnd ganz vorne auf dem Bootssteg stehen, mit Sektgläsern in der Hand.

»Herzlich willkommen«, sagt Elea.

»Willkommen«, stimmt Otto ein. »Und zum Wohl.«

»Auf das Meer und das Licht«, schlägt Salma vor.

»Auf die alten Feuer«, entgegnet Matias.

»Auf den letzten Tag des Sommers«, sagt Aura.

»Man weiß erst im Nachhinein, welches der letzte ist«, murmelt Otto.

Diese Worte lassen Elea zusammenfahren, aber die anderen tauschen nur neugierige, erwartungsvolle Blicke.

»Es ist so gut, endlich mal wieder zusammen zu sein«, sagt Aura. Matias nickt neben ihr mit dem Kopf.

»Stimmt, ich habe euch vermisst«, sagt Salma.

»Es kommt mir schon wie ein Fest vor, dass man sich überhaupt wieder mit Freunden treffen darf«, sagt Elea. Sie fragt sich, ob man ihrer Stimme die leicht angestrengte Munterkeit anmerkt. Wissen sie es schon? Haben sie es irgendwo gehört?

»Zum Glück sind alle gesund geblieben«, sagt Aura.

Elea wundert sich, dass Aura nicht an Salmas Verlust denkt. Veeras Tod liegt zwar schon fast ein halbes Jahr zurück, kommt ihr aber immer noch unwirklich vor.

Für einen Moment schweigen alle. Sie sind so lange nicht zusammen gewesen, dass es ist, als hätte sich Rost zwischen ihnen gebildet. Sie scheinen in den Gesichtern der anderen nach Anzeichen der Trauer, der Müdigkeit und des Alterns zu suchen, wie in Spiegeln, in die man endlich wieder blicken darf, wenn man es wagt.

»Irrsinnig blau alles«, sagt Salma und schaut aufs Meer.

»Wollten wir heute nicht über das Meer und über Meeresbücher reden?«, fragt Aura.

In der Einladung, die Elea verschickt hatte, stand: »Herzlich willkommen in unserem Sommerhaus in Parainen! Wir laden euch ein, die Nacht der alten Feuer mit uns zu feiern. Bitte bringt anstatt sonstiger Mitbringsel eine Meeresgeschichte mit, die euch wichtig ist, und stellt euch darauf ein, etwas darüber zu erzählen.«

»Ich bin ein bisschen aufgeregt«, gibt Matias zu. »Seit einer Ewigkeit habe ich mich nicht mehr mit jemandem über Bücher unterhalten. Und ihr seid alle solche Literaturkenner.«

Für Elea sieht es so aus, als mache sich leichtes Rot auf Matias' Wangen breit, aber vom Meeresglitzern geblendet, ist sie sich nicht sicher.

»Ach was, wir sind doch unter Freunden«, sagt Salma. »Und wir haben schon immer über Bücher geredet.«

Elea denkt an ihre leidenschaftlichen Diskussionen im Lesekreis zu Studienzeiten, wo die Freundschaft zwischen ihnen ihren Anfang nahm. Sie trafen sich jeden zweiten Donnerstag in der Weinstube der Brauereigaststätte Koulu, die in den Räumen einer ehemaligen Mädchenschule untergebracht war. Salma und Veera verband die Leidenschaft für Dichtung, Matias und Otto begeisterten sich für das fernöstliche Denken sowie für Schopenhauer und Nietzsche, Elea für den französischen Existenzialismus, für Virginia Woolf und Hannah Arendt. Aura kam später hinzu, mitsamt ihrer Sylvia Plath.

»Auf der Fahrt hierher haben wir uns gefragt, ob dieses

Geschichtenfest Teil eurer Überlebensstrategie ist«, sagt Matias. »Man zieht sich aufs Land zurück, um sich Geschichten zu erzählen. Ein Corona-Decamerone.«

»Sind wir etwa junge Leute aus der florentinischen Aristokratie?«, fragt Otto.

»Eine Überlebensstrategie brauchen auch andere«, sagt Elea.

»Wohin ist eigentlich euer Nachwuchs verschwunden?«, will Aura wissen.

»Iiris und Elliot sind sofort losgerannt, um Aida ihre Waldhütte zu zeigen«, antwortet Elea.

Den ganzen Sommer über haben die Kinder in Weltuntergangsstimmung an der Hütte gebaut. Im dazugehörigen Erdkeller befinden sich Konserven für mehrere Monate. Sie planen sogar, dort zu dritt zu übernachten.

»He, da drüben ist schon das erste Feuer angezündet worden«, ruft Salma und deutet auf die vor ihnen schimmernde Insel. »Jetzt geht's los!«

Salmas Jubel steckt die anderen an, und sie halten um die Wette nach weiteren Feuern Ausschau. Die Stimmung eines beginnenden Abenteuers liegt in der Luft, aber auch unruhige Erwartung. Es gibt so viel zu sagen, dass nur wenig gesagt wird, denkt Elea, aber zum Glück haben sie Zeit.

Der frühe Abend tut sich vor ihnen auf, in den Meerestiefen wälzen sich langsam die Wassermassen um.

2

Das Meer schaut gelassen zu, wie sich die Epidemie von einem Kontinent zum anderen verbreitet. Das Wasser bindet Lebende und Tote in seinen Kreislauf ein. Es strömt auf seinen Wegen, gleichgültig gegenüber den Versuchen der Menschen, es zu fesseln.

Das Beben der Erdkruste klingt ab, wenn sie von den Menschen und ihren Fahrzeugen weniger erschüttert wird. Frieden macht sich in den Tiefen des Gesteins breit. Die Kreuzfahrtschiffe bleiben in den Häfen. Über dem Meer ertönt das vielstimmige Konzert der Seevögel: Der Radau der Lumme, der Pfiff der Trauerente und das Gurren der Ringelgans hallen über die Wasser, das klangvolle Lied der Eisente, der dumpfe Ruf der Eiderente und das heisere Röcheln des Kormorans.

Träge dreht sich das Meer auf den Rücken, wenn das geplante Leben, das die Menschen anstreben und sorgfältig in ihren Kalendern skizzieren, mit einem Schlag weggewischt wird. Das Leben, das hätte sein können, sein sollen, wirft seinen Schatten auf dasjenige, das sich als Abfolge zusammengeschrumpfter Tage entfaltet.

Die Menschen schauen in ihre Kalender und denken: Heute sollte eine Übernachtungsparty stattfinden, ein Bewerbungsgespräch, eine Hochzeit. Wenn das Leben unterbrochen wird, ermatten selbst die sorgfältigsten Planungen. Niemand weiß, ob sie noch einmal Wirklichkeit werden. Allmählich gleiten die Entwürfe immer weiter davon, bis die Unsicherheit ihre Umrisse schließlich so sehr verblassen lässt, dass sie nicht mehr zu erkennen sind.

Doch auch daran gewöhnen sich die Menschen. Sie schauen

aufs Meer, und das Meer bleibt, der Horizont schimmert als gleichmäßige Linie Tag für Tag und Jahr für Jahr weiter. Nur das Licht ändert sich, in jedem Augenblick. Nur das Licht ist niemals dasselbe.

3

Als die Gläser der Gäste leer werden, geht Elea Nachschub holen. Auf dem Weg zum Haus begreift sie, dass sie ihre Erschütterung zwar mit ihren Freunden teilen will, dass aber ein anderer Teil von ihr fliehen, sich verstecken, vergessen möchte. Beide Teile gehören aufgrund einer schwer verständlichen Logik zusammen, die ihr ins Unerreichbare entgleitet.

Das Los des Menschen besteht im tastenden Erfassen von Zusammenhängen.

Elea betritt das leere Wohnzimmer: das durchgesessene Sofa, der Kaminofen aus Speckstein, die Reflexion des Lichts in den unebenen Fensterscheiben. Auf dem Tisch liegen getrocknete Pflanzen, die Elliot für sein Herbarium gepresst hat. Die Regale biegen sich unter alten Schätzen: Öllampen, Rindenboote, Gesellschaftsspiele mit fehlenden Teilen. Würde das Sommerhaus ihnen allein gehören, würden sie das Zimmer anders einrichten, aber sein Reiz liegt darin, dass es seit Eleas Kindheit gleich geblieben ist.

Sie denkt an all das, was zusammenkommt und sich übereinanderlegt, wenn sie den vertrauten Raum betrachtet: Lesestunden auf dem Sofa, Reiterspiele, Faulenzen und Kuscheln, Sex und Streitigkeiten, die Mattigkeit der Mittagsschläfchen, die Lebendigkeit heiterer Zusammenkünfte und ein stiller Abend, an dem sie sich sonderbar losgelöst fühlte.

Plötzlich fällt ihr ein verregneter Nachmittag aus ihrer Kindheit ein, an dem sie ins Wohnzimmer gestürmt kam und ihre Mutter blass auf dem Sofa liegen sah. Nie zuvor hatte Elea ihre energische, tüchtige Mutter so daliegen sehen. Sie hätte Elea ein Buch vorlesen sollen, aber das musste jetzt warten. Die Migräne kündigt sich an, flüsterte ihre Mutter und zwang sich zu einem schwachen Lächeln. Eleas Magen ballte sich wie eine schmerzende Faust zusammen. Sie wollte ihrer Mutter Erleichterung verschaffen, wusste aber nicht, wie. Das Zimmer schien sich mit einem Mal umzudrehen, Elea stürmte ins Freie, rannte zum Steg, um dort die Seeluft zu riechen.

In der Dünung der Erinnerung tauchen in den Randbereichen ihres Bewusstseins Momente auf, in denen sich der Atemrhythmus des Zimmers ändert, weil Menschen kommen oder gehen. Gäste, die am Fenster stehen, vor den Resten eines Kindergeburtstags, eine Stippvisite des alten Fischers aus der Nachbarschaft zum Kaffee. Jetzt flimmert an der Wand des stillen Wohnzimmers die Sonne. Das Spiel des Lichts hält keinen Moment lang still.

Wie ein zerfasertes Gewebe, das zugleich gewebt und aufgetrennt wird, legt sich das Leben um sie. Das Gedächtnis verknüpft die bedeutsamen Momente, das Vergessen löst den Faden, öffnet die Knoten, trennt die Verbindungen. Wie vorläufig alles ist, versteht man mit seinem ganzen Körper erst, wenn der zeitliche Bogen, der von der Vergangenheit in die Zukunft reicht, der gesamte Zukunftshorizont, plötzlich in sich zusammenfällt und nur noch der punkthafte Augenblick im Hier und Jetzt übrig bleibt, ein schwarzes Loch, aus dem man nicht hinausfindet. Das also ist körperliches Wissen. Elea begreift, dass sie, die sich in ihrer Forschung mit den Reibungsflächen von Erzählungen und Leben beschäftigt, ihr gesamtes Erwachsenendasein hindurch ein von theoretischen und philosophischen Fragen besessenes Leben geführt hat. Jetzt wird ihre ganze Existenz von einer konkreten physischen Bedrohung erschüttert, die sie dazu zwingt, sich der Materialität ihres Daseins zu stellen, seiner unerträglichen Zerstörbarkeit. Das Körperliche des In-der-Welt-Seins hat ihr theoretisches Denken geprägt, aber das abstrakte Wissen unterscheidet sich von dem Verständnis, das den Tiefen des Körpers entspringt, dem Rauschen des Blutes in ihren Adern, dem Glucksen in ihrem Bauch.

Inmitten aller Unwirklichkeit sind am wirklichsten die starken körperlichen Regungen im Hier und Jetzt. Einige davon kann sie benennen – Beklemmung, Angst, Hoffnung, Unglaube. Aber sie haben etwas Dunkles an sich, das sich der Sprache entzieht. Ein vor Leere dröhnendes Entsetzen, das sich ruckweise am Rückgrat entlang fortbewegt. Die Panik, wenn sie in der dunkelsten Stunde der Nacht mit dem Gefühl aufwacht, dass etwas Furchtbares passiert ist. Wie soll sie darüber mit den anderen sprechen?

An den von stillem Dasein erfüllten Tagen der letzten Monate ist sich Elea auf neue Art des Widerstreits zwischen dem Bedürfnis nach Alleinsein und dem Bedürfnis nach Zugehörigkeit, der in ihrem Körper wogt, bewusst geworden. Nicht einmal Menschen wie sie, die ihre Ruhe brauchen, sind normalerweise vollständige Eremiten, sondern leben in den Gezeiten des sozialen Umgangs. Die Flut des Sozialen spült über sie hinweg und zieht sich dann zurück.

Nun ist an die Stelle der nährenden Abwechslung die Monotonie der isolierten Tage getreten. Ihr hartnäckiger Begleiter ist das stumpfe Gefühl, sich in sich verkrochen zu haben, das dem ständigen Alleinsein entspringt. Wenn man von anderen keine Resonanz auf seine Gedanken und Gefühle bekommt, wird das Leben eindimensional, trostlos, steril.

Was von den Gezeiten lebendig gehalten wurde, erstarrt allmählich und verliert sein Gefühl.

4

Elea hält am Sandstrand inne und schaut auf die Gäste, die auf dem Bootssteg stehen, umgeben vom weiß leuchtenden Meer. Sie wirken entspannt, sie strahlen die selbstverständliche Schönheit und Gesundheit von Menschen im besten Alter aus.

Der Wind lässt Auras hell glänzende Haare und das kurze olivgrüne Baumwollkleid wehen. Ihr Profil zeichnet sich gegen den Himmel ab, als sie den Blick aufs Meer richtet. Elea hätte immer gern eine so vornehme Virginia-Woolf-Nase gehabt, denn niemand nimmt eine Frau ernst, die eine kindliche Stupsnase hat. Was für eitle Sorgen! Jetzt würde sie jede Kartoffelnase nehmen, wenn sie nur leben dürfte.

Sie sucht in Salmas dunklen Augen nach der Trauer, aber sie scheinen nur vor Wärme und Nähe zu strahlen. Otto sagt etwas und klopft Matias auf die Schulter. Sie lachen gleichzeitig, wie ein und dasselbe Lächeln, Matias nur zurückhaltender. Sie könnten Brüder sein, denkt Elea. Matias ist reservierter, Otto forscher, aber beide haben etwas Jungenhaftes an sich, wie sie so dastehen in ihren Sommerhosen und ihren Leinenhemden, der blonde Otto in einem ockerfarbenen, der dunklere Matias in einem blauen, mit gebräunter Haut und vom Seewind zerzaustem Sommerhaarschnitt. Sie lachen und sehen aus, als könnte ihnen nichts Schaden zufügen.

Könnte sie sich ihnen nur anschließen und in die vertraute, sichere, vollständige Welt eintreten, die Anfang letzter Woche auch noch ihre gewesen ist!

Elea macht einen Schritt auf den Bootssteg zu, aber auf einmal fällt es ihr schwer, sich zu bewegen, an den Rändern des einen Augenblicks entlang zum nächsten zu gelangen. Um sie herum entfaltet sich ein Netz von Wegen, in dem sie steht, wie in einem Dickicht, wo sich die Pfade unablässig verzweigen, die Richtung ändern, Spiralen bilden. Jeder Augenblick ein Kreuzungspunkt endloser Pfade, auf denen sich ehemalige Schritte, Wurzeln und Rhizome, Verweise auf frühere und künftige Wege überlagern.

Es kommt ihr vor, als rutschten die Pfade hinter ihr weg, und wenn sie sich umdrehen würde, brächen sie auch vor ihr ein. Alles ein einziges Einbrechen, Hinabstürzen, Zerschellen im Dunkeln, und sie hat keinen Ort, an den sie gehen kann. Als wäre sie in einen Augenblick gefallen, aus dem es kein Vor und kein Zurück gibt. Sie schließt die Augen und hofft, dass sich, sobald sie sie wieder öffnet, die Pfade weiter hartnäckig verzweigen, ohne auf die Leere zu achten, die um sie herum klafft.

5

Otto fragt sich, wo Elea abgeblieben ist. Zuerst verlangt seine Frau ein Fest, und dann verschwindet sie, wenn es anfängt. Ärger und Sorge wechseln sich in ihm ab, während er immer wieder vom Bootssteg aus zum Haus blickt. Es ist so typisch

Elea, selbst in einer Extremsituation noch ein Fest organisieren zu müssen. Als wären da nicht schon genug Herausforderungen für eine Familie. Könnte man es nicht wenigstens jetzt ein bisschen ruhiger angehen lassen, da alles in Gefahr ist?

In den letzten Tagen hat die Verzweiflung in Otto zu- und abgenommen. Wenn er sich mit anderen unterhält, kann er momentweise den Albtraum vergessen, in den er hineingeschleudert worden ist. Dann aber sickert er wieder in ihn ein, sodass er zusammenzuckt und für eine Weile nicht weiß, was wahr ist und was Vorstellung, wie an der Grenze zum Schlaf, wo die abrupten Wechsel von Realem und Irrealem ein Gefühl des Fallens erzeugen.

Was wird mit Elea? Was wird mit der Familie? Was zum Teufel passiert hier eigentlich?

Die Frage pocht in Ottos Schläfen und dreht ihm den Magen um, sodass ihm schlecht wird. Dann ändert sie die Form: Warum nicht ich? Es wäre so viel einfacher, es würde tausendmal besser zu mir passen. Seinen eigenen Untergang könnte er mit der Gelassenheit des Zen annehmen, aber nicht das.

Er hat sich immer für einen Lebenskünstler gehalten und trotzdem nicht gewusst, wie man sein Leben lebt. In den letzten Jahren hat er zeitweise so etwas wie ein Gleichgewicht dafür gefunden. Warum fällt ausgerechnet jetzt alles auseinander, als es endlich ziemlich gut lief? Angst, Zärtlichkeit und Verbitterung wühlen in ihm wie schlickiges Wasser, das alles um sich herum trübt.

Als er Elea mit einer Sektflasche in der Hand vom Haus herunterkommen sieht, geht Otto ihr entgegen.

»Ich schaffe das nicht«, zischt er. Es klingt aggressiver als beabsichtigt, aber nun kann er es nicht mehr zurücknehmen. »Ich gehe Brennholz holen«, fügt er ruhiger hinzu.

»Geh nur«, sagt Elea und setzt ihren Weg zum Bootssteg fort.

Hin und wieder gelingt es Otto, sich vor den auf ihn einstürzenden Fragen in die Gesellschaft anderer Leute zu flüchten, aber es gibt Momente, in denen ihn das panikartige Gefühl erfasst, davonlaufen zu müssen. Mit großen Schritten eilt er zum Holzschuppen.

Es gelingt ihm einfach nicht, in der Rolle des gut gelaunten Gesellschafters aufzugehen, und er versteht nicht einmal, wie ihm diese Rolle zufallen konnte. Der Schmerz, der sich früh in ihm eingenistet hat, hat eine vereiste Stelle unter dem Brustbein hinterlassen, einen Permafrost, den er jeden Morgen auftauen muss, bevor er sich aus dem Bett quält. Plötzlich durchfährt ihn all die Kälte, mit der er sich in seiner kaputten Kindheit herumgeschlagen hat. Ihm kommt ein Erinnerungsbild von seinem bärtigen Vater in den Sinn, dem Pfarrer, der ihm Ratschläge erteilt, die er in seinem eigenen Leben nicht anwenden konnte, und von seiner Mutter, die sich im dunklen Schlafzimmer eingeschlossen hat, die nur darauf zu warten scheint, fort sein zu dürfen. Otto wird nie erfahren, ob seine Mutter absichtlich gegen den Lastwagen fuhr, wie es sein Onkel einmal zu verstehen gab. Sicher ist nur, dass sein Vater als Geistlicher einen erweiterten Suizid für das Beste hielt: Er trank sich ins Grab, bevor Otto Abitur gemacht hatte. Otto hört im Kopf die Frage von Bashō: »Wie würdet ihr über ein Kind schreiben, ein im Herbstwind ausgesetztes?«

In den letzten Tagen ist das allmorgendliche Auftauen des Permafrosts noch mühsamer geworden. Er hebt die Axt und schlägt zu. Das Birkenscheit kracht mit einem Schlag entzwei. Dünne Splitter fliegen. Hier möchte er bleiben. Das hier kann er. Er möchte einfach nur Scheite, Splitter, Späne hacken.

Vor Jahren saß Elea von der Sauna erfrischt auf der Terrasse, ein weißes Badetuch um sich geschlungen, mit Sonnenflecken im Gesicht. Als sie überlegten, welche Länder sie gern sehen würden, war es leicht, Elea für Japan zu begeistern. Alles stand am Anfang. Sie waren unverschämt jung, voller Abenteuerlust und großer Träume.

Gemeinsam lernten sie alles: den Sex, das Streiten und die Zärtlichkeit. Sie lernten einander kennen und die Art und Weise, wie sie zusammenpassten. Gemeinsam rissen sie sich von allem los, was sie in der Schulzeit kleingemacht und was ihnen die Luft abgeschnürt hatte, sie studierten Fächer, die sie interessierten und von ihren Verwandten für nutzlos gehalten wurden. Elea strömte über vor Licht. An ihrer Seite hatte man das Gefühl, dass sich alles finden wird. Immer gibst du mit deiner glücklichen Kindheit an, zog Otto sie oft auf, aber er nahm zufrieden all die Wärme und Zärtlichkeit an, mit der Elea ihn umgab.

Inzwischen sind ihre Leben so fest miteinander verschlungen, dass es Otto schwerfällt, sich losgelöst von seiner Frau vorzustellen. Dennoch gibt es in ihrem Zusammenleben vieles, an dem er sich reibt. Manchmal erträgt er nicht, dass Elea von Natur aus so voller Energie, Fürsorge und Zielstrebigkeit ist. Sie meint es gut, ist aber zu anspruchsvoll und versteht nicht, mit welchen Gespenstern er zu kämpfen hat. Bisweilen fragt er sich, wie es wäre, wegzugehen und alles aufzugeben. Dieser Gedanke spricht den Zen-Mönch in ihm an, den die Leere fasziniert, die minimalistische Ästhetik. Alles ändert sich bei jedem Atemzug, und gerade darin liegt die Schönheit.

Trotzdem weiß er, dass er dieses Leben nicht verlassen wird, dass es das einzig mögliche für ihn ist, wie eine an ihm festgewachsene Haut. Er fühlt sich alt und verbraucht. Er hat nie eine so wild vorwärtsdrängende Kraft in sich gehabt wie Elea, und im Lauf der Jahre ist auch das Wenige, das da war, nahezu vollständig aufgezehrt worden. Er könnte nicht mit einem solchen Feuer leben. Er möchte das Reisen »zum ständigen Aufenthalt« machen, so wie Bashō oder die Samurai, weiß aber, dass er nicht dazu fähig ist. Eigentlich hat er überhaupt kein besonderes Bedürfnis mehr, etwas Neues zu erleben. Schließlich hat er einiges hinter sich. In den letzten Monaten hat man endlich einmal in Ruhe zu Hause bleiben dürfen. Er versteht nicht, warum Elea immer noch mehr will. Ihm genügen die aufeinanderfolgenden Tage, die zu nichts führen, sich nur um sich selbst drehen und wieder von vorne beginnen.

Die erstaunlich lebenshungrige Elea lässt sich auch jetzt nicht hängen, sondern brennt mit noch leidenschaftlicherem Feuer, wie von anhaltender Erregung getrieben. Wie kann einem jemand so durch und durch vertraut sein und doch so fremd? Was passiert gerade mit ihnen?

Otto hebt erneut die Axt und schlägt zu. Er hat längst genug Holz gehackt, und doch möchte er einfach nur weitermachen. Er weiß, dass er zu den anderen zurückkehren sollte, aber er hebt die Axt und schlägt zu, noch einmal. Und noch einmal.

6

Elea plaudert mit den Gästen auf dem Bootssteg, muss sich aber zusammenreißen, damit ihre Gedanken nicht abschweifen. Ein Sonnenstrahl schneidet ins grüne Glas des Wassers. Eine Libelle streift die Wasseroberfläche und fliegt mit schnellen Rucken dem Schilf entgegen.

Wenn sie früher von den Unglücken anderer erfahren hat,

hat Elea manchmal der Gedanke beschlichen, dass sie zu viel Glück gehabt, vom Leben zu viel geschenkt bekommen hat, dass es mit ihrem Glück nicht endlos so weitergehen kann. Aber sie hat den Gedanken stets beiseitegeschoben, denn es gibt im Universum keine Macht, die den Menschen Glück und Unglück zuteilt. Das Leben ist ungerecht, das wissen alle. Gleichzeitig ist von irgendwoher das tückische, hartnäckige Gefühl in sie eingedrungen, dass ihr nichts wirklich Schlimmes zustoßen kann. Unglücke stoßen anderen zu.

Wie kann man auf ein Unglück warten und zugleich denken, dass man sich außerhalb seiner Reichweite befindet? Als würde die Wachsamkeit verhindern, dass es eintritt.

Elea wirft einen Blick zum Strand. Otto zündet bereits das Feuer an und zupft zwischendurch auf der Gitarre. Wie vom Feuer und von der Musik angezogen, begeben sich die Gäste zu ihm. Sie lassen sich um das Feuer herum nieder und starren in die Flammen, die gierig an den trockenen Birkenspänen lecken.

Elea kommt die erste Begegnung mit Otto in den Sinn, in der Nacht der alten Feuer vor zwanzig Jahren. Sie saßen schüchtern Hand in Hand auf einem Felsen und waren rührend jung, fast noch Kinder. Otto erzählte ihr, dass man mit den Signal- und Warnfeuern nicht nur den Seeleuten den sicheren Weg ans Ufer gewiesen hatte, sondern dass man auch Feuer zur Täuschung angezündet hatte. Man ließ feindliche Schiffe auf Grund laufen und raubte sie dann aus.

Aura, die ihre Kindheit in Pietarsaari verbracht hat, nennt das Ende der Zeit, die man im Sommerhaus verbringt, »das venezianische Fest«. Dort ist die Nacht, die man am Wasser verbringt, ein Karnevalsfest, zu dem Tanz und Feuerwerk gehören. Hier in den Turkuer Schären wird mit den Feuern an die Vorfahren erinnert, die über die Jahrhunderte hinweg dem Meer ausgeliefert waren.

Elea mag die melancholische Stimmung der alten Feuer, in der sich sowohl Trost und Schutz verbinden als auch Verlust und die Erinnerung daran. Das uralte Spiel von Feuer und schwarzem Wasser hat etwas Trauriges und Tröstliches zugleich.

An diesem Abend entzünden die Ostseeländer eine Feuerkette um das Meer herum. Man kann das Meer nicht aufspalten und nicht besitzen, ganz gleich, was für Spannungen zwischen den Staaten herrschen. Wenn Sankt Petersburg sein Abwasser in die Ostsee pumpt, braucht man sich nicht einzubilden, dass es im russischen Seegebiet bleibt. Das Meer ist eins und unteilbar, ein Element der Verbindung. Die Meere der Welt sind nur scheinbar voneinander getrennt. Man kann auf diesen Gewässern bis in jeden Winkel der Welt segeln. Elea weiß nur nicht, ob sie noch irgendwohin segeln wird.

Sie denkt an die übereinanderliegenden Welten, die dieser Abend entfalten wird. Die Verbindungen und Unterbrechungen sind angeordnet wie eine im Eis aufreißende Spalte, die sich atemberaubend schnell in einander kreuzende, in unterschiedliche Richtungen laufende Risse verzweigt.

7

Salma sitzt mit widersprüchlichen Gefühlen auf einem Stein am Ufer. Manchmal weckt das Meer noch ein primitives Entsetzen in ihr, aber innerlich trennt sie strikt zwischen dem Schärenmeer mit seinen sanften Abenteuern und dem Atlantik ihrer Kindheit, der nach wie vor gelegentlich in ihren Albträumen tost. Die Schären waren ihr gleich bei ihren ersten Besuchen als Zehnjährige wie eine verzauberte Welt erschienen. Sie konnte nicht glauben, dass sie am Meer war und nicht an einem See, das Schärenmeer war so anders als der gewaltige Atlantik. Ihr Vater erzählte, dies sei der größte Archipel der Welt, wenn man die kleinsten Felseninseln mitzähle. Die Ausmaße waren schwer zu erfassen, denn die Inseln reichten nicht zeitgleich ins Blickfeld, sondern versteckten sich hintereinander, sodass man immer nur einen Streifen Meer und die nächste Insel sah. Es faszinierte Salma, wie anders und besonders jede Insel war und doch zugleich im Verhältnis zu den anderen stand, als Teil des Inselgeflechts.

Die Seele des Schärengebiets wird vom allmählichen Übergang vom Land zum Meer bestimmt. Auf der Fahrt muss man ständig darauf achten, wann man eine Brücke überquert. Unmerklich gelangt man von einer Insel zur nächsten, und plötzlich befindet man sich wer weiß wie viele Inseln vom Festland entfernt. In den äußeren Schären vergrößern sich die Abstände, und das Meer erobert den Raum, aber auch dort gibt es keinen durchgehenden Horizont, sondern einen Himmelsrand, der von Inseln unterbrochen wird. Man fühlt sich dadurch sicher: Irgendwo ist immer eine Insel, an der man sich orientieren kann.

Betrachtet man die gelassene Schärenlandschaft, mag man kaum glauben, in welchem Aufruhr sich die ganze Welt befindet. Zu Beginn des Jahres hieß es ständig, wir sitzen alle in einem Boot, bis mit der Zeit deutlich wurde, dass die Menschen innerhalb desselben Sturms in sehr unterschiedlichen Booten hin und her geworfen werden. Es gibt Boote, in denen gut situierte Angehörige der Mittelschicht dahingleiten, die von zu Hause aus arbeiten und sich ihr Essen und ihre Sachen online bestellen, und es gibt Boote, in denen auf engem Raum lebende Niedriglohnarbeiter schaukeln, die der Mittelschicht das Essen und die Sachen bringen, in Krankenhäusern und Supermärkten putzen, Pflegebedürftige umbetten, Straßen und Kliniken bauen, damit die Wohlhabenden ihr sicheres, isoliertes, angenehmes Leben führen, sich in ihren Sommerhäusern und Gärten, in ihrem Homeoffice und bei ihren Onlinetherapien langweilen und deprimiert fühlen können.

Salma erinnert sich an das widersprüchliche Gefühl im Frühling, als die Natur zum Leben erwachte, obwohl das Virus von einem Kontinent zum nächsten den Tod verbreitete. Dies ist das erste Mal seit Veeras Tod, dass sie in Eleas und Ottos Sommerhaus zu Besuch ist. Letzten Herbst sammelten sie hinter dem Haus Herbsttrompeten, und Veera kochte daraus eine Suppe. Nach der Sauna standen sie vorne auf dem Bootssteg, um sich abzukühlen. Veera nahm selten ihren schwarzen Hut ab, aber damals leuchteten ihr kurzes Haar und ihr saunafrisches Gesicht hell im Mondlicht. Plötzlich drehte sie sich zu Salma um und drückte ihr einen leichten Kuss auf den Hals. Es war das Ende eines Zeitalters, auch wenn sie das damals noch nicht wussten. Die Erinnerung verdichtet die Sehnsucht zur Trauer, die Salma durchströmt.

Elea ist ein Mensch, denkt Salma, der nie mit einem großen Unglück konfrontiert worden ist, und kann kaum verstehen, was für Ablagerungen von Trauer Salma in sich trägt. Wie es ist, zu hören, dass man nicht hierhergehört, dass man auf die falsche Weise liebt.

Salma setzt sich zu den anderen ans Feuer, muss sich aber konzentrieren, um dem Gespräch zu folgen. Als Therapeutin sollte sie gut im Zuhören sein. Alle scheinen davon auszugehen, dass sie sich aufgrund ihres Berufs auch selbst helfen kann. Elea hat zwar gefragt, wie es ihr geht, aber etwas hat Salma gehemmt. Elea hat selbst viel um die Ohren, eine Familie, um die sie sich kümmern muss, warum sollte sie der Freundin da ihren Kummer aufhalsen? Und dennoch weiß sie: Sie müsste öfter die Hand nach anderen ausstrecken – das Gewicht ihres Lebens teilen, ohne Angst zu haben, damit die Last der anderen zu erhöhen.

Es wäre leichter, würde sie nicht ständig die diffuse Angst plagen, dass alles auseinanderfällt. Sie ist nicht mit nach New York gegangen, obwohl Veera sie darum gebeten hatte, und jetzt ist Veera tot und kommt nie mehr zurück. Es quält sie die schreckliche Vorstellung, dass als Nächstes Aida etwas zustößt. Sie kennt den Kreisschluss peinigender Gedanken, kann sich aus ihm aber trotzdem nicht befreien.

8

Matias bemerkt den Schwarzspecht, der auf dem Stamm einer Kiefer neben dem Lagerfeuer landet. An derselben Kiefer hängt eine vom Seewind ausgebleichte grüne Dartscheibe. Letzten Sommer hat er beim Pfeilwurfturnier knapp gegen Otto verloren. Er geht die Pfeile in der Werkstatt suchen. Dort sind die Regale voller Werkzeug, Gartenspielzeug, Farbdosen und Blumentöpfe. Er streckt sich nach den Pfeilen, die im obersten Fach liegen.

Auf dem Weg zurück zum Ufer versucht er unauffällig die Blicke der anderen zu deuten. Seit der Ankunft meint er in

Eleas Stimme und Auftreten etwas Zerbrechliches zu spüren, das ihn an ein verwundetes Tier erinnert. Kann sein, dass auch in Ottos Blick etwas Fremdes aufblitzt, während er Grillgemüse auf den Rost über dem Feuer legt.

Der Mensch ist das einzige Tier, das eine Pupille vor weißem Hintergrund hat, sodass die Blickrichtung deutlich zu erkennen ist und Gefühlsänderungen durch die wechselnde Größe der Pupille verraten werden. Der Mensch ist auch das einzige Tier, das rot wird. Matias hat schon immer unter seinem Erröten gelitten. Ein kinderloser Kinderarzt, dessen Wangen bei jeder Gefühlswallung glühen.

Auf der Fahrt zur Insel hat er im Rückspiegel neue Furchen rund um seine Augen bemerkt. Würde jemals der Tag kommen, an dem dank der Erfahrung ruhige Gelassenheit die Bewegungen seines Körpers und die Reaktionen seines Blutes prägen würde? Nach der langen Pause fehlt die Routine im Zusammensein mit anderen. Freunde zu treffen ist aufregend und erinnert an die ersten Treffen in der Jugend.

Matias wirft einen Blick auf Elea und kann nicht anders, als dabei das Mädchen aus der Nachbarklasse zu sehen, das sein Herz auf andere Art zum Flattern brachte als alle anderen. Wenn Elea lächelte, strahlte ihr Gesicht und löste in Matias das Gefühl aus, zu schweben. Er sieht in ihr noch immer dasselbe Mädchen mit den aufgeschlagenen Knien, das ihm die Hand reichte, wenn sie beim Fangen im Schulhof hinfielen, ein Naturkind mit Lockenkopf, das Räder schlug, Insekten am Straßenrand untersuchte und schelmisch grinste, wenn sie beim Quiz einen Jungen aus der Parallelklasse schlug. Aber jetzt huscht diesem Mädchen etwas Fremdes übers Gesicht.

»Wer will Pfeile werfen?«, fragt Matias.

Elea und Otto sind mit dem Essen beschäftigt. Aura behauptet, ihnen zu helfen, obwohl sie eigentlich eher paffend auf der Schaukel sitzt. Salma ist zum Wettkampf bereit, nachdem sie die Teller auf den Tisch gestellt hat. Matias zuckt zusammen, als er sieht, wie genau sie wirft.

Nicht weit von ihnen fliegt eine Seeschwalbe einen Bogen, macht eine Volte und stürzt sich dann ins Wasser, um sich einen Fisch zu schnappen. Matias hält inne und schaut ihrem Flug zu. Er denkt an die Veränderungen im wärmer werdenden Meer: Weißfische machen Aalquappen und Flundern den Platz streitig, Fadenalgen dem Blasentang, Wandermuscheln den Miesmuscheln. Blaualgen füttern die Eutrophierungsspirale. Algenblüten sinken beim Absterben auf den Grund und vergrößern die sauerstofflosen Bereiche, in denen sich wieder Phosphor im Wasser auflöst, um neue Blaualgen mit Nährstoffen zu versorgen.

Matias kommen die Meeresgeschichten in den Sinn, die sie sich wohl bald gegenseitig erzählen werden. Er atmet tief die Seeluft ein und versucht, seine Nervosität loszuwerden. Was würde er zu sagen haben? Vielleicht kann er sich, falls nötig, hinter Hemingway verstecken.

9

Aura hebt einen Stein auf und hält ihn auf dem Handteller. Er ist perlgrau, flach und vom Wasser glatt geschliffen. Sie spürt eine Verspannung in den Schultern. Lieber hätte sie ihre Skulptur nicht gerade jetzt zurückgelassen, da sie dabei war, die richtige Form dafür zu finden. In diesem Sommer hat sie endlich einmal ungestört arbeiten, in ihrer eigenen Welt versinken, die Schwere des Steins in den Händen halten können.

Dennoch sehnt sie sich inständig nach dem Puls des Großstadtlebens: nach Konzerten, Vernissagen, Abenden in Bars und Afterpartys, unerwarteten Begegnungen, nach dem Losgelöstsein, das zu der Zeit vor der Isolation gehörte. Letzte Woche sollte eigentlich ihr Vierzigster gefeiert werden. Matias war jedoch nicht bereit, über eine größere Feier auch nur nachzudenken, und Aura wollte kein zahmes, lasches Sicherheitsabstandfest, weshalb sie beschlossen, das Fest auf die Zeit nach der Pandemie zu legen, in dasselbe bodenlose Fass unerfüllter Wünsche, in das bald so viele Ereignisse und Träume geschoben worden sind, dass es zu bersten droht. Vielleicht ist es doch besser, die runden Geburtstage einfach ohne viel Aufhebens zu übergehen. Es ist auch so schwer genug, sich dem Alter zu stellen, in dem man bloß noch das Aufgeben vor sich hat. Ein Kind werden sie wohl nicht mehr bekommen. Auch wenn ein Teil von ihr denkt, dass es so vielleicht am besten ist, schnürt ihr das Bewusstsein der Endgültigkeit die Kehle zu.

Wenn sie Elea betrachtet, spürt Aura in ihrem Körper das bekannte quälende Gefühl aufsteigen, in dem sich Schattierungen von Neid und Zuneigung zu einem trüben Gebräu vermischen. Während Aura in einer Sackgasse nach der anderen gelandet ist, sich zur falschen Zeit in die falschen Männer verliebt hat, scheint Elea alle Hindernisse einfach aus dem Weg geblasen zu haben. Elea hat alles bekommen: Sie ist eine erfolgreiche Wissenschaftlerin, die begabte Kinder und einen netten, gut aussehenden Mann hat. Da hantiert sie jetzt mit dem Essen, und ihre Haut glüht in schönem Kontrast mit ihrem Seidenkleid in Burnt Orange.

Elea hat etwas Undurchdringliches an sich, eine Verschwiegenheit, die man nicht greifen kann, als wäre sie immer ein wenig auf der Hut, damit sie nicht zu viel von sich preisgibt, und nie schleicht sich etwas Überflüssiges in das, was sie sagt oder tut. In dieser Zurückhaltung liegt ein Hauch von Selbstgenügsamkeit, als bräuchte sie die anderen gar nicht. Elea verlangt zu viel, von sich und von den anderen, und sieht das nicht. Sie glaubt, anderen Lebensstilen gegenüber tolerant zu sein, aber in Wahrheit ist ihre Aufgeschlossenheit sehr begrenzt. Die Unzufriedenheit äußert sich in kleinen Gesten, einem Zucken des Mundwinkels, einem ungeduldigen Ton.

Eleas Selbstdisziplin bringt Aura auf die Palme. Elea faulenzt nie und führt nie ein schlechtes Leben. Sie wird garantiert hundert Jahre alt werden und dabei immer die gleiche Elfe bleiben. Mit ihrem Kindergesicht wird sie oft für wesentlich jünger gehalten, als sie ist. Aura hat hingegen das Gefühl, vorzeitig zu altern. Das jahrelange Rauchen hat zarte Furchen in ihre Augenwinkel gegraben und um den Mund herum Falten gezeichnet.

Sie ist es leid, die ewige Zweite zu sein. Wenn sie vögeln, schließt Matias die Augen, und Aura martert das hartnäckige Gefühl, dass er an Elea denkt. Wenn er wütend ist, nennt Matias sie Schneekönigin. Sie hat etwas Kaltes und Hartes an sich, vor dem sie selbst erschreckt, aber das ist nur die Oberfläche, die Hülle, die sie sich schon als Kind aufgebaut hat, um sich zu schützen. Sie hat nie die Stärke gehabt, ihre Unsicherheit und ihre Zerrissenheit mit anderen zu teilen.

Als sie jung waren, dachten sie alle, wild und frei zu sein, sich von einer Gesellschaft abzuwenden, in der man sich selbst verkaufen muss. Aber klammheimlich sind sie selbst Teil genau dieser Gesellschaft geworden, na klar, eine andere gibt es ja auch nicht. Noch immer redet sie sich manchmal ein, dass sie anders ist, dass sie all das Kaufen und Verkaufen nichts angeht. Dass sie eine freie Seele ist. Aber das stimmt nicht. Sie weiß das, und in letzter Zeit hat ihr die Kraft gefehlt, so zu tun, als wäre es anders. Wieder steigt in ihr der fast zwingende

Wunsch auf, etwas kaputt zu machen. Darin ist sie gut, denkt sie bitter.

Aura spürt das Klebrige des heißen Tages auf dem Rücken. Die Sonne kocht weiterhin am Himmel wie ein gelb brodelnder Farbtopf. Sie geht in die Hocke, um mit der Hand das Meerwasser zu prüfen, und lässt es über ihre Finger laufen. Es ist klar und verblüffend warm. Sie hätte Lust, hineinzugehen. Im Wasser findet sie auch dann eine Verbindung zur Welt, wenn sie sie ansonsten verloren hat. Sie nimmt einen Schluck Weißwein, als könnte der die kribbelnde Unruhe hinwegspülen.

10

Nachdem Elea mit Otto und Salma das Essen auf den Tisch am Ufer gestellt hat, pflückt sie auf der Wiese neben der Werkstatt ein paar Sonnenhüte, um den Tischschmuck zu vervollständigen. Ihr Mrs-Dalloway-Moment, denkt sie schmunzelnd. Mit dem Arm verscheucht sie eine Bremse und vergewissert sich, dass keine Zecke an ihren nackten Beinen hängen geblieben ist.

Als sie die Blumen auf den Tisch stellt, wird sie auf den Lichtglanz aufmerksam, der sich auf den Flaumwolken fortsetzt, wenn sie sich voneinander lösen und die Form ändern. Es sieht aus, als würde Sand anfangen zu fließen, so sachte, dass man es zunächst nicht bemerkt, bis schließlich alles in Bewegung ist – im Zustand des Zerfallens, des Übergangs, des Treibens. Es ist, als hätte die Welt noch keine feste Form angenommen. Alles fließt und rinnt, schwankt und flimmert, hebt sich und senkt sich – ist formlos weich, aber zugleich wachsam, bereit, mit jedem Moment fester und präziser zu werden. Es kommt ihr vor, als befände sich etwas im Übergang.

Ich muss es ihnen sagen, denkt Elea, ganz gleich, was kommt. Sie erinnert sich an den Moment, in dem sie als Kind beschloss, vom Sprungturm zu springen. Obwohl ihr schon beim Hinaufsteigen der Leiter schwindlig wurde, wusste sie, dass sie es tun muss. Nachdem die Entscheidung getroffen war, gab es nur noch eine unausweichlich aufeinanderfolgende Reihe von Bewegungen, die zu Ende geführt werden mussten. Sie ging an den Rand des Sprungbretts, bis sie es hart und endgültig unter ihren Füßen spürte. Während sie durch die Luft und das Wasser flog, empfand sie Erleichterung darüber, dass sie es einfach nur geschehen lassen musste.

11

Die Gäste haben sich um das Lagerfeuer herum niedergelassen. Auf ihre Teller haben sie Flammlachs, Auberginenröllchen, Pesto-Champignons, Mais, Melone, Salat und Schärenbrot gehäuft. Salma, Matias und Elea trinken Sangria, Otto Bier, Aura Weißwein. Elea sieht Erwartung und neugierige Aufmerksamkeit in den Augen ihrer Gäste.

»So, haben alle etwas zu essen und zu trinken und fühlen sich wohl? Fangen wir mit den Meeresgeschichten an?«, fragt sie.

»Ja, wir haben schon darauf gewartet!«, ruft Salma aus. »Wer fängt an?«

»Sollte nicht die Gastgeberin des Abends mit gutem Beispiel vorangehen?«, schlägt Otto vor.

Elea ist sich nicht sicher, ob in Ottos Augen Schalkhaftigkeit, Trotz, Traurigkeit oder von allem etwas liegt. Die anderen nicken.

Elea zögert einen Augenblick. Sie fühlt sich schwach, aber sie weiß, dass sie diesen Abend selbst gewollt hat, dieses Feuer, diese Menschen, die bei ihr sind und ihre Meeresgeschichten mit ihr teilen werden.

»Also gut«, sagt sie und räuspert sich in die Faust, um Zeit zum Nachdenken zu gewinnen. »Ich habe mir als Meeresgeschichte Jeanette Wintersons *Der Leuchtturmwärter* ausgesucht. Darin wird ein Mädchen namens Silver in einer schottischen, aus dem Meer geschleuderten Leuchtturmstadt Waise. Der blinde Leuchtturmwärter kümmert sich um sie, vertraut ihr die Geheimnisse des Leuchtfeuers an und lehrt sie die Kunst des Geschichtenerzählens.«

Elea blättert im *Leuchtturmwärter*, der voller kleiner Zettel ist, die Stellen markieren, auf die sie zu sprechen kommen will. Ohne den Lichtstreifen, der sie leitet, fühlt sich Silver auf dem dunklen Meer verloren. Während sie ihrem Geliebten nach und nach ihr Leben erzählt, entsteht aus den Geschichten keine einheitliche Erzählung. Es sind nur erzählerische Streiflichter – wie Leuchtfeuerlicht, das das dunkle Meer teilt und die Wirklichkeit für Momente gliedert.

Eleas Gedankengang bricht ab. Plötzlich weiß sie nicht mehr, was sie sagen wollte, weshalb sie etwas vom Anfang des Buches vorliest:

»Die Geschichten sind für Silver ›Wegmarke und Leitfaden und Trost und Warnung …‹ Die Geschichte vom Dasein als Kontinuum ist eine Lüge. Es gibt keine kontinuierliche Geschichte, es gibt nur erleuchtete Augenblicke, und der Rest ist Dunkelheit.«

Elea möchte darüber reden, dass wir alle letztlich nur diesen Augenblick haben und die Möglichkeit, ihn mit anderen zu teilen. Damit endet das Buch: »Warte nicht. Erzähl die Geschichte nicht erst irgendwann. Das Leben ist so kurz. Dieses Stück Meer und Sand, dieser Spaziergang am Strand, ehe die Flut kommt und alles, was wir getan haben, unter sich begräbt.«

In Eleas Kopf bilden sich halb fertige Sätze, aber sie bringt es nicht fertig, etwas zu sagen. Sie schaut aufs Meer und holt Luft. Der Wind weht ihr die Haare ins Gesicht, und sie wird sich plötzlich ihres Körpers bewusst, seines Gewichts, der Tatsache, wie unerträglich abhängig sie von ihm ist.

»Ich glaube, ich kann das nicht.«

Ihre Stimme versagt. Etwas in ihr scheint zu zerbrechen.

»Elea, was ist los?«, fragt Salma.

Nun gelingt es Elea nicht mehr, das Wasser einzudämmen, das ihr heiß in die Augen steigt.

»Was ist passiert, Elea? Erzähl es uns«, bittet Matias. Seine Stimme klingt seltsam.

»›Erzähl mir eine Geschichte‹, ja?«, fragt Elea mit erstickter Stimme.

Diese Bitte wird im *Leuchtturmwärter* immer wieder geäußert, sie gibt der Erzählung ihren Rhythmus, sodass abwechselnd aus den Erzählern Zuhörer werden und aus den Zuhörern Erzähler. Genau darüber wollte Elea sprechen, aber sie weiß nicht mehr, was sie sagen soll – oder wie. Die Wörter bleiben ihr im Hals stecken und verwandeln sich in Gestammel.

Sie schnappt nach Luft, als hätte sie vor, zu tauchen. Dann sagt sie:

»Letzte Woche habe ich erfahren, dass ich einen aggressiven Krebs in der Brust habe.«

12

Die Worte bleiben zwischen ihnen schweben.

Auf einmal verlangsamt sich die Zeit. Die vergangene Sekunde weitet und dehnt sich, als wäre sie an etwas Klebrigem hängen geblieben und käme nicht zum Ende.

Die Worte werden schwer, bis sie schließlich auf den Boden fallen.

Damit ist der Augenblick zerronnen, und ein nächster kommt nicht.

13

Elea schaut ihre Freunde an, die erschrocken auf der Stelle erstarrt sind. Auf ihren Gesichtern kreuzen sich erstaunter Unglauben, Niedergeschlagenheit, pochende Erwartung.

Blicke fliegen hin und her, entgleiten.

Etwas Schmerzliches läuft Matias übers Gesicht.

Auras Lippen öffnen sich einen Spaltbreit, als wollte sie etwas sagen, erstarren aber in der zögernden Haltung und werden dann zusammengepresst. Die Bewegung ist verlangsamt wie unter Wasser.

In Salmas weit aufgerissenen Augen glänzt etwas Feuchtes, als hätte sich ein Wasserschleier über sie gelegt.

»Das hier passiert jetzt.« Dieser blödsinnige Satz bildet sich in Eleas Kopf und hält sich hartnäckig in der Landschaft ihres Geistes.

Der Schrei einer Lachmöwe bohrt sich härter, als es möglich sein sollte, in ihr Trommelfell.

14

Als die angehaltene Zeit allmählich wieder zu fließen beginnt, kriecht sie so langsam dahin, dass man am Meer neue Dinge sehen und hören kann: die gefältelte Wasseroberfläche, das Knirschen des Sandes unter den Füßen, die stille Pracht einer Glockenblume, die aus dem Gras aufragt, die Grüntöne im Laub der Birke, durch die das Licht fällt.

Vielleicht kann sich da eine Welt auftun, in der man fähig ist, zerstreute Gedankenfetzen wahrzunehmen, Traumreste an den Rändern des Bewusstseins, das stille Brüchigwerden der Erde, den Moment, in dem sich der Atem und das Wirbeln des Windes begegnen.

2. TEIL

EIN LEBEN IN KLAMMERN

»Aber gibt es überhaupt so etwas wie nichts,
wie das Nichts? Ich weiß es nicht.
Ich weiß, wir sind noch hier, wer weiß,
für wie lange, lodernd mit unserer Sorge,
mit ihrem anhaltenden Gesang.«

Maggie Nelson, *Die Argonauten*

1

Der Unglaube in den Augen der Freunde ruft Elea den Moment in der vergangenen Woche in Erinnerung, als der Arzt mit der schlechten Nachricht anrief. Sie war bei einer Konferenz im Norden und aß mit Kollegen zu Mittag, ihre Linsensuppe hatte sie erst zur Hälfte aufgegessen. Als sie die Stimme des Arztes hörte, stand sie auf und konnte gerade noch ein paar Schritte zur Seite machen, um sich an der Wand abzustützen, deren bunte Streifen an ihrer Hand festzukleben schienen. Sie sah sich selbst wie eine Figur in einem Film, die zusammenbricht, während das Leben des Publikums in sicheren Bahnen weiterfließt. Sie dachte, auch so *könnte* es im Leben kommen, aber bald wird diese Übung zu Ende sein, und die Dinge erhalten ihre vertraute und beruhigende Ordnung zurück.

Das Gefühl war ähnlich, wie wenn sie sich Sorgen um die Kinder machte: Wenn sie nicht ans Telefon gingen und ihre Fantasie Horrorbilder heraufbeschwor, was ihnen passiert sein könnte, und sie dann plötzlich vor der Tür standen – wenn die Kette potenzieller entsetzlicher Ereignisse weggewischt wurde und sich an ihrer Stelle wieder die Wirklichkeit breitmachte, als Abfolge beruhigender, gewöhnlicher Augenblicke. Aus den früheren Erfahrungen war ein Schema entstanden, auf dessen Basis ihr Geist bereits die kommende Erleichterung vorwegnahm und nicht bereit war, zu glauben, dass sie diesmal nicht eintreten würde.

Dann schoss ihr, mit überwältigender Wucht, eine Frage in den Kopf: Was wird aus den Kindern? Nein, es war keine

Frage, sondern eine primitive, bodenlose Angst, die aus ihrem tiefsten Inneren aufstieg und die sich zu einem Gedanken formte: Die Kinder sind noch zu jung. Es kam ihr vor, als wäre tief in der Maschinerie der Welt etwas kaputtgegangen und müsste schleunigst repariert werden. Nein. Nein. Sie sind viel zu jung.

Sie bekommt die Wand nicht aus dem Kopf. Sie war zu grell, ein Muster aus blöden grünen und roten Streifen, und an ihr musste sie sich abstützen, um auf den Beinen zu bleiben. Als sie steif vor Unglauben an den Tisch zurück schwankte, zeichnete sich dieser in der Genauigkeit seiner Einzelheiten so unnatürlich ab wie eine hyperrealistische Zeichnung.

Elea fragt sich, ob in die Netzhäute ihrer Freunde jetzt bedeutungslose Einzelheiten der Landschaft eindringen. Ihr selbst fällt das Atmen bereits leichter, und keine beharrliche Klebrigkeit hält mehr die Worte auf, so wie gerade eben noch.

»Ich habe einen Knoten entdeckt, und der hat sich als Krebs erwiesen«, sagt Elea, wie um sich und die anderen zu überzeugen.

Es kommt ihr immer noch so vor, als passierte das alles einer anderen. Sie hat geglaubt, in der Form ihres Lebens zu sein, jung und gesund. Sie ist den ganzen Sommer über jeden Tag eine Stunde gelaufen. Und dann teilt man ihr plötzlich mit, dass tief in ihrem Gewebe bösartige Wucherungen wachsen. Vielleicht kann man die Krankheit leichter verinnerlichen, wenn die Behandlung beginnt, die Haare ausfallen und sich ihr Aussehen in das einer Krebspatientin verwandeln wird.

»Nein, verdammt«, sagt Aura mit erstickter Stimme.

»Ach, Liebes«, seufzt Salma mit feuchten Augen.

Matias ist blass geworden und bringt kein Wort heraus.

»Das tut mir wahnsinnig leid«, murmelt er schließlich.

Seine Stimme klingt so belegt und rau, dass Elea noch einmal hinschauen muss, ob sie wirklich von Matias kommt.

»Ich weiß nicht, was ich sagen soll ... Ich finde es einfach so ... unfassbar unfair«, fügt er stammelnd hinzu und seufzt, als schämte er sich dafür, nichts sagen zu können, das die Situation repariert.

»Elea, denk dran, dass wir bei dir sind, egal, was kommt«, sagt Salma.

Die anderen murmeln zustimmend, erleichtert, dass Salma es geschafft hat, wenigstens das zu sagen.

Alles, was geäußert worden ist, bleibt zwischen ihnen schweben. Elea überkommt wieder das Gefühl, Vergangenheit, Gegenwart und Zukunft nicht mehr miteinander in Verbindung bringen zu können. Es gibt nur den jetzigen Augenblick, in dem alles ohne Fixpunkt schwankt.

»Es ist, als wäre die Zeit zerfallen«, sagt Elea.

»So was Ähnliches habe ich empfunden, als ich von Veeras plötzlichem Tod erfahren habe«, sagt Salma. »Das Gedächtnis trägt nicht, und eine Zukunft kann man sich nicht vorstellen.«

Elea begreift, dass Salma schon seit Monaten etwas kennt, das sie erst jetzt versteht. Für sie ist der Tod bislang nur das abstrakte Ende des Lebens gewesen. Es war ihr so vorgekommen, als wäre Veera weg wie jemand, der im Ausland lebt, geradeso, als könnte sie eines Tages zurückkehren und wieder hier sein, bei ihnen, mit den glitzernden hellen Augen unter der schwarzen Hutkrempe. Sie hat die Endgültigkeit von Veeras Abwesenheit nicht fassen können. Gleichzeitig erkennt sie, wie schlecht es ihr gelungen ist, Salma zu unterstützen. Nichtige Pflichten und das Gefühl der Hilflosigkeit haben sie zu oft daran gehindert, ihre Freundin anzurufen.

Nun befindet sie sich selbst inmitten einer Katastrophe, vor der sie sich nicht in Alltagsverrichtungen flüchten und die sie nicht in den Fernsehnachrichten verfolgen kann, sondern die sie hier und jetzt durchleben muss, in ihrem eigenen Körper. Eine Krebspatientin in den Zeiten der Pandemie. Sie versucht, sich in diese Formulierung einzupassen.

Vom Tod berührt in einer Zeit, in der sich die Lebenden nicht mehr die Hand geben. Eine Flackernde am Rand des Todes, während die ganze Welt in Flammen steht.

2

Matias umklammert die Armlehnen des Liegestuhls. Neben dem Feuer ragt, störend gelb, trockenes Schilf auf. Die Flammen schwanken hypnotisierend. Er ist nicht fähig, Eleas strahlende Lebenskraft mit dem Gedanken an einen Tumor, der an ihrem Körper nagt, zusammenzubringen. Es kommt ihm wie ein Missverständnis vor, ein schlechter Witz, der gleich mit einem Lachen und einer Handbewegung weggewischt wird.

Matias erinnert sich lebhaft daran, wie Eleas schmaler, etwas jungenhafter Körper in der Pubertät weibliche Formen annahm. Seitdem hat er sich kaum verändert. Sie hat noch immer die Erscheinung einer Balletttänzerin, lediglich ein Hauch von Weichheit ist hinzugekommen. Es hat sich auch etwas von ihrem Kindergesicht erhalten, als hätte die Zeit vergessen, ihre Gesichtszüge zu schärfen. Matias kann nicht anders, als auf Eleas volle Brüste zu blicken. Seit seiner Jugend träumt er davon, sie zu berühren. Wie konnte in ihnen etwas so schlimm schiefgehen? Welche von beiden mag es sein?

Matias begreift, dass er die Vorstellung, Elea eines Tages doch noch für sich zu gewinnen, losgelassen hat. All die Jahre hat er Abstand gehalten, weil er Eleas und Ottos Ehe nicht durcheinanderbringen wollte. Jetzt macht ihm das Gefühl unerfüllter Möglichkeiten zu schaffen, die sich in nichts auflösen.

Aura wirft ihm einen scharfen Blick zu. Matias kann ihn nicht lesen. Sieht man ihm seine Gefühlswallung an? Zwischen den diffusen Gedankenfetzen, die in seinem Kopf kreuz und quer durcheinanderwirbeln, blitzt auch dieser auf: Was, wenn der Krebs die Strafe dafür ist, dass ich so egoistisch die Frau meines besten Freundes begehrt habe? Er muss fast lachen, der Gedanke ist so blödsinnig, so verquer, wie einer falschen Welt entnommen – er passt nirgendwohin. Wie kann er so egozentrisch sein, zu glauben, alles hätte mit ihm zu tun? Vielleicht ist es ein primitiver Überrest aus der Kindheit, als er glaubte, seine schlechten Gedanken könnten bei anderen zu Katastrophen führen, und er sich eine Bestrafung wünschte, um seine Schuld loszuwerden.

Die Angst bringt das magische Denken an die Oberfläche. Matias erinnert sich, wie in David Grossmans Roman *Eine Frau flieht vor einer Nachricht* eine Mutter versucht, den Tod ihres Sohnes im Krieg zu verhindern, indem sie vor der traurigen Nachricht flieht und zu einer langen Wanderung aufbricht. Vielleicht sollte auch er fliehen, in die Wildnis des Nordens, unerreichbar für schlechte Nachrichten – vielleicht würde Elea dann nichts unwiderruflich Schlimmes zustoßen.

Entschlossen schiebt er seine schrägen Gedanken zur Seite und beschließt: Jetzt heißt es, sich auf die Medizin zu verlassen, ihr die Chance zu geben, die Krallen zu zeigen. Elea wird überleben. Aber es gelingt ihm nur halb, sich selbst davon zu überzeugen. Als Arzt weiß er, dass junge Frauen mit aggressivem Brustkrebs eine schlechtere Prognose haben als ältere, bei denen der Krebs im Lauf der Jahre langsam gewachsen ist.

Es fällt ihm schwer, das Entsetzen abzuschütteln, das ihm langsam über die Haut kriecht, sich darin einätzt wie ein Fleck, den man nicht durch Reiben entfernen kann. Als wäre er in einem Wallgraben eingeschlossen, durch dessen schmale Kluft er gehen muss, bis sich der Kreis von der Geburt bis zum Tod schließt. Vom Nichts zum Nichts.

3

Aura begreift, dass sie sich nicht einmal daran erinnern kann, wann sie zuletzt ihre Brust abgetastet hat. Vielleicht irgendwann im Winter? Mein Gott, sie könnte inzwischen wer weiß was haben.

»Ich muss mal aufs Klo«, murmelt sie und steht auf.

Mit großen Schritten eilt sie zum Haus. Der Wald dahinter scheint Bedrohung auszustrahlen.

Ein absurdes Schuldgefühl versetzt ihr einen Stich, weil sie Elea beneidet hat, weil sie in Eifersucht geschwelgt hat, in ihrer Ahnung, dass Matias nie ganz vom Schwarm seiner Jugend losgekommen ist. Als hätten ihre toxischen Gefühle den Krebs verursacht. Sie schmunzelt gequält über ihren Gedanken.

Da ist noch mehr, das muss sie zugeben, aber daran kann sie jetzt nicht denken. In ihrem Kopf blitzen die Steine eines frühzeitlichen Grabes auf, die Berührung eines Astes an ihrer Wange, Finger, die an einem Reißverschluss ziehen, den anzufassen sie kein Recht gehabt haben. Würde sie das alles verfolgen, wenn Elea stirbt?

Sie wischt die negativen Gedanken beiseite. Ein Teil von ihr will nicht glauben, dass Brustkrebs eine so ernste Erkrankung ist, wie Elea zu verstehen gibt. Werden die meisten nicht davon geheilt? Ihre Tante hatte vor zehn Jahren Brustkrebs. Jetzt ist er Vergangenheit, und ihre Tante ist stolz darauf, die Krankheit nicht jedem unter die Nase gerieben zu haben. Sollte nicht auch Elea zuversichtlich sein, dass alles wieder gut wird?

Auf Auras Netzhaut brennt das Bild von Matias, der am Lagerfeuer totenbleich wurde, als er Eleas Neuigkeit hörte. Aura nimmt die Stufen zur Veranda, und in dem Moment durchfährt ein schneidender Schmerz ihren unteren Rücken. Was, wenn sie selbst Krebs hat und er sich bereits bis in die Wirbelsäule ausgebreitet hat?

Auf der Toilette macht sie mit einer schnellen, nervösen Bewegung den Reißverschluss auf, zieht sich das Kleid über den Kopf und öffnet ihren weißen Spitzen-BH. Sie betrachtet ihre schlanke Gestalt im Spiegel an der Duschtür. Rund und frisch präsentieren sich ihre Brüste, beinahe wie mit zwanzig. Zu etwas ist die Kinderlosigkeit doch gut, denkt sie. Aber haben Kinderlose nicht das größere Risiko, an Brustkrebs zu erkranken?

Sie stützt sich mit der rechten Hand an der Wand ab und fängt mit der linken an, ihre Brust zu kneten wie Ton. Sie stellt nichts Außergewöhnliches fest, betastet aber auch die Achsel – gibt es da eine unebene Stelle, eine vergrößerte Lymphdrüse? Sie schließt die Augen, damit der Tastsinn besonders genau ist. Der Rand der Achsel fühlt sich graupenartig an. Sie fährt mit dem Finger hin und her, vermutet aber schließlich, dass sie sich den Knubbel nur einbildet. Woher kann man überhaupt wissen, wie sich Krebsknoten anfühlen? Sollte sie Matias ihre Achsel untersuchen lassen? Oder Elea fragen?

Aura geht zur linken Brust über, die ein wenig größer ist. Matias meint, das sei bei den meisten Frauen so. Auch der Krebs geht angeblich meistens in die linke Seite. Niemand weiß, warum. Es gibt so vieles, was man nicht weiß. Der kühle Luftstrom lässt ihre Brustwarzen hart werden. Sie starrt auf die linke. Hat sie schon immer so abgestanden? Sieht der Warzenhof unregelmäßig aus? Man wird verrückt, wenn man seinen eigenen Körper so misstrauisch untersucht, denkt sie und zieht sich das Kleid wieder über.

Die mit Kajal umrandeten Augen sehen im Spiegel blassblau aus. Aura fasst die vom Seewind zerzausten Haare rasch zu einem wilden Knoten am Hinterkopf zusammen und tritt ins Freie.

Auf der Schaukel vor dem Haus raucht sie eine Zigarette. Beim Anzünden merkt sie, dass ihre Hände zittern. Sie kann nicht auseinanderhalten, was Eleas Erkrankung alles in ihr auslöst. Sie ist schockiert, das ist klar, aber was geht sonst noch in ihr vor? Zu ihrer Schande spürt sie, dass irgendwo tief im Bodenschlick ihrer Seele eine diffuse Befriedigung Blasen bildet – der beinahe schadenfrohe Gedanke, dass sich nun auch Elea mal mit einem Unglück auseinandersetzen muss. Vielleicht kommt Matias endlich über seine alte Liebe hinweg, wenn Elea hässlich und brustlos ist. Aura zerschlägt die Gedanken, bevor sie feste Form annehmen. Sie möchte weinen, aber es kommt ihr vor, als wäre sie erstarrt und nichts in ihr würde sich regen.

Elea ist diejenige, die das Leben immer im Griff gehabt hat. In allem, was sie tut, liegen die beherrschte Kraft und Balance der Tänzerin, als könnte sie nichts aus dem Gleichgewicht bringen. Und nun ist es auf einmal Elea, die nichts unter Kontrolle hat.

Aura inhaliert gierig und bläst einen Rauchkringel, der

kurz geisterhaft in der Luft schwebt, bevor er sich auflöst. Nein, Eleas Katastrophe setzt doch etwas in ihr in Bewegung. Wie eine plötzliche Nachwirkung spürt sie den Schmerz, von dem sie geglaubt hat, ihn längst abgetötet zu haben. Es steigt etwas in ihr auf, das sie teilen möchte und mit dem sie Elea vielleicht helfen kann, aber sie weiß, dass es ihr nicht möglich ist – es ist zu spät. Das alte, quälende Gefühl, schlecht zu sein, defekt, zu nichts anderem fähig, als etwas kaputt zu machen, verfolgt sie. Sie drückt die Zigarette neben der Schaukel aus.

4

Im Gespräch am Feuer ist eine Pause eingetreten. Das Geräusch des Wassers wird vom *Kriaah* einer Lachmöwe getaktet. Ein Windhauch bringt die Ufer-Birke zum Rascheln. Elea hat das Gefühl, zur Bewohnerin einer anderen Welt geworden zu sein. Ihre Gäste wissen nicht mehr, was sie zu ihr sagen sollen. Es gibt keine passenden Worte.

Sie zuckt zusammen, als sie begreift, dass gerade die banalsten Worte die richtigen sind. Dafür sind sie da: damit man sagen kann, dass man nicht weiß, was man sagen soll, dass es einem leidtut und dass man hofft, dass alles wieder gut wird. Sie ist bewegt von der einfachen Fähigkeit der einfachen Worte, ihre Aufgabe zu erfüllen, ein Gefühl zu vermitteln, Anteil zu nehmen, Hilflosigkeit und Ohnmacht auszudrücken, hinter denen sich Sorge, Zuneigung, Zärtlichkeit verbergen.

Vielleicht sind manche Dinge einfacher, als sie geglaubt hat. Anstatt immer auf die richtigen Worte und Momente zu warten, wäre es womöglich besser, das, was man zu sagen hat, mit den unzulänglichen Worten zu äußern, die man zur Hand hat, und es jetzt auszusprechen, weil ein besserer Moment normalerweise nicht kommt?

Sie ist bekümmert über all die Menschen, die verstummen und die richtigen Worte suchen, die sie nie finden. Wie die Nachbarin, die durch Otto vom Krebs erfuhr und am nächsten Tag, als Elea ihr auf der Straße begegnete, erschrak und auf der Stelle erstarrte, verstohlen herüberschielte und sich dann in ihr Smartphone vertiefte, bis Elea vorbeigegangen war. Die Frau war einfach nicht zu einer Begegnung fähig gewesen, nicht einmal, indem sie ihr in die Augen schaute, mit einer Geste, die in der primitivsten Form geteilte Menschlichkeit vermittelt hätte, das Erkennen und Anerkennen, dass ich dich sehe und die Katastrophe ebenso gut mir hätte passieren können, dass wir uns hier befinden, vor der Grausamkeit des Lebens, zwei Menschen, die beide irgendwann zugrunde gehen werden.

Wahrscheinlich war die Situation für die Nachbarin schlimmer als für sie. Die Unsicherheit, der anderen nicht begegnen zu können: Was für ein Schamgefühl mag sie auslösen? Elea empfindet fast so etwas wie Zärtlichkeit angesichts einer solchen Hilflosigkeit.

Wenn sie von den Unglücksfällen anderer gehört hat, hat sie oft selbst Angst gehabt, mit den falschen Worten jemanden zu kränken. Sie hat sich eingeredet, es sei respektvoller, angesichts des unsagbaren Grauens still zu sein, als etwas Unbeholfenes zu sagen.

Es verwirrt sie, dass sie in der Lage ist, die Anteilnahme, die ihre Freunde ausstrahlen, in sich eindringen zu lassen. Sie starrt ins Feuer, auf dessen pulsierendes Herz und das Züngeln der Flammen, durch die hindurch die Gesichter der anderen und das Schaukeln des schimmernden Meeres leuchten.

5

»Wie geht es euch?«

Elea ist froh, dass Salma im Plural fragt, die meisten fragen nur, wie es ihr geht. Sie schaut Otto an.

»Das Ganze ist schwer zu begreifen. Ich habe es noch nicht über mich gebracht, mich so gründlich zu informieren wie Elea. Ich habe lediglich den Leitfaden für Angehörige durchgeblättert.«

»Für mich ist die Suche nach Informationen eine Möglichkeit, dieses Chaos zu gliedern«, sagt Elea.

Sie hat vorher nicht viel über Krebs gewusst, obwohl mittlerweile jeder zweite Mensch, der in den westlichen Ländern geboren wird, im Lauf seines Lebens an Krebs erkrankt.

»Früher habe ich so gut wie gar nicht daran gedacht, dass jeder und jede jederzeit an Krebs erkranken kann, auch wenn man noch so gesund lebt«, spricht Elea weiter.

»Ist das so?«, fragt Aura und wirft einen Blick auf Matias.

»Na klar, es erkranken ja auch Kinder daran. Krebszellen haben wir alle im Organismus. Bei den meisten hält das Abwehrsystem sie in Schach, aber manchmal fangen sie einfach wie wild an zu wachsen«, erklärt Matias.

»Das heißt, bei uns allen tickt eine Zeitbombe im Organismus«, sagt Otto.

»Schön zu wissen – und da soll man nachts ruhig schlafen«, seufzt Aura.

Wann ist dann der Punkt, an dem sie den Krebs bilden?, fragt sich Elea. Ist das wie die Paradoxie des Haufens? Wenn man ein Sandkorn zu einem anderen hinzufügt, bilden sie keinen Sandhaufen, aber wenn man lange genug Körner aufeinanderfallen lässt, wächst daraus irgendwann ein Haufen. Dennoch gibt es keinen Punkt, an dem ihn das Hinzufügen eines Korns entstehen lässt. Vielleicht gibt es auch bei den Krebszellen keine klare Grenze. Elea fährt mit den Zehen über den Sand, der sich durch die Sonne erhitzt hat.

Matias erklärt, dass die meisten Menschen im Alter einen langsam wachsenden Krebs bekommen – Basalzellenkrebs oder Prostatakrebs –, der bei der Obduktion zufällig entdeckt wird. Es gibt vielerlei Arten von Krebs: von harmlosen Geschwulsten, die nur wenig Ärger machen, bis hin zu aggressiven, die tödlich sind.

»Wenn man sie nicht behandelt«, fügt Matias schnell hinzu und wirft einen verzweifelten Blick auf Elea.

Ja, woher will Matias wissen, ob ihr Krebs behandelbar ist, denkt Elea. Matias ist Kinderarzt, und nicht einmal die Onkologen wissen, wie es ihr ergehen wird.

Elea begreift, dass das gesamte Vokabular, mit dem man über Krankheiten spricht, am ehesten auf plötzliche Infektionserkrankungen passt, bei denen man den Zeitpunkt des Erkrankens und der Heilung bestimmen kann. In unserer Vorstellung bedeutet krank werden, dass man eines Tages schlapp ins Bett fällt. Bei Krebs gibt es einen solchen Moment und ein solches Empfinden nicht.

Sie weiß nicht einmal, in welchem Tempus sie darüber sprechen soll. Wie kann man mit etwas umgehen, das sich nicht einmal von den Zeitformen fassen lässt? Den Ärzten zufolge hat sie den Krebs seit mindestens zwei Jahren in der Brust. Rechnet man, dass sie von dem Moment an krank ist, in dem sie davon erfahren hat? Und wenn sie die Operation und die Behandlungen hinter sich hat, müsste dann vom Krebs im Präteritum oder im Präsens gesprochen werden?

»Offenbar halten viele Onkologen Brustkrebs für eine chronische Erkrankung, die sich in einen latenten Zustand zurückziehen kann, aber von der man nicht in dem absoluten Sinn geheilt wird wie von einer Grippe«, sagt Elea.

»Aber du bist doch wohl geheilt, wenn die Behandlungen anschlagen und der Krebs in den folgenden fünf Jahren nicht wiederkommt?«, fragt Aura.

»Die Krebsarten sind unterschiedlich, und die Fünf-Jahres-Regel gilt nicht für einen hormonalen Brustkrebs wie diesen. Er kann jahre- oder sogar jahrzehntelang schlummern und dann aufflammen und sich schon überall verbreitet haben.«

»Wo schlummert er denn?«, fragt Aura. Elea blickt auf Matias.

»Wohl im Knochenmark«, sagt dieser.

»Gibt es denn keine Möglichkeit zu erfahren, ob die Behandlungen gewirkt haben?«, hakt Aura nach.

»Das zeigt allein die Zeit«, sagt Matias gedämpft.

»Und auch wenn es so gut läuft, dass sich der Krebs fernhält, bleibt trotzdem die Erfahrung«, sagt Elea. »Man ist danach nicht mehr dieselbe. Ich muss den Rest meines Lebens mit der Möglichkeit rechnen, dass der Krebs zurückkehrt.«

Eine so konkrete Möglichkeit formt einen Menschen ebenso stark wie das, was passiert, denkt Elea. Wenn sie »den Rest meines Lebens« sagt, spürt sie eine kalte Regung in sich. Sie benutzt solche Formulierungen aus alter Gewohnheit, aber auf einmal ist ihnen alle Bedeutung entzogen worden. Es ist, als wäre »der Rest des Lebens« in Klammern gesetzt worden: Es ist nur noch eine Möglichkeit, die Wirklichkeit werden kann oder nicht. Es ist ihr abgenommen worden wie ein konfiszierter Pass, und niemand kann ihr versprechen, dass sie ihn eines Tages zurückbekommen wird.

Elea geht auf, dass sie eine gelassene Haltung gegenüber

dem »Rest ihres Lebens« gehabt und sich davon etwas undefiniertes Gutes versprochen hat. Plötzlich ist nichts mehr daran selbstverständlich, er kann sogar zu einem Zeitraum geschrumpft sein, in dem sie langsam stirbt. Sie weiß, dass er sich ausweiten kann, noch ist nichts entschieden, aber das ist der Punkt, an dem sie jetzt steht: mitten im dunklen Meer, ohne etwas anderes zu sehen als ihr Hier und Jetzt, und auch dies nur verschwommen.

Eleas Wissenschaftlerinnen-Ich möchte diese verschwommene Erfahrung analysieren und aufschreiben, oder wenigstens den anderen davon erzählen, aber das Auseinanderbrechen der Zeit und das Dasein inmitten von allem sind erzählerisch schwer zu gliedern. Ihre Erfahrungen lösen sich in philosophischen Überlegungen auf oder zerfallen zu Empfindungen, die sich nicht verknüpfen lassen. Die Welt zeigt sich ihr als Wirrwarr aus zitternden, vieldeutigen, aneinanderklebenden Spinnweben, das sich nicht zu einer sauberen Abfolge von Ursachen und ihren Folgen ordnen lässt.

Elea erinnert sich an eine Lehrerin, die von der Perlenkette des Lebens zu sprechen pflegte. Ihr eigenes Leben ist eher eine der Traumlogik folgende fließende Landschaft, in der die Zeit sich in Schichten ablagert.

Sie denkt über das Verschwommene des Lebens nach, wenn es von einem Moment in den nächsten stürzt, und an die verzweifelten Versuche der Menschen, daraus wieder die Perlenkette der klaren Momente herzustellen.

Elea schaut auf ihre Freunde, auf das Flackern des Feuers in ihren Gesichtern. Sie ist keine Geschichtenerzählerin, jedenfalls keine traditionelle, aber es gibt vielerlei Geschichten, und es hat sie immer angesprochen, wie sie momentweise etwas zusammenbringen können: Menschen, Erfahrungen innerhalb der Zeit.

6

Im Schilf hört man ein Platschen. Vielleicht sollte man angeln gehen, überlegt Otto. Es wäre schön, einen frisch gefangenen Fisch zu grillen. Er schürt das Feuer. Plötzlich überkommt ihn der seltsame Wunsch, das Brennen der Flammen auf der Haut zu spüren. Er hält die Hände dicht ans Feuer. Seine Freunde werfen verwunderte Blicke auf ihn. Sie schielen sowieso schon die ganze Zeit unsicher auf ihn und Elea, seit sie die Neuigkeit gehört haben. Als hätte für sie ein neues Kapitel ihrer Freundschaft begonnen, das sie stammelnd versuchen auswendig zu lernen.

»Woran denkst du gerade?«, will Aura von Elea wissen.

»Ich frage mich, ob ich daran jetzt sterben werde. Und wie man das in den sozialen Medien posten sollte.«

»Du hast das doch nicht wirklich vor?«, fragt Otto erschrocken und zieht die Hände vom Feuer weg.

»Warum nicht? Euch wollte ich es direkt sagen, aber es allen mitzuteilen, schaffe ich nicht. Und dann haben die Leute auch kurz etwas zu lamentieren. Bis sie wieder in ihr eigenes heiles Leben zurückkehren.«

Otto sucht mit einem Blick auf Matias einen Verbündeten. Für ihn ist es unerträglich, sich vorzustellen, dass Elea ihre Krankheit hinausposaunt. Es beschleicht ihn der seltsame Gedanke, dass der Krebs dann unwiderruflich wird. Aber Matias sitzt nur stumm da und starrt aufs Meer.

»Die wenigsten haben ein heiles Leben, auch wenn es nach außen hin den Anschein hat«, sagt Salma und fügt an Elea gewandt hinzu: »Auch wenn die Sorgen der meisten geringer sind als … das.«

Beim letzten Wort winkt Salma kraftlos ab. Ottos Herz hämmert, weil Salma das Wort *Krebs* nicht über die Lippen bringt. Auch er möchte es nicht aussprechen, ihm keinen Raum geben, es nicht in sein Leben lassen. Als hätte sich das Wort noch nicht in unbestreitbare materielle Wirklichkeit verwandelt, und es könnte noch etwas getan werden, um das Ganze zu verhindern.

Man könnte auch die Netze ins Wasser lassen, denkt Otto, dann hätte man etwas zu tun, etwas anderes als das endlose Nachdenken über den Tod. Oder man versucht es doch lieber mit der Spinnangel. Früher fischten Elea und er, wenn sie im Sommerhaus waren, bis sie eines Morgens von einem herzzerreißenden Heulen aufwachten, das vom Meer herkam. Sie rannten ans Ufer und sahen, dass sich eine junge Eiderente im Netz verfangen hatte. Ein ums andere Mal versuchte sie strampelnd an die Oberfläche zu kommen, aber das Netz zog sie immer wieder in die Tiefe. Die Eiderentenmutter schrie wie eine Sterbende. Rasch ruderten sie hin, aber es gelang ihnen nicht, das Junge zu befreien. Im Netz fanden sie den leblosen Leib eines zweiten Kükens, dessen Hals in einer Masche steckte. Seitdem hängen die Netze im Schuppen.

7

Elea geht zu der Schaukel, die an der Ufer-Birke hängt. Der Seewind hat die Stricke spröde gemacht, und das Sitzbrett aus Holz, an dem der Lack abblättert, ist mit Möwenkacke besprenkelt. Elea setzt sich auf die Schaukel und nimmt erst ein wenig Schwung, dann mehr.

Kein Wunder, dass einem die Sterblichkeit manchmal nur wie ein unsicheres Gerücht vorkommt, so stark, wie man das brodelnde Leben in seinem Körper spürt. Es ist schwer zu glauben, dass dieses fühlende, erlebende Wesen mit seinen Erinnerungen plötzlich endgültig weg sein sollte. Wir denken wohl irgendwie, die Welt ist doch da, hier vor uns, fest und klar, wirklicher als wirklich. Wie könnte sie plötzlich verschwinden?

»Die Welt ist eine Dichtung meiner Sinne.« Dieser Vers von Eeva-Liisa Manner fällt Elea ein. Die Welt, die ich wahrnehme, gibt es ohne mich nicht, denkt sie. Es gibt andere Welten, andere Sinneswahrnehmungen, von Menschen und anderen Lebewesen, aber die Wirklichkeit, die sie, Elea, wahrnimmt, erinnert und erlebt, gibt es nicht mehr.

Sie setzt den Gedanken fort, während in ihr erneut die Trauer aufsteigt: Wenn sie stirbt, gibt es die Welt nicht mehr, in der im Frühling die ersten Schneeglöckchen die Erinnerung an das Stoffmurmeltier zum Leben erwecken, das sich unter dem tauenden Schnee fand und über dessen Verlust ihre sechsjährige Seele den ganzen Winter getrauert hatte, und auch nicht die Welt, in der ein in den Schlaf gesunkenes fremdes Kind sie an den Moment erinnert, in dem sie ihre Hand in die Hand ihres unruhig schlafenden Sohnes schob und die kleinen Finger ihr aus dem Schlaf heraus mit einem leichten Drücken antworteten. Es gibt die Schärenlandschaft nicht mehr, die durch all die von ihr gelesenen Leuchtturm- und Meeresbücher geformt wurde, die Träume und Wünsche, die daraus gesickert sind.

Elea nimmt noch mehr Schwung. Die schwingende Bewegung beruhigt sie. Der Baum mit dem weißen Stamm raschelt und rauscht, während sie durch sein Grün saust. Das Grün flimmert in den Augen. Lichtfetzen wirbeln umher. Birkenäste bei Wind und bei Flaute, älter als sie. Unter ihnen hat sie ihr Leben lang geschaukelt. Wenn sie stirbt, verschwindet aller Schwung, den sie hier und auf anderen Schaukeln bekommen und geholt hat, die Pirouetten ihrer Kindheit, die in die Bewegungen ihres Körpers eingegangen sind, die Bänder, die sie als Kinder in ihrem geheimen Klub geknüpft haben, in der Bande der vier Schlingel, das Gefühl, einen Pinsel zwischen den Fingern zu halten, wenn sie in der Kunstschule japanisches Tuschemalen lernte, das Zittern in ihrem Bauch und die brennende Scham auf ihren Wangen, als sie sich traute, das Mädchen aus der Nachbarklasse, das Gedichte schrieb, zu bitten, mit ihr zusammen künstlerische Fotografien zu machen, und das Mädchen kurz zögerte, bevor es zustimmte. Alles, was sie erinnert und erlebt, gedacht und gefühlt, sich vorgestellt und erhofft hat. Ihre ganze Welt verhallt wie ein Vogelruf in der Nacht. Am nächsten Morgen ist er nicht mehr da.

Elea spürt das raue, abgeriebene Seil an den Händen und überlegt, was sie alles mit ihnen berührt hat: Steine, hier und an anderen Ufern, Kammeis auf einer kleinen Felseninsel im offenen Meer, das Ohrläppchen ihres kleinen Jungen, die Vertiefung am Hals ihrer Tochter. Ein Nocturne von Chopin, das sie als Zwölfjährige wochenlang übte – es ist im Gedächtnis ihrer Finger geblieben und bereit, nach kurzem Probieren in vollem Glanz von dort zurückzukehren. Auch es wird vergehen, wie alle Erinnerungen, die sich in ihrem Körper gesammelt haben – der erste langsame Tanz mit einem Jungen bei der Disco der sechsten Klasse, der Flaum auf seiner Wange, die vor Aufregung schweißnassen Hände, das erste Streicheln und Küssen, das Kribbeln in den hinteren Oberschenkeln, als sie vom Willis Tower in Chicago herabschaute. All das wird verschwinden, wenn ihre Zeit zu Ende ist. Jeder Sinn hat sein eigenes

Gedächtnis, das alles filtert, was sie an diesem Augustabend wahrnimmt: den Wind mit den Nasenlöchern, das Meeresrauschen mit den Trommelfellen, das Blau des Horizonts mit den Netzhäuten.

Ihr wird schwindlig bei dem Gedanken, wie am Ende alles hinweggespült wird. Aufblitzende Bilder aus der Kindheit, alles, was nur im Gedächtnis des Körpers lebt, in seinen Manieren und Gewohnheiten, in den vom Gewicht der Vergangenheit geformten Bewegungen. Die ganze Welt, die sie mithilfe von Sprache und Vorstellung errichtet, alle Wörter und Geschichten, die sie im Lauf der Jahrzehnte als Baumaterial gesammelt hat.

Die Wörter, die sie mit Mühe gelernt hat, von anderen benutzte Formulierungen, die sie in ein Notizheft schrieb und von denen sie dachte, sie werde sie nie verwenden können, die aber am Ende ihre eigenen wurden: *pejorativ*, *liminal*, *Literarizität*.

Die Redensarten älterer Menschen, die nach und nach den Weg in die Sätzevorräte der jüngeren fanden, und die Vokabeln, Sprüche, Mythologien, die es in jeder Familie gibt: »huschpusch« beim Schlafengehen, »verdammtes Meerschwein«, wenn Iiris sich ärgert, oder »nasal«, das Elliot in letzter Zeit ständig sagt.

Und die neuen Wörter, gerade erst gelernt, wie Teilungsgeschwindigkeit, Differenzierungsgrad und Mastektomie, das sie gestern noch falsch ausgesprochen hat: *Masektomie*. Sie wusste nicht, dass sie in diesem Alter noch neue Sprachen lernen muss, auch nicht, dass das Land des Krebses eine eigene besitzt.

Sie findet es schwindelerregend, sich vorzustellen, wie sich in jedem Menschen die Erfahrungen zu einer unvorhersehbaren Kombination verbinden und die Geschichten sich mit anderen Geschichten zu immer neuen Variationen verflechten, die einander im Universum des Traums durchwandern. Wenn sie stirbt, ist eine ganze Gefühlshistorie mit all ihren Schichten plötzlich weg.

An der höchsten Stelle der Schaukelbewegung beugt Elea den Rücken stärker und holt mit der Kraft ihres ganzen Körpers Schwung. Keuchendes Licht stürzt durch das Laub.

Beim Schaukeln in der vertrauten Umgebung denkt sie an ihre alltäglichen Gänge, ihre banalen Bewegungsabläufe, die die Dinge aneinanderkoppeln: Jeden Morgen, den zerschlissenen seidenen Morgenmantel tragend, vom Bad im ersten Stock hinunter in die Küche zur schrill mahlenden Kaffeemaschine gehen und von dort mit ihrer großen blauen Kaffeetasse unter die grüne Kuscheldecke auf die helle Couch im Kaminzimmer, wo sie die Zeitung liest und ins Notizbuch schreibt, was sie von den Gedanken, die ihr in den frühen Morgenstunden durch den Kopf gegangen sind, noch weiß. Wenn es sie nicht mehr gibt, verwaisen diese Gegenstände, verlieren ihren Bedeutungszusammenhang, schrumpfen zu bloßem Plunder, zu stummem Trödel zusammen. Niemand fügt sie zu einem Muster zusammen, und sie bröckelt von ihnen ab wie alter Putz.

Der Schwung der Schaukel lässt nach. Allmählich pendelt sich das Sichtfeld ein.

Die Bewegung schwingt aus, ohne dass Elea es merkt. Am Ende verschmilzt alles im unermesslichen Bodensatz der Zeit. Nur das, dem wir mit Worten, Farben, Tönen eine bleibende Gestalt geben, was aus Stein oder Ton eine Form bekommt, nur das bleibt erhalten, aber wie lange? Elea denkt über ihr Bedürfnis nach, etwas aus dem trüben Lebensstrom in Worte zu kleiden und mit anderen zu teilen – mit Freundinnen und

Freunden, so wie an diesem Abend, später vielleicht schreibend.

Sie hat immer ein Buch schreiben wollen, irgendwann, wenn sie alt und weise wäre. Nun begreift sie: Wenn sie vorhat, das Buch zu schreiben, das aus ihr herauswill, muss sie es jetzt tun. Sie muss das Unvollendete zu einem Buch machen.

Sie nimmt ein letztes Mal kräftig Schwung, um zu spüren, wie der Luftstrom über ihre Haut streicht, um in einem weiten Bogen in den Sand zu springen, um zu fliegen, um zu ihren Freunden am Feuer zurückzukehren. Sie lässt los, breitet die Flügel aus und landet im Sand, der fest und weich zugleich ihr Gewicht entgegennimmt.

8

Ein Großer Blaupfeil saust an der Feuerstelle vorbei und lässt sich auf dem Geländer des Bootsstegs nieder, um dort auf vorbeifliegende Insekten zu lauern. Elliot lässt den Finger über das Fokussierrad des Fernglases gleiten und stellt das Bild scharf. An den vorderen Rändern der Flügel zittern dunkle Flecken, und der lange, abgeflachte hintere Rumpf schimmert mattblau.

Noch vor wenigen Wochen war diese Libelle ein Meereslebewesen, eine Larve, die langsam zwischen den Schild-Wasserhahnenfuß-Pflanzen schwamm und mit ihren Kiemen den im Wasser gelösten Sauerstoff atmete. Elliot denkt an die Larven, die tagelang in den Verschlingungen der Bodenvegetation liegen und geduldig darauf warten, dass kleine Tierchen in ihre Reichweite krabbeln. Die Fangmaske der Larve, die sich aus der Unterlippe entwickelt hat, schießt nach vorne, sobald sie in passender Entfernung Beute erspäht. Die Bewegung ist so schnell, dass der Mensch sie mit bloßem Auge nicht wahrnehmen kann. Der Darm der Larve fungiert als Wasserstrahlantrieb, der sie im Nu von einem Ort zum anderen befördert. Im Wasser häutet sie sich mehrere Male, um sich nach und nach auf die bevorstehende Metamorphose vorzubereiten.

Elliot spürt einen Druck auf den Schläfen, konzentriert sich jedoch darauf, sich vorzustellen, wie die Libelle als Larve an einem Schilfhalm aus dem Wasser kletterte, um sich zu trocknen. Als die Larvenhaut aufriss, kroch sie feucht, weich und faltig in die Welt. »Alles in der Natur geht nach einer gewissen Notwendigkeit und höchsten Vollkommenheit hervor.« Etwas an der Libelle lässt ihn an Spinoza denken, über den er im Frühling ein Referat in Ethik gehalten hat. Andererseits geraten die meisten Libellen schon als Larven in die Rachen von Fischen, Vögeln und Fröschen. Viele sterben während der gefährlichen Häutungsphase. Dann kann schon ein Sturz auf die Flügel die Libelle so stark verletzen, dass sie nicht mehr fliegen kann. Aber dieser Große Blaupfeil flog hoch hinaus, lernte in seiner neuen Gestalt die Welt kennen, und jetzt, im Alter von nur wenigen Wochen, ist er bereits alt. Im Lauf des Sommers hat sich seine Farbe von Gelb zu Blau verändert, und der helle Hinterleib hat einen mehlfarbenen Ton angenommen.

Elliots Schläfe schmerzt. Er stellt das Bild wieder scharf. Die Libelle beobachtet aufmerksam ihre Umgebung. Sie sieht besser als er. Sie blickt mit ihren Netzaugen in alle Richtungen, am genauesten nach vorne und nach oben. Jetzt lässt sie ihre Flügel zittern. So steigert sie ihre Körpertemperatur, während sie sich auf den Flug vorbereitet. Plötzlich hebt sie tatsächlich ab. Sie fliegt Schleifen, hält inne und beschleunigt wieder, streift die Wasseroberfläche und steigt in die Höhe auf.

Laut Spinoza ist Freude der Übergang des Menschen von geringerer zu höherer Vollkommenheit, aber Elliot fragt sich, ob eine Libelle nicht auch Freude empfindet, wenn sie durch die Lüfte gleitet? Hätte er ein besseres Fernglas, könnte er vielleicht sehen, wie sie in der Luft Mücken fängt. Jetzt sitzt sie wieder auf dem Geländer des Bootsstegs und bereitet sich auf den nächsten Flug vor. Sie sieht zerbrechlich und funkelnd stark zugleich aus. Und sie lebt in seliger Unwissenheit darüber, wie kurz ihr Leben sein wird, denkt sich Elliot. Jeder Flug kann der letzte sein.

Fächerartig breiten sich die Kopfschmerzen über seinen Schläfen aus. Wenn er an sie denkt, strahlen sie noch weiträumiger, und gleichzeitig kriecht ihm ein Gefühl von Schwere in den Bauch. Er strengt sich an, um alle Aufmerksamkeit auf die Libelle zu richten, damit sich der Druck in seinem Inneren nicht ausdehnt.

9

Elea schaut durch das flackernde Feuer hindurch Aura an, die aussieht, als wollte sie etwas sagen. Tatsächlich räuspert sie sich, schlägt die Beine übereinander und fragt stockend:

»Wie wurde es entdeckt?«

Elea fasst zusammen, was geschehen ist. Vor einem Monat traf ihre Hand beim Duschen auf eine kleine, harte Stelle neben der linken Brustwarze. Wie eine Erbse unter der Haut fühlte es sich an. Sie hatte keine Angst, nicht ernsthaft, besorgte sich aber dennoch gleich für den nächsten Tag einen Termin bei einer Gynäkologin in einem privaten Ärztezentrum. Für die Gynäkologin sah es nicht besorgniserregend aus, aber sie schrieb ihr trotzdem eine Überweisung zum Radiologen. Bei der Mammografie und beim Ultraschall war nichts Besonderes zu erkennen. Der Radiologe sprach von einer seltsamen Hautveränderung und sagte, es sei jedenfalls kein Brustkrebs, weil es sich nicht einmal im Brustgewebe befinde.

»Was?«, fragte Matias.

»Das hat er behauptet«, sagt Elea.

Der Radiologe machte eine Biopsie, aber die Probe zeigte lediglich trockene Hautzellen, aus denen man nichts schließen konnte. Es wurde vereinbart, dass ein plastischer Chirurg die ganze Erbse als Probe entfernt, sorgsam, weil sie gutartig aussah. Tatsächlich schnitt er den »Knubbel« ausgesprochen schön vom Rand des Warzenhofes ab, ließ ihn in ein Probenröhrchen fallen und zeigte ihn Elea. In dem Röhrchen lag ein unschuldig aussehendes, blütenweißes, glattes Kügelchen. Der Chirurg sagte, es könne sich um eine Verstopfung der Milchgänge handeln.

»Genau so sah es aus. Wie ein rundes Klümpchen getrocknete Milch.«

»Woher hätte die Milch denn kommen sollen?«, wundert sich Salma.

»Eben. Ich habe seit zehn Jahren nicht mehr gestillt.«

Elea ahnte nicht, dass Krebs so weiß wie Schnee sein kann. Vom Krebs spricht man, als wäre es eine innere Fäulnis, und wenn etwas verfault, wird es üblicherweise dunkler. In Eleas Vorstellung war der Krebs keine glatte Erbse, sondern ein tintenfischartiges Wesen, das seine bösen Tentakel in immer neue Gewebe streckt.

Sie nimmt einen Schluck aus ihrem Sangriaglas und setzt ihren Bericht fort. Während sie auf den Befund des Pathologen wartete, sorgte sie sich nicht allzu sehr. Schließlich waren bis jetzt alle Ärzte der Meinung gewesen, dass das Kügelchen harmlos sei. Dann kam der Anruf, Anfang letzter Woche.

Die Linsensuppe wurde kalt, die bunten Streifen an der Wand wurden unerträglich grell und stemmten sich gegen sie. In der Stimme des Chirurgen lag eine künstliche Ruhe, als er sagte, es habe ihn erstaunt, dass sich die Probe als bösartig erwiesen habe, gerade so, als sei er das Opfer eines obskuren Delikts geworden: getäuscht von einem heimtückischen Knubbel, der so getan hatte, als wäre er harmlos. Er sprach von einem kleinen Eingriff. »Die Brustwarze dürfte dabei allerdings verloren gehen«, sagte er, als wäre es das größte in Sichtweite befindliche Problem. Er ärgerte sich wohl darüber, dass die Operationsnarbe, die so schön sauber am Warzenhof entlang verlief, nun eine sinnlose Demonstration seines Könnens blieb.

»Was für ein Blödmann«, schnaubt Aura.

Als sie die Nachricht vom Krebs erhielt, tröstete sich Elea damit, dass es ein kleiner Tumor war. Sie hatte ihn mit eigenen Augen in dem Röhrchen gesehen, und er war bereits entfernt worden. Der Chirurg sagte, es müsse jetzt nur noch etwas gesundes Gewebe um die entfernte Erbse herum herausgeschnitten werden. Nach der Diagnose wurde Elea als Patientin an die Uniklinik überwiesen. Von dort rief man sie an und teilte ihr mit, dass man den Brustkrebs bei jungen Frauen wegen des dichten Brustgewebes manchmal nicht bei der Mammografie und beim Ultraschall sehe, weshalb sie sicherheitshalber noch ein MRT machen würden, da es am genauesten sei. Die Aufnahme wurde am Dienstag gemacht, und am Mittwoch traf sie die Radiologin der Klinik, die ihr das Resultat mitteilen sollte, aber zuerst noch einen Ultraschall von der Brust machen wollte.

Otto seufzt schwer, als wollte er nicht hören, was kommt.

»Ich warne euch: Es wird noch schlimmer«, sagt er und stützt sich auf die Hände.

Die Radiologin war eine schöne blonde Frau, kühl-professionell in ihren Gesten und Blicken. Elea ahnte Schlimmes, als sie die Anspannung der Ärztin bemerkte. Um einen neutralen Gesichtsausdruck bemüht, führte die Radiologin die mit Gel befeuchtete Sonde auf der Brust hin und her, unterbrach die Bewegung zwischendurch und machte Standbilder. Etwas an ihrer Geschäftigkeit wirkte, als wollte sie den unausweichlichen Befund noch etwas hinausschieben. Schließlich stoppte sie die Sonde und sagte, was gesagt werden musste: Leider gibt es mehrere Tumore.

»Auf der MRT-Aufnahme sieht man, dass sich noch sechs weitere Tumore in der Brust befinden.«

»Scheiße!«, ruft Aura aus.

»Das kann nicht wahr sein«, murmelt Salma schockiert. Matias wird noch blasser.

Die Radiologin erklärte, unter dem entfernten Tumor, dicht an der Brustwarze, sehe man eine »Verdichtung«, und die dort beginnende Ballung von Tumoren reiche bis tief in die Brust hinein. Nachdem sie dies mitgeteilt hatte, spritzte sie ein Betäubungsmittel und nahm eine Punktion an den Tumoren vor. Plötzlich fiel Elea das Atmen schwer. Die Umrisse der schönen Radiologin verschwammen, und was sie sagte, schien hinter einem schalldichten Vorhang zu verschwinden. Sie erschrak, als sie merkte, dass sich Eleas Atmung veränderte. »Sind Sie allergisch gegen das Betäubungsmittel?«, fragte sie, zum ersten Mal mit leichter Beunruhigung. »Nein, ich bin bloß geschockt«, sagte Elea mit Tränen in den Augen. Da kehrte die Ausdruckslosigkeit auf das Gesicht der Radiologin zurück, und sie setzte den Eingriff professionell fort.

»Warum hat man die Tumore nicht bei den ersten Aufnahmen gesehen?«, wundert sich Matias.

»Ich weiß es nicht. Früher dachte ich naiverweise, bildgebende Verfahren würden ein unmittelbares Bild von ihrem Objekt liefern. Aber auch deren Bilder müssen interpretiert werden, so wie jedes andere Bild auch.«

Elea hatte nach dem ersten Ultraschall einen sauberen Befund, beim zweiten sah man, dass die Brust voller Tumore ist, obwohl das bildgebende Verfahren und das Untersuchungsobjekt jeweils identisch waren. Nur die interpretierende Person war eine andere – und deren Erwartungshorizont. Der erste Radiologe dachte: Schon wieder eine hysterische junge Frau, die das Schlimmste befürchtet. Seine Kollegin hatte die Tumore bereits auf der MRT-Aufnahme gesehen. Sie sah auf dem Bildschirm, wonach sie zu suchen wusste.

»Das klingt, als wäre der erste Radiologe ein Depp gewesen«, meint Aura.

Von einer »Hautveränderung« zu sprechen, war tatsächlich Unsinn gewesen, denkt Elea. Der Pathologe bestätigte das: Sie hatte ein *invasives duktales Karzinom*, also Brustkrebs, der sich in den Milchgängen gebildet hatte und in das umliegende Gewebe eingedrungen war. Das Karzinom war bis knapp unter die Oberfläche gewachsen – der äußerste Tumor lag direkt unter der Haut, sodass Elea ihn zum Glück spürte, ansonsten wäre der Krebs unentdeckt geblieben.

»Eine kleine Erbse schien noch beherrschbar zu sein«, sagt Elea. »Aber zu erfahren, dass die Brust voller Tumore ist, die sich unsichtbar im dichten Brustgewebe befinden, war mindestens ebenso erschütternd wie das Wissen um den Krebs.«

Es weckte in ihr den Horror, der Krebs könnte sich überall hin ausgebreitet haben – in die Knochen, in die Leber, in die Eierstöcke, in die Lunge, ins Gehirn. Ihr Rücken fing an zu schmerzen, der Kopf tat ihr weh, und ihr Blick trübte sich. Ihr war vollkommen klar, wie extrem unwahrscheinlich es war, dass die Metastasen gerade dann anfingen, Symptome zu zeigen, als sie von den Tumoren erfuhr. Dennoch waren die Schmerzen real.

»Zum Glück kam Elea danach ins CT«, sagt Otto.

»Die Erleichterung war riesig, weil sich dabei keine Anzeichen fanden, dass der Krebs gestreut hat«, sagt Elea. »Aber weil sich der Krebs bei der ersten Untersuchung versteckt hat, habe ich natürlich die Angst, dass er es auch im CT getan hat. ›Mikrometastasen sieht man auf den Bildern allerdings nicht‹, hat die Krankenschwester dann auch voller Hilfsbereitschaft mitgeteilt.«

10

Elea sieht Elliot aus dem Wald zum Lagerfeuer herunterkommen. Der Junge ist schnell in die Höhe geschossen, seine Gestalt hat eine neue Sehnigkeit und sein Kiefer etwas Kantiges bekommen, das noch seine endgültige Form sucht. In seinen Augen liegen ein schüchterner, verstohlen zur Seite schauender Blick und ein Schmerz, als würde sich dahinter eine innere Qual winden.

»Mama«, sagt Elliot.

»Was ist, mein Schatz?«

»Ich hab Kopfweh.«

»Du Ärmster.«

Sie fragt, ob er eine Schmerztablette möchte, obwohl sie die Antwort kennt. Elliot befürchtet, Medikamente könnten schädliche Substanzen enthalten. Elea fragt nur der Form halber, weil die anderen zuhören und weil man es in solchen Situationen so macht.

»Komm her, Mama«, bittet Elliot voller Beklommenheit und winkt sie zur Seite, neben die Birke. »Kann das ein Gehirntumor sein?«

»Nein, mein Schatz«, antwortet Elea und fasst den Jungen sanft an den Schultern.

»Das kannst du nicht mit Sicherheit wissen. Ich hab im Internet nachgeschaut. Es kann sehr gut sein.«

»Nichts ist vollkommen sicher, aber es ist äußerst unwahrscheinlich. Geh nur wieder zu den Mädchen.«

Elea bemüht sich um einen forschen Ton, aber es kommt ihr vor, als würde etwas Verzweifeltes, nahezu Flehendes aus den Ritzen zwischen den Wörtern tropfen.

»Es kümmert dich nicht«, sagt Elliot und zuckt mit der Hand, als hätte er einen gebrochenen Flügel.

»Du weißt genau, dass es mich kümmert. Alles ist gut, mein Schatz.«

»Nein.«

Elea muss ihm lange zureden, bis er wieder in den Wald trottet, mit hängenden Armen, niedergeschlagen. Er bleibt stehen, um einen Sonnenhut zu betrachten, der aus dem Gras aufragt. Elea fragt sich, wie sie Elliot bei der Fertigstellung des Herbariums helfen kann, jetzt, da der Sommer ein solches Ende nimmt. Der Junge streckt die Hand nach der Blume aus, hält dann aber in der Bewegung inne. Etwas löst sich offenbar in ihm. Er setzt seinen Weg in den Wald fort, hüpft leicht dabei und streift unterwegs den Stamm einer Eiche, wie um ihr Guten Tag zu sagen. Seit er laufen kann, liebt der Junge die Bäume mit der Kameradschaftlichkeit eines Waldbewohners. Iiris klettert auf die Bäume, Elliot hat die Angewohnheit, ein

Ohr an die Rinde zu halten und dem Atem des Baumes zu lauschen.

Elea denkt an die drei im Wald, an Iiris, Elliot und Aida, wachsend wie Bäume, dem Licht entgegen: anpassungsfähig und doch verletzlich, zart und zäh. Sie sind so irritierend gute Menschen, besser als sie, so mitfühlend mit allem, was lebt. Auf sonderbar urtümliche Weise sind sie eins mit diesem brennenden Planeten, von klein auf zu seinen Beschützern herangewachsen.

11

Wieder geht Elea die Lawine mit denselben Bildern durch den Kopf: der Anruf, der Lärm im Café, wo sie zu Mittag aß, die Wand mit den grünen Streifen, die Freundin, die sie führte, als wäre sie eine Schlafwandlerin, die ein Taxi rief und sie ins Hotel brachte. Und dabei konnte sie nichts anderes denken, als dass die Kinder noch zu jung sind – dass ein Irrtum vorliegen muss, dass es nicht passiert sein durfte. Nein. Nein. Zu jung. Unmöglich. Sie brauchen dich noch.

Zwanghaft hämmerte dieser Gedanke in ihrem Kopf, getrieben von einer Verzweiflung, die ihr die Kehle zuschnürte, als könnte sie an eine Instanz appellieren, verlangen, einen Fehler in der Ordnung der Dinge zu korrigieren, wenn sie sich nur entschlossen genug weigerte, die Situation zu akzeptieren. Als gäbe es eine Grenze, die regelte, dass unverhältnismäßig schreckliche Dinge nicht passieren können.

Im Hotel handelte die Freundin so ruhig, als hätte sie es geübt und wüsste genau, was zu tun war: Sie packte den Koffer und besorgte für den Abend ein Flugticket nach Hause, obwohl Eleas Vortrag erst am folgenden Morgen stattfinden sollte. Sie befanden sich im selben Zimmer, aber es war, als trennte Elea eine gläserne Wand von der gemeinsamen Welt, in der die Menschen sich in ihre alltäglichen Aufgaben vertieften, in Abfolgen automatisierter, zueinander passender Bewegungen, in der sie praktische Probleme lösten und ihr weiteres Leben planten. Sie war in eine andere Wirklichkeit geschleudert worden, in der das Ausführen einfacher Bewegungen nahezu unüberwindlich kompliziert war, wie im Traum, wenn die Luft schwammartig wird, sodass sie die Geräusche aufsaugt, jedes Rascheln dämpft und die Bewegungen erstickt. Nur ihre Freundin würde aus dem Hotelzimmer wieder in ihr eigenes Leben hineingehen, in dem sich alles verlässlich an seinem Platz befand.

Vom Hotelzimmer aus machte Elea ein paar Anrufe. Zuerst erzählte sie es Otto. Er versuchte, aufmunternd zu klingen, aber Elea hörte die Angst zwischen den bröckelnden Sätzen.

Dann rief sie ihre Mutter an. Deren Stimme blieb krampfhaft ruhig, als könnte man die schlechte Nachricht entkräften, indem man sich dazu zwang, gelassen zu bleiben. Sie hatte auf die für Mütter typische Art gleich Hinweise und Ratschläge parat. Sie sagte, man solle es nicht sofort den Kindern sagen. Elea wusste, dass die Kinder es trotzdem merken würden. Als sie ein Kind gewesen war, hatte es ihr am meisten Angst gemacht, wenn sie gespürt hatte, dass die Eltern ihr etwas verheimlichten. Sie erzählte es den Kindern sofort, nachdem sie nach Hause gekommen war.

Auch nach dem MRT rief sie ihre Mutter an. Da nagte die Sorge bereits an ihr, man hörte ihrer Stimme die Last durchwachter Nächte an. Als sie berichtete, die Brust sei voller Tumore, war ihre Mutter am anderen Ende der Leitung gebrochen und konnte nichts mehr sagen.

Ihre Mutter trauert, weil nicht sie den Krebs bekommen hat. Das wäre die natürliche Ordnung der Dinge gewesen. Das Schlimmste, was passieren kann, ist, dass es dem eigenen Kind schlecht ergeht. Das ändert sich auch dann nicht, wenn das Kind erwachsen ist, sagt Eleas Mutter.

In den vergangenen Tagen hat sie davon gesprochen, wie es zu ihrer Scheidung kam, als sie so alt war, wie Elea es jetzt ist. Als der Mensch, von dem sie geglaubt hatte, er sei ihr nahe, plötzlich fortging, machte ihre Gesundheit Schwierigkeiten, und sie dachte, was sie vor sich habe, sei nur noch ein einziges Aufgeben, aber dann ist sie wieder aufgestanden und hat inzwischen, fünfundzwanzig Jahre später, das Gefühl, gesünder und ausgeglichener zu sein als damals. Viele geraten mit vierzig in eine Krise, aber dann geht das Leben doch weiter, manchmal besser als zuvor. Vielleicht, denkt Elea, aber das heißt nicht, dass sie aus ihrer Krankheit etwas Gutes und Edles ziehen kann. Ihrer Mutter fällt es schwer, zu akzeptieren, dass sie nichts tun kann, um etwas zu ändern. Aber sie könnte Eleas Familie zum Beispiel Essen bringen, anstatt mit Ratschlägen zu kommen. Sag, wenn etwas ist, wenn ich helfen kann, bietet ihre Mutter an, so wie viele andere auch, aber Elea hat augenblicklich nicht die Kraft, jemanden um etwas zu bitten.

Sie rief aus dem Hotelzimmer auch ihren Vater an. Dieser war auf Reisen, und sie sprachen nur kurz. Er schien wie blockiert zu sein, nicht fähig, den Schlag anzunehmen. Auch er hat Probleme mit der Gesundheit, aber er ist ein Mann der Generation, die es nicht gewohnt ist, ihre Ängste mit anderen zu teilen, auch nicht die Unsicherheit und die Qual des Wartens auf Resultate. Er informiert seine Kinder über gesundheitliche Angelegenheiten immer erst, wenn sich etwas als sicher herausgestellt hat. Dann herrscht eine Atmosphäre wie bei der Enthüllung eines Staatsgeheimnisses. Gesundheitliche Dinge sind *Privatsache*, betont er immer. Er spricht darüber mit leicht gesenkter Stimme, als hätten sie grundsätzlich etwas an sich, wofür man sich schämen müsste. Krank werden ist ein Scheitern, das man bis zuletzt geheim halten muss. Was für eine Last muss das für ihn sein.

Als Elea mit der Nachricht von den sieben Tumoren anrief, brach ihm die Stimme, und er sagte überraschend: »Ich liebe dich.« Elea konnte sich nicht erinnern, dass er das je zu ihr gesagt hätte. Ungesagte Worte sagt man, wenn die Zeit knapp wird. So schlimm steht es also.

Vielleicht ist sie gar nicht diejenige, der es am schlechtesten ergeht. Vielleicht ergeht es ihren Angehörigen noch schlechter. Schließlich ist es schlimmer, den Verlust des eigenen Kindes, der Partnerin oder der Mutter zu befürchten als den eigenen Tod.

12

Matias merkt, dass Elliot wieder am Feuer aufgetaucht ist. Er kommt direkt zu ihm und beugt sich zu ihm hinab, um ihn leise zu fragen:

»Kann man in meinem Alter einen Hirntumor haben?«

»Ganz selten, aber hier drin ist keiner«, antwortet Matias und streicht seinem Patensohn übers dicke Haar.

»Woher willst du das wissen?«

»Das sehe ich mit meinem Arztblick.«

Der Junge scheint von dem bedrückenden Gedanken nicht loszukommen, sosehr man ihn auch zu beruhigen versucht.

»Aber he, darf ich mal deine Jolle sehen?«, fragt Matias.

Elliot führt gern seine hellgelbe Optimisten-Jolle vor. Elea ist damit als Kind mit ihren Geschwistern gesegelt. Diesen Sommer hat Elliot Einzelteile davon an verschiedenen Stellen rund ums Sommerhaus gefunden: hinter der Sauna den kastenförmigen Rumpf aus Holz, im Schuppen das Segel, unter der Sauna das Ruder und den Kiel. Beim Erzählen ereifert er sich so, dass die quälende Sorge in den Hintergrund gerät.

»Papa hat die Jolle *Schopenhauer* genannt«, sagt Elliot.

»Wie sonst«, meint Matias lachend.

»Machen wir einen kleinen Törn?«

»Vielleicht später.«

»Warum nicht gleich?«, fragt Elliot. Matias wirft einen Blick auf die anderen, zögert und willigt dann ein:

»Also gut, drehen wir eine kleine Runde.«

Matias hatte als Kind auch so eine Jolle, in Nauvo, wo sie für den Sommer immer ein Häuschen mieteten, bis seine Mutter wegging. Einmal löste sich das Ruder, und er sprang ins Meer, um es zu retten.

Er setzt sich auf ein abgenutztes Sitzkissen auf dem Boden der Jolle und muss unbequem die Beine anwinkeln. Eine Optimisten-Jolle ist nicht für zwei gedacht. Sie wurde nach dem Krieg in den Vereinigten Staaten als günstiges Ein-Personen-Boot entworfen, um junge Leute zu ermuntern, das Segeln zu lernen. Ihren Namen bekam sie von der Jugendorganisation, die das Projekt finanzierte und die einen Wahlspruch hatte, der sich Matias eingeprägt hat: »Versprich dir selbst, so stark zu sein, dass nichts deinen Seelenfrieden ins Wanken bringen kann.« Wenn man den Seelenfrieden nur so leicht bekäme, indem man es sich selbst verspricht, denkt Matias.

Vor dem Steg ist es so flach, dass man das Schwert nicht gleich hinunterdrücken kann, sondern zuerst ein Stück hinausrudern muss. Die Jolle ist kippelig, aber Elliot geht geschickt damit um. Langsam gleitet das Boot bei fast völliger Flaute dahin. Elliot wirkt nun ruhiger.

Ein großes Segelboot kommt ihnen entgegen, von dem ein wettergegerbter Mann mit Bart herübergrüßt. Matias erzählt Elliot von Kapitän Ahab und der Jagd nach dem weißen Wal.

»Klingt ziemlich zwanghaft«, sagt Elliot und fragt: »Hast du manchmal Zwangsvorstellungen?«

»Die ganze Zeit«, antwortet Matias. »Ich glaube, dass die meisten welche haben. Manchmal kleine, manchmal große.«

Elliots Gesicht hellt sich auf. Kurz darauf verkündet er:

»Achtung, Kopf runter, ich drehe das Segel!«

Matias duckt sich und lehnt sich an die linke Bordwand. Es spritzt ein bisschen Wasser ins Boot, von dem seine Shorts nass werden.

»Du bist ein geschickter Segler«, lobt Matias.

»Nasal«, sagt Elliot und wirkt zufrieden.

»Willst du später mal Hals-Nasen-Ohren-Arzt werden?«

»Vielleicht. Die Nase ist ein tolles Organ«, sagt Elliot und atmet tief die Seeluft ein.

Als sie im Bogen zurück zum Ufer fahren, bemerkt Matias, dass Otto neuen Lachs ans Feuer gebracht hat. Aura sitzt rauchend auf der Schaukel. Elea und Salma sehen ihm und Elliot vom Feuer aus beim Segeln zu. Matias hat das Gefühl, er wäre in eine falsche Meeresgeschichte hineingeworfen worden, in der ein Mann und ein Junge nach einem stürmischen Abenteuer in den Hafen zurückkehren und die Ordnung der Dinge wiederhergestellt ist.

13

Elea zuckt unter dem knatternden Lärm am Himmel zusammen. Ein Rettungshubschrauber fliegt über die Insel und verschwindet hinter der nächsten Landzunge. Intuitiv schaut Elea aufs Meer: Die Segler kehren bereits ans Ufer zurück. Sie darf nicht vergessen, Matias dafür zu danken, dass er Elliot beruhigt hat. Nach dem Abenteuer auf dem Meer geht der Junge eindeutig gelassener in den Wald zurück.

»Wie haben die Kinder die Nachricht aufgenommen?«, fragt Salma.

»Sie scheinen zumindest ein rührendes Vertrauen in die moderne Medizin zu haben«, sagt Otto und schaut kurz auf Matias, der in nassen Shorts zum Feuer zurückkommt.

»Aber ich mache mir natürlich Sorgen um sie«, sagt Elea.

Die Kinder sind in einer so sensiblen Phase, denkt sie. Sie verkriechen sich auf neue Art in sich, und zugleich zieht es sie aus dem Haus. Die eigene Familie ist nicht mehr der Mittelpunkt, um den ihr Leben kreist. Sie interessieren sich für ihren Körper, für seine Veränderungen und für die Erde, dafür, wie es ihr ergeht.

Auch Elea wurde in Iiris' Alter Vegetarierin, wegen der Tiere und wegen des Planeten, doch vor allem vielleicht – so denkt sie jetzt –, um ihren Körper unter Kontrolle zu halten. Sie wollte, dass er rein, stark und vollkommen der ihre war. Aber er kann nicht voll und ganz der eigene sein: In ihm zirkulieren das gleiche Wasser, die gleichen Nährstoffe und die gleichen Umweltgifte wie überall in der Natur. Pestizide, die längst verboten sind, strömen noch immer mit der Muttermilch.

Iiris fragte gestern, was wir mit der Erde gemacht haben,

dass sie so viele Menschen krank werden lässt. Elea muss selbst darüber nachdenken. Die Zahl derjenigen, die an Krebs erkranken, wächst jedes Jahr um ein Prozent, und eine unerklärliche Kinderlosigkeit verbreitet sich alarmierend schnell. Flammschutzmittel und andere hormonell wirksame Inhaltsstoffe sickern aus Polstermöbeln und Kleidung ins Wasser und verwandeln das Blut in einen Chemikaliencocktail. Hat die Belastung mit irgendeinem Stoff ihren Krebs ausgelöst? Sie kann nicht anders, als diese unnützen Fragen im Kopf hin und her zu wenden, hütet sich jedoch, vor den Kindern darüber zu sprechen, damit sie sich nicht noch mehr Sorgen machen, als sie es ohnehin tun.

»Elliot befürchtet, dass er auch Krebs hat«, sagt Otto. »Gestern Prostatakrebs, heute offenbar einen Hirntumor.«

»Er wäre der jüngste Prostatakrebspatient der Weltgeschichte«, meint Matias.

»Genau. Aber seine Angst ist trotzdem real. Es ist schwer zu entscheiden, was wir da als Eltern tun sollen«, sagt Elea.

»Jedenfalls nicht mit seinen Ängsten mitgehen«, schnaubt Aura. »Das verstärkt sie nur.«

»Ja, ja, aber es ist auch wichtig, dass er das Gefühl hat, gehört zu werden«, sagt Elea gereizt.

»Für Leute, die an Krankheitsangst leiden, wäre das auch ohne den Brustkrebs der Mutter eine harte Zeit. So viele Sorgen und unsichtbare Bedrohungen überall«, stellt Salma fest.

Was für eine salmahafte Form der Vermittlung, denkt Elea. Aura steht auf, um sich noch etwas zu trinken zu holen, schenkt auch den anderen ein und erzählt dabei von einer alten Schulkameradin, die mit siebenundzwanzig an Lymphdrüsenkrebs erkrankte. Nach den Krebstherapien überkam sie alle paar Wochen die Todesangst wie eine Flutwelle. Sie ängstigte sich derart, dass ihr Rücken steif wurde, und dann hatte sie Angst, der Schmerz käme daher, dass sich der Krebs ausgebreitet hat. Jeden Abend nach der Dusche tastete sie alle Lymphdrüsen ab, strich darüber und knetete sie, auf der Suche nach Knubbeln und Knoten. Manchmal schwollen die Lymphdrüsen vom vielen Drücken an.

Jeder kennt eine Geschichte über jemanden, der Krebs hatte, denkt Elea, und üblicherweise enthalten sie eine Lehre. Sie versteht die Angst der Frau, die ihre Lymphdrüsen abtastet, gut und würde sich nicht wundern, wenn sie sich selbst in einer ähnlichen Situation wiederfände.

Ihre Gedanken schweifen ab, es kostet sie Mühe, sich auf das Gespräch am Feuer zu konzentrieren. Die Gäste lamentieren darüber, dass Elea sich selbst zu sehr *belastet*, indem sie so viel über Krebs liest. Sie sehen nicht ein, dass sie das zwingende Bedürfnis hat, ihre Situation zu verstehen – ihren Krebs durch und durch zu kennen. Sie will wissen, was diese Wahnsinnszellen sind, die sich unkontrolliert in ihrer Brust teilen. Welchen Gesetzen folgen sie? Was ruft sie hervor, und was dämmt sie ein? Das Denken an das Schlimmste ist mit dem Bewusstsein verbunden, dass es nicht unbedingt eintritt, aber wenn man nicht daran denken darf, wird es noch beängstigender.

14

Matias holt sich von drinnen ein kaltes Bier und drückt die Dose an die von der Sonne erhitzte Wange. Er weiß nicht, was er davon halten soll, dass Elea das Bedürfnis umtreibt, alles Mögliche über ihre Krankheit zu wissen. Sie hat gerade gelernt, dass es nicht den einen Brustkrebs gibt, sondern eine Reihe verschiedener Erkrankungen, die unter einem Oberbegriff zusammengefasst werden. Die meisten davon sind langsam wachsende »brave« Krebse. Eleas ist es nicht. Ihre Krebszellen teilen sich tüchtig und breiten sich darum auch eifrig aus. Als Matias zum Feuer zurückkehrt, hört er Otto sagen:

»Und kaum hattest du gelesen, dass sich hormonaler Krebs oft in die Knochen ausbreitet, hat dein Rücken angefangen zu schmerzen.«

»Ja, na und?«, fragt Elea.

»Bist du sicher, dass es vernünftig ist, so viele Informationen im Netz zu suchen?«, kann Matias sich nicht verkneifen zu fragen.

»Die Menschen haben unterschiedliche Methoden zu überleben. Für mich ist die Suche nach Informationen eine Form, mir wenigstens etwas von dem zu bewahren, was ich bin – eine Wissenschaftlerin, die versucht, die Welt in ihrer Komplexität zu verstehen.«

»Aber Informationen vermehren den Schmerz«, sagt Aura. »Sie dienen nicht der inneren Ruhe.«

»Und wenn die innere Ruhe überbewertet wird?«, fragt Elea.

Matias erinnert sich an eine Diskussion zu Studienzeiten über die Frage, ob es besser ist, der unglückliche Sokrates zu sein oder ein glückliches Schwein. Elea hat das Glück noch nie für den Sinn des Lebens gehalten. Sie hat immer davon gesprochen, dass die Suche nach der Wahrheit, die Begegnung mit der Komplexität der Wirklichkeit, wichtiger als ein leichtes und angenehmes Leben sei. Nachdem sie Philosophie und Literatur studiert hatte, wählte sie als Beruf die Literatur, weil darin die unordentliche Mehrdimensionalität des Lebens angeblich besser zu ihrem Recht komme.

»Ich bin nie auf ein angenehmes Dasein aus gewesen, in dem alles Schmerzhafte getilgt worden ist«, sagt Elea. »Ich will wissen, was mit mir und der Welt geschieht, auch wenn es noch so wehtut. Kennt ihr mich nicht einmal so gut?«

»Aber wäre es nicht leichter, wenn du nicht das Schlimmste befürchten, sondern dich auf die Profis verlassen würdest? Ist Brustkrebs heutzutage nicht eine Krankheit, die man durchaus behandeln kann?«, fragt Aura.

Elea schweigt. Aura macht den Anschein, als begriffe sie, dass sie es darauf beruhen lassen sollte, aber sie kann es nicht:

»Es wäre bestimmt auch für dich gesünder, positiv zu denken.«

Matias versucht Aura mit einem Blick dazu zu bringen, aufzuhören, aber sie redet immer weiter:

»Wäre eine positive Einstellung für die Heilung nicht günstiger als die ganzen düsteren Gedanken?«

Zarte Flecken sind auf Eleas Wangen erschienen, und ihre Augen glühen.

»Jetzt reicht's aber, verdammt noch mal«, bricht es aus ihr heraus. »Ihr habt überhaupt keine Ahnung, wie das ist!«

Aura nuschelt eine Bitte um Entschuldigung, aber Elea geht bereits davon, mit Wasser und Feuer in den Augen. Matias schnürt es das Herz zusammen. Elea hat eine sonderbare Leidenschaft in sich. Von klein auf war alles, was sie tat, von einer schlichten Eleganz. Doch Matias kennt ihre exaltierte, leidenschaftliche Seite. Normalerweise ist es ein stilles Glühen und bricht nur selten so jäh hervor wie eben. Es ist, als schwankte Elea am Rand eines Abgrunds, ohne zu wissen, ob sie noch bis zum nächsten Morgen leben darf.

15

Mit großen, energischen Schritten geht Elea bis an die Vorderkante des Bootsstegs. Vor Enttäuschung und Wut schießt ihr das Blut in den Kopf. Warum hat sie Krebs, und die anderen dürfen danebensitzen und ihr Ratschläge erteilen?

Die anderen würden diese Katastrophe am liebsten an die Medizin auslagern, aber sie, Elea, muss sie durchleben. Für die Ärzte ist sie unweigerlich eine Wahrscheinlichkeitsrechnung, ein Fall, der einer bestimmten Kategorie zugeordnet wird. Nur für sie ist das hier das einzige Leben, das sie hat. Sie hat nur diesen einen, vom Untergang bedrohten Körper, und jetzt nagt daran der Krebs.

Elea blickt zum Feuer. Aura späht zu ihr herüber. Elea regt sich über Auras selbstzufriedene Art auf, Lebensweisheiten von sich zu geben, kühl wie eine griechische Göttin, erhaben und unsterblich, ein bisschen losgelöst von allem Irdischen. Aura geht alles mühelos von der Hand, während sie sich immer ins Zeug legen muss, wenn es darum geht, sich um sich selbst und ihre Familie zu kümmern, und auch dann ist es nicht genug, nichts ist genug.

Elea ist sich nicht sicher, auf wen sie wütend ist, auf ihre Freunde und Freundinnen oder auf sich selbst. Auf eine unbestimmte Art ist sie auf ihr ganzes bescheuertes Leben wütend, auf ihren Mangel an Mut, ihre Mittelmäßigkeit.

Die Universität ist eine harte, kalte Welt, die von Männern, die sich für Genies halten, und anderen Psychopathen dominiert wird. Dieser Welt hat sie ihr ganzes Leben gegeben. Sie hat immer gewusst, dass sie so gut sein muss, dass kein Macho, der ihre Verdienste herabsetzt, sie erledigen kann. Eigentlich war sie nie besser als die anderen, denkt sie, nur hartnäckiger. Und jetzt wachsen in ihrer Brust Zellen, die hartnäckiger sind als alles andere in ihr.

Sie hat unerschütterlich weitergemacht, als andere vor den kleinen Diktaturen wahnsinniger Professoren flohen, sich umbrachten oder merkten, dass es auch außerhalb der Uni ein Leben gibt. Wie im Zeitraffer sieht Elea eine Abfolge schmerzlicher Bilder, die ihr auch nach all den Jahren noch unwirklich erscheinen. Der Herbstmorgen, an dem ihre Kollegin anrief, die blauen Karos auf der Küchentischdecke, die sich in etwas schneidend Materielles verwandelten, das auf sie eindrang und sie gleichzeitig aufsaugte. Die begabteste Wissenschaftlerin ihrer Arbeitsgemeinschaft war am frühen Morgen vom Dach eines Mietshauses gesprungen.

An das, was danach geschah, kann sich Elea kaum erinnern, nur an den Zustand, in den sie alle rutschten und der an eine kollektive Psychose erinnerte. Gelähmt von Schock, Trauer und Hilflosigkeit, dachte sie über das Unwiderrufliche des Sprungs nach und darüber, ob es an den Tagen zuvor einen entscheidenden Moment gegeben hatte, an dem sie es auf irgendeine Weise hätte verhindern können. Sie wusste nicht, wie es nach so etwas weitergehen sollte. Was stimmte mit ihr nicht, dass sie auch danach blieb und weitermachte, humpelnd, aber trotzdem? Von ihnen, den Hinterbliebenen, haben die meisten überlebt, aber kaum unversehrt.

Die Universität nährt außer intellektueller Neugier auch ungesunde Machthierarchien und sektenähnliche Kleinverbände, deren paranoide Atmosphäre einem die Erfahrung bescheren kann, wie es ist, in eine Sackgasse zu geraten. Sie alle suchten verzweifelt die Bedeutung in dem ganzen Wahnsinn, vor der Katastrophe und danach, aber vielleicht gab es gar keine besondere Bedeutung. Statt einer großen Verschwörung war da nichts als fortwährende alltägliche Herabsetzung und Demütigung: ironische Bemerkungen im Seminar, Augenverdrehen bei Sitzungen, öffentliches Fertigmachen, bedrückende Tonfälle und höhnische Blicke, Freudlosigkeit und Gewohnheiten des Sprechens und Handelns, die eine Atmosphäre brutaler Konkurrenz erzeugten. Kommt der Krebs womöglich von alldem? Die Frage scheint kurz in ihr auf, aber sie scheucht sie davon.

Elea hat Arbeit und Leben nie voneinander trennen können und wollen, sie hält sich schlicht und einfach für einen denkenden Menschen, dessen Tage eine unordentliche Mischung aus Lesen und Schreiben sind. Grenzlinien zu ziehen ist ihr immer lächerlich und beengend vorgekommen, wie das Bestehen auf einer eingebildeten Reinheit, so verlogen wie alle anderen Reinheitsideologien. Sie ist bereit, für etwas zu kämpfen, dessen Wert die meisten nicht verstehen, aber diejenigen, die es verstehen, konkurrieren verzweifelt um das Privileg auf ein Leben, in dem sie sich und ihre intellektuelle Leidenschaft verwirklichen können. Das ist ihre Berufung gewesen: von Berufs wegen lesen und über Literatur schreiben zu dürfen.

Außer dass sie eigentlich am allerliebsten selbst Romane schreiben würde, anstatt sie nur zu untersuchen. Mit welcher Sturheit hat sie sich eingeredet, dazu nicht fähig zu sein!

Elea bemerkt, dass sich Aura vom Feuer erhebt und auf den Bootssteg zugeht. Aura, die einfach so Künstlerin wurde, denn es hatte ihr nie an Selbstvertrauen gefehlt. Das ist eben wohl das Entscheidende, wenn man Kunst macht – die Kühnheit, sich ins Spiel zu stürzen. Der Mut, auszuprobieren, was man mit Wörtern und Farben, mit Stein und Ton, mit Tönen und Bewegungen machen kann: Was man daraus bauen kann, wie man damit verschiedene Möglichkeiten des Seins, des Erlebens und der Zusammenhänge untersuchen kann.

Aura geht über den Steg auf sie zu, mit einem besänftigenden, süßlichen Ausdruck im Gesicht.

»Entschuldige, Elea. Das war dumm von mir.«

»Schon gut.«

Elea hört das Ausweichende in ihrer Stimme. Sie sieht Aura von unten an.

»Ich wollte dich nicht verletzen.«

»Ich weiß. Ich will mit der Situation eben auf meine Art umgehen.«

»Ja, selbstverständlich.«

Aura taktet ihre Worte, indem sie ruckartige Bewegungen mit der Hand in Richtung Feuer macht, als versuchte sie, Elea zum Mitkommen zu bewegen.

»Ich bleibe noch einen Moment hier sitzen, wenn es recht ist.«

»Na klar.«

Aura zündet sich eine Zigarette an, nimmt ein paar Züge und trottet dann mit langsamen Schritten zum Feuer zurück.

Elea sitzt am vorderen Rand des Bootsstegs und hofft, dass der gelassene Atem des Meeres sie beruhigt, aber ihr Blut rauscht in seinem eigenen Rhythmus, ohne sich um irgendetwas zu scheren.

Es ist auch für die anderen nicht leicht, denkt sie, auch wenn die Entrüstung noch immer Wellen in ihr schlägt. Sie meinen es gut. Es ärgert sie nur, wenn Menschen, die noch nie ernsthaft krank gewesen sind, ihr wiederholt erklären, dass sie falsch reagiert: zu viele Informationen sammelt und das Schlimmste befürchtet.

Elea trat sofort einer Online-Selbsthilfegruppe bei und bekam dort den Eindruck, dass sich alle grämten. Der Anfangsschock ist immer hart, zuerst herrscht im Inneren nichts als

Chaos, erst allmählich lassen sich die Dinge ordnen. Oder aber eine schlechte Nachricht folgt auf die andere, die Posts werden weniger, unheilvolle Stille breitet sich aus, und schließlich überbringt eine der Krebsschwestern die Trauernachricht. Elea erinnert sich daran, wie die Betriebsärztin der Universität sie untersuchte, als wäre sie eine fremde Spezies, und ihre Beobachtung notierte: »Patientin ist orientiert und realitätsnah.« Das war wohl positiv gemeint, aber warum klang es so herablassend?

Über das Wasser hinweg hört sie Bruchstücke von Sätzen, die die anderen am Feuer wechseln.

»Vielleicht könntest du als Arzt versuchen, sie zu überzeugen«, schlägt Ottos tragende Stimme vor.

Elea versteht nicht, was Matias antwortet, aber kurz darauf kommt er auf den Bootssteg und setzt sich auf die Bank.

»Otto hat dich also geschickt, um mich zu beruhigen.«

Matias lächelt verlegen und fragt:

»Weißt du schon, was für ein biologischer Typ dein Krebs ist?«

»Den bisherigen Proben nach *Luminal B*.«

Die Ärztin erklärte Elea, es sei ein hormonell bedingter Krebs und aggressiver, schneller wachsend und mit schlechterer Prognose als ein A-Typ-Krebs. Angeblich aber trotzdem nicht der schlimmstmögliche. Es gibt Krebsarten, an denen noch jüngere Frauen erkranken und die noch heftiger sind. Schon die erste Woche in der Selbsthilfegruppe hat Elea konkret vor Augen geführt, dass ständig Mütter kleiner Kinder sterben. Jede kennt eine alte Frau, die Brustkrebs überstanden hat, aber wie viele kennen eine Frau unter vierzig, die ihn überlebt hat? Elea kennt eine, die überlebt hat, und mehrere, die es nicht geschafft haben, darunter ihre Cousine, die mit siebenunddreißig an der Krankheit starb.

»Im Gutachten des Pathologen stand auch, dass die Probe eine perineurale Streuung zeigt. Das heißt, der Krebs streut über die Nervenbahnen«, berichtet Elea. »Kannst du mir sagen, wie schlimm das ist?«

»Nein. Aber ich kann jemanden anrufen. Ich kenne einen Onkologen.«

»Danke«, sagt Elea. Matias schweigt eine Weile und sagt dann vorsichtig:

»Ich verstehe deine Angst, aber dennoch ist die Wahrscheinlichkeit auf deiner Seite. Neunzig Prozent aller Frauen, die an Brustkrebs erkrankt sind, leben nach fünf Jahren noch.«

»Du weißt sehr wohl, dass die Prozentzahlen bei jungen Frauen bei Weitem nicht so gut sind.«

Matias senkt den Blick und sagt mit erstickter Stimme:

»Ich kann einfach nicht anders, als zu denken, dass du es überstehst.«

Elea wundert sich über die Zärtlichkeit in seiner Stimme. Verlegen schaut sie aufs Meer, wo ein kleines Boot mit röchelndem Motor auf die Spitze der Landzunge zutuckert.

16

Matias kommt sich plump und überflüssig vor. Er kann nichts für Elea tun. Er sagt die falschen Dinge und macht alles nur noch schlimmer. Er versucht, seinen Onkologenkollegen anzurufen, aber der meldet sich nicht. Um etwas zu tun, greift er nach Ottos Spinnangel, die am Geländer des Bootsstegs lehnt. Seit einer Ewigkeit hat er keine Angelschnur mehr ausgeworfen, die eigenen Bewegungen kommen ihm unter Eleas

Augen steif und mechanisch vor. Er führt die Rute nach hinten, schleudert sie rasch schräg nach vorne und lässt den Köder losschießen. Er fliegt zu weit, fast bis ins Schilf. Matias zieht kurz an und atmet erleichtert auf, als sich die Schnur einholen lässt. Allerdings ist der Blinker noch zu weit weg, um ein Gefühl für ihn zu bekommen.

Matias gehen Eleas Worte durch den Kopf: Luminal B, perineurale Streuung.

»Vielleicht ruft mein Kollege zurück«, sagt er, nur um etwas zu sagen.

»Ich will aber keine geschönte Version.«

»Ja, ja, natürlich nicht.«

»Nein, im Ernst, Matias, ich muss mich darauf verlassen können, dass du mir alles sagst. Ich will die ganze Wahrheit, so wie sie ist. Ich ertrage es nicht, wenn man mich wie ein Kind behandelt, von dem die Ärzte sich in eine Ecke zurückziehen, um miteinander zu tuscheln. Ich habe doch wohl das Recht, zu erfahren, was in meinem eigenen Körper vor sich geht?«

»Ja, na klar.«

Ihre Blicke bleiben nur für den Bruchteil einer Sekunde aneinander haften, aber Matias sieht in Eleas Augen die Angst, die alles aufzehrt.

Am Köder sind Algenfetzen hängen geblieben. Nachdem er sie entfernt hat, wird sich Matias plötzlich der anderen am Ufer bewusst. Sie sind still geworden. Ihre Blicke streifen ihn und Elea. Er möchte mit Elea allein sein, aber nicht so wie auf einer Bühne.

Er wirft ein weiteres Mal die Angelschnur aus, in Richtung Schilf, aber nicht zu dicht heran. Zu seinem Entsetzen fliegt der Köder zu weit nach links, ins Flache, und bleibt am Grund hängen. Er hat keine andere Wahl, als ins Wasser zu waten, um den Köder zu befreien. Mit glühenden Wangen geht er zur Sauna, um die Badehose anzuziehen.

17

Elea ist erleichtert, ihren Freunden wenigstens ansatzweise mitgeteilt zu haben, was sie sagen wollte. Dennoch bleibt in ihrem Inneren ein diffuser Bodensatz zurück, gegen den sie nicht ankommt. Immer wieder rollt ihr dieselbe Welle nutzloser Gedanken in den Kopf und bricht an ihrem Stirnbein.

Sie kann nicht anders, als sich zu fragen, warum gerade sie Krebs bekommen hat. Es ist schwierig, Phänomene zu erfassen, die keinen eindeutigen zeitlichen Bogen haben. Als Wissenschaftlerin hat sie das Bedürfnis der Menschen untersucht, ihre Erfahrungen auch dann in Geschichten zu kleiden, wenn sie sich nicht der Form der Erzählung fügen, aber das macht es ihr jetzt nicht leichter. Verstehen ist ein Grundbedürfnis des Menschen – und eine Wissenschaftlernatur wie sie ist erst recht davon besessen.

Eine Erzählung bietet die Illusion einer kausalen Erklärung nach dem Muster »zuerst passierte x und danach y«, sodass die Abfolge der Ereignisse auf Ursache und Wirkung hindeutet. Schon in den antiken Tragödien spielt es eine zentrale Rolle, auf welche Art die Hauptfigur an der Bildung ihres Schicksals beteiligt ist, welchen Fehler sie, ohne es zu wissen, gemacht hat: die eigene Mutter geheiratet, den eigenen Vater getötet. Die stärksten Erzählungen sind immer diejenigen gewesen, die Grundursachen berühren, die erklären, wie es so weit hat kommen können. Darum geht Elea auch in einer Endlosschleife die Frage durch den Kopf: Warum? Es wäre leichter, wenn sie wüsste, dass sie den Krebs zum Beispiel von Trompetenpfifferlingen bekommen hat, die durch den Tschernobyl-Niederschlag verseucht waren.

Unzählige Male hat sie sich die Risikofaktoren vor Augen geführt. Sie raucht nicht, man hat bei ihr keinen genetischen Fehler gefunden, der für Brustkrebs empfänglich macht, und Alkohol trinkt sie nur auf Partys. Lediglich Hormonen ist sie ausgesetzt gewesen, denn sie hat zehn Jahre lang die Pille genommen und hat seit den Geburten, also seit weiteren zehn Jahren, eine Hormonspirale. Schützende Faktoren sollte es eigentlich reichlich geben. Sie war jünger als dreißig, als sie die Kinder bekam, sie hat beide über ein Jahr lang gestillt, sie ist ziemlich schlank, bewegt sich viel, ernährt sich gesund. Und dennoch teilen sich unkontrolliert die Zellen in ihrer Brust. Die Onkologin hat gesagt, Krebs resultiere zumeist aus zufälligen Fehlern bei der Zellteilung. Vermutlich wird sie nie erfahren, warum gerade sie Krebs bekommen hat – auch nicht, ob er von einem bestimmten Handeln oder Geschehen, das zu vermeiden gewesen wäre, in Gang gesetzt wurde oder vom reinen Zufall. Warum empfindet sie diesen Gedanken als so niederschmetternd?

Trug sie eine nicht verarbeitete Belastung in sich, die sie so lange unterdrückte, bis sie schließlich die Form eines Tumors annahm? Sie glaubt nicht an solche überkommenen Denkmuster, denen zufolge Krebs etwas Schmachvolles hat, weil die Kranke in gewisser Weise selbst die Schuld daran trägt, weil er ein Beweis für ihr Versagen oder ihren Charakter ist. Dennoch bedrückt sie diese stigmatisierende Sicht der Dinge unterschwellig, sosehr sie sich davon auch zu lösen versucht.

Außerdem zehrt der hartnäckige und absurde Gedanke an ihr, sie hätte unverhältnismäßig viel Gutes bekommen, ohne eigenes Zutun, aufgrund eines fatalen Fehlers oder eines Missverständnisses oder durch Täuschung, indem sie andere in die Irre geführt und sich besser dargestellt hat, als sie ist, und dass das Universum sich jetzt für all ihre Unehrlichkeit, ihre Verstellung, ihre Eitelkeit und ihren Stolz an ihr rächt. Eigentlich ist sie bloß ein schüchternes, unsicheres Mädchen, das sich in bemitleidenswerter Weise den Kleiderschrank mit Kleidern vollgestopft hat, als wäre ein wallendes Kleid ein Zaubermantel, nach dessen Saum der Wind greift und sie in die Lüfte hebt. Und jetzt sehen alle ihren Absturz, mit sämtlichen grausamen Einzelheiten, denn Krebs bedeutet langsame Zerstörung. Über kurz oder lang würde ein gealterter, hässlicher Glatzkopf aus ihr werden, eine bleiche, ausgezehrte menschliche Ruine, die alle Lebenskraft verloren hat. Und dann würde sie sterben, allein und unter Schmerzen. Otto hat schon vor Jahren bei einem Streit verkündet, wenn Elea sterbe, werde er ihre sämtlichen Kleider auf einen Haufen werfen und verbrennen.

Wieder schnürt es Elea die Kehle zu. Über die Zeiten hinweg hat man geglaubt, Krankheiten hätten mit der Untauglichkeit der Erkrankten zu tun, durch die das eine Mal die Körperflüssigkeiten ins Ungleichgewicht gerieten, das andere Mal der böse Geist dazu gebracht wurde, sich in einem Körperteil einzunisten. Das Stigma sitzt so fest, dass es wohl nicht erstaunlich ist, wenn man das irrationale Gefühl bekommt, irgendwie schlecht zu sein. Die Auffassung des Galenos von Pergamon, Brustkrebs rühre von Melancholie, von einer Stauung schwarzer Galle im Organismus, herrschte zweitausend Jahre lang vor, und noch in den 1970er-Jahren wurden Studien veröffentlicht, denen zufolge psychische Faktoren wie das extreme Unterdrücken von Wutgefühlen Brustkrebs verursachen.

Angesichts all der Gewalt, die Frauen in der Geschichte

der Medizin angetan worden ist, von Zwangssterilisationen bis zur systematischen Herabsetzung und der Neigung, Beschwerde für Beschwerde mit der falschen Position der Gebärmutter oder mit schwachen Nerven zu erklären, schockiert es Elea, wie sehr man ihre Gemütszustände, ihr Verhalten und ihre Reaktionen kontrollieren will. Wird ihre Erschütterung als Hysterie betrachtet? Geschieht das tatsächlich immer wieder, von Jahrhundert zu Jahrhundert, hört das denn niemals auf? Heutzutage beziehen Ärzte und Ärztinnen die Patientinnen in ihre Entscheidungen mit ein, aber gibt es innerhalb der Behandlungsprozesse inzwischen wirklich genügend Raum für die Erfahrungen der Kranken, für ihre Vielfältigkeit und Komplexität?

Dennoch scheint die Vorstellung, dass unser Wohlbefinden in unseren eigenen Händen liegt, außerhalb der Medizin noch stärker verbreitet zu sein. Überall stößt man auf den neoliberalen Individualitätskult, demnach jeder auch in Fragen der Gesundheit seines eigenen Glückes Schmied ist. Wird man krank, ist man selber schuld und auch selbst dafür verantwortlich, dass man wieder gesund wird. Die Gesundheit wird als ein Spiel gesehen, in dem man durch richtiges Spielen gewinnt.

Man hat Elea gegenüber wiederholt angedeutet, der Krebs komme sicher von der vielen Arbeit. Nun habe sie einen Grund, nicht zu arbeiten und »sich um sich selbst zu kümmern.« Anscheinend hat sie das bis jetzt nicht gekonnt. Auch die Leiterin der Fakultät sagte: »Nicht mit Gewalt versuchen durchzuhalten!« Sie meinte es zweifellos gut, wollte ihr Zeit geben, um gesund zu werden. Aber zu einem Mann würde man das nicht sagen. Diese Anspielungen plagten Elea so sehr, dass sie ihre Onkologin danach fragte. Die Antwort: Studien zufolge schützt Stress eher vor Krebs, als dass er ihn verursacht.

Auch von ihren Verwandten hat Elea besorgte Nachrichten

dazu erhalten, wie sie reagiere, wie düster und wissenshungrig sie sei. Angeblich haben sie untereinander darüber geredet und können nicht verstehen, warum sie ihre Niedergeschlagenheit nicht mit Medikamenten behandeln lassen wolle, ob das nicht auch für die Kinder das Beste sei. Elea wird schlecht angesichts der Forderung, immer ruhig und guter Dinge sein zu müssen – sich notfalls medikamentös ruhigzustellen, Hauptsache, man hat seine Gefühle unter Kontrolle. Warum verlangt man von ihr etwas, in dem die Toten besser sind: Angstfreiheit, Berechenbarkeit?

Sie wollen das wütende Brausen in ihr zähmen, das lodernde Feuer löschen. Aber das wird sie nicht zulassen. Sie ist entschlossen, wütend zu sein.

18

»Gehen wir zurück ans Feuer?«, schlägt Matias vor, nachdem er den Köder geholt hat.

Elea bewegt sich über den Steg, als versuchte Matias, sie in die gemeinsame Welt zurückzubringen, aber sie kann dorthin ebenso wenig zurückkehren, wie sie sich davon lösen kann, ihr bleibt nichts anderes übrig, als zwischen den Welten zu schwanken. Wie eine Traumwandlerin folgt sie Matias ans Feuer.

»Entschuldige, Elea, wenn wir blöd reagiert haben«, sagt Salma, obwohl sie diejenige ist, die ihr am wenigsten Ratschläge aufgedrängt hat.

»Wir möchten nur, dass es dir nicht so schlecht geht«, sagt Aura.

»Ist es nicht ein bisschen zu viel verlangt, dass es einem auch dann noch gut gehen soll, wenn man gerade eine Krebsdiagnose bekommen hat? Warum ist es allen so wichtig, dass ich mich beruhige? Damit es für die anderen angenehmer ist?«

»Natürlich darfst du niedergeschlagen sein«, sagt Matias.

»Danke für die Genehmigung, Herr Doktor.«

Elea erzählt ihnen von der Chirurgin, die sie operieren wird, einer kompetenten, empathischen Frau, die schon zweimal gefragt hat: »Was machen wir mit Ihrer Niedergeschlagenheit?« Sie schlug ein Psychopharmakon vor und überwies sie an die Akutpsychiatrie. Von dort rief ein Psychiatriepfleger an, ein munterer junger Mann, der ständig »Na, so was« sagte und keine Ahnung von Brustkrebs hatte. Bald hatte Elea das Gefühl, dass sie sich nichts mehr zu sagen hatten. Später las sie eine neue Diagnose in ihrer Patientenakte: »Anpassungsstörung«.

»Als wäre das Problem gar nicht der verdammte Krebs!«

Eleas Wangen glühen.

»Hat nichts damit zu tun, dass ich meine Kinder nicht groß werden sehe, das Problem ist, dass ich nicht fähig bin, meine Erschütterung optimal stilvoll zu vertuschen. Jemand könnte es bemerken und sich dann unwohl fühlen. Klare psychische Störung.«

Die meisten Beeinträchtigungen der psychischen Gesundheit bewegen sich wohl in einem Spektrum zwischen normalen Schwierigkeiten im Leben und Situationen, die die Handlungsfähigkeit lähmen, und an Psychopharmaka ist an sich nichts Schlechtes, solange die betroffene Person sie selbst nehmen will, aber Elea fühlt sich durch die automatische Pathologisierung ihrer Erschütterung und das Aufdrängen von Medikamenten gekränkt.

Auf einer bestimmten Ebene stellt sich der Mensch letzten

Endes auf alles ein, denkt sie, aber das braucht Zeit. In »Anpassungsstörung« steckt der Gedanke, dass man sich nicht richtig und nicht schnell genug anzupassen weiß. Wenn das eigene Kind stirbt – bis wann muss man sich da angepasst haben, um nicht als anpassungsgestört abgestempelt zu werden?

»Elea, es ist schrecklich, dass du Krebs hast, und es ist völlig verständlich, dass du fassungslos bist«, sagt Salma und schaut sie mit Wärme an.

»Danke, Salma.«

Elea staunt, was für eine große Erleichterung sie durch Salmas Worte empfindet. Plötzlich hat sie das Gefühl, dass am Ende alles ganz einfach ist. Sie wünscht sich nur eines: dass die anderen ihre Erschütterung akzeptieren, sie annehmen und nicht versuchen, ihre Flammen zu ersticken.

Elea sieht ihre Freundinnen und Freunde an und empfindet jähe Zärtlichkeit für sie. Sie möchten ihr helfen, möchten das Übel von ihr wegnehmen. Elea will keine Zeit für Streitereien verschwenden, aber sie hat auch nicht die Kraft, den anderen etwas vorzuspielen.

»Ich möchte euch nur erklären, was ich erlebe. Wenn alles gut geht, wird sich meine Niedergeschlagenheit bestimmt irgendwann legen, so ist das bei Gefühlen ja normalerweise, aber bis dahin will ich es durchleben. Alles, was mit dieser Krankheit zu tun hat. Alles.«

»Ja, na klar.«

»Selbstverständlich.«

Sie nicken und starren ins Feuer. Elea wünschte, im Schein des Feuers könnte zwischen ihnen eine neue Verbundenheit von Wesen, die sich ihrer Endlichkeit stellen, wachsen, eine, die sie noch lernen.

19

Salma wäscht in der Küche Weintrauben und wirft sie in eine Schüssel. Elea schneidet dünne Scheiben von einem Laib schwarzem Schärenbrot ab. Alles ist wie früher und doch anders.

»Leicht ist es nicht, aber es wäre gut, mit den Diagnosen pragmatisch umzugehen. Sie sind nur dafür da, dass man Hilfe bekommt«, sagt Salma.

»Ja. Trotzdem ärgert es mich, wenn von Trauer und Erschütterung geredet wird, als wären es Krankheiten.«

Salma weiß sehr wohl, dass die Medizin nicht vor Verdruss im Leben bewahren kann, auch wenn man die Menschen noch so sehr in den beruhigenden Schutzmantel der Krankheitsklassifizierungen wickelt. Es ist pervers, bei einem Menschen, den eine Katastrophe getroffen hat, auch dann nach einer Störung zu suchen, wenn die Not aus der Ungerechtigkeit der äußeren Umstände resultiert. Darum ist ihr der beharrliche Versuch vieler Therapeuten fremd, ihre Klienten dazu zu bringen, sich ihrer Situation anzupassen, was immer sie auch sein mag. Nicht immer muss man die Umstände akzeptieren, sondern sollte sich anstrengen, sie zu verändern.

»Wäre eine posttraumatische Belastungsstörung die bessere Diagnose, weil sie anerkennt, dass die psychische Reaktion einen äußeren Anlass hat?«, fragt Salma.

»Ich weiß es nicht. Hat Trauma nicht etwas mit einem plötzlichen Ereignis zu tun – einem Unfall, einer Vergewaltigung oder einer Verstümmelung im Krieg?«

»Auch alltägliche Phänomene können traumatisieren. Rassismus, Sexismus, Homophobie.«

Der ganze emotionale Abgrund, denkt Salma, der Menschen wie sie von den anderen trennt in diesem weißen Land, das sich vor Andersartigkeit fürchtet.

»Wahnsinn, dass der Krebs jetzt tatsächlich mein neuer Alltag ist, meine neue traumatische alltägliche Wirklichkeit. Wenn mich alle nur noch als Krebskranke sehen, kann ich mir vielleicht ein bisschen besser vorstellen, wie es ist, wenn man die ganze Zeit im Licht eines Stereotyps betrachtet wird.«

Darüber haben sie sich oft unterhalten: inwieweit wir uns überhaupt die Erfahrungen anderer vorstellen können. Würde Elea jetzt verstehen, warum sie nicht wollte, dass man sie in ihre Traumata zurückversetzt? Die meisten haben Wunden, die sich überschneiden und aus denen man sich eine reizvolle Identität konstruieren kann, die andere fasziniert. Und doch ist der Mensch immer mehr als seine Wunden.

»Aber wenn das jetzt ein Trauma ist, dann ist es schwer zu lokalisieren«, fährt Elea fort. »Es hat am meisten mit dem zu tun, was *kommt*: Es ist die Niedergeschlagenheit wegen der verlorenen Zukunft, die Angst, dass mein Leben zu früh abbricht, bevor meine Kinder groß sind.«

»Stimmt, aber es gibt Wissenschaftlerinnen, die der Meinung sind, dass auch das, was kommt, traumatisieren kann. Dann spricht man von einem Zukunftstrauma und von prätraumatischer Belastungsstörung. Klimaangst und Angst vor dem Atomkrieg haben mit künftiger Zerstörung zu tun.«

»Seltsam, dass man über das Künftige wehmütig sein kann. Über alles, was passieren könnte, jetzt aber niemals Wirklichkeit zu werden droht.«

Salma denkt an Veera und an die gemeinsamen Pläne, die nun in keiner Welt verwirklicht werden. Gleichzeitig fühlt sich die Vergangenheit weniger real an, eindimensionaler. Sie hat keine Tiefe, die entsteht, wenn alles, was man zusammen erlebt hat, aus beiden Blickwinkeln beleuchtet wird, aus beiden Arten, zu erzählen und die Erlebnisse zu einem Teil des gemeinsamen Gedächtnisses zu verknüpfen. Auch die Gegenwart ist dünner geworden, weil sie nicht mehr die Möglichkeit enthält, sie im Licht einer geteilten Vergangenheit zu erfahren oder sich im Nachhinein mit Veera daran zu erinnern. An die Stelle des Teilens ist das Gewicht der Trauer getreten, das die Erfahrungen so stark zusammenpresst, dass sie sich nicht einmal sicher ist, ob sie wahr sind. Salma starrt auf die Karte des Schärenmeeres an der Küchenwand. Letzten Sommer hat sie zusammen mit Veera die Abbildung studiert und die Inseln aufgezählt, auf denen sie gewesen sind.

»Wir hatten eine Radtour zu dritt auf die Åland-Inseln geplant. Aida war total begeistert.«

»Ihr könnt zu zweit hinfahren.«

»Wie wäre es, wenn du mit Iiris mitkommst?«

»Vielleicht, wenn ich das hier überstehe. Wenn ich es überstehe und mich anpasse«, meint Elea lachend.

»Am Anfang dachte ich auch, dass ich mich mit Veeras Tod nie abfinden will. Aber inzwischen merke ich schon, dass man sich auch ungewollt anpasst.«

»Das verstehe ich. Dass es einfach passiert. Aber es sollte nicht die Norm sein, eine Leistung, zu der man innerhalb eines bestimmten Zeitrahmens gedrängt wird. Weil sie eigentlich auch etwas Schockierendes an sich hat, unsere Fähigkeit, uns anzupassen. Würde zum Beispiel ein Kind sterben, wäre es dann nicht geradezu falsch, sich damit abzufinden?«

»Man kann sich auf unterschiedliche Art anpassen«, erwidert Salma. »Brodsky hat etwas gesagt wie: ›Hier auf Erden sind alle Formen des Lebens, von der Zärtlichkeit bis zur Ermattung des Verstandes, Anpassung.‹«

Eleas Kopf zuckt zur Seite, und sie verschwindet auf der

Toilette. Vielleicht muss sie weinen, Salma ist sich nicht sicher.

Salma drängt sich der Gedanke an ihre Nachbarin auf, die einen Knoten in ihrer Brust entdeckte, während sie ihr zweites Kind stillte. In der Mütterberatung wurde der Knoten als Fettknubbel bezeichnet. Als dann endlich mit der Krebstherapie begonnen wurde, hatte die Krankheit bereits bis in die Knochen gestreut, und im Lauf der Therapie drang sie ins Gehirn und in die Lunge vor. Die Frau starb innerhalb eines halben Jahres, und ihr jüngstes Kind würde sich nie an seine Mutter erinnern können. Vor ihrem Tod nahm sie für ihre Kinder ein Schlaflied auf, damit ihnen wenigstens die Stimme ihrer Mutter blieb.

Wie würde es Elea ergehen? Wie können sie an diesem Abend über Meeresgeschichten reden, wenn niemand weiß, wie viel Zeit Elea noch bleibt? Und auch wenn alles am Ende gut ausgeht, was für Spuren wird die Krankheit bei ihr hinterlassen?

Salma hat oft mit Elea über die Verbindung von Erzählungen und Macht gesprochen – darüber, wessen Geschichten erzählt und gehört werden, was als Bestandteil der Geschichte aufgenommen wird und was außen vor bleibt. Und darüber, wie durch und durch weiß die finnische erzählerische Fantasie ist. Dennoch hat Salma Elea für eine Theoretikerin gehalten, eine philosophisch orientierte Intellektuelle, die sich nicht allzu viele Gedanken über ihre Privilegien macht. Jetzt muss sie sich einer konkreten körperlichen Not stellen. Da werden ihre erzählphilosophischen Überlegungen unweigerlich Schürfwunden bekommen. Einmal sagte Elea, sie denke sich selbst als ein geistiges Wesen, das in einen zufälligen Körper geraten sei. Salma denkt, dass man das bestimmt so sehen kann, wenn dieser Körper zufällig der Norm entspricht und weiß, schlank und gesund ist. Nun hat sich der letzte Faktor geändert. Wie plötzlich man doch aus der Norm hinausrutschen kann, Hals über Kopf, ohne Vorwarnung.

Elea ist wie eine Schwester für sie. Am Schmerz, der sie durchdringt, erkennt Salma, dass sie Elea liebt. Sie würde es nicht ertragen, einen zweiten nahestehenden Menschen zu verlieren. Warum fühlt sie sich so unwahrscheinlich hilflos, obwohl sie doch tröstende Worte kennen müsste? Es kommt ihr vor, als wüsste sie auf einmal gar nichts mehr und als klängen alle Wörter hohl.

Wieder packt sie die erstickende Angst, dass immer neue Katastrophen aufeinanderfolgen werden. Sie weiß, dass die schlechten Nachrichten dieses Jahres nichts miteinander zu tun haben, sondern dass ihr Verstand sie miteinander verknüpft und nach Bedeutungen sucht, wo es keine gibt. Trotzdem dreht ihr die Angst den Magen um.

Als Elea von der Toilette kommt, schaut Salma ihr in die Augen und legt ihr die Hände auf die Schultern.

»Elea, du bedeutest mir viel, und ich möchte das mit dir durchleben, alles, egal, was kommt.«

Ihre Blicke verbinden sich. Elea treten Tränen in die Augen, und sie versucht nicht mehr, es zu verbergen.

»Mein Schatz«, sagt Salma und drückt Elea an sich.

Salma hofft, Elea möge wenigstens für einen Moment spüren, dass sie nichts weiter tun muss, als da zu sein, die Gefühle anzunehmen, die kommen, und sie wieder gehen zu lassen, wenn die Zeit dafür da ist.

20

Die Gäste haben sich noch etwas zu essen und zu trinken geholt und sich wieder am Feuer versammelt. Elea überkommt das Gefühl, als finge etwas von vorn an und würde sie zugleich alle unweigerlich auf das Ende zuschieben.

Besuche und Gespräche folgen leicht den gleichen Mustern. Man plaudert über dies und das, isst und trinkt, geht nach Hause, ohne dass sich etwas geändert hat. Jetzt kommt es ihr so vor, als wäre alles, was nicht irgendetwas in Bewegung setzt, Lebensverschwendung, eine Abfolge kleiner Tode, die in einer großen Leere enden.

Elea erinnert sich an Hannah Arendts Gedanken, jede Geburt bringe einen neuen Anfang in die Welt, einen Neuankömmling, der die Fähigkeit besitze, »selbst einen neuen Anfang zu machen«, etwas, das niemand im Voraus wissen kann. Wenn wir Anfänge machen, gleichzeitig enthüllen, wer wir sind, treten wir in die gemeinsame Welt ein und setzen uns den anderen aus.

Auch wenn wir sterben müssen, werden wir nicht geboren, um zu sterben, sondern um anzufangen. Plötzlich steigt in Elea der heftige, trotzige Wunsch auf, nach diesem Gedanken zu leben.

Sie blickt auf ihre Freunde, die vertraute Bewegungsabläufe absolvieren, Salat zum Mund führen, Weingläser heben. Sie sagt:

»Weil ich nicht mehr weiß, wie viel Zeit mir noch bleibt, frage ich mich, was für neue Anfänge ich noch in diese Welt bringen will.«

»Welche Anfänge?«, fragt Aura.

»Das ist ein Begriff von Hannah Arendt: Der Mensch ist ein Tier, das Anfänge macht. Ich wollte mit euch feiern, damit wir zusammenkommen und uns gegenseitig etwas sagen, das von Bedeutung ist, etwas, das ein Anfang sein kann.«

»Wir kommen hier bald ganz schön unter Druck«, sagt Matias.

»Es genügt, dass wir zusammen sind und uns trauen, etwas von uns zu zeigen.«

Elea denkt, wie viel Zeit sie auf verschiedene Maskeraden verwendet hat – auf die Frage, ob sie in den Augen der anderen scharfsinnig und selbstironisch genug ist. An der Uni wimmelt es von Menschen, für die es das Wichtigste ist, in jeder Situation die ironische Distanz zu wahren: Mit kühlen Seitenhieben verspotten sie alle, denen es wirklich mit etwas ernst ist. Nun kommt ihr all das noch idiotischer vor als bisher. Seltsam, wie eine große Angst von kleinen Ängsten und von der Scham befreien kann, wie sie es einfach macht, aufrichtig zu sein, vor den anderen entblößt, nachdem die alten Schutzmechanismen geborsten sind, wie sie einem das Gefühl gibt, dass man gerade in dieser Blöße auf neue Art unversehrt und echt ist.

»Das Leben ist so kurz«, sagt Elea.

»Und es wäre toll, jemanden zu kennen, bevor alles vorbei ist«, sagt Otto.

»Genau. Ich war selbst immer gut darin, mich zu verstecken.«

Elea kommt all das in den Sinn, vor dem sie davongelaufen ist, indem sie sich versteckt hat – an ihre Verletzlichkeit, ihre Unsicherheit, ihre Sterblichkeit. Jetzt soll damit Schluss sein. Sie will versuchen, so viel von sich zu zeigen, wie sie kann, bevor es zu spät ist, ganz gleich, wie unsicher und unvollständig es sein mag. Man kann nicht gesehen werden, wenn man sich ständig versteckt.

»Etwas überraschend«, sagt Aura.

»Was?«

»Ach, nichts.«

»Sag nur. Ich ertrage es nicht, wenn ihr anfangt, auf eure Worte zu achten, bloß weil ich krank bin.«

»Na … es ist ziemlich überraschend, dass du jetzt gegen das Verstecken argumentierst, wo du doch immer eine Meisterin darin gewesen bist. Offen gesagt hätte ich nie gedacht, dass du so reagieren würdest, dass du vorhast, der ganzen Welt deinen Krebs zu verkünden.«

»Vielleicht kann niemand im Voraus sagen, wie er reagiert«, gibt Elea zurück.

»Du bist mutig«, sagt Salma. »Ich würde mich wahrscheinlich in eine Höhle zurückziehen und meine Wunden lecken.«

»Ich sehe das nicht als Mut«, sagt Elea. »Es ist vollkommen instinktiv. Es ist nur eine primitive Überlebensstrategie, ein verzweifeltes Festklammern am Leben. Oder ich bin bloß neugierig. Vielleicht kann man sich das auch als eine Art Forschungsreise vorstellen.«

Elea wendet den Gedanken innerlich hin und her. Vielleicht ist dies ein Bruch, durch den sie zum ersten Mal für die Welt Gestalt annimmt und die Welt für sie.

21

Als das Feuer, das den Lachs flämmt, allmählich ausgeht, holt Elea neue Holzscheite vom Stapel hinter der Sauna. Dabei fällt ihr Blick auf die Eisdorne, die neben dem Brennholz an einem Nagel hängen. Sie erinnert sich an den kalten Februar vor zwei

Jahren, als sie endlich den Kindern zeigen konnten, wie man in den Schären auf Skiern von einer Insel zur anderen laufen kann. Das Gleiten über die in der Sonne glitzernde Eisdecke erzeugte einen ganz eigenen Rausch. Iiris sagte: Man hat das Gefühl, als könnte man auf dem Meer fliegen.

Die Kinder wollten ihr nicht glauben, als sie erzählte, dass man früher auf Eisstraßen über das Meer bis nach Schweden kam. Ob das Meer im kommenden Winter zufrieren würde? Wenn es kein Eis und keinen Schnee gibt, ist da nichts als eine zehrend lange, dunkle Zeit: die bloße, kalte Erde und nackte Baumgerippe, die ihre knotigen Finger zum Himmel recken. Würde Elea sehen, wie im nächsten Frühling in der Natur das Grün ausbricht und in den Augen der Menschen nach dem langen stillen Dasein die Lebenslust entbrennt? Wenn ja, was für ein Mensch wird sie dann sein?

Sie lehnt sich an die Wand des Saunagebäudes und erinnert sich an die Meeresgeschichten: Sie sollten damit weitermachen. Als sie die Einladungen zum Fest der alten Feuer verschickte, wusste sie nicht, dass sie so viele geschenkte Geschichten brauchen würde. Das Geschichtenerzählen ist immer ein Mittel zum Überleben gewesen, seit Scheherazade erzählte, um bis zum nächsten Morgen am Leben zu bleiben. Aber nicht immer taugen Geschichten zur Rettung. Ebenso gut kann man an ihnen ersticken.

Elea denkt an den Essay, den sie gerade über das Begehren nach Geschichten schreibt. Oder schrieb, bevor sie erfuhr, dass sie vielleicht sterben wird. Für Adriana Cavarero steht hinter der Sehnsucht nach Geschichten der Wunsch, erzählt zu werden – die eigene Geschichte als Erzählung eines anderen zu hören. Wir können den Anfang unserer eigenen Geschichte nur in den Versionen anderer kennen, denn niemand erinnert sich an seine Geburt oder seine ersten Lebensjahre. Unsere

Entwürfe davon, woher wir kommen und wohin wir gehen, bilden sich stets im Verhältnis zu anderen. Aber nicht nur am Anfang, sondern auch am Ende ist der Mensch vollkommen den Geschichten anderer ausgeliefert.

Elea hat immer gedacht, dass die Geschichten der anderen über sie unweigerlich etwas Verzerrendes an sich haben. Schließlich kann niemand wissen, wie es ist, ich zu sein, nicht einmal beim Baby-Ich. Oder beim sterbenden Ich. Diese Grenzen, die Anfänge und die Enden, entziehen sich der Sprache. In ihnen zeichnen sich die Grenzen der Geschichten ab, die Risse, die lügenhafte Erzählungen peinlich zu überdecken versuchen, so wie die Rede des Pfarrers oder der Pfarrerin bei der Beerdigung wie ein gebügeltes Tuch über die Zerrissenheit und die Widersprüche im Leben des verstorbenen Menschen gebreitet wird.

Elea graut bei dem Gedanken, ihre ganze gelebte Erfahrungswelt könnte bald auf eine triviale, geschönte Anekdote reduziert werden: Sie war eine gute Mutter, eine gute Ehefrau, kämpfte tapfer bis zum Schluss. Lieber würde ich sterben, als in eine solche Lage zu geraten, denkt Elea und muss über den absurden Gedanken lachen.

In ihr steigt das ganz neue Bedürfnis auf, selbst von ihren Erfahrungen zu erzählen, und dennoch weiß sie, dass man die eigenen Geschichten und die der anderen nicht wasserdicht voneinander trennen kann. Sie sind verschlungen, nichts gehört einem je völlig ganz. Das Leben hat einen Anfang und ein Ende, die Geburt und den Tod, aber sie gehören nicht uns: noch nicht, nicht mehr. Von beiden Enden aus entgleitet uns das Leben ins Unerreichbare, verknüpft sich mit anderen Anfängen und Enden, sodass es nicht mehr unser eigenes ist, außer in einem veränderten, aufgelösten Sinn.

Elea hat sich immer gescheut, in einen gemeinsamen Raum

einzutreten, in dem das Teilen von Erfahrungen oft dazu führt, dass sie bis zur Unkenntlichkeit verzerrt werden, wie von einem beschädigten Spiegel reflektiert. Jetzt erfüllt sie zum ersten Mal das Gefühl, dass es sein muss: Denn das bedeutet es am Ende doch, Mensch zu sein, dass man versucht, den anderen immer wieder zu eröffnen, was man fühlt und denkt, wohl wissend, dass sie ihre Ansichten bestenfalls nach und nach ändern können. Gleichzeitig muss man versuchen zu hören, was sie zu sagen haben, auch dann, wenn es die eigenen Auffassungen aus dem Gleis bringt. Selbst das beste Resultat eines Dialogs ist immer ein Ungefähr. Etwas geht an einem vorbei, etwas ändert sich. Das muss reichen. Später dann ein neuer Versuch.

Elea wirft die Scheite aufs Feuer, das daraufhin wieder prasselnd auflodert. Salma schaut von der Schaukel aus zu. Elea geht zu ihr, um ihr Schwung zu geben, zuerst ein bisschen schüchtern, dann stärker. Fest umfasst Salma die Seile und überlässt sich der Schaukelbewegung. Elea ist froh, dass es in ihrem Leben Salma gibt, die sogar noch in ihrer Trauer freigebig ist, die es trotz ihres eigenen Verlusts schafft, Eleas Ängsten Raum zu geben und ihrer beider Trauer nicht zu hierarchisieren.

Elea gibt ihr noch mehr Schwung. Hell schallt Salmas Lachen durch die Birke. Manchmal ist es schön, Schwung von anderen zu bekommen, auch wenn man ihn sich selbst geben könnte. Auch der Person, die Schwung gibt, macht es Spaß, Teil derselben Bewegung zu werden, des hin und her schaukelnden Rhythmus der Stöße und des Schwingens.

Elea sieht sich selbst auf der Schaukel, als kleines Mädchen, wie ihre Mutter sie anstößt, dann sieht sie Iiris an ihrer Stelle, Bilder, die sich durchsichtig übereinanderlegen. Wenn sie stirbt, wird Salma dann Iiris und Aida hier unter der Ufer-Birke Schwung geben, oder eines Tages deren Kindern und ihnen dabei von Elea erzählen?

Ein Mensch stirbt zweimal: als biologischer Organismus, wenn das Herz aufhört zu schlagen, und als soziales Wesen, wenn er vergessen wird. Für Hannah Arendt sind unsere einzigen Mittel zum Überleben die Geschichten, die nach unserem Tod über uns erzählt werden. Wird von den Taten eines Menschen erzählt, sieht man ihn als Handelnden in der Welt. So vermittelt sich der zeitliche Charakter seines Daseins besser, als wenn man ihn in eine abstrakte Definition einsperrt. Aber Hannah Arendt hat nicht beachtet, dass auch eine im Nachhinein erzählte Geschichte den Verlauf eines Lebens als zwangsläufig darstellen kann. Es ist etwas anderes, in einer offenen, vom Wind perforierten Zeit aktiv zu sein, in der die Zukunft sich erst bildet und die Augenblicke lose schweben, als in einer geschlossenen, abgekapselten Zeit, in der die Ereignisse unweigerlich auf ein festgenageltes Endresultat zusteuern.

Wir leben immer mittendrin, verwickelt in das komplizierte, dauernd unvollendete Gewirr, das man das Leben nennt. Warum werden Geschichten so oft von außen und im Rückblick erzählt und nicht mitten aus der wirren Lebensflut heraus?

Elea hofft, dass von ihr anstatt einer Geschichte viele widersprüchliche Erzählungen bleiben werden, erzählerische Streiflichter, die nicht zusammenpassen müssen. Hoffentlich enthalten sie Risse und stille Momente, Trauer und Zerbrechlichkeit. Wenn darin nur alles zum Klingen kommt, was in ihr geschwungen, was sie geliebt hat. Vielleicht bedeutet Leben nach dem Tod, dass wir in anderen nachhallen.

»Fester!«, verlangt Salma.

Elea merkt, dass die Bewegung langsamer geworden ist, findet aber schnell wieder in den Rhythmus zurück. Salma fliegt in die Höhe.

Vielleicht ist der Drang nach Geschichten nur eine Sehnsucht nach Zugehörigkeit, denkt Elea. Vielleicht ist es der Durst nach Worten, mit denen man sich nach anderen streckt.

Früher dachte sie, die Literatur wäre fähig, die Vorstellung des Möglichen zu erweitern – die Vorstellung, in welche Richtungen das Leben verlaufen, wer man sein könnte und wie die Dinge anders sein könnten. Jetzt lernt sie die Schwester dieser Vorstellung des Möglichen kennen: die Vorstellung des Unmöglichen. Sie versucht sich den Moment auszumalen, in dem nichts mehr möglich ist und alles ins Leere läuft. Auch wenn man im Prinzip weiß, dass man stirbt, ist es erschreckend schwer, die Möglichkeit des eigenen Todes im eigenen Körper zu durchleben.

Dennoch kann noch einmal ein Moment kommen, in dem sich ihre Vorstellung des Möglichen wieder weitet. Vielleicht ist das, was ihr jetzt wie das Ende vorkommt, gar nicht das Ende, sondern der Anfang von etwas Neuem. Vielleicht kann auch das Gefühl der Not ein Anfang sein? Aber sie weiß, dass sie die Möglichkeit des Endes durchleben muss, bevor die darin keimenden Anfänge hervorschießen können.

Elea stößt Salma nun mit voller Kraft an, mit irrsinnigem Schwung, der Salma flatternd in die Höhe fliegen lässt. Salma singt: »Schwinge, meine Schaukel, hinauf, ich singe die Freude in meiner Brust laut hinaus.« Das Lied hallt durch die Äste, klingt hell von Blatt zu Blatt.

Von diesem Augenblick wird niemand irgendjemandem etwas erzählen, denkt Elea wehmütig, als sie immer wieder kurz mit den Handflächen Salmas leinenbedeckten Rücken berührt.

»Gleich springe ich«, warnt Salma.

Sie holt noch mehr Schwung, dann lässt sie los, fliegt durch die Luft, landet im Sand und dreht sich mit lachendem Gesicht zu Elea um.

Elea hält das Bild von Salmas glücklich glühendem Gesicht fest, als würde sie ein Foto machen. Sie will sich an diesen Augenblick erinnern. Sie lässt ihre Wahrnehmung Ränder dafür ziehen, klar und eindeutig, damit sie es greifen kann.

22

Der Schein des Feuers konkurriert noch mit dem Sonnenglitzern vom Meer, auch wenn sich in das zarte, luftige Licht des frühen Abends bereits eine Schwere eingeschlichen hat, die sich nach und nach zur Dämmerung verdicken wird. Vom Licht gibt es endlos viele Sorten, und am Meer ändert es sich unablässig.

Es gibt das zerbrechliche Licht des Frühlingsmorgens, ausgestreut über der Wasserfläche, das flutende Licht des Hochsommers, das das Meer großzügig mit Gold übergießt, und das bleiche, weichende Licht des Novembers, das sich durch Wolkenlücken drückt, vom Herbst gedämpft über das Wasser rinnt und in den Falten der Meeresoberfläche verschwindet, wenn der Wind sie erfasst.

Die Leuchtröhren in Fabriken und Operationssälen strahlen kaltes, durchdringendes Licht aus. Das blendende Licht einer Atombombe explodiert derart, dass es nicht erleuchtet, sondern alles in sich aufsaugt und eine sengende Druckwelle nach sich zieht.

Das Lagerfeuer ist von allen Lichtern das einladendste. Wie das Meer und der Wind lebt es, befindet sich in ständiger Bewegung. Die Flammen flackern und biegen sich, aufgewirbelt vom Luftstrom. Das Knistern der heftig brennenden Scheite bildet das lebendige Herz des Feuers, das so heftig pulsiert, als wollte es nie ausgehen. Nach und nach wird es dennoch, unweigerlich, gezähmt und zur leuchtenden Glut werden.

3. TEIL

METAMORPHOSEN

»Und da ich schon einmal über die weite See dahinfahre
und all meine Segel im Winde schwellen ließ, so höret:
Nichts gibt es auf der ganzen Welt, was Bestand hätte!
Alles fließt, und jede Erscheinung wandelt sich
im Lauf der Zeit. Auch sie selbst, die Zeit,
gleitet in ewiger Bewegung wie ein Strom dahin.
Weder ein Strom noch die flüchtige Stunde
vermag ja stillzustehen,
sondern so, wie eine Welle die andere treibt,
wie dieselbe, die da kommt, von einer bedrängt wird
und die vor ihr bedrängt, genauso enteilen,
genauso folgen einander die Zeiten und sind immerdar neu.
Denn was früher war, ist vorbei;
es entsteht, was es nicht gab, und jeden Augenblick
geschieht etwas Neues.«

Ovid, *Metamorphosen*

1

Im Wald ertönt ein schriller Schrei. Elea ist sich nicht sicher, ob von einem Vogel oder einem Kind. Es überkommt sie der Wunsch, nachzusehen, ob bei den Kindern alles in Ordnung ist. Sie ruft, sie gehe von drinnen noch etwas zu essen holen, und eilt mit schnellen Schritten zum Haus. Dabei plagt sie das vage Gefühl, etwas Wichtiges vergessen zu haben. Ihr Herz schlägt heftiger, als es sollte.

Ach, die Kinder, denkt sie, was wird mit ihnen? Wieder schnürt ihr der Gedanke, der sie in den letzten Tagen verfolgt hat, die Kehle zu: dass die Kindheit ihrer Kinder zu Ende ist. Sie neigt sich ohnehin dem Ende zu, aber nun dürfen sie den sicheren Übergang von der Sorglosigkeit der Kindheit zur Unruhe der Jugend nicht erleben.

Vor dem Haus hört sie den Ton erneut. Jetzt ist Elea sich sicher, dass es der Ruf eines Schwarzspechts ist. Es ist ihr peinlich, dass sie nicht anders kann, als an die Kinder zu denken. Die machen ihr eigenes Ding und brauchen sie nicht mehr so wie damals, als sie klein waren. Sie setzt sich auf die Eingangsstufen des Hauses. Der Fliederbusch reckt ihr seine verwilderten Äste entgegen, die seit einer Ewigkeit niemand zurückgeschnitten hat. Ein Zitronenfalter stattet ihrem Knie einen kurzen Besuch ab.

Plötzlich hat sie das Gefühl, in die dritte große Metamorphose ihres Lebens hineingeworfen worden zu sein. Die erste war der Umbruch vom Kind zur Erwachsenen, die zweite das Mutterwerden.

Die erste verlief allmählich. Die ganze Kindheit ist eine andauernde Veränderung, aber in der Pubertät beschleunigt sie sich unübersehbar in der Herausbildung neuer Formen. Das Erwachsenwerden passiert nicht auf einen Schlag und ist nie zu Ende. Man ist immer das Kind von jemandem und trägt das Kind, das man war, in sich.

Das Mutterwerden dagegen ist eine abrupte Metamorphose. Bei der Geburt wird nicht nur das Kind geboren, sondern auch die Mutter, ein neues Wesen, das neue Fähigkeiten lernt, wie auch das Kind: die Kunst des Stillens, Kosens und Pflegens, das Ertragen der Schlaflosigkeit, das Überstehen von Strudeln widersprüchlicher, konturloser Gefühle.

Elea erinnert sich, wie die Geburt ihres ersten Kindes sie in einen Zustand der Erschütterung schleuderte, in dem sich die Zeit verdichtete und weitete. Dass so die Nähe von Mutter und Kind war, hatte sie nicht gewusst: dass sie so ineinanderströmen konnten. Man ist danach als Mensch nie mehr wie zuvor.

Wenn man ein Kind bekommt, betrachtet man die Welt fortan immer aus zwei Perspektiven. Das staunende, fragende Verhältnis des Kindes zu seiner Umwelt rüttelt einen auf. Vergessene Sinneserinnerungen tauchen aus dem Dunkel der Zellen auf, wenn man beobachtet, wie das Kind mit einem Stock im Matsch rührt und sich den durchnässten Fausthandschuh an die Wange drückt. Dabei mischt sich eine verwirrende Frische in das Wiedererkennen. In der Tat: Das Wunder des Lebens ist der in die Welt tretende vollkommen neue Anfang, der seine eigene Persönlichkeit hat, einen einzigartigen Daseinsstil, Bewegungen, Gebärden und Gefühle, nach und nach einen eigenen Willen, ein Wesen, das auf der Welt etwas anfängt, das niemand vorab kennen kann.

Das erste Kind kam ihr von Anfang an herzzerreißend zerbrechlich vor, zu zart für diese Welt. Der Junge umklammerte fest ihren Daumen, sobald sie ihn anlegte, und schaute ihr ergreifend intensiv in die Augen. Der Blick seiner dunklen Augen war konzentriert und vollkommen klar: Er strahlte eine sonderbare Weisheit aus, als hätte das Kind schon viel gesehen und wäre nun von fern zu ihr gekommen. Elea begriff nicht, dass ausgerechnet sie die glücklichste aller Mütter sein durfte, diejenige, die dieses wunderbare Kind auf die Welt gebracht hatte. Ihr war klar, dass die anderen Mütter das Gleiche dachten, aber das minderte die Erfahrung kein bisschen.

Als Otto den Neuankömmling in der blau karierten Babyschale ins Wohnzimmer trug, fiel das Licht auf das Gesicht des Kleinen und auf den Holzboden. Wir haben wohl ziemliches Glück, sagte Otto. Er wusste es also auch. Ein Teil von Elea wünschte, die anderen würden es nicht erfahren – damit man ihnen dieses Glück nicht aus irgendeinem Grund nehmen konnte. Die ersten Wochen schwebten sie in einem Zustand der Euphorie, als wären sie in ein Licht emporgehoben worden, das sie nährte und hegte.

Dann wuchs in dem Baby die Unruhe, und die Nächte wurden zerrissen. Es war, als spürte Elliot nun, dass er gar nicht eins mit seinen Eltern war, und hätte Angst, sie zu verlieren, indem er durch die Ritzen des Schlafs fiel. Elea trug das Kind überall hin, im Tragetuch und in der Babytrage, und irgendwann wollte der Junge sich überhaupt nicht mehr von ihrem Körper lösen, nicht einmal nachts. Als es nicht mehr genügte, neben ihm zu liegen, ließ Otto das Baby die Nacht hindurch auf seiner Brust schlafen. Elliot musste ein großes Herz an seinem kleinen Leib spüren, wie die bebende Erde. Auch nach dieser Phase schlief er mit Hautkontakt zu ihnen, nuckelte zwischendurch an der Brust, drückte sich an sie. Sein dunkler, fordernder Blick vermittelte das Gefühl, dass er mit jeder Faser schmerzlich stark die Seltsamkeit und den Schrecken des Daseins wahrnahm.

Das Kind hing so sehr an ihren Brüsten, dass es sie zum Überlaufen brachte – mehr, als es trinken konnte. Sie schwollen an und füllten sich bis zum Rand. In der Mütterberatung schlug man ihr vor, Milch für Frühchen zu spenden. Das klang gut, aber das Abpumpen in die Flaschen der Klinik hatte nichts mit Stillen zu tun. Beim Stillen ist man Teil eines symbiotischen Geschehens zweier lebender Wesen, beim Pumpen Teil einer mechanischen, sterilen Maschinerie. Wenn sie neben Elliot abpumpte und sich vorstellte, ihn zu stillen, floss die Milch nur so in die Flasche, aber wenn das Baby nicht da war, verursachte ihr das Klopfen der Pumpe Schmerzen in der Brust, und der Milchfluss versiegte.

Hat das Pumpen womöglich ihre Brust beschädigt? Der Gedanke streift sie kurz und löst sich dann auf. Sie taucht wieder in die Erinnerung an das Stillen ein: Elliots Lippen, die nach ihrer geschwollenen Brustwarze schnappen, die Befriedigung auf seinem Gesicht, die Ruhe, die sich in den kleinen Gliedmaßen ausbreitet, der Strom der warmen Milch, der ihn und sie zu einem Tier verbindet. Die Erinnerung ist so körperlich, dass sie nach all den Jahren noch das Gewicht in ihren Brüsten spüren kann.

Elea wollte ihrem Kind alle Welten eröffnen, die sie kannte, aber der Junge hatte von Anfang an Angst vor Gruppen, fürchtete sich vor Veränderungen und klammerte sich an Routinen. Als sie Elliot zum Babyschwimmen mitnahm, schreckte er vor dem lauten Schwimmbad zurück. Elea hat noch immer die Beteuerung der Kursleiterin im Ohr: »*Alle* Babys lieben Wasser, es ist für sie ein *natürliches* Element – bei manchen dauert es nur ein bisschen länger, bis sie sich daran gewöhnen, aber am

Ende genießen es alle, also nur nicht *aufgeben*!« Elea machte hartnäckig weiter, bis Elliot schon vor Panik schrie, wenn sie auf den Parkplatz fuhren. Da ließ sie es sein. Ihr Kind würde keine Wasserratte werden. Die Sinnesreize der Schwimmhalle belasteten Elliots sensible Nervenfasern zu sehr. Warum brauchte sie so lange, bis sie ihrer Intuition entsprechend handelte? Manchmal ist es am schwersten, den Kampf aufzugeben.

Das zweite Kind schien im Vergleich zum ersten fest mit der Welt verwurzelt zu sein. Es schlief von Anfang an ruhig die Nacht durch – als hätte es instinktiv das Gleichgewicht gefunden, seinen Platz im Universum. Dass das Kind es ihr so leicht machte, löste in ihr Gewissensbisse aus. Wegen ihres fordernden Erstgeborenen hatte sie nicht die Möglichkeit, sich mit ihrer Tochter in die gleiche Symbiose fallen zu lassen, die die Anfangszeit mit dem Jungen geprägt hatte. Gleichzeitig hatte sie Schuldgefühle Elliot gegenüber, weil ein zweites Baby zwischen sie gekommen war, und gegenüber Iiris, weil sie sich ihr nicht ebenso vollkommen hingeben konnte wie seinerzeit dem Erstgeborenen. Elliot und sie hatten eine ganze Welt füreinander gebildet; Iiris wurde Teil eines Zusammenhangs, der bereits fertig auf sie wartete.

Laut ihrer Mutter war Elea selbst ein einfaches Kind gewesen, immer zufrieden, und nicht so empfindlich wie ihr Bruder. Wie kann jemand von seinem eigenen Kind sagen, dass es nicht empfindlich ist? Man hat bei ihr immer alles für selbstverständlich genommen. Als verantwortungsbewusstes Mädchen hat sie sich von klein auf um ihre jüngeren Geschwister kümmern, Streit schlichten und aufräumen müssen. Hat man ihr jemals Raum gegeben, schwierig, unsicher, weinerlich zu sein? Warum wurde ihre Empfindlichkeit nicht sichtbar? Oder hat sie sie nicht zum Ausdruck bringen können? Kann sie selbst die Empfindlichkeit ihrer Tochter sehen – und ihr Raum geben?

Während Elliot die Welt Hand in Hand mit einem Elternteil kennenlernen wollte, wollte Iiris alles selbst machen: auf einen Baum klettern, den Meeresgrund untersuchen, sich aus den im Beet gefundenen Zutaten eine eigene Suppe kochen. Mit vier brachte sie sich das Lesen bei, indem sie sich im Vorschulbuch ihres großen Bruders das Alphabet anschaute. Sie malte, knetete, komponierte, erfand Texte. Alles an ihr strahlte einen neuen Anfang aus, als würde ihr Tun verkünden: Seht her, das hier ist der Vorgeschmack auf etwas Künftiges.

Aida ist wie das fehlende Teil zwischen den beiden Kindern. Wenn sie zu dritt sind, wirken sie glücklich, jedes auf seine Art. Eines ihrer Lieblingsspiele seit Jahren ist das Feenspiel in dem Wäldchen, das von dem Urwald hinter dem Haus übrig geblieben ist. Sie haben dort ihr ganz eigenes Paralleluniversum – samt Geheimsprache und Zaubertrank. In letzter Zeit ist allerdings ein neuartiger Weltschmerz in ihre Fantasiewelt eingedrungen. Alles an ihnen ist frisch und zart wie an Knospen kurz vor dem Aufblühen, und gleichzeitig sickert etwas Dunkles in ihr Leben ein, vor dem Elea sie nicht beschützen kann.

Wieder hört man Laute aus dem Wald. Vielleicht Lachen. Elea steht von der Treppe auf und steuert den Nadelwald an. Als sie sich der von den Kindern selbst gebauten Hütte nähert, zögert sie und bleibt kurz neben einer großen Fichte stehen. Noch kann sie umkehren. Aber sie möchte jetzt keinen Rückzieher machen. Die Kinder haben bestimmt schon die Zweige auf dem Pfad knacken gehört.

»Hallo! Wie läuft's hier?«, fragt Elea, als sie Iiris' Kopf hinter dem Zaun aus Nadelzweigen auftauchen sieht.

»Gut!«, rufen Iiris und Aida breit lächelnd im Chor.

»Hier ist unser Atelier, hier die Küche und hier das Wohnzimmer«, erklärt Aida stolz.

»Wie wäre es mit Pfefferminztee und einem Stück von Aidas selbst gebackenem veganem Schokoladenkuchen?«, bietet Iiris an.

»Danke. Hier ist es aber gemütlich.«

»Denk daran, Abstand zu halten, Mama«, sagt Elliot.

»Ja, mein Schatz.«

»Das sagst du bloß. Du passt nicht genug auf. Ich habe euch beobachtet.«

Elea übersieht Elliots Fernglas und bewundert die noch unfertigen Gemälde der Mädchen. Aidas Arbeit ist ätherisch-impressionistisch. Das von Iiris mit kräftigen Pinselstrichen gemalte Bild erinnert an Gustave Courbets ungeschönte Seestücke, auf denen die massive Kraft der Wellen gegen helle Felswälle anrollt, aber gleichzeitig ist es von einer zarten Momenthaftigkeit durchdrungen.

»Die sind noch nicht fertig«, sagt Iiris und wirkt plötzlich schüchtern.

»Na, dann lasse ich euch mal in Ruhe weitermalen. Viel Spaß! Und denkt daran, euch am Ufer was zu essen zu holen!«

Auf dem vermoosten Pfad springen die Lichtflecken hin und her, als Elea zum Haus zurückgeht. Sie denkt daran, wie man, nachdem man als Mutter geboren worden ist, den Prozess der Entfaltung des Kindes mitverfolgt, aus nächster Nähe und zugleich aus einem Abstand, den Erstaunen und Verwirrung prägen, Dankbarkeit und die Sorge, der Wachstumsprozess könnte unbemerkt aufs falsche Gleis geraten, unvorhersehbare schlimme Dinge könnten sich ereignen, die zu weiteren schlimmen Dingen führen, ohne dass die Spirale zu stoppen wäre. Sie fährt aus ihren Gedanken hoch, als ein Schwarzspecht von einer Fichte auf das Hügelgrab am Hang zufliegt.

2

Elliot beobachtet die Erwachsenen am Ufer mit seinem Fernglas. Sie sitzen zu dicht beieinander, warum achten sie nicht darauf? Bald sind sie mit Sicherheit alle krank. Und bei seinem Glück wird ihm von der Krankheit ein dauerhafter Hirnschaden zurückbleiben, Gedächtnislücken, Probleme mit der Konzentrationsfähigkeit. Warum sind Erwachsene so unvorsichtige Trampeltiere?

Wenn doch die schlimmen Gedanken nicht immer mit so einer Wucht über ihn kommen würden wie letzte Nacht, mit lauter Bildern von Katastrophen, einer nach der anderen: Mama stirbt an Krebs, Papa geht vor die Hunde, wenn er nicht vorher an Corona stirbt, Iiris gerät unter ein Auto.

Vielleicht verzieht er unbemerkt das Gesicht, denn Iiris blickt ihn von ihrer Staffelei aus besorgt an und versucht, seine Aufmerksamkeit auf etwas anderes zu lenken. Als die Bilder fertig sind, fragt sie:

»Wollen wir auch ein Lagerfeuer machen?«

Elliot will nicht nachgeben, die Eltern nicht aus den Augen lassen. Aber Iiris hat recht: Feuer machen ist eine gute Idee. Er will den Mädchen zeigen, wie man das mit dem Feuerstahl macht.

Sie schaffen vor ihrer Waldburg Platz für ein Lagerfeuer und legen einen Ring aus Steinen um ihn herum. Elliot schnitzt

Feuerstäbe, indem er so in einige Scheite schnitzt, dass sich die Rinde wellt, und schichtet auf eine bestimmte Art Holz auf. Nach einigen Versuchen gelingt es ihm, mit dem Feuerstahl ein Stück Rinde zum Brennen zu bringen. Kurz darauf verbreitet das Lagerfeuer seinen warmen Schein. Sie lassen sich davor nieder. Iiris und Aida halten den Topf mit dem Gebräu, das sie angerührt haben, übers Feuer.

»Wollen wir Schach spielen?«, fragt Elliot.

»Von mir aus, aber zuerst müssen wir noch eine fehlende Zutat für diesen Zaubertrank finden«, antwortet Iiris.

»Aber pflückt keine giftigen Beeren!«

»Wir essen die Brühe ja nicht, wir kochen sie nur.«

»Ja, aber es könnte etwas durch die Haut eindringen.«

»Im Ernst, Elliot. Es ist alles gut.«

Elliot nimmt zwei Schachfiguren in die Hand, einen Läufer und einen Turm, streicht über ihre sanfte Oberfläche. Das beruhigt. Er hat sie selbst geschnitzt und ist mit ihnen zufrieden. In Überlebenssituationen ist es wichtig, dass das Gehirn etwas zu beißen hat, sonst platzt einem der Kopf. An diversen Eröffnungsstrategien und Endspieltaktiken kann man unendlich lange feilen. Seine Schwester ist intelligent und hätte Potenzial, wenn sie sich mehr für das Spiel engagieren würde. Schade, dass sie sich mehr für Suppenspiele mit Aida interessiert.

»Spielen wir halt, Bro«, sagt sie. »Die Suppe kochen wir anschließend fertig. Sind wir ein Team, Aida?«

»Nasal.«

»Hä?«, fragt Aida.

»Das ist diesen Sommer bloß so ein Dauerausdruck von Elliot. Er interessiert sich für die Nasenhöhle und will Hals-Nasen-Ohren-Arzt werden. Er bohrt mit Wattestäbchen in der Nase, probiert aus, wie weit sie hineingehen. Und geht bei jeder Gelegenheit zum Coronatest. Er genießt es voll, wenn sie ihm das Stäbchen bis ins Gehirn reinschieben.«

»Da bekommt man ein Gefühl dafür, wie weit die Nasenhöhle reicht«, sagt Elliot. »Nasal.«

»Klingt krank«, meint Aida.

»Genau, aber lass ihn, er kann nicht anders«, sagt Iiris.

»Kann ich wohl«, widerspricht Elliot. »Ich find's bloß witzig, es ständig zu sagen. Wen stört das?«

»Niemanden. Mach nur weiter.«

»Nasal. Nasal.«

3

Während Elea zum Haus geht, kommt ihr wieder der Gedanke in den Sinn, der seit dem Anruf von letzter Woche immer wieder in ihrem Kopf hämmert: Nein, sie sind zu jung. Jetzt mischt sich ein Hauch von Scham in das Erinnerungsbild. Immerhin ist Krebs nicht das Schlimmste, was einem passieren kann. Es gibt viel Schlimmeres, nämlich Dinge, die den Kindern zustoßen könnten. Zum Glück bin ich es. Sie greift nach dem Gedanken wie nach einem Rettungsring, weiß aber nicht, wie lange er trägt. Dann denkt sie an Aida, die gerade eine ihrer Mütter verloren hat. Fürchterliche Dinge stoßen unschuldigen Kindern jeden Tag zu, jede Sekunde. Was für ein Recht hat sie, anzunehmen, dass ausgerechnet sie und ihre Kinder für die grausame Willkür des Lebens unerreichbar sind?

Und doch kann sie nichts dagegen tun, dass sich ihr beim Gedanken an ihre Kinder ohne Mutter der Bauch unerträglich zusammenkrampft, als würde darin ein kalter Stein hin und her gewälzt. Man versucht alles, um sie zu beschützen, um die Stöße abzufedern, und doch ist der Alltag oft ein einziges Abstrampeln von Situation zu Situation – wobei man fortwährend damit konfrontiert wird, wie eingeschränkt man die Kinder nur behüten und vorbereiten kann, und selbst wenn man bei allen Kindern alles auf die gleiche Art macht, unterscheiden sie sich doch voneinander.

Früher hielt Elea ihre Tochter für eine Kämpferin, die mit allem fertigwerden würde. Aber an der Schwelle zur Pubertät ist in Iiris eine verblüffende Scheu und Unsicherheit herangewachsen. Die Isolation im Frühling hat sie dazu gebracht, sich in sich selbst zurückzuziehen. Sie musste sich den Veränderungen in Geist und Körper ganz allein stellen, anstatt sie Tag für Tag von Freundinnen umgeben durchleben zu können. An die Stelle des natürlichen Zusammenseins traten umständliche Verschlingungen des Nachrichtenaustauschs auf diversen Plattformen, mit vielen Missverständnissen, mit der ganzen Trostlosigkeit, die sich einstellt, wenn man nur noch an Bildschirmen hängt. Alles wurde ermüdend kompliziert, das Selbstvertrauen des Mädchens brüchig, schon bei den geringsten Widerständen ließ sie sich entmutigen. Manchmal weckte der Weltschmerz Anfälle von Gerechtigkeitssinn in ihr, die in ihrer Absolutheit etwas Gnadenloses hatten. Es gibt aus der Zeit nur zwei Fotos, auf denen Iiris mit versteinerter Miene zu sehen ist. Elea erinnert sich, bei dem Anblick gedacht zu haben, dass sie alles geben würde, damit bei ihrer Tochter wieder das offene Lächeln erstrahlt, das von klein auf ihr Gesicht erleuchtet hat.

Diesen Sommer scheint sich etwas verschoben zu haben. An Iiris ist wieder die sensible, offene Seite zutage getreten, aber dahinter wächst unablässig das Verständnis für die Widersprüchlichkeit des Lebens und die verschiedenen Varianten, in denen die lebenden Wesen leiden. Iiris verfügt über ein außergewöhnliches Talent zur Empathie. Wenn Otto zu streng mit Elliot ist, stellt sich dessen Schwester immer an seine Seite. Jetzt, da Elea die Krankheit hat, umsorgt Iiris sie, kocht ihr Tee, spielt ihr ihre eigenen Lieder vor und kuschelt sich an sie, wenn sie sich einen Film anschauen. Ottos Schlagfertigkeit kann manchmal in gemeines Sticheln umschlagen, wohingegen Iiris das Gegenteil jeglicher Gemeinheit ist. Ihr Lieblingswort ist *kindness*. Sie findet, dass es dafür keine gute Übersetzung gibt. *Nettigkeit* ist zu läppisch und ein bisschen abwertend. Es hat etwas Kleines und Peinliches. Das Wort müsste Größe haben, die dem ehrlichen Willen entspringt, zum anderen gut zu sein. Es ist eine Art Kunst der Güte, Großherzigkeit, eine Superkraft von Iiris. Elea hofft, diese Eigenschaft wird das Mädchen tragen und ihr nicht zu viel Leid zufügen.

Trotz Iiris' Sensibilität muss Elea an die Stärke denken, die das Mädchen von klein auf ausgestrahlt hat. Sie sieht sie durch die Gabeln hoher Äste lugen, die kleinen Zehen mit der Baumrinde verwachsen, flink und behände, mit offenem Sinn und wachsamem Körper, wie ein quicklebendiges junges Eichhörnchen. Wenn nach der verletzlichen Phase der Pubertät nur wieder die alte Stärke hervorsprudelte!

Elea lehnt sich kurz an den Fichtenstamm. Und Elliot? Wir haben uns so sehr bemüht, dich zu tragen, denkt Elea, unsere Liebe in dich einströmen zu lassen, dich so dicht und dick damit einzuhüllen, dass sie an dir haften bleibt, dich stärkt und nährt. Aber vielleicht hat das nicht genügt.

Elliot möchte nie, dass sich etwas ändert, aber Veränderung ist unausweichlich. Elea erinnert sich, wie sie den Jungen trug und immer wieder sang: »Ich beschütze dich vor allem.« Wenn sie abends das Kind streichelte, säuselte sie es ihm leise vor, und bei Spaziergängen im Wald sang sie es aus vollem Hals, und der Junge juchzte mit.

Elliot machte sich als kleiner Junge nichts aus Autos, aber Laternen, Lampen und Lagerfeuer brachten seine Augen zum Strahlen. Sein erstes Wort war dann auch »Lampe«. Als Einjähriger war er vom Kerzenlicht verzaubert und verlangte »mütlich, mütlich«, womit er meinte: »Zünden wir Kerzen an.« Er hat sich immer stark vom Glühen lebenden Feuers angezogen gefühlt. Als kleiner Junge war eine seiner größten Leidenschaften, am Ufer des Sommerhauses am Lagerfeuer zu stehen und es mit kleinen trockenen Schilfstücken zu füttern.

Und dennoch, trotz aller Empfindsamkeit steckt in Elliot auch eine Stärke, die aus schwarzem Humor entspringt und Elea oft überrascht. Vor zwei Wochen musste er in einem überfüllten Bus fahren, wo jemand in seiner Nähe hustete, und als er nach Hause kam, rief er laut: Ihr steckt euer Kind in einen Coronabus – bald werde ich krank sein und sterben! Aber dann beruhigte er sich und meinte wenig später schmunzelnd: Ich glaub, ich hab mich mal wieder in eine mittelgroße Gesundheitspanik reingesteigert.

Im Lauf der Jahre hat sich im Sprachgebrauch des Jungen eine neuartige Härte eingeschlichen, voller Bewunderung für Überlebenstechniken und Einzelkämpfe, aber hinter diesen Reden steckt ein zarter Junge, der sich nach Nähe sehnt. Er umarmt seine Mutter noch immer wie als kleines Kind: schlingt die stark gewordenen Arme um sie und hält sie fest, vor allem jetzt, und sagt: »Kleine Mama, du bist mir wichtig.«

Eleas Blick fällt auf die Eiche neben dem Sommerhaus. Im Garten ihres Hauses auf dem Festland steht eine hundertjährige Eiche, auf die Iiris schon ihr ganzes Leben lang geklettert ist. Von dem Baum sprießen ständig kleine Schösslinge, und vor einigen Jahren wollten die Kinder einen davon auf der Insel einpflanzen. Nun darf er hier mit den Kindern groß werden.

Iiris wollte ihn einsetzen, weil Eichen ihre Kraftbäume sind und das Pflanzen von Bäumen eine effektive Maßnahme ist, die Klimaerwärmung einzudämmen. Elliot vergöttert sämtliche alten Bäume. Vor zwei Jahren wollte Otto den alten Pflaumenbaum fällen, der sich nach einem schneereichen Winter dem Haus zuneigte. Der Junge geriet angesichts dieses Vorhabens derart aus der Fassung, dass er zunächst gar nicht sagen konnte, was ihn plagte. Schließlich gelang es ihnen, die Information aus ihm herauszubekommen, dass er die Vorstellung, den Pflaumenbaum zu töten, nicht ertrug. Daraufhin baten sie einen Fachmann, die Lage zu beurteilen, und konnten den Baum retten, indem sie nur den großen Ast absägten, der sich dem Haus zuneigte.

Etwas Warmes strömt in Elea ein, wenn sie an ihre Kinder denkt, an die Rieseneiche in ihrem Garten und an die kleine Eiche, die hier am Meeresufer ihr Leben beginnt. Sie liebt den rauen, starken Stamm der alten Eiche, den Schatten ihrer Blätter an heißen Tagen, das Pochen der Eicheln auf der Terrasse, wenn die Eichhörnchen durch den Baum tollen oder der Wind durch ihn hindurchfährt.

Sie wünscht sich, dass ihre Asche einmal unter diese Eiche kommen wird. Man könnte einen kleinen, groben Naturstein zum Gedenken an sie aufstellen. Die Eiche und der Stein, das würde nicht nach einem Grab, sondern nach Natur aussehen: Man würde nicht an den Tod denken, sondern ans Leben.

4

Iiris zeigt Aida im Wald eine Lichtung, auf der saftige Zutaten für den Trank wachsen: Gebogenes Gabelzahnmoos, Wermutkraut, Schwarze Krähenbeeren. Es ist, als plagte Aida ein namenloses Gewicht, das zwischen ihnen pendelt. Seit der New-York-Reise hat sie nicht mehr auf Nachrichten geantwortet und sich ganz in sich verkrochen. Iiris hat das Gefühl, erst jetzt zu verstehen, was Aida alles durchgemacht hat.

»Ich habe dich in letzter Zeit wohl nicht besonders gut unterstützt.«

»Ach, Iiris, du bist toll. Das mit dem Krebs deiner Mutter tut mir leid.«

»Danke übrigens, dass du es für dich behalten hast. Mama wollte es den anderen heute selbst sagen.«

»Schon gut. Und mach dir keine Sorgen um mich. Ich komme schon klar.«

»Bist du sicher?«

Aida bleibt stehen. Ihr Blick erstarrt, und ein schwerer Schatten gleitet darüber.

»Iiris. Es kann sein, dass ich ihn verursacht habe, Mamis Tod.«

»Wieso das denn?«

»Ich hab sie angesteckt.«

»Hat sie es nicht auf der Arbeit bekommen?«

»Mama glaubt das. Aber Mami ist vier Tage nach unserer Ankunft in New York krank geworden. Zwei Tage nach dem Flug hatte ich einen rauen Hals, und an dem Tag, an dem Mami ins Krankenhaus kam, haben wir scharfe Pasta gegessen, und ich habe nichts geschmeckt.«

Iiris erinnert sich, dass man im Frühjahr bei leichten Symptomen nicht zum Test kommen durfte, aber jetzt weiß man, dass der Verlust des Geruchs- und Geschmackssinns ein deutliches Anzeichen ist.

»Du kannst trotzdem nicht wissen, woher Veera es hatte.«

Aida scheint so außer Fassung zu sein, dass Iiris den Arm um sie legt. Als Aida aufblickt, sind ihre Augen feucht.

»Du darfst dir keine Vorwürfe machen, Aida. Versprich es mir!«

»Okay, Schlappohr, ich verspreche, ich werde es versuchen.«

»Ich wollte dich nicht zum Weinen bringen.«

»Iiris, die immer alle Mädchen zum Heulen bringt«, sagt Aida lachend.

»Can't help myself.«

»Nee, im Ernst: Das Weinen tut echt gut. Schlimmer ist es, wenn man nichts empfinden kann.«

Iiris kommt es so vor, als wäre auch in ihr etwas, das sie nicht richtig fühlen kann. Sie will es einfach nur zur Seite schieben und denken, dass ihre Mutter schon wieder gesund wird.

Als sie zur Waldhütte zurückgehen, kann Iiris den Gedanken nicht unterdrücken, wie es jetzt wäre, wenn keine zufälligen Krankheiten alles aus der Bahn geworfen hätten. Es hätte der Frühling der großen Abenteuer für Aida werden sollen. Sie flog mit Salma zu Veera nach New York, und von dort sollte es weiter nach Marokko gehen, damit Aida endlich sehen würde, aus welcher Gegend ihre Mutter stammte. Sie wollten ins Atlasgebirge und dort in einer Stadt übernachten, die ganz und gar blau ist.

Und diesen Sommer wollten Iiris und Aida zusammen an einem Kunstlager teilnehmen. Auch das ist jetzt Teil des auf Pause gestellten Lebens mit der Spannung, die entsteht, wenn man neue Menschen kennenlernt. Zum Glück hat sie Aida. Vielleicht könnte sie versuchen, über die herunterziehenden Gefühle, über die man mit anderen nicht sprechen kann, mit Aida zu reden, die gerade ihre Mami verloren hat und bei der von diesem Schmerz bloß ein kaum wahrnehmbares Zittern geblieben zu sein scheint. Iiris kann es nur erahnen, wie der Hauch von etwas, von dem sie befürchtet, es könnte hinter der nächsten Ecke auch auf sie warten.

Von einer Fichte fliegt eine Krähe auf. Plötzlich überkommt Iiris das entsetzliche Gefühl, dass alles anders ist, als es aussieht, dass böse Kräfte im Verborgenen ihre Arbeit machen und sie bald wieder eine weniger sein werden.

Die harmonische Waldlandschaft sieht so unwirklich aus wie eine Kulisse, die mitten in der Vorstellung aufreißt und eine Welt in Flammen enthüllt. Der Amazonas-Regenwald brennt lichterloh, das sechste Aussterben fegt über den Planeten, Tiere werden in Massenbetrieben gequält, Kinder leiden an Hunger und werden vom Krieg überrollt. Und sie hier verbringen einen schönen Sommerabend. Versuchen, all den Tod und die Vernichtung um sie herum zu vergessen.

5

Elea geht ins Schlafzimmer, streckt sich auf dem Bett aus und hört auf das Rauschen in ihren Ohren. Sonderbar, wie sich einzelne Augenblicke plötzlich aus dem Strom der Zeit lösen und auf der Stelle treiben können, als hätten sie vor, sich ins Unendliche zu dehnen, während das Leben bisweilen an einem vorbeiläuft wie die Jahre in den Zwischenspielen von Virginia

Woolfs *Zum Leuchtturm*: Es kommen Kriege, die Zeit macht alles morsch und zersetzt es, nur der Leuchtturm blinkt weiter über dem dunklen Meer.

Elea versucht sich vorzustellen, was auf sie zukommt. Die Operation in einer Woche ist ein Bruch in der Zeit. Man wird ihr die Brust komplett entfernen und eine neue aufbauen – zunächst aus Silikon. Die kann später durch eine Brust aus dem Fettgewebe des Bauchs ersetzt werden, falls es ihr gelingt, genug an Bauchringen zuzulegen. Ihr Körper ist zu Baumaterial geworden, zum Nährboden für Gewebe. Derzeit reicht das Bauchfett nicht aus, und das bisschen, das sie gehabt hat, löst sich durch ihren Ausnahmezustand auf.

Bei der Krebs-OP wird man sie durch Betäubung aus dieser Welt holen, und wenn sie zurückkehrt, fängt ihr neues Leben an. Es gibt ein *Vorher* und ein *Nachher*. Sie weiß noch nicht, was das bedeutet. Das Wort *Nachher* lässt sie wacklig werden, denn sie weiß, dass es nicht annähernd so sicher ist wie das reale und unbestreitbare *Vorher*. Es ist, als wäre es in Klammern gesetzt. Aber wenn es kommt, wird es eine Zeit der Rekonvaleszenz sein. Eine Zeit des Kräftesammelns für das, was angeblich schlimmer ist als die Operation: die Chemotherapie.

Die Onkologin sagte: Das ist kein Sprint, sondern ein Marathon. Nach der OP schicken die Leute Blumen, aber dann fängt die Prüfung erst an. Alle drei Wochen werden in der Cocktailbar der Klinik Zellgifte in ihre Vene tropfen. Man hat ihr den Behandlungsraum gezeigt: Dort saßen Personen im Halbkreis, jede mit eigenem Tropf, eine strickte, eine las ein Buch, eine unterhielt sich mit ihrer Nachbarin. Manche hatten eine Glatze, manche trugen Kopftuch oder Perücke, diejenigen, die zum ersten Mal da waren, hatten noch ihre Haare, die bald herabrieseln würden wie Blätter. Die Zellgifte können töten. Wieder ein neues *Vorher* und *Nachher*.

Ziel sei es, ihr genau so viel Gift zu verabreichen, dass sie *nicht ganz stirbt*, wie man ihr gesagt hat. Sie vergiften alle Zellen, die sich schnell teilen, nicht nur die Krebszellen. Darum werden ihr die Haare ausfallen. Und nicht nur die Haare auf dem Kopf, sondern alle: Achselhaare, Schamhaare, Beinhaare, Nasenhaare. Die Nägel werden brüchig und können sich lösen, der Darm und die Schleimhäute leiden, alles wird trocken, der Geschmackssinn verändert sich, es sammelt sich Flüssigkeit an, das Herz kann belastet werden.

Ob die Zeit dann zyklisch wird? In Abschnitten von drei Wochen? Vergiftung und langsame Erholung, dann eine neue Vergiftung und alles noch einmal. Sechs Mal wird sie es überstehen und von vorne anfangen müssen. Die Wirkung der Gifte bleibt im Körper, es kann Jahre dauern, bis man sich von ihnen erholt hat.

Wenn sie die Gifte überlebt und es ein *Nachher* geben wird, steht ihr wahrscheinlich eine weitere Therapie bevor: die Strahlentherapie. Dabei dringt radioaktive Strahlung ins Gewebe ein und spaltet die Wassermoleküle der Zellen zu freien Radikalen auf, die die Fasern des Genotyps zerfleischen. Die Strahlung schneidet gleichmäßig Lücken in das Erbgut sämtlicher Zellen, die ihr in den Weg kommen: Nun können sich die Krebszellen nicht mehr teilen, aber auch gesunde Zellen werden beschädigt. Sie trifft das Herz, die Lunge, die Adern, die Haut. Elea wird lernen müssen, den Atem anzuhalten, damit die prall mit Luft gefüllte Lunge das zu bestrahlende Brustgewebe ein kleines bisschen weiter vom Herzen fernhält. Die Strahlen werden jeden Werktag verabreicht, immer wenige Minuten auf einmal, in Abschnitten, die jeweils so lang sind, wie man den Atem anhalten kann. Fünf Wochen wird diese Behandlungsphase dauern, dann ist es vorbei.

Außer dass es nie ganz vorbei sein wird. Die Wirkung der

Strahlen kommt mit Verzögerung, die Haut schält sich Wochen nach dem Ende der Therapie, und Spuren der Strahlung bleiben dauerhaft in der Haut, in der Lunge, im Herzen zurück. Die Zeit der radioaktiven Strahlung geht über die menschliche Zeit hinaus: Es ist eine kalte Zeit entgleisender Elektronen, in der die Kategorien von Erholung und Heilung zunichtegemacht werden. Ein Menschenleben reicht nicht aus, um die Strahlenschäden zu reparieren. Wenn der Krebs erneut ausbricht, kann man dieselben Regionen nicht ein weiteres Mal bestrahlen. *Gerade so viel, dass du nicht ganz stirbst.*

Sowohl auf die Zellgifte als auch auf die Strahlenbehandlung kann ein neuer Krebs folgen: ein Sekundärkrebs, wie die Bezeichnung lautet. Was kann es da alles geben?, fragte sie, als bitte sie im Restaurant um die Speisekarte. Auf der Karte stand eine ganze Reihe von Delikatessen: Leukämie, Lymphom, Lungenkrebs, Melanom, Angiosarkom. Letzteres klang nach einer exotischen Blume. Elea lernte, dass es sich dabei um einen seltenen, aber sehr bösartigen Tumor handelt, der von den Wänden bestrahlter Adern ausgeht und sich heimtückisch ausbreitet.

Was würde nach den Therapien geschehen? Würde eine neue Zeit beginnen, deren Schlusspunkt offenbliebe? Eine Zeit, die durch endlose Selbstbeobachtung und Warten charakterisiert wäre. Ein Warten ohne Ende, über dem die Frage schwebte: Bricht der Krebs erneut aus oder nicht?

Wenn der Krebs nicht wieder ausbricht, ist die Angst, die das Warten geprägt hat, umsonst gewesen. Bricht er wieder aus, ist die Hoffnung, die im Warten enthalten gewesen ist, umsonst gewesen. Das Warten an sich ist sinnlos, weil es nichts am Ergebnis ändert. Der Krebs bricht erneut aus, wenn es so sein soll. Dennoch weiß sie, dass ihr Körper warten wird, auch wenn sie es ihm verbietet. Ihre neue Art des Daseins: wachsames Warten, ständig auf der Hut sein. Endloses Hin-und-her-Schwappen von Angst und Hoffnung in ihrem Gewebe.

Vor einigen Nächten ist sie erschrocken von einem Aufleuchten in den Augen aufgewacht, einem Grauen, das sie durchfuhr wie ein Blitzschlag: von dem Gedanken, dass sich der Krebs bis in ihr Gehirn hinein ausgebreitet hat und sich nun in Form von Sehstörungen meldet. Obwohl sie nach und nach einsah, dass das Aufleuchten Teil eines Traums gewesen war, ist der Horror dennoch real. Er ist ein wirklicher Bestandteil ihres neuen Lebens.

Wenn man bei ihr die Strahlenbehandlung anwendet, dann sicherheitshalber, um das Risiko des lokalen Neuausbruchs zu verringern. Weil sich der Krebs auf der linken Seite befindet, könnte die Therapie Nachwirkungen auf das Herz haben. Was bedeutet das?, wollte Elea wissen. Sie können noch zehn Jahre später Herzprobleme bekommen, erklärte die Onkologin. Die Chirurgin ist der Meinung, sie solle keine Strahlentherapie machen lassen, wenn es nicht unbedingt notwendig sei. Elea ist es gleich, ob sie in zehn Jahren an einem Herzinfarkt stirbt, wenn sie nur jetzt den schnellen Krebstod verhindern kann. Der Chirurgin zufolge sei das eine emotionale Reaktion, die nicht auf rationalem Denken beruhe. In zehn Jahren werde ihre Sichtweise eine andere sein, und dann könne man die Strahlen nicht rückgängig machen. Das stimmt zweifellos, aber auch Ärzte, die ihre Entscheidungen vernünftig begründen, können nicht in die Zukunft blicken. In Grenzfällen müssen auch sie Schätzungen vornehmen, und auch ihre Persönlichkeit wirkt sich darauf aus, was sie empfehlen.

Laut der Chirurgin nehme man heutzutage die Frage nach der Lebensqualität sehr ernst. Man solle keine Behandlungen anwenden, die mehr belasten, als notwendig sei. Sie hält die

Onkologin, die dazu neigt, sicherheitshalber alle Therapien anzuwenden, für altmodisch. Die Krebsärztin beschrieb sich tatsächlich als vorsichtig, sie sagte, ihre Aufgabe bestehe darin, die Patientin am Leben zu halten. Ihre Behandlungsphilosophie ist es, *die maximal erträgliche Therapie* anzuwenden. Und weil Sie noch jung sind und in guter Verfassung, werden Sie vermutlich die stärksten Therapien vertragen, sagte die Onkologin. Der Plan laute, den Krebs mit allen möglichen Mitteln anzugreifen. *Sodass Sie gerade so am Leben bleiben.*

In der Chirurgin erkennt Elea ihr eigenes Wissenschaftlerin-Ich wieder. Aber dennoch, oder vielleicht gerade deshalb, hat sie das Gefühl, dass die Rationalität, die die Chirurgin ausstrahlt, etwas Unzureichendes hat. Vermutlich hat sie sich noch nie mit dem Grauen des eigenen Todes auseinandersetzen müssen. Die Onkologin vielleicht auch nicht, aber sie hat zumindest oft genug den Tod gesehen, lange, unsichere Prozesse, in denen die Hoffnung in Verzweiflung umschlug und manchmal auch umgekehrt. Sie versucht, junge Frauen am Leben zu halten, die sehen wollen, wie ihr Baby laufen lernt, oder Frauen mittleren Alters, die auf die Geburt ihres ersten Enkelkindes warten, und Rentnerinnen, die noch etwas von der Welt sehen wollen. Die sanftäugige, beruhigende Art der Onkologin vermittelt den ehrlichen Wunsch, alles für die Heilung ihrer Patientin zu tun. Auch die Chirurgin meint es gut mit ihr, geht aber größere Risiken ein, sie ist eine heroische Ärztin, die glaubt, dass Elea überleben wird und sich unnötig Sorgen darüber macht, was im schlimmsten Szenario alles schiefgehen kann. Vielleicht sind die Furchtlosigkeit der Chirurgin und die Vorsicht der Onkologin eine gute Kombination, wenn Elea nur einen Weg findet, dazwischen das Gleichgewicht zu halten.

Die Operation hat einen Anfang und ein Ende, einen klaren

zeitlichen Bogen, aber der Krebs hat das nicht. Die Onkologin ist diejenige, die Monat für Monat und Jahr für Jahr die anhaltende, quälende Unsicherheit mitverfolgen wird. Die Chirurgin ist die Heldin der Geschichte, die mit virtuosem Vorgehen das Böse herausschneidet. Die Onkologin hingegen schlägt ihre Zelte in einem heldenlosen, unkartierten Moor ohne Geschichte auf, wo man sich Schritt für Schritt vorantasten muss, in sumpfigem, von Nebel eingehülltem Gelände.

Die unterschiedlichen Blickwinkel der Ärzte machen das Krankenhaus zu einem menschlicheren Ort. Es ist keine einheitliche Maschinerie, sondern eine Gemeinschaft von Menschen, in der die Ärzte und Ärztinnen von ihrem jeweils eigenen Ausgangspunkt her Entscheidungen treffen und wo kleine alltägliche Gesten des Pflegepersonals die Patienten inmitten ihrer Not und Sorge tragen. Es ist eine Welt, in der alle Unsicherheit durch beruhigende Routinen beseitigt wird, aber für Elea machen gerade die Momente, in denen die Unsicherheit zum Vorschein kommt und man nicht versucht, sie zu kaschieren, diese erträglich.

In Jeanette Wintersons Roman *Auf den Körper geschrieben* erkrankt die Geliebte der Hauptfigur an Leukämie, und ihr sind neunundneunzig Monate Lebenszeit gegeben. Es wäre großartig, wenn ein Arzt – wie ein Gott – auch ihr eine bestimmte Menge an Zeit *geben* könnte, denkt Elea. Aber so etwas geschieht nur in Büchern. Die neunundneunzig Monate sind im Roman selbstverständlich zu wenig, sodass die Hauptfigur ihre Geliebte als zum Tode Verurteilte sieht. Elea kommt dieser Zeitraum inzwischen geradezu fürstlich vor. Was kann man in acht Jahren alles durchleben und lieben! Warum ist das für die Hauptfigur des Buches nichts?

Im selben Augenblick fällt ihr ein, dass nach der Strahlentherapie noch die Hormontherapie kommt, die fünf bis zehn

Jahre dauert. Damit wird ihre Östrogenproduktion heruntergefahren, denn ihr Krebs ernährt sich von weiblichen Hormonen. Vielleicht war sie kurz davor, die Hormontherapie zu vergessen, weil ihr die betreffende Zeitspanne nahezu unwirklich erscheint.

Die Ärztin sagte ihr, viele würden sich mit dem Trauma der Krankheit erst nach dem Ende der Behandlungen auseinandersetzen; zum Schockstadium gehöre oft die Leugnung des Geschehens. Warum hat die Erschütterung sie in einen überdrehten Zustand hineinkatapultiert, in dem sie das brennende Bedürfnis umtreibt, sich sofort von Grund auf mit ihrer Lage auseinanderzusetzen? Oder ist auch das ein Abwehrmechanismus? Ist sie von dem Trugbild der Wissenschaftlerin besessen, das Problem lösen oder in den Griff bekommen zu können, indem sie es sofort von allen möglichen Seiten untersucht?

Elea liegt auf der Seite und zeichnet tastende Muster auf die lichtgefleckte Tagesdecke. Sie denkt an die Zeit, die Veränderungen in allen Größenordnungen in Bewegung setzt, zerstörerische und erneuernde, feine Entwicklungsverläufe und jähe Verwandlungen. Sie erinnert sich an einen verregneten Spätsommerabend vor langer Zeit, als sie hier im Sommerhaus Ovids *Metamorphosen* las. Schon damals faszinierte sie, wie sich alles wandelt, die Daseinsform ändert und nichts vollkommen verschwindet. Sie mag Geschichten, in denen sich Menschen in Tiere und Bäume verwandeln, als Teile eines endlosen, schwindelerregenden Wirbels, in dem Figuren so schnell eine neue Gestalt annehmen können, dass man nicht weiß, was Vernichtung und was Erneuerung ist oder ob beide Bestandteil derselben Bewegung sind.

Elea denkt an ihre dritte Metamorphose. Merkwürdig, wie

das Wunder des Daseins, das sich des Menschen von den Regungen der Zellen bis zu den feinsten Fasern der Seele bemächtigt, sich manchmal in wenigen umwälzenden Momenten verdichten kann, in denen das Leben so leidenschaftlich lodert, dass es einen verändert.

Vielleicht könnte ohne diesen Zustand der Erschütterung und Erregung nicht das Neue entstehen, das in ihr in Arbeit ist. Sie weiß noch nicht, in was sie sich verwandeln wird, aber vielleicht ist es am wichtigsten, sich der Veränderung hinzugeben. Nur eines weiß sie: Am Rand zum Tod wird aus ihr ein wild flatterndes Wesen schlüpfen.

6

Elliot sitzt am Feuer und betrachtet das Reich, das sie zu dritt geschaffen haben. Sie haben vor der Hütte Kerzen angezündet, und jetzt krönt das Lagerfeuer die Stimmung. Über dem Feuer brodelt der Zaubertrank der Mädchen. Elliot schnitzt einen großen Löffel, mit dem sie ihre Brühe umrühren können.

Sein Blick fällt auf den neben dem Feuer wuchernden Gilbweiderich. Einen davon hat er für sein Herbarium gepresst. Einige haben erst Knospen, andere stehen in voller Blüte oder welken bereits. Ein Eichhörnchen mit rotem Fell klettert auf einen Kiefernstamm. Es zuckt und flitzt dann zum Wipfel hinauf. Die meisten Tiere sterben früher als wir, denkt Elliot. Sie werden geboren, wachsen, sind kurz voller Lebenskraft, Energie, Wachsamkeit und Behändigkeit, und dann ist ihr Leben plötzlich vorbei. Bei vielen Pflanzen ist der Lebensbogen noch kürzer, lediglich einen Sommer lang: Die Triebe kommen aus der Erde, die Knospen schwellen an, die Blüten gehen auf und welken, bis die Pflanze verfault und weg ist. Die Taglilie blüht nur wenige Tage. Und dennoch ist es schwer zu fassen, dass wir alle sterben: Mama, Papa, Iiris, Aida, ich.

Während die Mädchen malen, fragt Elliot Aida nach der Reise, die sie mit Salma nach Marokko machen wollte. Aida hatte sich vor allem auf das Klettern im Atlasgebirge und auf das Treffen mit ihrer Großcousine gefreut. Diese arbeitet ehrenamtlich mit Flüchtlingen, die vor Kriegen und Unruhen in verschiedenen Teilen Afrikas geflohen sind und oft unter kärglichsten Bedingungen leben: Viele können nicht zur Schule gehen, sondern müssen ihre Familie ernähren.

»Ich versuche mir manchmal vorzustellen, wie es wäre, vor dem Krieg durch die Sahara zu fliehen. Aber letztlich können wir darüber nichts wissen.«

Aida klingt frustriert. Sie seufzt und fügt hinzu:

»Würde in Europa ein Krieg ausbrechen, würden alle helfen wollen, aber die Kriege in Afrika sind weit weg, in die mag man sich nicht hineinversetzen.«

»Könnte ich für die Flüchtlingskinder Spielzeug aus Holz schnitzen?«, schlägt Elliot vor.

»Nur zu. Aber am Ende wird das dir bestimmt mehr helfen als ihnen. Man hat das Gefühl, etwas getan zu haben«, sagt Aida.

Ihre Stimme ist so schroff, dass ihr Kommentar wie ein Vorwurf klingt. Ich hätte nicht fragen sollen, denkt Elliot. Er konzentriert sich auf das Schnitzen des Löffels. Die Mädchen reden über ihre eigenen Sachen. Als der Trank fertig ist, setzen sie sich ans Feuer. Aida legt den Kopf in Iiris' Schoß, und Iiris streicht Aida übers Haar. Aida hat ihre Lockenwolke von Salma geerbt, wie auch die sommersprossige Haut, auf der immer ein Sonnenglanz zu liegen scheint. Elliot fühlt sich plötzlich ausgeschlossen. Er hat das Gefühl, nirgendwo dazuzugehören.

Iiris erzählt Aida von ihrer neuesten Komposition. Sie spielt sie auf der Ukulele vor, und dann fangen sie an, sich einen Text dafür zu überlegen.

»Könnte ich dazu auf der Gitarre spielen?«, fragt Elliot ein bisschen schüchtern.

Aidas abschätziger Blick trifft ihn. Daraufhin wirft Iiris einen Blick auf Aida, an dem Elliot erkennt, dass seine Schwester auf seiner Seite ist, die Entscheidung aber bei Aida liegt. Als sie klein waren, konkurrierten sie manchmal um Aida, aber in letzter Zeit bilden die beiden Mädchen ein so enges Paar, dass für ihn nicht immer Platz zu bleiben scheint. Trotzdem nickt Aida jetzt zustimmend. Elliot ist erleichtert, dabei sein zu dürfen.

7

Das Licht rinnt als milchiger Streifen durchs Schlafzimmerfenster und fällt in Tropfen auf die Tagesdecke. Elea riecht den Rauch vom Feuer, der an ihren Haaren und an ihrem Kleid haftet. Sie weiß nicht, wie lange sie schon auf dem Bett liegt, auch nicht, ob sie zwischendurch eingenickt ist. Sie sollte wohl aufstehen und wieder zu den anderen gehen. Früher hätte sie es nicht gewagt, sich als Gastgeberin so zurückzuziehen, aber jetzt erlaubt sie sich, noch kurz liegen zu bleiben und über das vertraute Tauziehen zwischen dem Bedürfnis, gesehen zu werden, und dem Bedürfnis, sich zu schützen, nachzudenken.

Jetzt, da sie älter ist, versetzt es sie nicht mehr so in Aufregung, sich zu exponieren, als dass sie sich davon nicht rasch erholen würde. Wenn sie unterrichtet oder in der passenden Stimmung einen Vortrag hält, genießt sie es manchmal sogar, wie der Energiefluss zwischen ihr und dem Publikum unerwartet etwas in Bewegung setzen kann. Anschließend braucht sie trotzdem Raum, um wieder zu sich zu kommen. Sie wundert sich darüber, so ein brennendes Bedürfnis zu haben, mit ihren Freunden die Erfahrung des Entgleisens zu teilen, diese dritte Metamorphose, sich hineinzustürzen wie in eine Improvisationsübung, bei der man zwischen den anderen lavieren und sich bloßstellen muss. Sie wird von dem Wissen angetrieben, dass sie, die immer gedacht hat, mit allem aus eigener Kraft fertigzuwerden, mit etwas konfrontiert ist, das sie allein nicht überstehen wird.

Ihr ist immer der Gedanke zuwider gewesen, in eine Schublade gesteckt zu werden, sie hat gedacht, schlimmer als Unsichtbarkeit ist es, falsch gesehen zu werden: dass man sie für etwas hält, was sie nicht ist. Oder dass man eine ihrer Eigenschaften herauspickt und denkt, das wäre alles, was sie ist. Jetzt fragt sie sich, ob das nicht etwas Egozentrisches an sich hat. Als wäre ausgerechnet sie so einzigartig, so besonders und komplex, dass sämtliche Definitionen davor versagen. Ein bisschen so, wie man von Gott nicht einmal sprechen, sich kein Bild machen darf, denkt sie schmunzelnd. Ihr fällt der Gedanke von Emmanuel Levinas ein, jeder Mensch sei wie Gott unendlich. Während man nach Hannah Arendt ein Individuum nur durch seine Geschichte kennen kann, kommt für Levinas das Verkleinern eines ganzen, widersprüchlichen, reichen Lebens auf eine Geschichte einer Gewalttat gleich.

Elea kommen Hannah Arendts Worte in den Sinn: Ein Leben, das man nicht unter anderen lebt, sei kein »menschliches Leben« mehr, sondern unvollständig und flackernd. Erst wenn uns die anderen sehen und hören, existieren wir wirklich. Die Intuition vieler Finnen scheint etwas anderes zu sagen: Erst wenn wir uns vor der Welt verstecken, in unserem Sommerhaus oder im Wald, können wir ganz wir selbst sein. Elea hofft, ihren Kindern kein Beispiel dafür gegeben zu haben, wie man sich versteckt, sondern auch fähig gewesen zu sein, sich ihnen als unsicher und unvollständig zu zeigen.

Sie steht auf und geht ins Wohnzimmer. Ihr Blick fällt auf das alte Fotoalbum im Bücherregal. Sie schlägt es auf und sieht ein Foto, auf dem sie mit ihrer Schwester im Trainingsanzug posiert, dic Haare zu Zöpfen geflochten und mit lang gestrecktem Hals. Auf einem anderen Bild spielt sie Klavier. Sie wurden oft fotografiert, wenn sie etwas vorführten, das sie konnten: beim jährlichen Schulsingen vor den Sommerferien, beim Tennisspielen, beim Malen, beim Klavier- oder Gitarrenspiel. Wurden sie durch ihre Leistungen gesehen?

Ihre kleine Schwester hat einmal erzählt, sie habe das Gefühl gehabt, schlechter als die anderen zu sein, weil sie in der Schule nicht so gute Leistungen erbracht hatte. So etwas spürt man, auch wenn es nicht laut ausgesprochen wird. Als Kind begriff Elea das nicht, sondern bewunderte die souveräne Mühelosigkeit, mit der ihre Schwester sich auf ihre Kunstsachen konzentrierte und die Bühne betrat, ohne so aufgeregt zu sein wie die anderen. Sie hatte etwas Freies und Eigenes an sich, und es kam Elea gar nicht in den Sinn, dass sich dahinter die innere Qual eines Minderwertigkeitsgefühls verbergen konnte.

Elea war als Kind schüchtern, nicht dazu geboren, aufzutreten, so wie ihre Freundinnen, die Lehrerinnen wurden und darstellende Künstlerinnen. Beim Klavierspiel wie beim Ballett, beide Male dasselbe: Sie übte mit Hingabe und beherrschte die Stücke vor dem Auftritt perfekt, aber die Anwesenheit des Publikums und die Tatsache, beurteilt zu werden, machten sie beklommen. Wie durch Zauberhand verschwanden aus ihren Bewegungen alle Geschmeidigkeit und Leichtigkeit. An ihre Stelle trat ein gezwungenes, angestrengtes, von der Scham versteiftes Absolvieren.

In die Tiefen ihres Gedächtnisses hat sich ein Frühlingskonzert eingebrannt, bei dem sie mit ihrer kleinen Schwester Schuberts vierhändige *Fantasie in f-Moll* spielte. Sie hatten so gründlich geübt, dass die Komposition fest im Gedächtnis ihrer Finger verwurzelt war. Aber als sie im Saal nach vorne traten und sich ans Klavier setzten, tat sich ein Abgrund auf, wo die vertraute Mühelosigkeit der Bewegungen gewesen war. Elea versuchte, den Abgrund zu meiden, seinen Rand zu umgehen, als wüsste sie, was sie tut, aber sie wusste, dass sie nur so lange am Rand bleiben würde, wie ihre Finger sich allein durch die Kraft des muskulären Gedächtnisses bewegten. In der Mitte des Stücks passierte das Unvermeidliche. Sie stürzte kopfüber in den Abgrund und hatte keine Ahnung, wie die Komposition weiterging. Ihre Schwester spielte neben ihr, ohne mit der Wimper zu zucken, weiter, als wäre Elea nicht zur Gipsfigur erstarrt, sondern alles würde laufen, wie es sich gehörte. Schließlich bekam Elea die Melodie wieder zu fassen und machte stolpernd weiter bis zum Schluss. Ihre Wangen glühten, als das Publikum voller Mitgefühl applaudierte.

Und dann, gerade als sie dachte, die Qual sei endlich vorbei, verkündete die Lehrerin, die die Veranstaltung moderierte, zu ihrem Entsetzen: Geben wir den Mädchen eine zweite Chance. Elea wollte sich weigern, aber es kam kein Mucks aus ihrem Mund. Mit mechanischen Bewegungen, starr vor Grauen, kehrte sie zum Klavierhocker zurück. Der Anfang lief wieder leicht, aber als die mittlere Passage näher rückte, tat sich vor ihr der gleiche Abgrund auf. Wie eine Schlafwandlerin ging sie darauf zu, erreichte den Rand und fiel, exakt wie beim ersten Mal. Die Wiederholung der Situation erzeugte das albtraumhafte Gefühl, es würde nie aufhören, sie würde immer wieder in diesen Abgrund stürzen müssen. Es wäre nicht so schlimm gewesen, wenn sie allein gespielt hätte, aber jetzt zog sie ungewollt auch ihre Schwester zweimal mit hinab. Als sie den Vorfall Jahre später erwähnte, besaß ihre Schwester überhaupt kein Erinnerungsbild an den Auftritt. Elea hatte diese von der Scham eingebrannte Erinnerung, die auch mit der Zeit nicht verblasst war, also umsonst mit sich herumgetragen.

Sie kann sich nur an eine Ballettaufführung erinnern, bei der sie die übliche Anspannung aus irgendeinem Grund nicht steif gemacht hatte. Stattdessen war sie von einer seltsamen Gelassenheit und dem Gefühl einer starken Präsenz erfüllt gewesen: Jede Geste, das An- und Entspannen der Muskeln, ging so nahtlos in die nächste Bewegung über, dass alles strömte und sie eins mit der Musik war. Für diesen einen Moment kam es ihr vor, als könnte sie auf der Bühne fliegen. So etwas hatte es danach nie mehr gegeben. Vielleicht haben wirklich begabte Menschen das immer, wenn sie auftreten, denkt Elea: das Gefühl der Mühelosigkeit.

Oder ist es nur die eine unausgesprochene Erwartung, die sich seit der Kindheit in ihr festgesetzt hat: dass man auf unprätentiöse Art begabt sein muss, ohne Anstrengung. Am bemitleidenswertesten ist es, wenn man sich zwingt und abrackert, und am schlimmsten ist es, wenn man sich für besser hält, als man ist. Ob es ein Zufall ist, dass bei jenem einzigen Mal, bei dem sie das Tanzen auf der Bühne genoss, keine Eltern und Lehrer zusahen?

Elea starrt auf ein Foto im Album, auf dem sie ungefähr zehn ist und ein Kaninchen auf ihrem Schoß streichelt. Einmal stritt sie sich mit ihrer Mutter und ihrem kleinen Bruder darüber, ob sie je ein Kaninchen als Haustier gehabt hätten. Die anderen behaupteten, Elea bilde sich die ganze Geschichte nur ein, bis sie als Beweis dieses Foto fand. Wie unterschiedlich sie sich alle an die Kindheit erinnern, die ihre gemeinsame und doch für jeden von ihnen eine andere Wirklichkeit war. Auf dem Foto macht sie ein konzentriertes, besorgtes Gesicht, das ihr Iiris ins Gedächtnis ruft. Sie legt das Album ins Regal zurück, zu zerfledderten Kochbüchern und alten Zeichenblöcken der Kinder.

Wieder überkommt sie das Gefühl, etwas Wichtiges vergessen zu haben. Plötzlich fällt ihr ein: Weil sie nicht weiß, wie viel Zeit ihr noch bleibt, muss sie dafür sorgen, dass die Kinder Fotos haben. Früher bestellte man die Bilder, wenn der Film voll war. Nicht immer hatte man Lust, sie ins Album einzukleben, aber sie waren wenigstens da, wenn auch in einer Schachtel im Kleiderschrank. Heute werden Bilder in den Kadavern alter Geräte begraben. Wenn man sie nicht gezielt rettet, verschwinden sie für immer. Sie will nicht, dass ihre Kinder sich als Erwachsene fragen müssen, warum es von ihrer Kindheit nach den Babyjahren kein einziges Foto gibt.

Otto hasst es, zu fotografieren, als wäre an Fotos etwas prinzipiell falsch: als wäre der Augenblick verdorben, wenn man ihn festhält und dazu verurteilt, aus dem Fluss der Zeit herausgelöst zu werden. In ihrem Alltag stößt Ottos Ästhetik der Leere auch sonst ständig mit Eleas Ästhetik der Schichtungen zusammen. Wenn Otto Dinge wegwirft, egal welche, macht sich eine von Gelassenheit erfüllte Welle der Genugtuung in ihm breit, als gelangte er aus einer erstickenden Menschenmenge in den Frieden einer weiten Wüste. Für Elea sind Dinge, die Erinnerungen mit sich tragen, geschichtete Zeit: Sie haben ihre eigene Geschichte, sind untrennbarer Bestandteil der Welt, die Otto und Elea sich zusammen aufgebaut haben. Ihr Zuhause besteht aus den Faltungen der Zeit. Sie sind erst zweimal umgezogen: aus dem engen Studentenapartment in die erste Wohnung, die ihnen wie ein Zuhause vorkam, eine Dreizimmerwohnung mit Holzdielen und hohen, hellen Zimmern, und dann in ihr jetziges Zuhause, ein altes Holzhaus mit Seele. Dort ist alles auf reizvolle Art ein bisschen schief, die Balken tragen die Patina der Zeit, und die Bücherregale reichen bis zur Decke.

Auch dieses Sommerhaus enthält die Geschichte von Jahrzehnten. Hier hat sie mit ihrer Schwester eine Zeitung namens *Sommer-Nachrichten* gemacht und den Kleineren die Namen der Moose beigebracht. Das hier war in ihren Jugendjahren das geheime Liebesnest von Otto und ihr, hier haben sie mit Freunden die nachtlosen Nächte gefeiert, sind in der Sauna ihren Kummer losgeworden, hier haben die Kinder Bekanntschaft mit Sand und Wasser gemacht, noch bevor sie gelernt hatten zu krabbeln, hier hat Elliot ein Kanu und Schachfiguren geschnitzt, hier hat Iiris die Ufer-Birke, den Seewind, einen Buntspecht und eine Erdkröte gemalt, hier sind sie zu Schärenkindern herangewachsen.

Aus einer spontanen Laune heraus stellt Elea eine Sturmlaterne auf den Kamin, zündet den Docht an und platziert sie dann auf der Fensterbank. Sie sehnt sich inzwischen schon nach den anderen. Als sie ins Freie tritt, hört sie aus dem Wald Musik.

8

Iiris lässt sich von der Musik ausfüllen, sie lässt sie in ihrem ganzen Körper beben, sich von ihr mit den anderen verbinden. Sie freut sich, weil an Elliot keine Spur mehr von der angespannten Beklemmung zu erkennen ist, mit der er gerade noch mit seinem Corona-Fernglas nach den Erwachsenen am Ufer ausgespäht hat. Meistens kann er nicht sagen, was ihn bedrückt, aber man sieht seinen Gesten und seiner Mimik an, wenn es ihm nicht gut geht. In letzter Zeit hat er manchmal offen gesagt, dass er niedergeschlagen sei. Dann ist er mutig. Nicht alle Jungs können das.

Als sie bis zur Erschöpfung gespielt haben, schnuppert Iiris an der Brühe, die über dem Feuer brodelt.

»Die riecht vielleicht kräftig.«

Sie hält Aida den Topf unter die Nase.

»Ich rieche immer noch nicht richtig. Es riecht ein bisschen nach Seife.«

»Du Ärmste.«

»Zum Glück nicht so schlimm wie Koriander. Früher war das mein Lieblingskraut. Jetzt schmeckt es wie Waschmittel.«

»Nasal.«

»Genau, meine Nasalgegend ist beschädigt.«

Sie lachen, aber ein bisschen matt. Iiris weiß, dass die Beeinträchtigung des Geruchssinnes traurig für Aida ist. Wenn man die Welt nicht richtig riecht und schmeckt, sagt Aida, ist es, als würde man den direkten Kontakt zu ihr verlieren. Alles ist ein bisschen verquer, wie in einem Albtraum, in dem Menschen und Orte, die man kennt, nicht das sind, wonach sie aussehen.

Im Frühling schmeckte für Aida alles nach Pappe. Da wollte sie das Essen schnell über die Bühne bringen, indem sie Brühe oder Suppe schlürfte. Iiris erinnert sich, wie Aida abnahm und sich Sorge in die Blicke und Worte von Salma und Iiris' Mutter schlich. Jetzt schmecken die vertrauten Sachen verkehrt: Früchte unangenehm süß, Wasser schlammig. Man fühlt sich unsicher, weil man nicht wissen kann, ob ein Gericht oder Getränk verdorben ist oder ob es nur so riecht oder schmeckt. Nie zuvor ist Iiris auf den Gedanken gekommen, dass Gerüche einen mit der Welt verwurzeln und einem helfen, sich in ihr zurechtzufinden.

»Übel, dass du nicht richtig riechen kannst.«

»Schon, auch wenn die Menschheit größere Sorgen hat«, entgegnet Aida.

»Genau, mehr als zehntausend Kinder sterben jeden Tag an Hunger«, sagt Elliot.

Stimmt, denkt Iiris. Außerdem ist Aidas Mami gestorben, und ihre eigene Mutter hat Krebs. Sie schiebt den Gedanken zur Seite. Es ist bestimmt seltsam, wenn man die Sachen nicht richtig riecht, aber gleichzeitig weiß, wie sie riechen sollten. Vielleicht ist es, wie wenn über allem die Abwesenheit liegt, ein geisterhafter Schmerz, das Gefühl, wie es sein sollte, aber nicht ist.

»Sagt alle, was ihr jetzt riecht«, bittet Aida.

Iiris schließt die Augen, um sich zu konzentrieren.

»Der frische Nadelduft ist vielleicht am stärksten.«

»Der stechende Geruch von Ölfarbe, der stumpfe Gestank von Firnis«, zählt Elliot auf.

»Der moosige Waldboden. Er riecht üppig feucht«, sagt Iiris.

»Der Duft des astrein brennenden Feuers«, fügt Elliot hinzu.

»Vielleicht ein Hauch wilde Himbeere.«
»Elchkötel. Iiris' Achselschweiß.«

9

Als Elea vom Haus zum Ufer geht, sieht sie einen alten Mann mit schnellen, kräftigen Zügen übers Wasser rudern. Dicht bei der zugewachsenen Engstelle stoppt er das Boot und fängt an zu angeln. Bei Eleas Rudertouren in der Kindheit machten sie bei der Sandbank halt, um den Fischschwärmen zuzusehen. Sie erinnert sich an die langsame Bewegung des Bootsschattens über dem Meeresgrund. Manchmal ruderten sie um die ganze Insel herum. An den schmalsten Schilfstellen kam man mit dem Motorboot schwer durch, aber das Ruderboot glitt so leicht hindurch wie ein Fisch, der unter Wasser aufblitzt. Eine volle Runde zu rudern und die Insel vom Meer aus an allen Ecken zu begutachten, verschaffte einem eine seltsame Befriedigung. Vielleicht sorgt ein unbekanntes Muster, irgendeine Gesetzmäßigkeit, die Dinge, Gefühle und Proportionen mit unsichtbaren Fäden verknüpft, dafür, dass dieses Gefühl der Befriedigung zu dem Wunsch führte, unbedingt ein Haus haben zu wollen, in dem die Kinder von Zimmer zu Zimmer eine komplette Runde laufen konnten, immer und immer wieder, als würde die Möglichkeit dieser ungezwungen wiederholten Bewegung garantieren, dass ihre Kindheit ein endloses, glückliches helles Lachen wäre, während die kleinen Füße im Kreis über den Bretterboden trampelten, immer und immer wieder.

Inzwischen hat Schilfrohr einen großen Teil der natürlichen Sandstrände der Insel erobert. Der Schilfgürtel hat sich geschlossen, und man kommt nicht mehr um die Insel herum. Man könnte meinen, die Insel sei feindselig geworden, aber sie ist wohl lediglich verwundet. Dennoch haben Iiris und Elliot den ganzen Archipel zum Erkunden. Diesen Sommer sind sie zum ersten Mal zu zweit zu einer Expedition mit der Jolle aufgebrochen. Elea hat am Ufer gewartet, verwirrt vor Freude und Sorge.

Plötzlich spürt Elea eine tief schneidende Freude darüber, dass sie ihre Kinder bekommen hat und ihnen nichts sonderlich Schlimmes zugestoßen ist. Gleich nach der Geburt des ersten hatte sie Albträume, dass dem Kind etwas passieren würde: dass es hinfällt, von einem Auto überfahren wird, ertrinkt, vor allem ertrinkt, das war ihre größte Angst. Sie begreift, dass alle Not in ihrem Leben bis zu diesem Punkt die Angst vor etwas gewesen ist, das hätte geschehen *können*, aber nicht geschehen ist. Vielleicht kommt es ihr deshalb so unwirklich vor, dass es ihr jetzt zum ersten Mal wirklich schlecht ergeht. Als hätte sich der Moment, in dem sie aus dem Albtraum erwacht, verzögert, als würde etwas den bösen Traum in die Länge ziehen und sie sich nicht mehr selbst aus dessen klebriger Umklammerung lösen können.

Sie denkt an das, was Salma über die Beklemmung im Hinblick auf das Künftige gesagt hat. Früher bezog sich ihre Sorge auf ein vorgestelltes, befürchtetes mögliches Trauma – darauf, dass den Kindern etwas passiert. Auch jetzt ist es die Angst vor der verlorenen Zukunft, aber sie hat das Gewicht des Konkreten. Die Katastrophe ist eingetreten: Sie hat wirklich Krebs. Sie begreift, dass die alte Angst, die Kinder zu verlieren, in neuer Form zurückgekehrt ist: Wenn sie stirbt, verliert sie ihre Kinder.

Als die Kinder klein waren, hatte es gefährliche Situationen gegeben. Nicht bei dem Jungen, denn der lernte von klein auf die Welt vorsichtig kennen. Er wollte nicht mal, als er laufen lernte, die Hand von Mutter oder Vater loslassen, obwohl er es sehr wohl gekonnt hätte. Er fühlte sich so einfach sicherer. Das Gleiche wiederholte sich bei vielem anderen. Nachdem sie hartnäckig versucht hatten, ihm das Fahrradfahren beizubringen, wollten sie schon aufgeben, aber als die kleine Schwester, die im Vorschulalter war, auf eigene Faust lernte, mit dem Rad ihres Bruders zu fahren, traute sich auch der Junge, es zu probieren, und stellte fest, dass er es doch konnte. Wenn sich Elliot auf dem Spielplatz für ein spannendes Gerät interessierte, sagte er: Iiris will das bestimmt ausprobieren. Seine Schwester diente ihm als Fühler für die Welt. Durch sie konnte er ungefährdet neue Dinge ausprobieren, in ihrem Kielwasser kam er voran. Sie machten alles gleichzeitig, sodass Außenstehende sie für Zwillinge hielten.

Iiris kam die Rolle der Mutigen, Geschickten, Findigen zu. Neben ihrem vorsichtigen Bruder durfte sie die trotzige Draufgängerin sein. Wo der Junge an seinen Fertigkeiten zweifelte, sich vergewisserte und Unterstützung durch seine Eltern verlangte, verließ sich das Mädchen stur auf seine eigenen Fähigkeiten. Im Sommerhaus war es den Kindern verboten, ohne Erwachsene auf den Bootssteg zu gehen, aber Iiris glaubte schon als sehr kleines Kind hartnäckig, sie könnte schwimmen. Oder genauer gesagt, tauchen. In gewisser Weise konnte sie das auch, also unter Wasser die Luft anhalten und sich vorwärtsstrampeln, aber die Kunst des Tauchens hilft nicht viel, wenn man noch nicht den Kopf über Wasser halten kann. Wenn es eine Auseinandersetzung gab, konnte es passieren, dass das Mädchen drohend an den Rand des Bootsstegs trippelte. Man durfte es keinen Moment aus den Augen lassen.

Einmal bat Elea Otto nach einer zerfahrenen Nacht, im Wohnzimmer auf die spielenden Kinder aufzupassen, damit sie sich kurz ausruhen konnte. Aber Otto schlief auf der Couch ein, und die Kinder schlichen sich ans Ufer. Wenig später kam Elliot, um mitzuteilen, dass Iiris auf dem Bootssteg sei. Elea stürmte ans Ufer und sah Iiris am Rand des Stegs, trotzig und entschlossen. Mama, ich kann schon schwimmen, verkündete sie. Das kannst du nicht, rief Elea entsetzt, bleib, wo du bist, ich hole dich! Da sprang das Kind und sank wie ein Stein auf den Grund. Elea rannte auf den Steg und stürzte sich an der Stelle ins Meer, wo die hellen Gliedmaßen im Wasser schimmerten. Es war eine Frage von Sekunden. Wäre Elliot nicht gekommen, wäre das Wasser nicht so klar gewesen ...

Der Vorfall plagte sie Monate, Jahre. Warum produzierte ihr Kopf ständig solche Ketten möglicher Ereignisse, die zu Katastrophen führten? Hört das jemals auf? Nach dem Vorfall hatte sie Angst, ans Meer zu kommen. Dann zwang sie sich dazu. Sie sagte sich: Ich bin ein Kind der Schären. Wenn ich vor dem Meer Angst habe, ist es, als hätte ich Angst vor dem Leben. Das ist Desensibilisierungstherapie: sich am Meer aufhalten, nachdem ...

Und dennoch hat sie das Unglück, das nicht eingetreten ist, begleitet wie ein an ihr festgenähter Schatten. Beim Namensgebungsfest befeuchteten sie die Füße der Kinder mit Ostseewasser vom Ufer ihres Sommerhauses, damit sie richtige Schärenbewohner wurden und die Meeresgötter auf ihrer Seite waren. Vielleicht hat sie das gerettet, denkt Elea schmunzelnd.

10

Das Meer liegt träge im Gold der Abendsonne, ist aber trotz seiner Glätte nichts als Veränderung und Bewegung, endloser Kreislauf des Wassers. In seinen Strudeln häuten sich Larven, Froschlaich zerplatzt und wird zu Kaulquappen, die Leichen Ertrunkener zerfallen. Das Wasser verbindet Wasserwesen, die sich ineinander auflösen, einander durchdringen, sich gegenseitig durchspülen. Es gibt nur eine wellenhafte Bewegung, in der das Zittern der Quallen, das Rascheln eines Blattes, die Resonanz des Windes auf der Haut erklingen.

Alles tropft und wogt, sickert und tost, ändert unablässig die Form, öffnet sich und verliert sich im Wind, jeden Augenblick entsteht etwas, immer in neuer Gestalt. Das Meer ist voller neuer Anfänge, herangetragen von der Strömung.

4. TEIL

MEERES-
GESCHICHTEN

»Außerdem fand ich, dass ich diese Gelegenheit
wahrnehmen könnte, um vielleicht noch
ein paar offene Fragen zu klären, lose Fäden
miteinander zu verknoten, nur kann man Ungeklärtes
nie wirklich klären und schafft eigentlich
immer nur neue Unklarheiten.
Die Zeit löst, wie das Meer, alle Knoten.«

Iris Murdoch, *Das Meer, das Meer*

1

Matias blickt immer wieder aufs Haus, er kann nicht anders. Er möchte am liebsten nachsehen, wo Elea bleibt, vielleicht auch ein paar Worte mit ihr unter vier Augen wechseln. Gerade als er vom Feuer aufstehen will, kommt sie mit leichten Schritten vom Haus her aufs Ufer zu.

»Bist du okay?«, fragt Salma.

»Wir haben uns schon Sorgen gemacht«, sagt Aura und runzelt die Augenbrauen.

»Alles gut«, meint Elea lächelnd und schlägt vor: »Wollen wir mit den Meeresgeschichten weitermachen?«

»Echt jetzt?«, fragt Aura ungläubig.

»Warum nicht? Matias, wie wär's?«

Matias gerät in Panik. Er meint in Eleas Blick einen schelmischen Funken zu sehen, aber als er erneut hinschaut, ist das Lächeln einfach nur freundlich.

»Ich weiß nicht, ob ich das jetzt kann«, nuschelt er.

Elea scheint aber nicht nachgeben zu wollen. Matias hat seine Meeresgeschichte aufgeschrieben, aber jetzt geniert er sich, sie vorzulesen. Er spürt die Blicke der anderen auf der Haut und bringt kein Wort heraus. Er holt tief Luft und versucht, sich zu sammeln.

»Also gut. Versuchen wir es. Vielleicht wisst ihr noch, dass *Der alte Mann und das Meer* schon zu Studienzeiten eines meiner Lieblingsbücher war.«

»Klar, ich wusste immer, dass Hemingway dein großer Held ist«, sagt Otto.

Matias hört das Triumphierende in Ottos Stimme. Sie haben mal einen Lesekreis für fernöstliche Literatur gehabt, aber Otto hat sich immer lustig darüber gemacht, wie westlich und hemingwaymäßig Matias sei. Das Gefühl, ertappt worden zu sein, lässt seine Wangen glühen. Er nimmt einen Schluck Bier und nuschelt:

»Ich dachte, man sollte die Meeresgeschichten auf Papier mitbringen.«

Verlegen zieht er ein klein gefaltetes Blatt aus der Hosentasche und fängt an vorzulesen:

> »Der alte Mann ist eine vom Meer gegerbte Gestalt, alt wie das Meer und unnachgiebig. Er hält Fische für edler als Menschen, tötet sie aber trotzdem von Berufs wegen. Eines Tages bleibt ein riesiger Fisch an seinem Köder hängen. Er ist zu imposant, um ihn zu töten, aber der alte Mann will zeigen, ›wozu ein Mann imstande ist und was ein Mann aushalten kann.‹ Der Fisch zieht, und dem alten Mann gehen die Kräfte aus, aber er sagt immer wieder: ›Der Kampf soll losgehen.‹ Als der Fisch endlich stirbt, zieht der alte Mann ihn hinter seinem Boot her und spürt, dass er aus purem Stolz seinen Bruder getötet hat. Haie reißen Fleisch vom Körper des Fisches, und der alte Mann denkt, er kämpfe mit seinem Fischbruder gegen die Haie. Schließlich hofft er nur noch, nie mehr kämpfen zu müssen.«

Matias stößt einen Seufzer aus. Er ist erst bis zur Hälfte gekommen, kann aber nicht weiterlesen.

»Ich habe diese Geschichte ausgesucht, weil sie das Leben als Kampf darstellt. Und ich identifiziere mich mit dem alten Mann. Auch ich bin alt und müde. Das Leben hat die Kräfte aus mir herausgeprügelt.«

Die anderen lachen. »Von wegen. Du bist ein Mann im besten Alter«, ruft Otto.

»Und jetzt muss Elea gegen den Krebs kämpfen«, sagt Matias mit gedämpfter Stimme, die so fremd klingt, dass er nicht sicher ist, ob sie von ihm kommt.

»Alles ist heutzutage ein Kampf«, sagt Elea ungeduldig. »Ein Krieg gegen die Umweltzerstörung und die Pandemie. Und wenn man Krebs bekommt, sagen alle: Jetzt heißt es kämpfen!«

»Du bist ja eine so harte Kämpferin, dass du den Krebs schon schultern wirst«, sagt Matias.

»Genau«, stimmt Otto ein. »Elea ist die größte Kämpferin, die ich kenne.«

»Verdammt noch mal«, sagt Elea und scheint vor zurückgehaltener Wut fast überzulaufen.

»Hä?«, macht Aura.

»Und wenn ich sterbe? Kommt es dann daher, dass ich nicht heroisch genug gekämpft habe? Sind kleine Kinder, die an Krebs sterben, welche, die zu früh aufgeben? Matias, behandelst du solche Loser? Sagst du zu deinen kleinen Patienten, jetzt kämpft mal schön, dann wird das schon?« Elea zittert vor Erregung.

»Natürlich nicht«, antwortet Matias leise, verzweifelt.

Sie funkeln sich an. Elea fährt fort:

»Die Medien sind voller Geschichten über Politiker und Filmstars, die mit enormem Kampfeswillen den Krebs oder Corona siegreich überstanden haben. Aber es hängt nicht von der Einstellung oder anderen psychischen Eigenschaften ab, ob man gesund wird, sondern vom Immunsystem, von Erbfaktoren, von der Behandlung und wann man sie bekommt. Als Arzt sollte dir das eigentlich klar sein.«

»Ehrlich gesagt wollen ziemlich viele Patienten glauben,

dass sie gesund geworden sind, weil sie so hart gekämpft haben«, sagt Matias vorsichtig.

»Okay. Klingt ziemlich verzerrt«, sagt Elea. Die anderen schweigen.

»Ist das Leben für euch ein Kampf? Also auch für andere als Matias?«, fragt Elea in die Runde.

»Na klar, von der Geburt bis zum Tod«, antwortet Otto. »Schon Schopenhauer wusste das: Das Leben ist blinder Wille, ständiges Gezappel ohne Sinn und Richtung.«

In Matias hallen Ottos Worte aus den Studienjahren wider: Ein guter Samurai holt mit seinem Schwert exakt ein weiteres Mal aus, nachdem man ihm den Kopf abgeschlagen hat. Otto hat sich immer als Samurai gesehen, auch wenn er nicht immer gewusst hat, wofür er kämpft. Für Elea wohl, für seine Familie, denkt Matias und spürt einen kleinen Stich.

Er hat gerade Karl Ove Knausgård gelesen, für den der Kampf darin besteht, unter dem Druck der sozialen Erwartungen zu lavieren, sodass man wahrhaftig gegenüber sich selbst und den anderen ist – ein Kämpfen gegen die zehrende Kraft der alltäglichen Abläufe, der Versuch, ein anständiger Familienvater, ein guter Mensch zu sein und gleichzeitig eine Form des Daseins zu finden, die man als seine eigene bezeichnen kann. Aber Matias schafft es nicht, aus seinem Gedanken etwas zu formen, das er laut aussprechen könnte. Außerdem schreibt Knausgård auch so etwas wie: »Der Krieg ist die einzige von Menschen erschaffene Betätigung, die sich sehenden Auges der Grenze von Leben und Tod nähert.« Begegnen Kranke und diejenigen, die sie pflegen, dieser Grenze etwa nicht mit weit geöffneten Augen? Wie auch immer, Matias will Elea nicht verärgern, indem er weiter über Kämpfe redet.

2

Elea wirft zwei Holzscheite ins Feuer. Das Gerede übers Kämpfen löst einen Unwillen in ihr aus, der aus der Tiefe kommt und den sie noch nicht in all seinen Fasern begreift. Matias und Otto meinen es natürlich nicht böse, im Gegenteil, aber sie ist nicht einverstanden damit, zwischen den Rollen der tapferen Sonnenkämpferin und der Aufgeberin wählen zu müssen. Sie hat ihr ganzes Leben lang gekämpft. An der Universität setzt man sich sonst nicht durch. Das ist gerade das Problem: Sie ist mit dem Gedanken groß geworden, dass man im Leben durchkommt, indem man kämpft, aber man kommt nicht durch! Das Leben ist von der Sorte, dass du kämpfst und kämpfst und dann Krebs bekommst. Da hilft es nicht, dass du noch wilder kämpfst. Dies ist nicht die Stunde, in der die Heldin in den Krieg zieht, sondern der Punkt, an dem es gilt, innezuhalten und festzustellen, dass die Erzählung falsch ist.

Von Erkrankten spricht man als Kämpfern, weil wir verzweifelt glauben wollen, dass unsere Taten darüber entscheiden, wie es uns ergeht. Als könnte man mit ausreichender Willenskraft und der richtigen Einstellung alles überstehen. Elea kommen die Worte *normativer Optimismus* in den Sinn. Sie empfindet Genugtuung, weil sie benennen kann, was sie plagt: der Druck, immer positiv sein zu müssen, auch wenn man mit Krebs konfrontiert wird, gerade dann, damit man eine anständige Kämpferin ist. Diese Forderung schlug ihr aus den Mails entgegen, die sie von zwei Kolleginnen aus den Vereinigten Staaten bekam. Da dachte sie, dass Zwangspositivität zum Glück nicht zu den Pathologien der finnischen Kultur zählt, jedenfalls nicht so stark. Hier ist es akzeptabel, ab und zu düsterer Stimmung zu sein. Ohne obligatorischen Optimismus ist es leichter, spontane Freude und Glücksmomente zu erleben. Aber die Norm des Positiven ist auch hierzulande überraschend weit verbreitet. Man hat Elea schon mehrmals gesagt, sie solle sich »auf die Heilung hin orientieren.« Den Gedanken an den Tod hält man für eine billige Form, sich zu ergeben. Sogar hier im Norden weht bereits ein erster Wind von pinker Brustkrebskultur im amerikanischen Geist, wo es dazugehört, mit einem Lächeln auf den Lippen zu kämpfen, auch wenn man noch so sehr die Zähne zusammenbeißen muss.

Wo kommt überhaupt der Gedanke her, dass das Dasein ein Kampf ist, fragt sich Elea. Von Darwin? Sie erinnert sich an die These von Michel Foucault, die Geschichte habe eher die Gestalt des Krieges als der Sprache: »Sie besteht aus Machtverhältnissen, nicht aus Bedeutungsverhältnissen.« Die Gräuel der Weltkriege haben gezeigt, dass die Geschichte keinen Sinn enthält und dass sie nicht der Logik einer Erzählung folgt. Schriftsteller kreieren Formen, durch die sich der fließende, irrationale Charakter der Wirklichkeit vermittelt. Laut Virginia Woolf muss die Literatur, die es auf »Lebensnähe« anlegt, auf einen Plot verzichten, denn wir begegnen der Welt in Form von ungeordneten Sinnesimpressionen. Wie das übers Meer wischende Licht, das in Woolfs Roman *Zum Leuchtturm* das Chaos gliedert, so kann der Mensch in aufleuchtenden Momenten eine bedeutsame Ordnung entdecken, die dann wieder im Dunkeln verschwindet. In *Die Wellen* stürzen die Wahrnehmungen auf diejenigen mit Heftigkeit und voneinander losgelöst ein, die nicht bereit sind, »einen Augenblick in den nächsten übergehen zu lassen.« Das Leben ist ein dunkles Meer: Nur einige gelebte Augenblicke glühen im Obskuren.

Auch Hemingway war ein vom Krieg traumatisierter Mann, aber er reagierte auf das Chaos, indem er sich zwanghaft an das Ideal der Beherrschung klammerte. Seine maskulinen Heldenfiguren kämpfen unter schwierigen Bedingungen in einer Welt, in der ein Mann seine harte Schale wahren muss und das darunter sprudelnde Leid nicht an die Oberfläche kommen lassen darf. Wie unterschiedlich die Wasser in Hemingways *Der alte Mann und das Meer* und in Wintersons *Der Leuchtturmwärter* schäumen! Hemingway wollte schreiben, wie Cézanne malt: durch das Hervorbringen strenger, klarer, deutlicher Formen. Er verglich das Schreiben mit einem Eisberg, der in stiller Würde dahingleitet. Sichtbar ist nur ein Achtel, der Rest bleibt unter der Oberfläche verborgen. Jedes Wort hat seinen Platz, und nichts Überflüssiges stört die Ordnung. Das hat etwas Steriles, denkt Elea, etwas Kaltes und Hartes.

In die Wasser von *Der alte Mann und das Meer* mischen sich die brausenden Strömungen von *Moby-Dick*, Kapitän Ahabs zwanghafte Jagd nach dem weißen Wal. In beiden Fällen ist der Mann dazu bestimmt, gegen die Natur zu kämpfen. Wintersons Wasser hingegen sind gleichen Ursprungs wie Woolfs Wellen. Sie enthalten trübe Trauer und Chaos, wie auch das Leben, aber es tut gut, sich ihrer Umarmung zu überlassen. Als Virginia Woolf zum letzten Mal ins Wasser ging, mit Steinen in der Tasche, wollte sie sich nur noch vom Strom mitreißen lassen. Winterson lässt diese und andere Ströme in ihre Bücher einfließen, in einen Raum zwischen den Wassern, in dem die Vermischung Teil der Grundströmung des Lebens ist. Darin bauen sich Trübung und Klarheit nicht als Gegensätze auf, sondern gehören denselben fließenden und ruhigen Gewässern an.

3

Iiris kommt wie ein Vogel angeflogen, Elea hat keine Ahnung, woher sie so plötzlich auftaucht.

»Mama, haben wir Gläser mit Deckel, die wir nicht mehr brauchen?«

»Bestimmt. Wofür?«

»Bloß für unser Gebräu.«

»Was kocht ihr denn?«, fragt Salma.

»Einen Zaubertrank«, sagt Iiris und lächelt geheimnisvoll.

»Hier habt ihr eine geheime Zutat.«

Aura reicht Iiris eine Muschelschale.

Elea geht mit Iiris zum Haus, um ihr zu zeigen, wo sie den Karton mit dem Altglas im Schuppen hingestellt hat, bevor die Gäste gekommen sind. Das Mädchen hüpft neben ihr her, als würde es halb fliegen.

»Habt ihr's schön im Wald?«

»Klar. So toll, dass wir wieder zusammen sein können«, antwortet Iiris mit strahlendem Gesicht.

Nachdem sie sich ein bauchiges grünliches Glas aus dem Karton ausgesucht hat, läuft sie wieder auf den Waldrand zu. Elea erinnert sich, wie Iiris sich als kleines Mädchen tänzelnd und schwebend bewegte, als würde sie nur hin und wieder den Boden berühren, sprühend vor Freude.

Elea setzt sich kurz auf die Stufen des Schuppens. Als Folge zufälliger Kettenreaktionen dürfen wir kurz auf diesem Blauen Planeten umherflattern, denkt sie. Warum könnte man sich das nicht ebenso gut als Tanz wie als Kampf vorstellen? Den Tanz bringt man mit Leichtigkeit in Verbindung, aber man kann auch schwerfällig, humpelnd, sich mit Mühe voranschleppend tanzen, von der Schwerkraft nach unten gezogen, im Rhythmus von Wind und Regen. Elea litt als junger Mensch darunter, dass sie nicht die langen Gliedmaßen einer Balletttänzerin hatte, die den ätherischen Eindruck hervorbringen, der Kraft und Leichtigkeit verbindet, aber nachdem sie dann mit zeitgenössischem Tanz angefangen hatte, merkte sie, dass mit der Erde verwurzelnde Bewegungsabläufe einem eben solche Freude bereiten können wie solche, die einen in die Luft heben.

Früher kristallisierten sich die Ideale der Weiblichkeit für die Mädchen im Balletttanz heraus, heute haben Kampfsportarten diesen Platz eingenommen. Nach einem Jahr Märchenballett wollten auch Iiris und Aida zu Aikido wechseln. In Videospielen spielt man in Gestalt einer Kämpferin, in Disney-Filmen macht die richtige Einstellung die Prinzessin, und man bringt den Mädchen bei: Schlag, Schlag, Tritt. Kein Gymnastikgehüpfe, Mädels, ihr seid Kämpferinnen! Stell dir vor, du hast deinen schlimmsten Feind vor dir: Kinn, Bauch, Wange. Schlag für Schlag verwandelt sich der Feind in einen blutenden Fleischbrocken. Super!

Schade bloß, dass, anders als in den Mann-gegen-Beute-Geschichten, die wichtigsten Kämpfe – gegen die Umweltzerstörung, den Krebs, die Pandemie – nicht von einzelnen Kämpfern und Jägern geführt werden können. Dafür braucht man eine komplizierte, langsam voranschreitende Kooperation, die sich nicht für Heldengeschichten eignet.

Es ist gut, dass Mädchen als starke Menschen gesehen werden, denkt Elea, aber warum verbinden wir Stärke immer mit Kampf und Krafteinsatz? Ist es nicht auch die Fähigkeit, zuzuhören, sich berühren und beachten zu lassen? Vielleicht ist nicht der Kampf an sich das Problem, sondern die Neigung, ihn als Konkurrenz zu denken, im Rahmen von Gewalt und

Krieg. Hinter dem sprachlichen Bild »Krankheit ist Krieg« steckt der Gedanke von Schwierigkeiten als Gegnern. Elea erinnert sich an eine Studie, der zufolge das Sprachbild auf die physische Auseinandersetzung mit anderen Körpern zurückgeht, die wir schon als Baby erleben – die Reibungen mit der Mutter, wenn wir die Brust wollen, später mit anderen Kindern. Eine ernsthafte Krankheit ist eine extreme Schwierigkeit, der Feind im Krieg ein extremer Gegner. Diese Erklärung findet sie zu einfach. Schließlich gibt es auch andere frühe körperliche Grunderfahrungen, wie Erfahrungen von Nähe, von Einheit mit dem hütenden und nährenden Körper der Mutter, von Gemeinsamkeiten mit anderen Kindern, damit, wie man zusammen Probleme lösen kann, mit denen man allein nicht fertigwürde.

Klimaerwärmung und Artenschwund lassen sich schwer in Geschichten kleiden, weil sie den Erfahrungshorizont des Individuums überschreiten, denkt Elea. Ihr zeitlicher Maßstab hat nicht die Größe eines Menschen. Im Kampf gegen die Umweltzerstörung gibt es keinen eindeutigen Feind. Der Mensch selbst ist sowohl der Feind als auch der potenzielle Held, aber es steht keine Belohnung innerhalb eines einzigen Menschenlebens in Aussicht. Im Märchen kann ein Ausnahmeindividuum die Welt retten – im wirklichen Leben braucht man das langsame, gemeinsame Bemühen, die Veränderung von Gewohnheiten, und das hat keinen eindeutigen dramatischen Bogen oder Endpunkt.

Man müsste sich mehr anstrengen, das zu denken, was sich nicht zu Geschichten fügt. Die Erzählform betont die Entscheidungen des Individuums und eignet sich darum schlecht zur Beschreibung struktureller Ungleichheit und langsamer Gewalt, die über Jahrhunderte unmerklich einsickert.

Elea stört es, wenn der Krieg zum erhabenen Modell für alle Prüfungen gemacht wird, die das Leben vor einen hinwirft – zumindest, wenn der Krieg in Europa geführt wird und darin Menschen kämpfen, die aussehen wie wir. Der Krieg wird zum bedeutenden Ereignis in der Geschichte von Volksstämmen und Sippen erhöht, während Krankheiten zu erbärmlichen Plagen verkleinert werden, die von der großen Kunst am besten stillschweigend übergangen werden. Erkrankungen werden als private, körperliche Dinge gesehen, von denen Frauen in bekenntnishaftem Ton zu schreiben haben. Dennoch sind damit gemeinsame Bedeutungen verknüpft, und sie können ebenso faszinierende Perspektiven auf das menschliche Dasein eröffnen wie Kriege. Warum sieht man das nicht? Vielleicht liegt in der Wahllosigkeit des Erkrankens etwas zu Demütigendes, in der Art, wie sie die Form der Heldengeschichte aufbricht.

Über die fünfzig Millionen Menschen, die von der Spanischen Grippe getötet wurden, gibt es verblüffend wenige Romane, die für bedeutsam gehalten werden. Im Ersten Weltkrieg sind weniger Menschen ums Leben gekommen, aber seine Gräuel lodern auf den Seiten der Weltliteratur, gemalt mit männlichen Pinselstrichen. Kriege enthalten die Elemente einer dramatischen Geschichte, Krankheiten nur, wenn sie auf Geschichten von Kämpfen reduziert werden, wobei dann alles verwässert wird, was an ihnen besonders und interessant ist, die Art und Weise, wie sie unsere Hybris herausfordern, der selbstgefällige Stil, mit dem wir uns über andere leidende Wesen stellen.

In Finnland gründet die kulturelle Fantasie sowieso auf dem Krieg, denkt Elea. Immer wenn eine Krise kommt, wird der Geist des Winterkriegs heraufbeschworen. Als Elliot klein war, konnte sich Elea schwer vorstellen, dass ihr sensibler kleiner Junge eines Tages zum Töten ausgebildet werden sollte. Sie dachte, die Welt werde sich innerhalb von zwanzig Jahren so verändern, dass keine Wehrpflicht mehr nötig wäre. Aber die Spannungen zwischen den Weltmächten haben nur zugenommen, nach der Annexion der Krim ist die Bedrohung durch Russland immer spürbarer geworden. Nach wie vor werden auf der ganzen Welt männliche Kinder zu Kanonenfutter in Kriegen, die sie sich nicht ausgesucht und die sie nicht gewollt haben.

Als Elea zum Ufer zurückgeht, sieht sie Elliots orangerotes Hemd hinter den Bäumen aufblitzen. Was macht der Junge da? Obwohl Elliot und Iiris im selben Umfeld aufgewachsen sind, hat nur Elliot trotz aller Empfindlichkeit wer weiß wo eine maskuline Kultur aufgesaugt, in der das Leben als Kampf betrachtet wird. Eine traurige Kultur des Allein-zurechtkommen-Müssens, die in diesem vom Krieg beschädigten Land von den Vätern an die Söhne vererbt wird, sosehr sie sich auch dagegen sträuben. Womöglich würde es Elliot sogar bei der Armee gefallen, schließlich interessiert er sich für Survival-Techniken und Prepper.

Elea hält inne, um zu überlegen, ob nicht die ganze Geschichte des westlichen Denkens die Abhängigkeit von anderen in negativem Licht darstellt. Die Vorstellung vom Dasein als Kampf verbindet sich mit der rationalistischen Tradition, die die Übermacht der Vernunft idealisiert und lehrt, dass Gefühle – wie Rücksicht auf andere zu nehmen – ein Zeichen von Schwäche sind. Die anderen sind eine Bedrohung, keine Quelle von Bedeutsamkeit. Und dennoch gehört zum menschlichen Dasein eine grundlegende Verwundbarkeit, die nicht nur für Beschädigung empfänglich macht, sondern auch für Berührung, Sorge, Rücksichtnahme.

Elea begreift, dass sie das auf abstrakte Art gewusst hat, aber erst jetzt mit ihrem ganzen Blutkreislauf spürt. Am Ende ist auch sie eine gewesen, die immer allein zurechtkommen wollte. Erst jetzt steigt aus den Tiefen ihres Körpers echte Verwunderung auf: Warum soll man die Abhängigkeit von anderen als Schwäche sehen, wo sie doch nichts anderes bedeutet, als dass es im Leben Menschen gibt, die einem etwas bedeuten und denen man selbst etwas bedeutet?

4

Elliot schleicht durch den Wald hinter die Sauna und von dort zu der Erle am Ufer, so leise, dass es die Erwachsenen nicht merken, und schwingt sich mit einer schnellen Bewegung ins Baumhaus. Es ist schief, aber sie haben es selbst gebaut, und es ist gemütlich. Beruhigend breiten sich um ihn herum die dicken, knorrigen Äste der Erle aus. Das Laub filtert den Lichtregen. Bäume sind weiser als Menschen, denkt Elliot. Auch diese Schwarz-Erle ist älter als alle Leute hier. Ihre Wurzeln reichen bis tief in die Erde und recken sich nach der Erle, die auf der Nachbarseite wächst. Elliot überlegt sich, was Bäume alles können: Sie kommunizieren über die Myzelien von Pilzen, warnen einander vor Schädlingen, nähren ihre Artgenossen, indem sie ihnen Nährstoffe zuführen, sie teilen Informationen über Trockenheit, und sie schützen einander.

Er fährt mit der Hand über die knotige Rinde der alten Erle. Sie steht seit mindestens hundert Jahren hier, den Meereswinden ausgesetzt. Die Feuchtigkeit des Meeres macht ihr nichts aus, denn in ihren Wurzeln läuft der Sauerstoff durch innere Belüftungskanäle. Sie ist schon länger hier daheim als die Bewohner des Sommerhauses. Als Menschen befinden sie sich auf dem Land der Erle, nicht umgekehrt. Elliot wollte keine Nägel in den Baum schlagen, denn Bäume empfinden Schmerz. Darum befestigten sie das Baumhaus mit straffen Knoten. Er schaut sich die Befestigungspunkte an und vergewissert sich, dass sie dem Baum keinen Schaden zugefügt haben.

Dann lehnt Elliot sich an eine Wand und schließt die Augen. Er riecht das Meer und die Luft, die überströmt von dem frischen Sauerstoff, den der Baum produziert. Er saugt die Luft tief in die Lunge ein und spürt, wie sie langsam in seine Adern eindringt. Vom Meer her hört er das Quietschen von Rudern in den Dollen. Die Erlenblätter wispern in seinen Ohren, eine Bremse oder Fliege brummt irgendwo in der Nähe, Grillen zirpen im Gras. Überall um ihn herum rauscht das Leben.

Elliot strengt sich an, um zu hören, was die Erwachsenen am Feuer reden, kann aber nur einzelne Satzfetzen aufschnappen, die sich nicht zusammensetzen lassen. Vielleicht kommt noch Schlimmeres auf sie zu. Etwas in seinem Bauch verknotet sich.

Als er die Augen aufmacht, durchfluten ihn Grüntöne. Er muss eine Weile blinzeln, bis die Welt wieder ihre vertraute Form annimmt. Tief atmet er das grüne Licht ein und spürt, wie sich der Knoten löst.

5

Mit pochendem Herzen tritt Matias hinter die Sauna. Es ist, als wären sie alle von der Nähe des Todes in eine unwirkliche Traumwelt geworfen worden, in der man ungehemmt Dinge tun und Gefühle zum Ausdruck bringen kann, ohne die Sorge, sie könnten eine Abfolge zäh aneinanderklebender Ereignisse auslösen.

Matias starrt auf die Äxte unterschiedlicher Größe, die an der Wand des Holzschuppens hängen: Dechsel, Beil, Breitaxt. Er greift nach der Spaltaxt und schlägt sie in einen Holzklotz, nur um etwas zu tun, als könnte ihm die durch die Luft sausende Schneide Erleichterung verschaffen. Wie ein hemingwayscher Held, denkt er schmunzelnd bei sich. Die Rolle passt nicht zu ihm – er kann nicht einmal energisch und genau mit der Axt zuschlagen, im Gegensatz zu Otto. Die Schneide dringt nur bis zur Hälfte ein. Er muss noch dreimal mit dem Scheit auf den Klotz hauen, bevor es gespalten ist und ihm Späne vor die Füße fliegen.

Wenn man sich gezähmt hat, um ein sicheres, angenehmes, vorhersehbares Leben zu haben, wie hegt man dann das, was in seinem Inneren lebendig, empfindsam, fühlend ist? Bleiben diejenigen, die von ihrer Mutter verlassen wurden, zitternd an ihren Schutzmauern stehen? Ihm kommt der Tag in den Sinn, an dem seine Mutter wegging. Er war zehn, gerade von der Schule nach Hause gekommen, darin vertieft, aus einem Karton ein U-Boot zu bauen. Seine Mutter erschien einfach mit gepacktem Koffer an seiner Zimmertür und teilte ihm mit, sie habe sich verliebt und gehe zu einem anderen Mann.

Matias denkt an sein still gewordenes Leben, das er unter

dem Druck von Verlangen und Angst geführt hat: an das abstumpfende Kontinuum der ins Leere laufenden Tage, in dem nur das momentane Vergessen Erleichterung bringt, wenn er sich in die Arbeit vertieft, auf langen Laufrunden, manchmal auch, wenn er betrunken ist. Ihn hält die Angst im Griff, dass er alles um sich herum zerstört, wenn er zu viel von sich preisgibt. Er begreift, dass er lebt, als betrachtete er sein Leben aus sicherem Abstand, anstatt sich hineinzustürzen und Salzwasser in die Nase und Sand zwischen die Zehen zu bekommen.

Als er jung war, hätte er nie geglaubt, dass die Zeit mit zunehmender Geschwindigkeit vorbeirauscht und Tage, ja Monate vergehen können, von denen keinerlei Erinnerung bleibt. Und wie klammheimlich hat sich das Leben in ein bestimmtes Flussbett begeben, die zähen Tentakel der Routine haben die Bewegungen und Bahnen des Körpers geformt. Das spontane, ungezwungene, freie Spiel von Wahrnehmungen und Gedanken ist mehr und mehr vom hohlen Hämmern der mechanischen Wiederholung getaktet worden.

Vermutlich hat Elea ungefähr die gleiche Chance, zu überleben, wie zu sterben. Matias weiß, dass Brustkrebs nicht mehr unbedingt ein Todesurteil sein muss. Aber er weiß auch, dass man zwar sagt, die Behandlungsmethoden hätten sich weiterentwickelt, dass aber ein hormoneller Krebs, wie Elea ihn hat, mit den gleichen Zellgiften behandelt wird, die seit Jahrzehnten angewendet werden. Es gibt kein zielgenaues Medikament, es gibt nur Zellgift, das auf alle Zellen einwirkt.

Die Menschen wollen glauben, dass die Entwicklung der Medizin unaufhaltsam weitergeht und überall Hoffnung weckt. Aber in diesem Fall bestand der medizinische Fortschritt eher in der Bändigung von Nebenwirkungen brutaler

Gifttherapien. Früher fingen die Patienten krampfartig an, sich zu übergeben, sobald sie das Zellgift bekommen hatten. Das ist der normale Abwehrmechanismus des Körpers, der unsere Vorfahren dazu brachte, giftige Beeren auszuspucken. Das bei der Therapie von Brustkrebs angewendete Zytostatikum – Docetaxel – ist ein Extrakt aus den Nadeln der Eibe. Heute gibt man den Patientinnen starke Mittel gegen Übelkeit, die das Erbrechen verhindern. Das heißt nicht, dass die Wirkung der Therapie besser geworden wäre. Man kann lediglich das Grauenhafte der Vergiftung effektiver als zuvor kaschieren.

In Matias' Schläfen pulsiert die Unruhe. Er setzt sich neben das Windlicht, das auf den Stufen zur Sauna flackert. Am Rand seines Gesichtsfeldes bewegt sich etwas in der Erle am Ufer: Elliot sitzt im Baumhaus. Matias will dem Jungen schon etwas zurufen, merkt dann aber, dass dieser den Finger auf die Lippen legt.

Matias starrt auf das Windlicht, dessen Rauch sich in dünnen Schnörkeln zum Himmel schlängelt. Den ganzen Abend lang hat er gedacht, dass er an diesem Abend, an diesem Feuer, letztendlich nur eines will: Elea sagen, wie viel sie ihm, wie viel sie ihnen allen bedeutet. Das Leben ist verwirrend kurz und bald auch schon vorbei. Warum ist es so schwer, das Einfachste zu sagen?

Plötzlich verschiebt sich etwas in diesem Wunsch.

Er beobachtet, wie sich die Rauchkringel dem Himmel entgegenwinden, und starrt in die Höhe, als wollte er eine Abmachung mit dem Universum treffen: Lass Elea leben, dann gebe ich alle meine Wünsche auf. Er will ihr sagen, wie lieb sie ihm ist, ohne einen Gedanken daran, sie für sich zu gewinnen. Er will nichts mehr für sich haben, er wünscht sich nur, dass sie leben darf, nur das ist es, was er aus tiefstem Herzen will. Guter Gott, lass Elea überleben. Der Satz bildet sich in seinem Inneren, obwohl er seit dem Tag, an dem seine Mutter wegging, nicht mehr gebetet hat.

6

Als er zum Feuer zurückkehrt, hört Matias die anderen noch immer über den alten Mann und das Meer sprechen. Jetzt geht es um die Natur der Sehnsucht. Die Sehnsucht kann nie Erfüllung finden, weil wir uns am meisten nach etwas sehnen, was wir nicht erreichen können. Als Kinder waren die Spielsachen der Freunde am faszinierendsten, diejenigen also, die nicht immer in Reichweite waren. Matias' großer Traum war eine Eisenbahn, wie sie der Nachbarsjunge hatte, aber als er endlich eine bekam, verlor sie ihre Zauberkraft. Otto spricht über irgendeine französische Philosophie der Sehnsucht, der zufolge das Objekt des Begehrens dadurch begehrenswert wird, dass wir den Menschen bewundern, der es besitzt, und wir sein wollen wie dieser. Der alte Mann will den großen Fisch, weil seine Konkurrenten große Fische wollen. Aber wäre es besser gewesen, wenn der alte Mann nicht hinausgefahren wäre, um seinem großen Fang nachzujagen?

»In meinem Leben ist es jedenfalls übler gewesen, wenn ich etwas aus Angst vor Enttäuschung gar nicht erst richtig versucht habe«, sagt Matias.

»Bei was denn?«, hakt Aura nach.

»Na ja, ich liebe das Meer und Kinder, hatte aber Angst, dass die Kinder ertrinken, weshalb ich ein Haus in der Mitte einer Insel kaufte. Dort ertrinkt man nicht, aber man wird auch nicht von der Seeluft berauscht. Was für eine lauwarme Lebensentscheidung!«

»Okay.« Aura scheint zu erstarren.

Matias denkt, dass sich dieses Sicherheitsstreben in seinem ganzen Leben wiederfindet. Als sie jung waren, interessierten Otto und er sich für fernöstliche Philosophie, aber nur Ottos Leben nahm eine entsprechende Gestalt an. Otto studierte mit ihm Kulturgeschichte und Philosophie und zusätzlich mindestens noch Musikwissenschaft, hat aber nie einen Abschluss gemacht. Otto wäre ein begabter Wissenschaftler geworden, wenn ein Professor ihn unter seine Fittiche genommen hätte, aber seine lebensphilosophischen Interessen passten nicht zu den Forschungsgebieten der Lehrstuhlinhaber. Otto wurde Gelegenheitsarbeiter in Sachen Kunst und Kultur – Gitarrenlehrer, freier Autor für Kulturzeitschriften, Übersetzer von philosophischen Texten –, der ein Leben führt, das ihm entspricht, frei von den Mechanismen der modernen Gesellschaft, die einem Menschen alles Eigene abschleifen. Matias wechselte auf Medizin, um einen sicheren Beruf zu haben.

Aura zieht die Zigarettenpackung hervor, wie immer, wenn sie nervös wird.

»Kinder sind keine gekommen, aber Adoption macht zu viel Angst«, spricht Matias weiter.

Er merkt, dass die anderen verlegene Seitenblicke auf ihn und Aura werfen. Sie haben nie richtig mit jemandem über ihre Kinderlosigkeit geredet. Aura hat es nicht gewollt, und Matias ist das recht gewesen.

»Aber es ist doch noch nicht zu spät«, sagt Salma, als für eine Weile Stille zwischen ihnen liegt. »Ihr könnt immer noch adoptieren.«

Matias schaut auf seine Frau, die Wein trinkt, nervös an ihrer Zigarette zieht und seinem Blick ausweicht. Früher sah er in Aura einen ähnlichen Mut wie in Otto: wilde, kreative Eigenständigkeit. Im Lauf der Jahre haben Müdigkeit und Wünsche, denen sie sich nicht gestellt haben, Hindernisse zwischen ihnen errichtet. Schicht um Schicht haben sie Schweigen über sich angehäuft, sodass es Matias manchmal vorkommt, als würden sie sich nur noch momentweise darunter finden. Niemand sagt etwas. Die Stille zwischen ihnen schwillt an.

»Äh, könnten wir vielleicht über etwas anderes reden«, sagt Aura und bläst einen Rauchring in Richtung Himmel.

»Wir sind halt in dem Alter, in dem man sich über alles Gedanken macht, was man in seinem Leben aufgebaut hat und was man noch machen möchte«, sagt Salma.

»Stimmt. Ich habe jedenfalls gerade an all das gedacht, was Elea und ich uns aufgebaut haben. Ich habe mich gefragt: War es das?«

Ottos Worte schockieren Matias, aber gleichzeitig denkt er: Otto hat immerhin diese gemeinsame Welt errichten dürfen. In seinem Kopf bildet sich die quälende Vorstellung von all dem, was er sich nicht einmal getraut hat zu bauen.

7

In Auras Blut kocht die Unruhe. Sie schüttet sich Wein in die Kehle und spürt ihn die Speiseröhre hinabrinnen. Matias widert sie an, genauso wie die Tatsache, dass Elea durch ihre Krankheit einen noch helleren Heiligenschein bekommt. Aura schaut auf den glitzernden Flor aus Meerschaum, der sich am Spülsaum abgelagert hat. Sie hätte Lust, aufzustehen und aus dem Schaum eine zarte, zerfallende Skulptur zu machen.

Sie zuckt durch das Schnauben ihrer Mutter zusammen, das sie ohne Vorwarnung in den Ohren hat. Wo kommt das jetzt her? Als Kind liebte sie es, Sand zu formen, aber ihre Mutter verstand nicht, warum ihr die fertigen Förmchen nicht gut genug waren, warum sie immer eigene Figuren, Chimären und Heffalumpe machen musste. Ihre Mutter hielt sie für ein anspruchsvolles, unbefriedigendes und unerwünschtes Kind. Als Baby mit Koliken hielt sie ihre Mutter angeblich nächtelang wach, ließ sie vorzeitig altern, und anscheinend hatte ihre Mutter sich von ihrer Beziehung auch nicht sonderlich viel erwartet. Ihre Oma war Aura immer näher gewesen. Ihre Gedanken schweifen ab. Elea redet davon, dass keine Geschichte jemals ganz unsere eigene ist.

»Vielleicht ist es wesentlicher, dass manche Erzählungen uns Möglichkeiten eröffnen und andere uns beschneiden«, sagt sie.

»In den Geschichten von Matias bin ich eine, die am Ende immer aufgibt«, sagt Aura. »Eine Flüchtende.«

»Was soll das?«, fragt Matias.

»Schon gut. Ich gehe mir ein bisschen die Muscheln ansehen.« Aura schnappt sich ihr Weinglas und geht ans Wasser.

»Was war das denn jetzt?«, will Otto wissen.

Aura sieht aus dem Augenwinkel heraus, wie Matias mit den Schultern zuckt und alle zusehen, wie sie davongeht. Garantiert sind sie alle der gleichen Meinung, und es stimmt ja auch: Sie hat immer den Trieb, zu fliehen und aufzugeben, in sich gehabt, den Drang, sich aufzulösen. Wenn sie mit Matias Streit hat, kann es sein, dass sie für zwei Tage verschwindet und dann zurückkommt, als wäre nichts gewesen. Bestimmt sehen sie auch, wie schwer es ihr fällt, mit der Krankheit ihrer Freundin umzugehen.

Aura nimmt einen Schluck Wein und spürt, wie es durch den Alkohol warm in den Adern prickelt. Während sie an der Uferlinie entlang davongeht, bemerkt sie etwas Helles im flachen Wasser. Sie hebt eine perlweiße Muschel mit zarten korallenfarbenen Streifen auf und hält sie sich ans Ohr.

Sie plant schon lange eine Skulptur zum Thema Muscheln. Sie hat an Meeresufern Muschelschalen gesammelt und über die Bedeutungen, die ihnen zugeschrieben werden, gelesen. Schon die Cro-Magnon-Menschen benutzten Muscheln bei ihren Geburts- und Todesriten, und in Ägypten wurden die Augen der Toten mit Muscheln verziert, denn man glaubte, dass sie von einer Welt zur anderen führten. In Japan umklammerten die Frauen bei der Geburt Muschelschalen, um den Schmerz zu lindern. In der Antike und im Mittelalter meinte man, dass Muscheln der Fruchtbarkeit dienten. Dieser Gedanke verursacht ihr einen Schmerz, als hätte sie sich die Haut an einer Eiskante geritzt.

Sie dreht die knochenweiße Muschelschale in den Händen hin und her und denkt, dass auch sie Masken sind: Damit schützen sich die Muscheln vor der Welt und verschmelzen mit ihrer Umgebung. Wie Masken sind auch die Schalen Halbreliefs. Man könnte aus ihnen eine riesige Maske machen, aber für wessen Gesicht und um was zu verhüllen? Die Erde? Das Meer?

Im Lauf der Jahre ist zwischen ihr und Matias eine immer dicker werdende Sprachlosigkeit gewachsen. Manchmal fragt sie sich, ob sie ihren Mann überhaupt kennt. Matias scheint das Gefühl zu haben, im Leben irgendwie im Abseits geblieben zu sein, und verhält sich, als wäre es Auras Schuld.

Wieder schmerzt ihr unterer Rücken. Sie kann den Gedanken nicht vermeiden, ob die Schmerzen womöglich ein Ausdruck der Dinge sind, über die sie all die Jahre geschwiegen hat. Sie bückt sich am Spülsaum, schaufelt sich eine Handvoll Schaum in die Faust und dreht ihn zwischen den Handflächen hin und her, aber er bleibt an ihnen hängen und will sich nicht formen lassen. Sie begnügt sich damit, sich den Schaum auf den Arm zu streichen, die beruhigende Kühle auf der Haut zu verteilen.

Sie ist als Bildhauerin nicht besonders erfolgreich, denn sie hat nie Lust gehabt, sich aufzudrängen, sich selbst zu einer Marke zu machen. Sie hat etwas an sich, das sich nicht fügt, als gäbe es eine Kluft zwischen ihrer Innen- und ihrer Außenseite, die sie nicht überwinden kann. Worte kommen bei ihr stockend, wie Steinbrocken aus einem Behältnis, dessen Öffnung zu eng ist. Nur wenn sie an einer Skulptur arbeitet, findet sie Gelassenheit, einen fließenden Rhythmus, in dem sie sich vergisst und die Konfrontation zwischen ihr und der Welt weicht. Die Welt des Steins ist ihre Welt. Letztlich will sie nichts anderes als Stein schleifen wie das Wasser, eine langsame Spur darin hinterlassen. Das genügt. Und dennoch weiß sie, dass es nicht ganz stimmt. Ihre Unzufriedenheit entspringt dem Ehrgeiz, den sie sich nicht einmal selbst eingesteht.

Aura wirft einen Blick aufs Feuer. Eine zerfledderte Rauchsäule steigt davon auf, die in Richtung Haus schwebt. Sie sammelt Muscheln in ihrem Rockschoß und drückt sie zu einem Muster in den Sand. Das Gestalten mit den Händen beruhigt sie. Sie fährt mit dem Finger über den rauen Rand einer Muschel, an der die Wellen gekratzt haben.

8

Matias möchte Aura am liebsten anschreien und ihre Muscheln ins Meer werfen, aber stattdessen begnügt er sich damit, sich vom Tisch neben dem Feuer noch etwas Wein und mit Rogen gefüllte Roggenchips zu nehmen. Er stellt fest, dass die blaugraue Vase mit den Wiesenblumen dieselbe ist, die er vor Jahren kaputt gemacht hat. Sie hatten hier Mittsommer gefeiert, als er sie mit einer unbedachten Handbewegung vom Tisch fegte. Sie fiel auf einen Stein und zerbrach. Es stellte sich heraus, dass es sich um Ottos einzige Erinnerung an seine Oma handelte. Sie hatte die Vase kurz vor ihrem Tod eigenhändig bemalt.

Matias war entsetzt, aber Otto beruhigte ihn, indem er von der japanischen Kintsugi-Tradition sprach, vom Wiederherstellen mit Gold, einer über fünfhundert Jahre alten Kunstform, bei der zerbrochene Keramik mit goldenem Lack repariert wird. Die goldene Linie zieht die Aufmerksamkeit auf die Risse und Brüche, macht das, was kaputtgegangen ist, aber zugleich spezieller als zuvor. Die japanische Tradition hält Beschädigungen für einen wesentlichen Bestandteil der Geschichte eines Gegenstands. Die Spuren der Vergangenheit werden sichtbar gemacht, anstatt dass man versucht, sie zu überdecken. Schöner als ein makelloser Gegenstand ohne Dellen ist einer, der eine Geschichte hat. Die Gebrauchsspuren zeigen, dass der Gegenstand geliebt und gehegt worden ist, dass er jemandem am Herzen gelegen hat. Das hat mit dem Wabi-Sabi-Denken der japanischen Ästhetik zu tun, mit der Wertschätzung der vergänglichen Schönheit, die sich im Unvollkommenen und Unvollendeten verbirgt. Reizvoller als das

Makellose und die volle Blüte sind welke Blütenblätter und abgenutzte, bescheidene Gebrauchsgegenstände, an denen man die Patina der Zeit sieht.

Ein ähnlicher Reiz liegt über diesem vom Seewind umwehten Sommerort hier: über den ausgeblichenen Liegestühlen, dem von Wellen umspülten Bootssteg, den schwarz gewordenen Steinen rund um die Feuerstelle, dem vermoosten Rasen, der alten Sauna am Ufer, dem schief gewordenen Holzschuppen, den verschlissenen Möbeln im Haus, den verschrammten Bodendielen, den Fensterrahmen mit der abblätternden Farbe.

Man sieht deutlich die Risse an der von Otto geklebten Vase, aber Matias erkennt jetzt, dass das eigentlich nichts macht. Die Vase ist trotzdem schön, oder gerade deshalb. Mit Sprüngen und als eine, die viel durchgemacht hat, hält sie gelassen die Glockenblumen, die Bibernellen und die Sonnenhüte zusammen, von denen einige erst am Aufblühen sind. Von der Ufer-Birke, deren Laub sich durch die anhaltende Hitze und Trockenheit vorzeitig gelb gefärbt hat, ist ein Blatt auf den Blumenstrauß gefallen. Matias blickt auf den Kontrast, als verberge sich darin so etwas wie die Antwort auf eine Frage, die er noch nicht hat stellen können.

9

Salma bemerkt das aus Steinen aufgeschichtete, halb eingestürzte Gebilde neben dem Schilf.

»Das ist ein Leuchtturm, den die Kinder Anfang des Sommers gebaut haben«, sagt Elea.

»Ach ja? Witzig.«

Salma erinnert sich an eine Bootstour mit Veera nach Loistokari, einer kargen Felseninsel, auf der nur die kleine Blockhütte des Leuchtturmwärters mit Kachelofen, Sauna und Lampenhaus steht. Früher musste der Leuchtturmwärter seine acht Kinder mit einem langen Seil aneinanderbinden, damit keines ins Meer fiel. Sich um das Leuchtfeuer zu kümmern, dürfte eine eintönige Tätigkeit gewesen sein, dennoch verleihen Leuchttürme der Fantasie Flügel – als verbände sich mit ihnen stets ein Abenteuer. Eine von Salmas geschiedenen Klientinnen trat kürzlich dem Verein der Leuchtturmfreunde bei, weil sie es sich toll vorstellt, einen Mann kennenzulernen, der Leuchttürme mag.

»Ehrlich gesagt war ich nahe daran, Tove Janssons *Mumins wundersame Inselabenteuer* als meine Meeresgeschichte zu nehmen«, sagt Salma.

»Was hast du stattdessen ausgesucht?«, fragt Elea.

»Das *Sommerbuch*, das Tove Jansson für Erwachsene geschrieben hat.«

»Erzähl uns davon«, ermuntert sie Elea.

Salma schaut aufs Meer, als suchte sie einen Hinweis, mit dem sie anfangen könnte. Aber sie muss wohl einfach springen und mittendrin den Anfang finden.

»Also, das *Sommerbuch* ist eine schlichte Erzählung über den Sommer, den die kleine Sophia mit ihrer Großmutter auf einer kargen Insel verbringt«, fängt sie zögerlich an. »Die Großmütter nehmen auch in meinem Leben einen wichtigen Platz ein. Das Kontinuum unter den Frauen, das Weitergeben der Geschichten von einer Generation zur nächsten.«

Salma denkt an ihre Oma, die Mutter ihrer Mutter, die ähnlich bärbeißig und unwirsch war wie die Großmutter im *Sommerbuch*, die zornig nach ihren künstlichen Zähnen sucht.

Auch ihre Oma hatte nicht immer Lust zu spielen, sondern konnte in ihre eigene Welt versinken und Salma auffordern nachzusehen, was das Meer ans Ufer gespült hatte. Dennoch war sie nicht so anarchisch wie die Großmutter im Buch, die in die Sommervilla eines reichen Geschäftsmannes einbricht, weil dieser sie ungehörigerweise zugesperrt hat. In den Schären haben die Häuser offen zu sein.

Das *Sommerbuch* erzählt keine große Geschichte, aber das ist gerade das Bezaubernde daran. Es wird einfach die Natur und das Leben bestaunt. Es gibt nicht besonders viel zu tun, aber jeder Tag kann ein Abenteuer sein.

Plötzlich fühlt sich Salma wacklig und weiß nicht mehr, was sie noch über das Buch erzählen wollte. Sie schlägt es auf und starrt auf den Zettel, den sie hineingeschoben hat: »Mikrokosmos, Loslassen.« Die Insel ist ein Mikrokosmos mit seinen eigenen Gesetzen. Wenn jemand von außen kommt, stößt er auf versteinerte Rituale. Salma hat folgende Sätze unterstrichen: »Eine Insel kann entsetzlich werden für jemand, der sich ihr von außen nähert. Alles ist fertig, jeder hat seinen Platz, eigensinnig, ruhig und selbstgenügsam.« Salma erlebte eine vergleichbare Fremdheit, als sie nach Finnland kam – es kam ihr wie ein Inselreich mit eigenen Gesetzen vor, in das man schwer hineinkam. Aber warum sollte sie jetzt darüber reden? Sie beschließt, von ihren Notizen die letzte zu nehmen.

»Das *Sommerbuch* erzählt vom Loslassen angesichts der Überreste des Sommers«, sagt Salma.

Sie erzählt von der Großmutter, die darunter leidet, dass selbst die aufwühlendsten Erfahrungen – wie das Schlafen im kleinen Zelt ohne Erlaubnis – mit der Zeit verblassen und ins Unerreichbare abgleiten. Auch Sophia darf nicht draußen schlafen, tut es aber dennoch und erzählt ihrer Großmutter, wie es gewesen ist: Man hört alles deutlicher und hat das Gefühl, eigentlich in Sicherheit zu sein. Da erinnert sich auch die Großmutter daran. So wird die Erfahrung, im Zelt zu schlafen, von beiden Seiten beleuchtet: die Freude des Kindes am Neuen und das Gefühl der alten Frau, sich fast nicht mehr erinnern zu können, sich aber dann doch zu erinnern und diese Erinnerung durch alles, was danach gekommen ist, gefiltert zu sehen.

Salma kommt eine Sommernacht in den Sinn, in der sie mit Veera und Aida hier in Ufernähe im Zelt schlief. Im Haus wäre Platz gewesen, aber Aida wollte das Zeltabenteuer. In Salmas Ohren hallen das Rascheln des feuchten Zeltstoffs und Veeras Stimme, die Aida leise etwas vorsingt, wider.

Im *Sommerbuch* rücken die Gegenstände nach und nach näher ans Haus heran, weil die Großmutter die menschlichen Spuren auf der Insel beseitigt: Nägel, Stoffe, Plastikabfall. Sie macht Feuer am Ufer, »wo das, was brennbar war, brennen durfte.« Die Insel schüttelt die Menschen ab. Im Hintergrund schwebt der Verlust. Auf den Tod von Sophias Mutter wird nur am Anfang beiläufig verwiesen. In der Nacht erinnert sich das Mädchen, dass es jetzt ein eigenes Bett hat, weil ihre Mutter gestorben ist. Salma liest das Traumbild aus dem Buch vor:

»Die beiden Kinder schliefen auf einer Wiese am Ufer, auf der Bettdecke waren Schneeflecken und unter ihnen verdunkelte sich das Eis und begann auseinander zu gleiten, ganz sachte öffnete sich eine Fahrrinne im Fußboden, und alle Koffer schwammen ins mondhelle Wasser hinaus. Jeder einzelne Koffer war offen und voller Dunkelheit und Moos und kam nie mehr zurück.«

Salma schmerzt der Gedanke, dass Aida ihre Oma nie kennengelernt hat. Sie denkt an die Kette der Generationen und die Unterbrechungen darin.

»Das *Sommerbuch* hat mir die Sommer auf der Insel zurückgebracht, die mit Veera und hier bei euch«, sagt Salma. »Sophias Mutter ist tot, jetzt ist Aidas zweite Mutter tot. Und meine Mutter ist schon vor langer Zeit gestorben.«

»Und bald stirbt Elea«, wirft Aura ein und lacht gezwungen, als hätte sie einen Witz erzählt.

»Was soll das, Aura?«, sagt Matias.

»Ist schon okay. Vielleicht sterbe ich, oder auch nicht, darüber darf man ruhig sprechen. Wahrscheinlich denken das sowieso alle.«

»Hier ist niemand am Sterben«, sagt Matias und blickt Aura scharf an.

»Und es ist nicht Salmas Schuld, dass es im *Sommerbuch* eine tote Mutter gibt«, fährt Elea fort. »Auch in den Märchen sind die Mütter immer tot. Selten wird erzählt, woran sie gestorben sind. Vielleicht an Krebs? Denn das ist eine so beschämende Todesursache, dass sie nicht einmal in Nachrufen erwähnt wird.«

Plötzlich hat Salma das Gefühl, als versuchte hinter dem *Sommerbuch* etwas anderes zum Vorschein zu kommen: ein Meeresabenteuer ohne glückliches Ende.

Das Feuer lodert auf, weil Otto ihm neues Holz in den Rachen wirft. Salma durchfährt eine Erinnerung, in der ihre Oma mit zerfurchtem Gesicht und einem dunklen Glanz in den Augen an einem Feuer neben ihr kauert und ihre Lieblingsgeschichte erzählt: diejenige, in der die Frauen ihrer Sippe Töchter des Atlas sind, stark wie ein Berg und weit wie das Meer. Der Riese Atlas, Sohn des Meeresgottes Poseidon, war der König der im Meer versunkenen Insel Atlantis und hat dem Atlantischen Ozean seinen Namen gegeben. Die Prophezeiung besagte, der Sohn des Zeus werde die goldenen Äpfel von den Hesperiden rauben, den Töchtern des Atlas, die den

Garten der Hera am Okeanos, dem Weltenstrom, pflegten. Als Perseus, der Sohn des Zeus, zu Besuch kam, hieß Atlas ihn nicht willkommen, weil er ihn für einen Apfeldieb hielt. Aus Rache zeigte Perseus Atlas das abgetrennte Haupt der Medusa. Jeder, der ihr in die Augen schaut, verwandelt sich in Stein. So versteinerte Atlas und verwandelte sich in einen Berg. Die Berge im Atlasgebirge sind dementsprechend die höchsten in Marokko, und ihr Schicksal besteht darin, durch alle Zeiten hindurch den Himmel zu tragen.

Als sie Psychologie studierte, las Salma etwas über die Atlas-Persönlichkeit. Die kann sich bei Kindern entwickeln, die zu früh zu viel Verantwortung übernehmen müssen und das Gefühl bekommen, es läge an ihnen, die Probleme der ganzen Welt zu lösen. Sie dachte: Wie ironisch. Seit ihrer Ankunft in Finnland hatte sie das Gefühl gehabt, sich um ihren Vater kümmern und ihre Familie stützen zu müssen in diesem düsteren, fremden Land. Ihr Vater machte seine Arbeit an der Universität, schien ansonsten jedoch in seiner Trauer zu versinken, und Salma gelang es nicht, den Lebensfunken in seinen erloschenen Blick zurückzuholen.

Im ursprünglichen Mythos trägt Atlas das Himmelsgewölbe. Auch Salma kommt es oft so vor, als müsste sie verhindern, dass den Menschen der Himmel auf den Kopf fällt, ihnen zumindest Hoffnung einflößen, damit sie nicht zermalmt werden, sondern auch dann noch den Horizont sehen, wenn alles ins Rutschen gerät, sodass ihnen ein Gefühl von Raum und Weite erhalten bleibt, das Verständnis dafür, dass es immer neue Richtungen gibt, die man einschlagen kann. Mit ihren Klienten spricht sie oft darüber, dass es beim Erzählen von unserem Leben nicht darauf ankommt, was geschehen ist, sondern was kommen wird: auf die Wege, die sich durch die Geschichten auftun. Trotzdem behält sie hartnäckig einen großen Teil ihrer eigenen Kindheit als stummen Klumpen in ihrem Inneren. Aber wenn sie nicht zulässt, sich von der Vergangenheit definieren zu lassen, warum kann sie dann nicht über sie sprechen?

»Meine eigene Mutter ist nicht im Märchen gestorben. Sie ist vor meinen Augen ertrunken«, sagt Salma.

»Ich dachte, du willst darüber nicht reden«, sagt Elea leise.

»Ja, aber jetzt will ich.«

Sie waren zu viele gewesen im neuen Boot des Onkels, dessen Motor während der Fahrt kaputtging. Die Dunkelheit brach herein, bevor sie es geschafft hatten, ans Ufer zu rudern, und dann ließ der zunehmende Wind wütende Wellen aufkommen. Salma hat wieder den Sturm vor Augen, in dessen Umklammerung sie hin und her geworfen werden: ein Meer voller Chaos, Geschrei, wilder Blicke, strampelnder Gliedmaßen, das violette Tuch ihrer Mutter, das im schwarzen Wasser versinkt, sie, die daran zerrt. All die Jahre hat dieses Tuch immer wieder vor Salmas Augen aufgeleuchtet wie eine wallende Wasserpflanze. Je mehr sie sich danach streckt, desto mehr entfernt es sich in die Tiefe, bis ihr Vater sie an der Jacke packt und sie sich selbst wie von oben anschauen muss, ein erbärmliches Kleiderbündel, das ans Ufer geschleppt wird.

»Meine Mutter konnte nicht schwimmen. Ich wollte sie an die Oberfläche ziehen, aber sie rutschte mir aus dem Griff. Seitdem frage ich mich, ob ich mich noch mehr hätte anstrengen können.«

»Du kannst dir das nicht vorwerfen! Es war nicht deine Schuld«, sagt Elea.

Salma wird schwindlig, als sie die Worte wiedererkennt, mit denen sie in den letzten Monaten versucht hat, Aida zu trösten. Sie ist erleichtert, mit ihren Freunden etwas von dem teilen zu können, was sie so lange für sich behalten hat, aber gleichzeitig hat sie das Gefühl, ihnen von dem Grauen nicht mehr als einen kleinen Tropfen erzählt zu haben.

Und zwangsläufig muss sie denken: Wir geben uns hier der Atmosphäre am friedlichen Schärenmeer hin, aber für viele ist das Meer eine Fluchtroute, ein gefährliches Hindernis auf dem Weg in die Freiheit. Wenn ein paar Dutzend Weiße auf einmal umkommen, ist das ein traumatisches Unglück, das die ganze Nation erschüttert. Wenn Afrikaner zu Hunderten im Mittelmeer ertrinken, bleiben sie eine gesichtslose Masse, die man schon vergessen hat, bevor sie auch nur identifiziert worden sind. Als in Thailand in der Nähe von Chiang Rai eine Fußballmannschaft in einer Höhle eingeschlossen wurde – die zwölfköpfige Mannschaft der »Wildschweine« –, interessierten sich die Medien auf der ganzen Welt dafür, denn es handelte sich um ein spannendes Schauspiel von menschlichem Maß, das in der genau richtigen Dosierung Heldentum, Wendungen und ein glückliches Ende enthielt. Die zentralen Akteure waren keine gesichtslosen Asiaten, sondern junge, vielversprechende Fußballspieler. Zur gleichen Zeit sank in der Nähe ein Touristenboot mit hundert Chinesen an Bord. Der Vorfall wurde in einer kurzen Meldung abgehandelt.

Ihre Freunde können sich kaum vorstellen, was es bedeutet, wie ein Mensch auszusehen, dessen Leid für weniger bedeutsam gehalten wird wie das von Weißen. All die Seeunfälle und Havarien, was findet davon den Weg in die Schlagzeilen, was wird übergangen? Wann ist ein Leben das Trauern wert?

10

Otto hört Stimmen aus dem Wald und merkt, dass die Kinder ans Ufer gestürmt kommen. Sie sind in dem frühen Teenageralter, in dem es noch natürlich ist, sich rennend von einem Ort zum anderen zu bewegen, aber allmählich schleichen sich bei ihnen auch Phlegma und Introvertiertheit ein.

»Essen!«, ruft Iiris.

Die Mädchen legen sich Grillgemüse auf die Teller.

»Ist die Paste vegan?«, fragt Iiris mäkelig und runzelt die Stirn in Richtung Flammlachs und Sauerrahmsoße.

»Ja, das ist Hummus«, antwortet Otto.

»Gehen wir zum Essen ins Baumhaus?«, schlägt Aida vor.

Otto spürt eine leichte Verärgerung darüber, dass sein Lachs den Mädchen nicht gut genug ist. Sie benehmen sich, als hätte er ihnen einen Jagdfalken oder ein Eichhörnchenbaby zubereitet. Sie klettern ins Baumhaus. Die Bretter sitzen nicht mehr alle fest, aber der Blick aufs Meer ist erstklassig. Elliot liegt Matias wieder mit dem Wunsch, zusammen zu segeln, in den Ohren.

»Zuerst muss der Sailor aufessen«, befiehlt Otto und deutet auf den halb leeren Teller, den Elliot in seinem Eifer auf dem Bootssteg vergessen hat.

Otto gefällt es, dass Matias Lust hat, etwas mit Elliot zu machen, aber zugleich versetzt es ihm einen kleinen Stich, dass Elliot nicht ihn fragt. Hat er zu oft »später vielleicht« gesagt?

Es geht so wenig Wind, dass die Jolle schwer in Bewegung zu setzen ist. Schließlich gleitet sie langsam hinaus. Otto hört Matias' Worte übers Wasser hinweg:

»Das ist jetzt schon Tradition für uns.«

Elliot nickt zufrieden.

Sie werfen einen Blick auf die Mädchen, die ihnen vom Baumhaus aus zuwinken. Otto kehrt zum Feuer zurück, um auf der Gitarre zu zupfen. Er sollte öfter mit Elliot zusammen spielen, denkt er, während er die Hand über den Hals des Instrumentes gleiten lässt. Vielleicht würde ihnen das helfen, diesen Horrortrip zu überstehen oder ihn wenigstens für einige Augenblicke zu vergessen.

Otto denkt, dass er sich eigentlich nie richtig in die Gesellschaft eingefügt hat, nicht so wie Matias. Aber Elea hat recht, wenn sie sagt, Anpassungsfähigkeit sei überbewertet. Wie soll man die Welt ändern, wenn man sich immer nur anpasst? Allerdings ist er auch kein Weltveränderer. Ihm sind immer die Dinge am wichtigsten gewesen, die man nicht messen und nicht als Meriten auflisten kann. Die alltäglichen Arbeiten, das Gitarrenspiel, ein einfacher Moment, der plötzlich verfliegt. Das Ungeschliffene des Lebens. Die Freiheit, ohne Angst zu leben, ohne sich zum Rädchen im Getriebe machen zu lassen, zur harmlosen Büromaus, in deren Leben alle Ecken und Kanten getilgt sind.

Dennoch kann er den Gedanken nicht vermeiden, ob sich in seinem Wunsch, den Augenblick zu leben und die Dinge geschehen zu lassen, wie sie kommen, die grundlegende Unfähigkeit verbirgt, eine Richtung für sein Leben zu finden. Die Jolle entfernt sich und gleitet um die Landspitze herum. Eine Möwe streift im Sturzflug mit der Flügelspitze die Wasseroberfläche.

11

Elea sieht zu, wie Matias und Elliot übers Meer segeln. Hat sie als Mutter ihrem Sohn unbewusst ein Bild von der Welt als gefährlichem Ort vermittelt, der ständige Wachsamkeit verlangt? Zum Glück gelingt es Matias, Elliot wenigstens kurz seinen Kummer vergessen zu lassen.

Sie erinnert sich, dass ihre eigene Mutter sich oft Sorgen gemacht hat und schnell mit ihnen zum Arzt gegangen ist. Sie selbst versucht, eine entspannte Mutter zu sein, eine, die nicht immer gleich das Schlimmste befürchtet, aber gelingt ihr das? Eher nicht. Andererseits hätte sie den Knoten in ihrer Brust vielleicht nicht bemerkt, wenn sie nicht so aufmerksam und auf der Hut wäre und nicht ständig nach Besorgnis erregenden Anzeichen bei sich und ihren Nächsten Ausschau hielte.

Wenn jemand in Eleas Familie Grippe oder eine Magenverstimmung hat, fragt ihre Mutter, woher sie es hätten, als hätten sie sich die Krankheit in einem Geschäft geholt, gezielt aus dem Angebot in den Regalen ausgesucht, oder als befänden sich die Krankheitsauslöser, die Ursachen und Wirkungen, unter ihrer Kontrolle, als müssten sie den Punkt lokalisieren können, an dem jemand von ihnen einen Fehler gemacht, sich unvorsichtig einem Virus ausgesetzt oder zugelassen hat, dass sich seine Immunabwehr verschlechtert.

In den Geschichten aus Eleas Kindheit erscheint ihre Familie als Ansammlung begabter, erfolgreicher Menschen, die von keinem Unglück berührt wird. Ihre Mutter hat erzählt, sie habe sich bei der Partnerwahl überlegt, welche Kinder sie mit welchem Mann bekommen würde. Sie habe sich dann für den Mann entschieden, der einen charismatischen Vater und allem Anschein nach keine Erbkrankheiten hatte. Wie romantisch, denkt Elea. Ihre Mutter prahlte auch damit, sogar das Geschlecht ihrer Kinder ausgewählt zu haben. Angeblich hatte Elea verkündet, sie werde ausziehen, wenn sie keine kleine Schwester bekomme, woraufhin ihre Mutter auf Nummer sicher gehen wollte. Bei der Ovulation seien die Jungenspermien überlegen, weil schneller. Wenige Tage später seien dann nur noch lahme Mädchenspermien übrig, erklärte sie. Alles in ihrem Leben war geplant, kontrolliert, geordnet. Bis es das auf einmal gar nicht mehr war. Ihr Mann verließ sie, und alles brach zusammen. Aber sie ist wieder aufgestanden. Sie ist keine, die aufgibt.

Elea weiß jedoch, dass dies nicht die ganze Wahrheit ist. Es gibt Situationen, die nicht in diese Erzählung passen und einen bleibenden Knacks verursacht haben, wie der Tag, an dem die Mutter ihnen das Schaukeln beibrachte. Ihr Vater hatte eine Eisenstange auf die Astgabeln zweier Bäume gelegt. Die Mutter fragte, ob die auch halte. Der Vater versicherte es und ging zur Arbeit. Dann zeigte ihnen die Mutter, wie man mit den Beinen Schwung holt. Die Schaukel schwang mit einer luftigen Bewegung in die Höhe, dabei hob sich die Stange aus den Astgabeln, und als die Schaukel wieder zurückschwang, krachte sie der Mutter auf den Mund und brach ihr sämtliche Vorderzähne: die ganze Reihe. Seltsam, wie eine so leichte, schwerelose Bewegung so abrupt und verheerend abbrechen kann. Ihre Mutter stolperte zum Haus und tastete nach dem Telefon im Flur. Als sie mit zitternden Händen die Notrufnummer wählte, wuchs zu ihren Füßen eine Blutlache, die sich immer weiter ausbreitete. Das Bild hat sich Elea eingebrannt und verblasst nicht: die Knochensplitter, das dicke, dunkelrote Blut, die Pfütze, die auf dem Parkett immer größer wird, in die Ritzen rinnt und von den Holzfasern aufgesaugt wird; und in den Augen der Mutter die Angst, sosehr sie sich auch anstrengt, um vor ihren kleinen Kindern ruhig zu bleiben.

Es gibt auch andere Bilder, spätere, auf denen die allein gebliebene Mutter versucht, heiter zu sein, dabei aber eine Schutzlosigkeit ausstrahlt, als hätte ein Beben ihre Welt unwiderruflich aus den Angeln gehoben. Als sich ihre Eltern scheiden ließen, war Elea gerade frisch mit Otto zusammen und floh vor dem Zusammenbruch ihrer Kindheitswelt in ein neues Leben. Sie hat Schuldgefühle, weil sie es ihren jüngeren Geschwistern überließ, die in Depressionen versinkende Mutter zusammenzuhalten, die im dunklen Schlafzimmer lag und über ihre auseinandergerissene Familie weinte.

Wenn ein Kind versucht zu erfassen, wer es ist, ist es bereits mit den Geschichten der anderen gesättigt, mit denen es sich, während es heranwächst, auseinandersetzt. Von manchen befreit es sich, manche macht es sich zu eigen, indem es sie anders erzählt. Otto hat gesagt, in seinem Kopf halle noch immer ein Satz wider, den sein Vater immer wieder in abwertendem Ton aussprach: »Das sind halt wieder welche von Ottos Ideen.«

Jede Familie hat ihre eigenen Mythologien. Vor allem die Geschichten von den Anfängen sind stark mythologisiert. Eleas Mutter erzählt immer die Geschichte, Elea habe als Baby oder Kind nie geweint. Sie erzählt es, als wäre es etwas Großartiges: schon bei der Geburt ein glückliches Kind. Für alle anderen ist das unheimlich, denn was könnte schauderhafter sein als ein Kind, das nie weint? Es bringt einen auf den Gedanken, ob es womöglich nicht geliebt worden wäre, wenn es geweint hätte. Elea hat beschlossen, das Ganze einfach nicht mehr zu glauben. Dennoch stimmt es, dass sie früher nicht der Typ war, der schnell in Tränen ausbrach. Sie erinnert sich, dass

Elliot sie einmal gefragt hat: Hast du jemals geweint, Mama? Nun, in der zurückliegenden Woche sind die Dämme jedenfalls gebrochen. Jetzt müssen sich die Kinder nicht mehr fragen, ob ihre Mutter weinen kann.

Auch das ist eine Fähigkeit, begreift Elea. Die Trauer kann die Schutzhülle brüchig machen, sie kann einen lebendig und menschlich bleiben lassen. Ist man imstande, sie zu teilen, kann sie helfen, die anderen an sich heranzulassen.

12

In Eleas Gedächtnis leuchtet ein Traum von vor einigen Nächten auf. Sie befand sich in einer archaischen Landschaft, in der ein dunkles, patiniertes Holzboot von der Strömung aus einer höhlenartigen Felsbucht aufs Meer hinausgetrieben wurde. Dann stürzte ein zweites Boot in die Fluten. Es folgten immer neue Bilder von weggerissenen Booten, bis schließlich eines hervorglitt, in dem sie selbst lag. Es fuhr ebenfalls los, wie durch die Unausweichlichkeit eines zuvor erlassenen Gesetzes. Es brachte sie in ein Dorf, das sich während ihrer Abwesenheit verändert hatte und in dem man sich wunderte, wo sie so lange gewesen war. Wie der heimkehrende Odysseus, aber ohne dass sie wusste, wer sie war, wo sie war und was sie erlebt hatte, oder wenigstens, wohin sie zurückkehrte und warum.

Ein ähnliches Gefühl der Verirrung kam in einem immer wiederkehrenden Albtraum ihrer Kindheit vor. Es passierte darin eigentlich nichts, aber der Traum wurde von einer beklemmenden Landschaft dominiert, die sich durch sie hindurchwälzte, schwer und erstickend, und sie wusste nicht, was sie tun oder wohin sie sich wenden sollte. Das Unheimliche des Traums kam nicht von Geschehnissen, sondern von der Atmosphäre: Ein abgrundtiefes Grauen erfasste sie immer mehr, je weiter die grässliche Landschaft durch sie hindurchgehen durfte.

Seit der *Odyssee* haben die Helden von Abenteuerbüchern eine klare Richtung und ein klares Ziel gehabt. Kühnheit und Raffinesse helfen dem Helden, die Prüfungen auf seinem Weg zu überstehen. Aber wenn man keine Heldin ist und nicht einmal weiß, wonach man sucht?

13

Aura lässt sich einen großen Schluck Wein durch die Kehle rinnen. Der warme Impuls des Alkohols hilft ihr, die tiefen Grundwasser zu spüren, die Eleas und Salmas Worte in ihr aufgerührt haben. Als sie jung war, hätte sie nicht geglaubt, dass selbst die schlimmste Niedergeschlagenheit mit der Zeit nachlässt. Sie möchte Elea gern sagen, dass es so kommen wird, auch wenn sie sich das jetzt nicht vorstellen kann. Aber um dies zu sagen, müsste sie preisgeben, dass sie nicht der Mensch ist, der sie zu sein vorgibt.

Hätte sie damals, vor langer Zeit, die Kraft gehabt, ihre Erschütterung mit anderen zu teilen, hätte ihr Leben eine andere Richtung nehmen können. Die Grenze zwischen ihr und den anderen hätte durchlässig und formbar bleiben können, und sie hätte sich keine stahlharte Schutzhülle zwischen sich und der Welt zulegen müssen. An Elea sieht sie den Mut, der ihr selbst gefehlt hat. Was für ein Mensch beneidet eine Freundin, die Krebs hat?

Matias kommt zum Feuer zurück und wirkt bereits befreiter. Nun sind wieder alle beisammen.

»Aura, wie wär's?«, fragt Elea.

Aura blickt sich kurz um, wie auf der Suche nach einem Ausgang.

»Äh, lasst uns lieber schwimmen gehen.«

»Das können wir gleich machen, erzähl zuerst deine Meeresgeschichte«, bittet Otto.

»Aura dürfte dafür schon zu betrunken sein«, schnaubt Matias.

»Was? Schon wieder diese Scheiße«, sagt Aura.

»He, hört auf«, sagt Elea und schaut Matias und Aura an.

»Es wäre schön, wenn du sie uns erzählen würdest«, sagt Salma und bietet Aura Wasser an.

Aura mustert die anderen zögernd, lässt sie auf sich einreden, ist erschrocken, wie sehr sie wollen, dass sie mitmacht. Sie trinkt einen Schluck Wasser, dann einen Schluck Wein und sagt:

»Also gut. Meine Oma hat mir als Gutenachtgeschichten die Märchen von Andersen vorgelesen. Die liebste war mir *Die kleine Meerjungfrau*. Also die Version, in der die Meerjungfrau sich in Meeresschaum verwandelt.«

Aura wühlt in ihrer Handtasche und schlägt wenig später ihr Notizbuch auf, in dem sie sich Notizen zum Undine-Mythos für ihre Skulpturen gemacht hat.

»Das ist mein Undine-Büchlein«, erklärt sie. »Das lateinische *unda* bedeutet Welle. Undinen sind Seejungfrauen, Wassergeister.«

Ganz vorne im Büchlein stehen Notizen zu den Nereiden,

die sich in Ovids *Metamorphosen* tummeln, den Töchtern von Nereus und Doris, die wie Delfine schwimmen und die Seefahrer beschützen. Aura hat mit ein paar Strichen die Szene skizziert, in der die Nereiden das Schiff *Argo* auf die Wellen heben und über das wütende Meer und zwischen den beweglichen, zerstörungswilligen Felseninseln von Skylla und Charybdis hindurch in Sicherheit lotsen. Auf einer Doppelseite hat sie ein Detail von Ortelius' Karte *Indiae orientalis* kopiert, die den Stillen Ozean darstellt, auf dem die Meerjungfrauen sich kokett im Spiegel betrachten. Im Mittelalter wurden Meerjungfrauen für eitle, trügerische Verkörperungen der sündigen Verlockung gehalten. Erst im 19. Jahrhundert begann man, sie zu bewundern und zu romantisieren, wie auch das Meer. Man sah es nicht mehr als etwas Beängstigendes, sondern als erhabene Erscheinungsform des Absoluten.

Gestern fing Aura an, ans Ende ihres Notizbuchs eine Meerjungfrauengeschichte zu schreiben, weil Matias behauptete, man müsse die Meeresgeschichten auf Papier mitbringen, aber sie ist über den Anfang nicht hinausgekommen. Sie wird den anderen den Text nicht vorlesen, so wie Matias, der König all derer, die stets auf Nummer sicher gehen. Außerdem kennen sie die Geschichte sowieso. Sie muss sich etwas anderes einfallen lassen. Sie schlägt das Büchlein an einer Stelle mit der Skizze einer unfertigen Skulptur auf.

»Tadaa! Hier ist meine Meeresgeschichte«, sagt sie und gibt das Bild herum. »Es ist meine in Arbeit befindliche Skulptur *Die schreibende Meerjungfrau*.«

Sie merkt, dass die anderen nichts kapieren.

»In dem Märchen will der Prinz das Mädchen, das ihn aus dem Sturm gerettet hat, für sich haben, erkennt aber die Meerjungfrau nicht als seine Retterin, sondern irrt sich. Und weil die Meerjungfrau ihre Stimme für ihre Beine hergegeben hat, kann sie dem Prinzen nicht die Wahrheit sagen. Hätte sie schreiben können, wäre alles anders gewesen.«

Aura denkt an die Meerjungfrau, die vor der Tür des Prinzen auf einem Seidenkissen schlafen darf, aber stumm mitverfolgen muss, wie es ihrem Verderben zugeht. Ohne die Fähigkeit zu schreiben bleibt sie bloß ein schönes Tier, ein Findelkind des Prinzen, dem er zugeneigt ist wie einem Schoßtier.

»In meiner Skulptur entsteht aus der Schrift der Meerjungfrau eine Brücke aus Bronzebuchstaben zwischen Meer und Land. Das ändert alles.«

Wenn man etwas will und darauf zugeht, muss man auf andere Objekte und Zukünfte des Begehrens verzichten, denkt Aura. Um mit dem Prinzen dieselbe Luft atmen zu dürfen, muss die Meerjungfrau ihre Stimme hergeben und weiß, dass sie sich in Meeresschaum verwandeln wird, wenn sie nicht die Liebe des Prinzen gewinnt. Sie versteht, dass die Liebe unwahrscheinlich ist, weil die Menschen ein Wesen mit Fischschwanz nicht für schön halten. Sie sind Bewohner unterschiedlicher Welten.

»Die Meerjungfrau muss eine höllisch schwere Wahl treffen: Gibt sie ihr ganzes bisheriges Leben auf, um in eine andere Welt springen zu können, in der ihr Traum wahr werden *könnte*?«, sagt Aura. »Der Traum ist bloße Fantasie, die Sehnsucht nach etwas, das nur Einbildung ist, nichts Reales.«

»Ein bisschen wie der Traum des alten Mannes vom Fisch?«, fragt Salma.

»Stimmt! Bei beiden überschreitet die Liebe die Grenzen der Spezies: die Liebe des alten Mannes zum Fisch, die Liebe der Meerjungfrau zum Menschen«, sagt Elea.

»Die Meerjungfrau bringt mich dazu, mir zu überlegen, was ich selbst alles aufgegeben habe«, fährt Aura fort. »Vielleicht meine Stimme? Nicht ganz, aber vielleicht teilweise?

Habe ich versucht, mich in etwas anderes zu verwandeln, nur um festzustellen, dass ich immer die Falsche bin? Eine schlechte Tochter, eine unbefriedigende Ehefrau, eine mittelmäßige Künstlerin? Nicht intellektuell genug für eure Gesellschaft ...«

»Hör auf«, sagt Matias.

»Was wäre, wenn ich anders gewählt hätte? Die Richtung des Lebens kann von ganz kleinen Dingen abhängen.«

»Was gewählt?«, fragt Matias gezwungen ruhig.

Aura zündet sich eine Zigarette an, obwohl sie sonst nicht Kette raucht. Sie macht einen Zug und sieht zu, wie sich der Rauchfaden den niedrig hängenden Blättern der Birke entgegenringelt. Sie versucht, die wachsende Erregung in sich zu dämpfen, indem sie sich darauf konzentriert, Ringe zu blasen, aber der Aufruhr in ihr nimmt nur weiter zu. Sie spürt, wie sich ihr Gesicht verzieht, sie spürt die Blicke der anderen auf der Haut. Sie hätte nie gedacht, einmal über die Ereignisse zu reden, die jetzt mit aller Macht aus der Tiefe hervorschießen und verlangen, an die Oberfläche kommen zu dürfen. Die Scham und das Bedürfnis, Matias zu schützen, haben sie zurückgehalten, aber jetzt denkt sie: Egal. Daran schließen sich Gedankenfetzen an, die sich unlogisch aneinanderreihen: Am Ende sterben wir doch ... Elea hat Krebs ... Matias hat auch seine Geheimnisse, verdammt noch mal, er ist bloß nicht Manns genug, sie zu verraten ...

»Ich war schwanger.«

Aura stößt die Worte aus wie ein Niesen. Sie schweben kurz in der Luft, dann lösen sie sich auf. Die Freunde erstarren. Am Rand ihres Gesichtsfeldes sieht Aura die versteinerte Miene von Matias.

Auras Adern durchspült eine Scham, die so lange an ihr gezehrt hat, dass sie sich gar nicht mehr vorstellen konnte, von dort je einen Weg in die Welt, die sie mit anderen teilt, zu finden, aber es mischt sich auch eine unerwartete Erleichterung in das Gefühl.

»Ich habe das Kind mit zwanzig verloren. Manchmal muss ich mich selbst daran erinnern, dass es wirklich passiert ist. In mir wuchs Leben. Und dann war es weg.«

Aura wird flau. Sie weiß nicht, wie sie weitermachen soll, kann aber auch nicht aufhören.

»Ich hatte Angst, weil ich wusste, dass ich mit dem Kind allein bleiben würde. Aber Tag für Tag gewann ich es mehr lieb. Ich wollte sehen, was das für ein Wesen ist.«

Sie trinkt einen Schluck Wein und spricht dann weiter:

»Beim Ultraschall in den ersten Wochen schien alles gut zu sein. Das Kind bewegte auf dem Bildschirm die Hand, als wollte es winken. Aber nach der Hälfte der Schwangerschaft stellte man eine schwere Entwicklungsstörung fest.«

»Du hast es abtreiben lassen?«, fragt Matias und kann nicht verhindern, dass seine Stimme dabei zittert.

»Ich bekam zwei Tage Zeit, um mich zu entscheiden«, redet Aura weiter, als hätte sie die Frage ihres Mannes nicht gehört.

Ihr drängt sich die Erinnerung an den Moment auf, in dem sie erfuhr, dass das Kind außerhalb der Gebärmutter wahrscheinlich nicht lebensfähig sein werde. Die Lunge hatte sich nicht so entwickelt, wie sie es hätte tun sollen. Aura hatte Angst, dass sie alles aufgeben müsste, das Leben des Kindes aber trotzdem ein einziges Leiden sein würde.

»Ich weiß nicht mehr viel von diesen Tagen, aber ja: Ich beschloss, die Schwangerschaft abzubrechen. Das Kind musste ich trotzdem zur Welt bringen. Bei der Geburt fing ich wahnsinnig an zu bluten. Es wurde eine Notoperation gemacht, und deswegen kann ich vielleicht keine Kinder mehr bekommen.«

Auras Blick entgleitet. Sie drückt die Faust auf den Mund. Sie erinnert sich an das Miniaturwesen, das sie kurz im Arm halten durfte. Alles an dem Mädchen war vollkommen: sogar die Fingerkuppen, die Wimpern, die Stupsnase. Der helle Flaum und der berauschende Duft neuen Lebens, den sie nicht mehr von ihrer Haut abwaschen wollte.

Jahrelang wachte sie jeden Morgen mit dem Gedanken auf: Ich habe mein Kind umgebracht. Sie hatte sich nie so einsam gefühlt wie in dem Moment, in dem sie erfuhr, dass ihr Kind nur im Fruchtwasser leben könnte. Sie stellte sich eine Blase unter Wasser vor, in der sie mit ihrem Kind hätte leben können. Aber es gab keine Welt, in der sie die Mutter eines Kindes sein konnte, das dem Wasser gehörte. Damals wusste sie nicht, dass es auch keine Welt gab, in der sie glücklich sein konnte, nachdem sie ihr eigenes Kind getötet hatte.

»Darum haben wir also keine Kinder bekommen«, sagt Matias mit einem trostlosen Klang von Verzweiflung und Trauer in der Stimme. »Warum hast du mir das nie erzählt?«

»Ich habe es nicht gekonnt. Ich hatte Angst, dass du dann nichts mehr von mir wissen willst. Und weil ich es nicht gleich erzählen konnte, schien es mir später nicht mehr möglich.«

Aura weiß noch, dass sie einfach nur davonlaufen wollte. Sie brach ihr Kunststudium in Helsinki ab, ging als Austauschstudentin nach Oxford und zog nach dem Auslandsjahr nach Turku. Sie glaubte, ihr gesamtes früheres Leben hinter sich zu lassen, aber es drängte immer weiter in ihre Träume, auch nach all den Jahren noch.

»Wer war der Vater des Kindes?«, fragt Matias mit belegter Stimme.

»Spielt das eine Rolle?«

»Ja.«

»Einer meiner ersten Lehrer an der Uni, ein renommierter Kunsttheoretiker. Verheiratet und zwei Kinder. Es war klar, dass wir keine gemeinsame Zukunft haben würden. Wir waren Bewohner unterschiedlicher Welten.«

14

Matias starrt ins Feuer. In seinen Ohren rauscht das Blut. Schon als junger Mann beschloss er, dass er niemandem eine Erfahrung des Verlassenwerdens zumuten würde, wie er sie selbst erleiden musste. Hatte er sich trotzdem als Partnerin eine Frau ausgesucht, die so unzuverlässig war wie seine Mutter? Worauf hat er verzichtet, indem er sich krampfhaft an die Rolle des vertrauenswürdigen Mannes geklammert hat?

Als er zur Medizin wechselte, dachte er, indem er Kranke heile, trage er nicht nur zur Fortsetzung des biologischen Prozesses des Lebens bei, sondern könne auch für die Familie sorgen, die sie gründen würden, und etwas für die Künstlerkarriere seiner Frau tun – also die Kunst unterstützen und damit die Künstlerkreise, die den konsumorientierten, auf der Logik ständigen Wachstums basierenden Lebensstil infrage stellten. Im Lauf der Jahre hat er sich zunehmend daran gestört, für wie selbstverständlich es seine Freudinnen und Freunde halten, dass das Leben weitergeht und die moderne Medizin dies garantiert, als bräuchten sie über das eklige Reich der Krankheiten nicht nachzudenken, weil Matias das für sie erledigt und es zugleich von ihnen fernhält. In ihrer Hierarchie steht die Kunst immer ganz oben. Die Medizin ist nur Teil der niederen Arbeiten zur Aufrechterhaltung des Lebens.

Matias erinnert sich an den von Elea bewunderten Gedanken von Hannah Arendt, die höchste Form des Daseins sei das Handeln als Teil einer gemeinsamen Welt, all die Worte und Taten, in denen wir einander unsere Einzigartigkeit offenbaren, wohingegen die den biologischen Bedürfnissen dienenden, das Leben aufrechterhaltenden Berufe »ihrer Natur nach ›sklavisch‹« seien, Tätigkeiten, die in der Antike die Sklaven erledigten, weil sie zum Reich der Notwendigkeit, nicht der Freiheit gehörten. Seine Freunde werden wohl kaum einmal innegehalten haben, um darüber nachzudenken, dass sie sich ohne die Kunst der Heilung in ihrer kreativen Arbeit vielleicht gar nicht selbstverwirklichen könnten.

Matias zwingt sich, einen Blick auf Aura zu werfen, die auf den Ufersand zu starren scheint.

»Wusstet ihr, dass das Undine-Syndrom eine seltene Erkrankung des zentralen Nervensystems ist?«

Matias' Stimme ist angespannt. Er stellt die Frage, wie um zu beweisen, dass er sich weiterhin im Griff hat, dass er sprechen und sein Leben fortsetzen kann, ungeachtet dessen, was seine Frau gerade mitgeteilt hat.

»Ein angeborenes zentrales Hyperventilationssyndrom, bei dem der autonome Atemmechanismus nicht funktioniert, weshalb es passieren kann, dass man im Schlaf aufhört zu atmen.«

Aura sitzt da wie eine Statue und schaut nur auf die Uferlinie, nicht einmal, wenn man sich darauf konzentriert, sieht man, wie sich ihr Brustkorb hebt und senkt. Wie die roboterartigen Menschen in dem Film *Letztes Jahr in Marienbad* in einer traumähnlichen, zu geometrischen Landschaft. Wut, Enttäuschung und Erschütterung laufen in Matias über Kreuz.

Aura macht eine ruckartige Bewegung und sieht plötzlich sonderbar zerbrechlich aus. Eine unerwartete Welle des Mitgefühls überkommt Matias: Was hat seine Frau alles durchmachen müssen, was für einen Verlust hat sie all die Jahre mit sich herumgetragen! Gleichzeitig verspürt er eine widersprüchliche Erleichterung darüber, dass die Zeit der vergeblichen Hoffnung nun endlich vorbei ist. Vielleicht hatte Nietzsche recht, denkt er: »Die Hoffnung ist in Wahrheit das übelste der Übel, weil sie die Qual der Menschen verlängert.« Und Elea? Er wischt den Gedanken zur Seite, er gehört nicht hierher, dabei handelt es sich nicht um vergebliche Hoffnung, sondern um eine echte Möglichkeit, vielleicht sogar um das wahrscheinlichste Szenario: Elea wird überleben.

15

Aura denkt an den Mann, den sie mit der Leidenschaft einer jungen Frau liebte, die das Gefühl hat, zum ersten Mal gesehen zu werden. Und nicht nur so, wie sie ist, sondern auch so, wie sie sein könnte. Der Mann schien in ihr eine Größe zu erkennen, die niemand sonst sah. Dennoch war klar, dass sie unterschiedlichen Welten angehörten. Der Mann führte das Leben eines Erwachsenen, das sich im Rahmen von erwachsenen Verbindlichkeiten und Pflichten entfaltet. Die Söhne des Mannes waren real. Aura war für ihn nur eine Schwärmerei, kaum realer als ein Traum. Es gab keine Welt, in der sie hätten zusammenleben können. Schließlich verstand Aura, dass der Mann nicht sie sah, sondern seine eigene Fantasie. Er hörte nicht ihre Stimme, sondern eine Stimme, die er hören wollte.

Was soll das eigentlich heißen, eine eigene Stimme?, denkt

Aura. Die Stimme ist niemals die eigene, sie ist mit anderen Stimmen verflochten, in ihr klingen immer die Echos anderer Stimmen mit, sie antwortet ihnen und mischt sich ein, reagiert mit Resonanz auf andere Stimmen und wiederholt sie in ihren eigenen Variationen. Aber ebenso trügerisch wie der Gedanke von der eigenen Stimme ist der Gedanke von der eigenen Stille. Die Stille schützt uns nicht, macht uns nicht wahrhaftiger. In der Stille kann man ebenso ertrinken wie in der Nachahmung der Stimmen anderer.

Auras Beziehung zu dem Mann war durch und durch literarisch gewesen. Sie konnten sich nicht in der Öffentlichkeit treffen und trafen sich generell nicht oft, aber sie schrieben sich lange Briefe per E-Mail. Sie bildete sich ein, der Mann könnte gar nicht anders als erkennen, dass sie zusammengehören, wenn es ihr nur gelänge, ihre Gefühle klar genug zum Ausdruck zu bringen. Nie zuvor und nie danach hat sie so unendlich viel Zeit auf das Feilen an Sätzen verwendet, so verzweifelt auf Antwort gewartet, jedes Wort und jede Nuance der Mails genau ausgedeutet.

Sie machte damals ihre ersten großen Skulpturen in einem Atelier im Stadtteil Arabianranta, das sie günstig von einem Künstler gemietet hatte, der ein Jahr im Ausland verbrachte. Sie faszinierte die Spannung zwischen der Starre des Steins und der in diesen hineingeschlagenen Bewegung. Sie trafen sich in dem schäbigen, hellen Atelier, liebten sich oft im Stehen, an der Wand oder an der Couch. Der Mann war leidenschaftlich und zärtlich, aber Aura hatte das Gefühl, dass er sich nie ganz ohne einen gewissen Vorbehalt hingab. Er geizte mit Liebesworten – als gäbe es dafür nur ein bestimmtes Kontingent, mit dem er sparsam umgehen müsste. Sie dachte, Liebe müsste verschwenderisch und zwingend sein, quälend und hemmungslos, etwas, das verrückt macht und einen dazu bringt, alles zu sagen, immer wieder, ohne zu denken, dass man dabei etwas verliert. Nur eine solche Liebe – eine Sturzwelle, der man sich ergeben muss – hätte es legitimiert, sich auf die Beziehung zu einem schon vergebenen Mann einzulassen.

Aura weinte jeden Abend, wenn sie darüber nachdachte, was den Mann zurückhielt. Es kam ihr vor, als traute er sich nie, ganz preiszugeben, wer er war. Sie marterte sich mit dem Gedanken, einen fatalen Mangel an sich zu haben, der den Mann daran hinderte, vorbehaltlos zu entflammen. Bevor sie sich trafen, probierte sie vor einem großen Spiegel unterschiedliche Frisuren, Make-ups und Kleidungsstile aus, geradeso, als könnte sich darin die Lösung verbergen. Einmal fiel nach dem Liebesspiel das Licht in großen Vierecken durch die Atelierfenster auf die azurblaue Couch, auf der sie umschlungen lagen. Der Mann streichelte die Bögen ihres Gesichts so zärtlich, fuhr mit den Fingern so konzentriert über ihre Augenbrauen, dass Aura dachte: Das muss Liebe sein.

In den Monaten, in denen sie sich intensiv schrieben, arbeitete er an der Fertigstellung eines Buches, einer wissenschaftlichen Monografie für einen renommierten internationalen Verlag. Sie diskutierten endlos über die Themen des Buchs, über das Problem von Zeit und Bewegung in der Bildhauerei. Dem Mann zufolge war Auras Rolle bei der Herausbildung des Buches so entscheidend, dass sie eigentlich als zweite Autorin auf dem Umschlag stehen müsse. Aber er glaubte, die Ehre sei ebenso groß, wenn Auras Name dort nur mit unsichtbarer Tinte geschrieben stehe, weil sie beide die Wahrheit kannten, die blendende Seelenverwandtschaft, der das Buch entsprungen sei.

Als das Werk erschien, sah Aura, dass der Mann ihre Gedanken unverändert übernommen hatte, als wären es seine eigenen gewesen, ihren Namen aber nicht einmal in der Danksagung nannte. Sie hatte geglaubt, für ihn etwas Besonderes zu sein, ebenbürtig, war aber doch nur eine unsichtbare Dienerin, der die Ehre zukam, neben dem Türpfosten des Genies zu schlafen. Sie begriff, dass sie eine stumme, treue Meerjungfrau für ihn war, die sein Herz heftiger schlagen ließ, wenn er auf dem Feld der Ehre voranstürmte, als renommierter Wissenschaftler, Lehrer, Vater, Ehemann – in einer Welt, in der sie höchstens eine leicht peinliche, sorgfältig versteckte Quelle der Inspiration sein konnte, ein erregendes Geheimnis, eine namenlose, unbekannte Muse.

Mit der Zeit musste Aura sich eingestehen, dass sie am Ende immer an zweiter Stelle stehen würde. Sie verließ ihn und versuchte ihn zu vergessen, aber sie wurde von dem Gedanken verfolgt, unbrauchbar zu sein: die zweite Frau, die Kindsmörderin. Das führte dazu, dass sie sich von einer schlechten Beziehung in die nächste treiben ließ. Vor Matias wohnte sie kurz mit einem gewalttätigen Mann zusammen, ertrug zu lange das Schubsen und Stoßen, hegte die Vorstellung, seine Retterin zu sein, und verließ ihn erst, nachdem sie die Faust ins Gesicht bekommen hatte. Ein Teil von ihr dachte wohl, dass eine, die ihr Kind umgebracht hatte, nichts anderes verdiente. Aber auch Matias' Zärtlichkeit ist nicht einfach für sie. Oft hat sie das Gefühl, sie nicht zu verdienen. Oder dass sie einer anderen zusteht: Elea. Ab und zu überkommt sie wie ein Wiederholungszwang der Impuls, sich so zu verhalten, dass Matias sie verlassen muss. Dieser Impuls treibt sie dazu, ihn zu betrügen, zu trinken, verletzende Worte auszuspucken, die sie am nächsten Tag ungesagt machen möchte, die aber zwischen ihnen bleiben wie vom Boden absorbiertes Gift.

An Aura nagt der Gedanke, dass es sie nicht geben dürfte. Sie ist ein Fehler. Sie hat eine Dunkelheit in sich, von der sie glaubt, dass sie aus irgendeiner Tiefe kommt, aus Ereignissen, die ihr vorausgegangen sind. Sie hat nie herausgefunden, wie sie entstanden ist, aber aus den Anspielungen von Verwandten gefolgert, dass da etwas Schamhaftes und Gewalttätiges gewesen sein muss. Wahrscheinlich war ihr Vater ein schlechter Mann, und ihre Mutter hatte Aura aus purem Versagen auf die Welt kommen lassen. Es plagt sie die Vorstellung, dass sie durch das Töten ihres ungeborenen Kindes etwas zum Abschluss brachte, wozu sich ihre eigene Mutter nicht hatte durchringen können. Sie schaffte sich ein Wesen vom Hals, das nicht geplant oder gewünscht war, das sie mit der Zeit aber ungewollt lieb gewonnen hatte. Vielleicht brachte sie dabei zugleich einen Teil von sich selbst um.

16

Aura schleudert die Sandalen von den Füßen und geht ins Meer hinein. Das Wasser am flachen Ufer umschmeichelt ihre Füße so allerliebst wie Vogelmilch. Sie wirft einen Stein, den sie vom Sandboden aufhebt, ins Schilf. Als Antwort auf das klatschende Geräusch schreit eine Lachmöwe auf.

Aura denkt an Hubur, den mesopotamischen Fluss, der das Leben vom Tod trennt, an den Fluss der Fruchtbarkeit in der Unterwelt und an den Styx, der den Hades neunmal umfließt. Sie war dazu bestimmt gewesen, das schwimmende Wesen neun Monate in ihrem Bauch zu tragen, aber das Kind blieb ein Kind des Wassers, die kleine Lunge machte nie ihren ersten Atemzug. Ein Kind des Wassers, das nie an Land und Luft kam.

Hinter dem Schilf gleitet ein Schwan hervor. Aura erinnert sich an die Rusalken, die slawischen Wassergeister, die sich in Schwäne verwandeln können. Sie sind Teil einer Spirale der Gewalt: Aus den Seelen ertrunkener und vor dem heiratsfähigen Alter gewaltsam zu Tode gekommener Mädchen werden Rusalken, die Männer ins Meer locken und ertränken können. Aura zuckt bei dem Gedanken zusammen, ihr kleines, gewaltsam gestorbenes Mädchen könnte eine Rusalka geworden sein.

Am Ende weiß sie trotzdem nicht, ob sie etwas anders machen würde. Trotz allen Schmerzes muss sie sich an die Zärtlichkeit erinnern, die sie in den Armen des Mannes umgab. Mit keinem anderen hat sie einen so atemberaubenden Genuss erlebt. Daran ändern auch die Enttäuschung und die zunichtegemachten Illusionen nichts, die auf das Gefühl der Erfüllung folgten. Die Stunden des Glücks waren real, trotz allem. Die kann ihr keiner nehmen. Die Lust war so stark, dass die Leidenschaft des Mannes auch nach all den Jahren noch unter ihrer Haut prickelt, als Hauch der Sehnsucht nach einer Berührung, die niemand nachahmen kann.

Sie hat immer gedacht, wenn man sich liebt, sei es wie beim Schwimmen: Man gibt sich hin. Während der Liebesbeziehung schwamm sie jeden Tag vor der Küste von Helsinki im Meer. Es war euphorisierend, als wären im Schoß des Wassers die Umarmungen und die Zärtlichkeit weitergegangen. Nach dem Ende der Beziehung ging sie schwimmen, um ihre kaputtgegangene Verbindung zur Welt zu reparieren, um die heilende Kraft des Wassers in sich aufzusaugen. Aber das Meer war nur kalt und gleichgültig, so abgrundtief wie ihre Trauer.

Die Sehnsucht hielt Aura auch noch fest im Griff, nachdem sie nach England gegangen war. Der Sehnsucht folgte wie ein

Schatten die Scham. Sie dachte: Was für eine Frau auf diesem Planeten sehnt sich nach der Berührung eines solchen Mannes? Sie schaut aufs Meer und fragt sich, welcher Welt der Mann wohl angehören mag. Erinnert er sich noch, was sie zusammen gehabt haben? Vermisst er manchmal die Welt, die sich zwischen ihnen gebildet hatte?

17

Elea blickt auf Aura, die im Uferwasser watet. Es gibt so viele Arten, seine Zukunft zu verlieren. Eine Zukunft, die es hätte geben können, deren Möglichkeit aber zunichtegemacht wird. Das keimende Leben in einem kleinen Menschen, aber auch das andere Leben, das es hätte geben können: Auras Leben als Mutter.

Aura steht im Wasser und sammelt Muscheln in ihrem Rockschoß. Elea hat immer Auras Verhältnis zur Welt bewundert, das Erfüllt- und Verwurzeltsein, als wäre die Welt für sie Ton, den sie formen und kneten kann, nicht unter Druck von außen, sondern indem sie vom Boden aufhebt und ans Licht bringt, was den anderen verborgen bleibt und sich ihnen verschließt.

Ob sich auch in Aura die Metamorphose zur Mutter vollzog, zur Mutter eines toten Kindes? Elea begreift, dass sie davon keinerlei Vorstellung besitzt, nach all den Jahren nicht, in denen Aura es mit sich herumgetragen hat. Sie wirft einen Blick auf ihre Freunde. Was für eine Zukunft jeder und jede von uns wohl verlieren wird, fragt sie sich. Welche verlieren wir jetzt in diesem Moment?

Aber es gibt auch die Zukunft, die in Gefahr war, aber trotz aller Widerstände und Wahrscheinlichkeiten greifbare, unbestreitbare Wirklichkeit geworden ist.

Aura wollte sich wohl von allem losreißen, von vorn anfangen, ohne zu wissen, dass man das nicht kann. Die Vergangenheit folgt einem in sämtliche neuen Anfänge hinein.

Auch Elea hat Lust, mit den Füßen ins Wasser zu gehen, aber gerade jetzt fehlt ihr die Kraft, selbst eine einfache Entscheidung zu treffen: aufstehen oder nicht. Auf der Gegenwart liegt ein gewaltiger Druck, wenn man kapiert, dass in ihr unvorhersehbare Prozesse beginnen, die weit reichen, ohne dass sie sich beherrschen lassen. Wie kann man sich, wenn man das einmal gedacht hat, jemals für das eine oder das andere entscheiden? Unter zahllosen möglichen Versionen von sich selbst muss sich der vom Tod berührte Mensch eine aussuchen. Plötzlich empfindet Elea die Endgültigkeit dieser Wahl als niederschmetternd. Früher schien sich das Leben als ein Universum von Möglichkeiten aufzutun, in dem sie von einem hellen Raum in den nächsten gehen konnte.

Sie überlegt sich die möglichen Richtungen, die ihr Leben hätte einschlagen können. All die verschiedenen Ichs. Die Menschen, denen sie sich hätte anschließen können. Wie Schatten sind diese ehemaligen Möglichkeiten an ihrem Leben haften geblieben: als Ahnungen, Sehnsüchte, Träume.

Manchmal sehnt sich Elea danach, Dinge wie im Traum ausprobieren zu können, ohne dafür verantwortlich zu sein – ohne dass Geschehnisse und Taten sich zu einer Kette aus Ursachen und Wirkungen ordnen. Dann könnte sie in einem körperbetonten Kleid in einen Club gehen, wild tanzen, mit der Masse verschmelzen, die sich in ein einziges Tier verwandelt hat, sie könnte zulassen, dass fremde Hände ihren Hintern streicheln, die Bögen ihrer Brüste betasten. Sie könnte sich in einen Augenblick stürzen, der keinem Vorher-Nachher-Muster verhaftet ist, sondern sich öffnet, ohne dass jemand das wirre Knäuel mitschleppen muss. Es würde nirgendwo hinführen, wäre aber gerade deshalb wunderbar, weil es leicht und frei wäre wie ein Traum.

In jungen Jahren kam die existenzielle Beklemmung daher, dass man nicht wusste, wer man war. Elea glaubte, erwachsen zu werden bedeute, dass man es irgendwann wisse. Aber in Wirklichkeit bedeutete es, dass man nach und nach das dauerhaft Unfertige des Lebens akzeptiert, die Tatsache, dass es auf die wichtigsten Fragen keine Antwort gibt.

Ich übe, skizziere, probiere aus, und plötzlich ist das Leben vorbei, denkt Elea. Warum hat mir niemand gesagt, dass die Übungsphase längst zu Ende und dieses hier das einzige Leben ist, das ich habe? Viele Menschen werden, wenn sie jung sind, nicht mit der grenzenlosen Freiheit fertig, und wenn sie älter sind, nicht mit der Konstruktion, die sie sich zum Schutz errichtet haben. Elea hat es immer schwer gefunden, sich nur für ein Leben zu entscheiden. Wie konnten andere nur so selbstsicher sagen: Das sind meine Bücher, meine Filme, meine Songs?

Jetzt muss sie zu allem Überfluss noch ihren eigenen Stil finden, Krebs zu haben. Sie will nicht Teil einer pinken, fröhlichen Brustkrebskultur sein. Sie weiß nur, dass sie sich wild entschlossen Raum schaffen will, um das Spektrum der ganzen Gefühle zu durchleben, das entsteht, wenn alles aus der Bahn gerät.

Aber sie weiß nicht, wie sie diesen neuen Abschnitt in ihrem Leben einnehmen soll: Wie das Flimmern dieser Tage in sich aufnehmen? Sie bräuchte Zeit, um die Umrisse des Lebens neu zu fassen, nachdem ihre bisherigen Entwürfe ausradiert worden sind. Über alles Wichtige muss sie schnell nachdenken, denn es kann sein, dass sie nur wenig Zeit dafür hat. Zum Beispiel muss sie sich darüber Gedanken machen, ob es eine Art und Weise gibt, den Menschen, die ihr wichtig sind, durch Nähe mitzuteilen, wie sehr sie sie liebt, ohne dass es falsch interpretiert wird, ohne dass es ihre Freundschaft und Zuneigung verdirbt.

Die watende Aura sieht aus, als gehörte sie zum Wasser wie ein Silberreiher mit seinen langen, sehnigen Beinen. Als Kind stieß Elea am Ufer oft auf den Fischer aus der Nachbarschaft, der Geschichten von Meeresbewohnern erzählte, denen er begegnet war. Ihm zufolge haben die Meerjungfrauen in dieser Gegend lange Brüste, die sie sich über die Schultern werfen. Eleas Verräterbrust ließe sich auch leichter abknipsen, wenn sie als langes Anhängsel auf der Schulter läge.

In den Geschichten des Alten ließen die Wasserwesen die Menschen in Ruhe, solange diese das Wasser in Ruhe ließen, bestraften aber alle überheblichen Versuche, das Wasser für sich einzuspannen. Angeblich geht den hiesigen Fischern manchmal ein menschenähnliches Wesen ins Netz, das Kind einer Meerjungfrau, und dann kann es sein, dass sie diese Meerkinder aufziehen wie ihre eigenen. Oft werden aus den Meerkindern dann geschickte Fischer mit einer besonderen Verbindung zum Meer. Sie müssen immerzu aufs Meer starren und fühlen sich von ihm unablässig angezogen. Manche Schärenbewohner glauben, dass in ihnen das Blut von Meerkindern fließt, manchmal seit mehreren Generationen.

Vielleicht ist auch sie ein Meerkind, vielleicht ist Aura eines. Jedenfalls hält Elea es für keine schlechte Vorstellung, nach dem Tod das Leben nicht als Geisterwesen im Jenseits fortzusetzen, sondern sich in Meeresschaum zu verwandeln.

Sie schüttelt ihre Sandalen von den Füßen und geht zu Aura ins Wasser.

»Bist du okay?«, fragt Elea. »Wahnsinn, was du durchgemacht hast.«

»Ja, aber ob du es glaubst oder nicht: Auch eine Schockerfahrung kann etwas an sich haben, nach dem man sich im Nachhinein sehnt.«

In Auras Blick liegt etwas Klares und Wildes.

»Man denkt, verflixt, hätte ich doch nur das Gefühl der Wachheit festhalten können.«

Elea zuckt bei Auras Worten zusammen. In der Tat, sie muss sich diese Erfahrung der Krise bewahren. Sie darf sie nicht verfliegen und verschwinden lassen.

18

Der Sommerabend perlt vor Licht und Wasser. Lichttropfen springen über die Meeresoberfläche. Zwischen Silberfäden treiben Rindenstücke, Herbstblätter, die sich frühzeitig gelöst haben, schimmernde Schaumblasen. Wenn die Strömungen aufeinandertreffen, entsteht aus Licht und Wasser unvollkommene Musik. Die Schatten lösen sich, schießen über den Himmel wie Möwen.

In den Adern von Blättern und Fleisch sickert das Wasser weiter, bildet Grün und Bewegung heraus. Es braust und schäumt, verdampft und kondensiert, fließt und rinnt.

Alle Geschichten auf der Welt sind bereits erzählt worden, aber wenn jemand anfängt zu erzählen, kann er den Ausschnitt bestimmen, den Anfang und das Ende. Indem sie ineinanderfließen, bilden die Erzählungen eine Folge sich überkreuzender Anfänge, wie das endlose Geflecht aus Licht, das das Meer durchschneidet.

Geschichten kann man immer auch anders erzählen. Anfang und Ende können immer wieder neu bestimmt werden.

Manchmal ist das, was das Ende zu sein scheint, der Anfang von etwas Neuem. Manchmal tauschen Anfang und Ende so schnell den Platz, dass nur ein Schwindelgefühl zurückbleibt.

Das Leben ist keine Geschichte mit eindeutigem Verlauf, sondern ein wirrer Strom, in dem sich trübe und klare Momente abwechseln und Bestandteile immer wieder neuer, strudelnder, wild dahinschießender und an stillen Stellen vor sich hin plätschernder Wasser werden.

5. TEIL

DAS MEER, DAS MEER

»Ein
Meer
in uns
allen
rot
blind
warm«

Jaan
Kaplinski

1

Im Wald kracht es, und kurz darauf kommen die Kinder in ihren Badeanzügen ans Ufer gestürmt. Iiris hat sich das lange, goldbraun wallende Haar zu einem hohen Dutt geschlungen, sie und Aida lassen die Handtücher flattern, als würden sie fliegen, Elliot bleibt ein paar Schritte hinter den Mädchen zurück.

»Schwimmstunde!«, ruft Iiris und läuft mit Aida auf den Bootssteg.

Hand in Hand springen sie ins Meer.

»Wunderbar warm!«, kreischen sie.

»Wer hat Lust zu paddeln?«, fragt Otto.

Er steht auf und nimmt das türkise SUP-Board unter den Arm.

»Mach es vor!«, ruft Salma aus.

Das muss man Otto nicht zweimal sagen. Er zieht das Hemd aus, schleudert die Sandalen von den Füßen und schiebt das Board ins Wasser. Ruhig gleitet es auf der stillen Oberfläche.

Die anderen rennen hin, um ihm hinterherzuschwimmen, aber etwas hält Elea zurück, obwohl sich das Meer verlockend kräuselt. Sie weiß nicht, was sie dazu bringt, am Ufer zu bleiben. Streift sie sich bereits die Rolle der Patientin über, bereitet sie sich darauf vor, sich aus der Welt zurückzuziehen? Melancholie erfüllt sie.

Das Stand-up-Paddeln erfordert Balance und Entschlossenheit. Elea denkt, dass sie dazu jetzt nicht in der Lage ist. Sie erinnert sich lebhaft an ihre erste Erfahrung damit im letzten Sommer. Anfangs stand sie stabil auf dem Brett und verließ sich darauf, dass die tiefen Muskeln am Rumpf, die sie beim Ballett trainiert hatte, das Gleichgewicht hielten. Gerade als sie sich in Selbstzufriedenheit sonnte und energisch aufs Meer hinauspaddelte, kam mit einem leichten Windhauch eine seitliche Welle. Sie versuchte mit einer schnellen Ausgleichsbewegung gegenzusteuern, aber die harmlos aussehende Welle warf sie um. Alles ging so unerwartet schnell, dass sie Wasser in die Nase bekam. Die Erinnerung bringt ihr das Stechen des Salzwassers auf den Schleimhäuten zurück, die Verblüffung, den Gedanken, dass man sich so womöglich fühlt, wenn man stirbt: verdutzt, hilflos verwirrt darüber, dass plötzlich alles vorbei ist. Der Gedanke durchflutete sie mit einer solchen Wucht, dass die Nachwirkungen noch lange in ihr wogten.

Das Wasser am Ufer ist voller Leben: Glitzernde Tropfen spritzen auf, mitten im Flimmern wird gelacht, gerufen, aufgeschrien. Otto und Salma sitzen rittlings auf dem SUP-Board und schubsen sich, Salma fällt platschend ins Wasser, die Kinder schnappen sich das Schlauchboot, Matias spielt den Motor, indem er es mit den Füßen schlagend antreibt, Aura watet weiter hinein und bespritzt die anderen.

Elea sieht ihnen zu und möchte ein Teil dieser Freude sein, aber es ist, als hätte sich zwischen sie und dem Anblick eine Wand aus Glas geschoben, die die Geräusche dämpft und die Farben trübt.

Aura schwimmt ans Ufer und ruft Elea zu:

»Es ist irrsinnig warm, so warm sollte die Ostsee eigentlich nicht sein!«

»Stimmt.«

Solche Bemerkungen fallen an diesen Ufern inzwischen häufiger, man gewöhnt sich daran. Das Meer hat sich verändert seit den Kindheitssommern, als sie sich vor der stickigen Hitze der Stadt hierherflüchteten. Wenn man sich auf der Straße dem Ufer näherte, blies einem der Seewind zwischen den Bäumen berauschend frisch entgegen. Sobald sie angekommen waren, rannten sie vom Auto direkt ins Meer und konnten sich darauf verlassen, dass es sie abkühlte und erfrischte.

Mittlerweile ist alles anders. Der Sommer ist wieder rekordverdächtig heiß gewesen, sodass sich die Ostsee bis auf Mittelmeerwerte aufgeheizt hat. Und die Hitze hält unaufhörlich an, obwohl es schon Ende August ist. Selbst die Herzen der eingefleischtesten Optimisten beschleicht das Grauen.

Durch die Lücke zwischen den Inseln kurvt eine Wasserskifahrerin, gezogen von einem kleinen Motorboot. Es scheint das Teenagermädchen aus dem Sommerhaus in der Nähe zu sein, dessen italienische Familie vor der brütenden Hitze in Südeuropa in die Schären geflüchtet ist.

Elliot holt den alten Strandball, und die Gäste fangen an, ihn sich zuzuwerfen. Elea sieht zu und denkt daran zurück, wie sie mit ihren Geschwistern früher im Sommer im Wasser planschte. Ihre kleine Schwester mit den roten Schwimmflügeln an den Armen, das blonde Haar zu Zöpfen geflochten. Wenn der Wind abflaute, spielten sie auf dem Sandstrand Federball und kühlten sich zwischendurch im Meer ab. Einmal fuhren die Jungs mit dem Kanu los, um die nächste Insel zu erforschen, und gerieten in Seenot. Als sie das gekenterte Kanu ans Ufer schoben, biss eine Pferdebremse dem älteren Bruder in die Wange, die daraufhin unförmig anschwoll.

Ihre Schwester und ihr kleiner Bruder haben diese Woche angerufen, und ihr großer Bruder wird zu Besuch kommen. Wie wird sich das alles auf ihr Verhältnis auswirken? Sie machen sich Sorgen um sie, und den Anspielungen ihrer Mutter nach zu schließen nicht nur wegen des Krebses, sondern auch wegen ihrer Art, darauf zu reagieren: Informationen suchen, sich grämen, nicht schlafen. Wenn sich nur alles klären und der Krebs sie einander näherbringen würde! In der Stunde der Not sehnt man sich nach dem Schutz und der Akzeptanz seiner Herde. Sollte Iiris oder Elliot irgendwann etwas zustoßen, wie sehr würden sie sich dann gegenseitig unterstützen!

Elliot steht im flachen Wasser, als wäre er nicht sicher, ob er sich ins Ballspiel stürzen oder außen vor bleiben möchte. Er kommt zu Elea gelaufen und fragt:

»Bist du okay, Mama?« Dann schlingt er die Arme um sie.

»Alles gut, mein Schatz, geh nur schwimmen.«

Die Zärtlichkeit des Jungen löst ein Gefühl der Wärme in ihr aus. In den letzten Tagen hat sie gedacht, Mutter, Partnerin und Tochter zu sein hieße, sich im Zentrum zu befinden, die Fäden in der Hand zu halten, zu versuchen, das Gleichgewicht zu wahren, das jeden Moment verloren gehen kann. Sie kann es sich nicht leisten zusammenzubrechen, sie muss dieses ganze komplizierte Gebilde aufrechterhalten, in dem jeder seine eigenen Sorgen hat. Wie könnte sie plötzlich diejenige sein, um die man sich kümmern muss?

Aber wenn sie ihre im Wasser planschende Familie betrachtet, denkt sie, dass deren Leben weitergehen wird, auch wenn sie selbst nicht mehr da ist. Sie hätten auch ohne sie gute und schlechte Tage, sie würden sie vermissen, aber Eleas Gefühle würden bleiben, ihre Fürsorge würde sich in ihnen fortsetzen, so wie Elliots Zärtlichkeit jetzt in ihr weiterglüht, obwohl der Junge schon wieder im Wasser ist.

2

Elea erwacht aus ihren Gedanken, als sich Salma mit nassen Haaren und umgeschlungenem rotem Badetuch zu ihr setzt.

»Wie geht's?«, fragt Salma.

»Es ist schön, euch beim Spielen im Wasser zuzusehen.«

Salma pflückt ein Stück Tang von ihrer Wade.

»Schau mal, Blasentang! Ist das nicht ein Zeichen für sauberes Wasser?«

»Wusstest du, dass männliche und weibliche Algen ihre Keimzellen im Juni bei Vollmond ins Meer lassen? Das ist ihre Liebeszeit.«

»Ach, das wusste ich nicht«, sagt Salma lächelnd.

Eine Weile sitzen sie schweigend da. Elea denkt an die Wege, die sie in diesen Sommerabend geführt haben, und daran, wie zerbrechlich, aber hartnäckig sich die Leben miteinander verschlingen, sich gegenseitig in überraschende Richtungen stoßen. Wir sind immer mittendrin in einem Moment, der schwer ist von den Schichten der Zeit, ohne zu wissen, wie wir hier gelandet sind und wo wir uns als Nächstes wiederfinden.

»Erinnerst du dich an das Spiel, das wir als Kinder spielten, bei dem eine einen Satz aufschrieb, die zweite einen zweiten, und die dritte sah nur den zweiten Satz, machte da aber weiter, die vierte sah nur den dritten und so weiter?«, fragt Elea.

»Ich erinnere mich.«

»Ich habe mich gefragt, ob wir gerade so etwas in der Art machen. Wir stoßen unsere Leben blind in irgendeine Richtung, ohne zu wissen, was für Muster wir damit fortsetzen.«

»Erleuchtete Augenblicke, und der Rest ist Dunkelheit«, sagt Salma.

»Salma, fang!« Aura wirft den Strandball, Salma fängt ihn und läuft zurück ins Meer.

Elea spürt einen Hauch von frischem Wind auf der Haut. Fast unablässig bekommt der Atem der Schären seinen Rhythmus vom Wind. Nur die Stärke wechselt. Wenn er zunimmt, greift er nach allem: zerwühlt das Gras, schabt über die Felsen, schüttelt die Bäume, lässt Schaumkronen bedrohlich über das Meer eilen. Wenn sich der Wind legt und das Meer zuerst nur noch plätschert und dann als glitzernder Spiegel innehält, so wie jetzt, ist die Milde des Augenblicks mit Händen zu greifen.

3

Elea fühlt etwas in der Tasche und zieht ein Lindenblatt hervor. Sie hat es am Dienstag beim Spaziergang auf dem Cholerafriedhof Itäharju gepflückt. Es ist einer ihrer Lieblingsorte in der Stadt – ein fast vollständig zugewachsener Friedhof, auf dem alte, knorrige Linden, Kastanien und runzelige Kiefern die alten Gräber beschatten.

Sie kennt die Geschichte dieses Ortes wie ihre Westentasche. Die Cholera brach in Turku am 4. September 1831 aus, genau vier Jahre nach dem Brand der Stadt, womit sie sofort verglichen wurde, weil sie sich so explosionsartig ausbreitete: Die ersten Opfer starben innerhalb von vierundzwanzig Stunden unter Krämpfen und Erbrechen, sie verloren zuerst die Fähigkeit zu sprechen, dann ihr Leben. An die sechshundert Einwohner erlagen der Krankheit, aber auf dem Friedhof sind nur noch die Denkmäler der wohlhabenderen Bürger übrig: ein paar Kreuze aus Eisen und einige Steinplatten, ungleichmäßig verstreut auf dem von einer Mauer eingefassten Areal. Die Zeit hat die Holzkreuze des gemeinen Volks aufgezehrt.

Eine Steinplatte haben Bäckereizunftmeister Wahlgren und Gymnasiallehrer Simelius bekommen. Mit einem Kreuz aus Eisen werden geehrt der Bezirksarzt Mathias Åkerberg, dessen Tochter die Großmutter des Komponisten Jean Sibelius war, und der Gerbermeister Christopher Richter, dessen dreistöckiges Haus am Ufer des Aurajoki dem finnischen Senat die ersten zehn Jahre als Versammlungsort diente, bis der Senat nach Helsinki verlegt wurde und Richter das Haus zum eigenen Gebrauch übernahm. Es wurde beim Brand von Turku beschädigt, aber bald wiederhergestellt, und man lagerte dort mehr als zehntausend Fässer Getreide aus der abgebrannten Stadt. Allerdings hielt der lehmige Boden am Flussufer dem Gewicht nicht stand: Im Mai 1830 versank das Haus bei einem Erdrutsch im Fluss. Elea erinnert sich an die Ruine, die bei niedrigem Wasserstand unter der Oberfläche zu erkennen ist.

Richter war der reichste Bürger Turkus, aber das schützte ihn nicht davor, dass bei ihm eine Katastrophe auf die nächste folgte: Zuerst brannte sein Haus, dann versank es im Wasser, schließlich raffte ihn die Cholera dahin. Elea fragt sich, was mit seiner Frau, seinen Töchtern, den Bediensteten geschehen sein mochte. Der Hauslehrer der Töchter kam ums Leben, als das Haus in den Fluss rutschte, aber was ist mit den anderen? Die Namen der Mächtigen gehen in die Geschichte ein, die Frauen werden zu Schilfhalmen, die allein das Sonnenlicht ziert.

In vielen Gemeinden protestierte das Volk gegen die Choleraquarantäne und spann Verschwörungstheorien, in denen der anklagende Zeigefinger auf »die hohen Herren« und die Ärzte deutete. In Ostfinnland wurde ein Amtmann bei lebendigem Leib verbrannt, weil man ihn verdächtigte, die Cholera durch Vergiftung im Volk verbreitet zu haben. In Turku hielt sich das Vertrauen in die Behörden offenbar relativ gut – vielleicht weil die Krankheit alle Gesellschaftsschichten traf, den Bezirksarzt eingeschlossen. Anfangs wurde die Statistik mit den Infizierten und Toten täglich in der Zeitung veröffentlicht, aber davon nahm man bald Abstand, weil man befürchtete, die Angst könnte für die Krankheit empfänglich machen. Die Bevölkerung wurde angeleitet, zuversichtlich zu bleiben, denn man glaubte, dass sich die Gemütslage auf die Gesundheit auswirke. Elea denkt an die jahrtausendalte Tradition, Kranke zu beschuldigen: Mal ist die Krankheit eine Folge von Sünden oder der falschen Einstellung, mal der Düsterkeit oder des Aufgebens.

Otto erzählt oft, wie im August 1831, nachdem sich die Choleraepidemie in Berlin ausgebreitet hatte, die Philosophen Hegel und Schopenhauer aufs Land flohen. Hegel, der auf die Rationalität der Geschichte setzte, kehrte zu früh wieder nach Berlin zurück und starb an der Cholera. Der an die Irrationalität der Geschichte glaubende Schopenhauer floh mit seinem Pudel Atman in den Süden. Es wäre interessant, die Geschichte verschiedener Weltbilder im Zusammenhang mit Epidemien zu untersuchen, denkt Elea. Wirkten sich die aufeinanderfolgenden Epidemiewellen darauf aus, dass das schopenhauersche Weltbild im 19. Jahrhundert populärer wurde als das hegelsche? Elea erinnert sich an eine Bemerkung von Günter Grass: Die Geschichte sei kein »hegelscher Weltgeist, der übers Schlachtfeld reitet«, sondern »eine verstopfte Kloschüssel«, in der die Scheiße nach oben steige, wie oft man auch abziehe.

Bis zum Ende des 20. Jahrhunderts war der Cholerafriedhof Itäharju ein düsteres Gestrüpp, mit dem man den Kindern aus der Gegend Angst machte. Man sagte, wenn man die Luft des Friedhofes einatme, könne in der Stadt erneut die Krankheit ausbrechen. Also hielten die Kinder den Atem an, wenn sie mit dem Fahrrad vorbeifuhren. Jetzt ist der Friedhof zu einem Park aufgewertet worden, dessen Schlichtheit Elea anspricht. Am Dienstagabend stand sie dort unter der großen Linde. Flimmernde Lichtflecken fielen durchs Laub auf sie, plötzlich war die Welt nichts als Licht und Schatten, die noch keine erkennbare Gestalt angenommen hatten, sondern noch zitterten und changierten. Etwas von dieser noch nicht fest gewordenen Welt geht auch in diesem Moment in sie ein, indem Licht, Wind und die ans Ufer plätschernden Wellen alles in Bewegung bringen.

Elea denkt an die Jahre, die durch die Tage rollen, mal leicht, mal schwer, und alles aus dem Weg blasen. Sie denkt an die Fischer, die auf diesen Gewässern geschuftet haben. Auch das Sommerhaus hier war einmal eine Fischerkate, so wie das Nachbarhaus. Eine schöne Bucht mit natürlichem Sandstrand verband die beiden. Eleas Eltern wollten mitten an diesem Strand einen großen Bootssteg haben, um damit ihre Seite abzugrenzen. Davon hat sich der alte Fischer aus der Nachbarschaft nie erholt.

Elea betritt den Steg und spürt dessen Masse unter ihren Fußsohlen. Ihr Vater wollte, dass der Steg stabil und haltbar war, einer, den das Eis nicht wegreißen konnte, denn in der näheren Umgebung gab es so gut wie keine Bootsstege, die vom Eis nicht wenigstens böse zerknautscht worden wären. Also baute er diesen langen Bootssteg, der auf Pfählen im Grund stand. Die Zwischenräume der Tragekonstruktion waren mit Steinen gefüllt. Den würde nichts wegreißen. Der Fischer aus der Nachbarschaft bezeichnete ihn als Startbahn.

Wenn er betrunken war, bewarf er ihn mit Steinen und rief: »Scheißstädter!«

Der Anleger über dem natürlichen Sandstrand ist so gewaltig, dass er den Sand, der von den Feldern abgetragen wird, daran hindert, sich gleichmäßig in der Bucht zu verteilen. Auf der einen Seite hat sich darum eine Düne gebildet, auf der anderen Seite ist der Sand weniger geworden. Das hatten Eleas Eltern nicht vorhergesehen. Jetzt ist der Bootssteg da und wird bleiben. Durch den Regen und die Wellen ist er so ausgeblichen, dass er als Landmarke bis weit aufs Meer hinaus leuchtet. Mit seiner Hilfe finden sie von ihren Erkundungstouren auf die unbewohnten kleinen Inseln der Umgebung nach Hause. Sie geben diesen Inseln zum Spaß Namen. Otto tauft sie nach unbeliebten Angehörigen des englischen Königshauses: Herzogin-Camilla-Insel, Prinz-Andrew-Insel. Iiris bevorzugt Tiernamen, die sich an der Form orientieren: Walinsel, Eidechsenklippe.

Nahe der Uferlinie ist auf der Asche des diesjährigen Johannisfeuers Holz für ein Augustfeuer aufgeschichtet worden, das bei Einbruch der Dunkelheit entzündet werden soll. In blendenden Schüben weckt es Erinnerungen: Flammen und Glut im Wechsel, die Freude und der Rausch der nachtlosen Nächte, die Kinder, die ums Feuer tanzen und in der seidenweichen Sommernacht vom Bootssteg ins Wasser springen, mal nackt, mal in Kleidern, Hand in Hand, die sehnigen Gliedmaßen sternförmig ausgestreckt, die ganze Welt offen vor ihnen.

Letztes Jahr an Mittsommer wollten Iiris, Aida und Elliot die ganze Nacht aufbleiben. Sie sagten, das müsse man einmal im Leben ausprobieren, sonst wisse man nicht, dass es sich nicht lohne. Die Begründung war so gut, dass die Erwachsenen nicht anders konnten, als zuzustimmen. Die Kinder gingen nach Mitternacht schwimmen und genossen jeden einzelnen Augenblick. Am nächsten Tag waren sie müde, aber glücklich. Sie sagten: Das müssen wir noch oft ausprobieren.

Elea legt das Lindenblatt auf die Armlehne des Liegestuhls und beschwert es mit einem glatten Kiesel, den die Sonne erwärmt hat. Sie liebt Steine, ihr Gewicht, ihre Festigkeit und das Raue an ihnen, die Tatsache, dass sie mit dem Alter nicht wachsen, sondern nach und nach durch Abrieb kleiner werden. Sie denkt an die Entstehung der Steine: wie die Kontinentalplatten in den Tiefseegräben dem Erdkern entgegensinken, Wasser in ihr tiefes Inneres einsaugen, das dort still auf seinen explodierenden Ausbruch wartet, auf den Moment, in dem sich die Luft mit Feuerwasser füllt, mit blindlings umherschießender flüssiger Erdkruste.

Elea hat an vielen fernen Meeresufern Steine aufgehoben und eingesteckt: an der Küste bei Velia, im kalifornischen Santa Monica, auf Vancouver Island, an der Jurassic Coast in Dorset. Ihre Mutter hat ihr erzählt, Elea sei in Velia entstanden, an den Ufern der ehemaligen griechischen Stadt Elea, wo zu jener Zeit die Eleaten philosophierten. Als sie klein war, fuhren sie noch einmal hin, aber sie hat nur noch ein Erinnerungsbild, in dem sie bei Hitze inmitten von Ruinen Eis isst.

Stattdessen erinnert sie sich noch lebhaft an den Spaziergang über die heißen Kalksteinklippen an der Jurassic Coast, östlich von Weymouth. Rechts lag das endlose Meer, links wölbten sich Hügel, an deren Hängen die Menschen der Vergangenheit Pferde in den Kalkstein geschnitzt hatten. Sie ging die uralte, steile Küste entlang, blickte auf den Horizont, der in der Ferne verschwand, lauschte den an den Ufersteinen brechenden Wellen, und vor langer Zeit gelesene Bruchstücke von Sätzen stiegen wie Wellen in ihr auf und versanken dann wieder. Nach stundenlanger Wanderung hatte ihr die Sonne derart zugesetzt, dass sie Kopfschmerzen bekam. Aber der Schmerz wurde hinweggespült, als sie den kreidezeitlichen Steinbogen Durdle Door durchschwamm.

Auch vor jenen Ufern liegen jetzt Kreuzfahrtschiffe, auf denen Kranke dahinsiechen und nicht an Land dürfen. Elea sieht im Schilf etwas Helles aufblitzen. Sie blinzelt, ist sich aber nicht sicher. Vielleicht eine Maske oder eine Plastiktüte. Nach und nach füllen sie die Meere dieser Welt.

4

Iiris planscht im Meer und schaut auf ihre Mutter, die allein am Ufer liegt. Gerade noch hat sie, umgeben von ihren Freundinnen und Freunden, mit glühendem Gesicht am Lagerfeuer gesessen, aber jetzt sieht sie ganz klein aus. Wie wird es ihr ergehen? Die Ärzte werden sie doch wohl wieder hinkriegen?

Familien mit zwei Müttern sind vielleicht besser dran, denkt sich Iiris, während sie sich auf den Rücken legt und treiben lässt. Wenn der einen etwas passiert, bleibt noch die andere. Iiris wird ganz kalt bei dem Gedanken, wie es wäre, wenn ihre Mutter sterben und sie mit ihrem Vater und Elliot allein bleiben würde. Würde ihr Vater für sich und für sie sorgen können? Wenn er einen guten Tag hat, macht es Spaß, sich mit ihm über Musik und das Leben zu unterhalten und manchmal auch zusammen Musik zu machen. An schlechten Tagen ist er gereizt und gemein und kapiert nicht, wie sehr er Elliot mit seinen ironischen Seitenhieben verletzt. Iiris fragt sich, ob sie für Elliot wie eine Mutter sein und ihn vor allem beschützen muss, wenn ihre Mutter nicht mehr da ist. Wie sollte sie das können?

In den letzten Tagen ist es ihr so vorgekommen, als hätte sich eine seltsame Schwere in die alltäglichen Dinge geschoben. Hier im Meer scheint alles Gewicht hinweggespült zu werden. Neben Aida findet sie das alte Gefühl wieder, dass die Welt offen vor ihr liegt. Zwar ist die Welt in schlechtem Zustand, aber sie haben die Chance und die Pflicht, alles zu tun, um sie zu retten. Jedenfalls haben sie einen klaren Auftrag. Manchmal ist es schwer zu fassen, wie unbekümmert und gleichgültig ihre Eltern sind. Warum isst ihr Vater Fleisch, obwohl er weiß, dass es falsch ist? Fast jeden Tag, und ihre Mutter manchmal auch. Oder Fisch. Sind ihnen die Schmerzen der Fische egal, weil diese sie nicht auf eine Art zum Ausdruck bringen, die die Menschen verstehen?

Das ist dumm, denn den Menschen fällt es schließlich auch nicht immer leicht, sich auszudrücken. Ihre Mutter scheint eine Menge in sich aufgestaut zu haben, bevor die Angst jetzt sämtliche Gefühle ans Tageslicht gebracht hat. Manchmal hat Iiris den Eindruck gehabt, als wüsste ihre Mutter nicht mehr, ob sie ihre Kinder noch auf die alte Art liebkosen darf, weil sie schon so groß sind, aber jetzt hat zum Glück die Krankheit die Hindernisse der Nähe zwischen ihnen aus dem Weg geräumt.

Ihr Vater wirft den Strandball übermütig auf Elliot, der ängstlich ausweicht. Wie es aussieht, überdreht ihr Vater mal wieder, wie oft in solchen Situationen. Nicht selten entsteht dabei eine seltsame Unstimmigkeit mit den anderen.

Das Wasser ist erschreckend warm. Iiris taucht und versucht Fische zu sehen, aber die haben sich bestimmt in kühlere Tiefen geflüchtet. Und das menschliche Auge erkennt nur einen kleinen Teil der Wasserlebewesen, die langsam zwischen den schwankenden Algenpflanzen schweben, unbemerkt wie Schatten.

»He, schau mal, deine Freundin Medusa!«, ruft Aida.

Iiris betrachtet die im Wasser vibrierende Ohrenqualle. *Aurelia aurita.* Vier rosa Ringe heben sich von dem durchsichtigen, schwankenden Schirm ab. Sie interessiert sich für Medusen, seit sie einen Roman gelesen hat, in dem die beste Freundin der Hauptfigur an einem Quallenbiss stirbt. In den Ozeanen gibt es Medusen, die für den Menschen gefährlich sind, in der Ostsee nicht, hier gibt es diese lieben Ohrenquallen. Sie sind einfach aufgebaut, aber trotzdem nehmen sie Licht und Berührung, Druckwellen und Vibration wahr und lavieren, indem sie Informationen über den Salz- und Sauerstoffgehalt des Wassers sammeln. Iiris fasziniert die schwebende, schwankende, pulsierende Bewegung im Universum des Wassers. Vor zwei Wochen hat sie versucht, ein Aquarell davon zu malen. Solange die Arbeit noch feucht war, konnte man die Bewegung wahrnehmen, aber als die Farben trockneten, verschwand das Durchsichtige, Zuckende. Vielleicht könnte man es mit einer irgendwie schwebenden Pinseltechnik besser einfangen.

Iiris dreht sich wieder auf den Rücken. Der Himmel ist fast indigoblau. Sie versucht sich vorzustellen, wie es wäre, eine Ohrenqualle zu sein und ohne komplizierte Sorgen im Meer zu schwimmen. Aida kommt zu ihr, und sie treiben gemeinsam, wie Seesterne, Hand in Hand, strecken die Glieder in alle vier Himmelsrichtungen aus. Aidas Strubbelhaare breiten sich schön um ihr leuchtendes Gesicht herum aus, Wassertropfen glitzern auf ihrer Haut wie Edelsteine. Aus einer Laune heraus sagt Iiris:

»Komm, schwimmen wir zum Steg der Nachbarn!«

Unterwegs denken sie sich unterschiedliche Schwimmstile aus. Sie schwimmen Delfin und Eule, Medusa und Luchs. Die Nachbarn haben sich den ganzen Sommer über nicht blicken lassen. Ihr Boot ist noch immer neben dem Steg aufgebockt.

Wie ein auf Pause gestelltes Leben, denkt Iiris. Was mag mit den Nachbarn los sein? Sind auch sie von einer Katastrophe getroffen worden?

5

Elliot wirft den Ball hoch in die Luft, und Matias springt, sodass er den Ball in letzter Sekunde zurückschlagen kann. Das Wasser spritzt in alle Richtungen. Elea freut sich, dass Elliot mitspielt. Wie oft hat sie ihn sanft angestupst, damit er bei einem Spiel mitmacht, aber er ist trotzdem lieber Beobachter geblieben.

Und schon wird Elea wehmütig, weil sie keine kleinen Kinder mehr hat, die durch den Sand stapfen, um das angespülte Treibholz zu begutachten, kleine Wesen, in denen die pure Freude sprudelt, wenn sie sich gegenseitig mit Wasser bespritzen. Sie hat den nachdenklichen kleinen Jungen verloren, der über die Unendlichkeit des Weltalls nachdachte, und das kleine Mädchen, das anderen ein Wort, das ihr auf der Zunge bitzelte, zuwarf und in Gelächter ausbrach, wenn sie es zurückbekam. Es gibt die eineinhalbjährige Iiris und den dreijährigen Elliot nicht mehr, die mit ernsten Gesichtern und feierlichen Gesten ihre Schnullersammlung den Eichhörnchenbabys am Fuß der Erle am Ufer opferten, und auch nicht mehr die kleinen Wichte, die eine Monsterburg mit Wassergraben bauten und die Türme mit Muschelschalen verzierten. Es gibt die zehnjährige Iiris nicht mehr, die sich im Baumhaus in der Erle ein Malzimmer einrichtete und sich dort die Operation Rettung des Schärenmeeres ausdachte, und auch nicht mehr den elfjährigen Elliot, der sich nahe am Ufer aus Backsteinen eine Esse baute und dort eine Samurairüstung schmiedete. Elea erinnert sich an eine heiße zweite Maihälfte, in der sie sich über das Wochenende ins Sommerhaus flüchteten und sie Iiris einen Kranz aus Löwenzahn flocht, und an das Gefühl eines endlosen Sommertages, als Elliot stundenlang auf der Kante des Bootsstegs saß und angelte, mit ausgestreckter Rute, den Blick konzentriert auf den Schwimmer gerichtet. Der Atem des Jungen beschleunigte sich, wenn eine Alge den Schwimmer ins dunkle Wasser zog, und explodierende Freude ließ sein Gesicht erstrahlen, als ein Barsch am Haken hing.

Eleas Wehmut wird immer größer, wenn sie an all die Umbrüche im Leben der Kinder denkt, von der ihr nur einzelne Erinnerungen und Fotos in ausrangierten elektronischen Geräten geblieben sind. Wie eine neue Fertigkeit den Weg in die Gliedmaßen der Kinder fand, war verwirrend und aufregend, bis die noch unsicheren Fähigkeiten, die einem wie ein Wunder vorgekommen waren, allmählich zum selbstverständlichen Handeln in der Welt wurden, als wären sie schon immer Teil ihrer alltäglichen Gepflogenheiten gewesen. Und dennoch trägt auch das, was in Vergessenheit geraten ist, die Gegenwart, während sie über den Tiefen der Vergangenheit schwebt.

Möchtet ihr nicht wieder jung sein?, fragte Iiris vor zwei Wochen in der Sauna. Die Frage machte Elea bewusst, dass die Kinder sie für alt hielten. Nein, die Jugend war eine furchtbare Zeit, antwortete Otto, jetzt ist es viel besser. Wenn man jung ist, macht einem alles Mögliche unnötig Angst, fügte Elea hinzu. Und es ist wunderbar, wenn man seinen Kindern beim Großwerden zusehen darf. Ist es also besser, sich das Leben von anderen anzuschauen, anstatt selbst zu leben?, fragte Iiris empört. So ist das nicht, erwiderte Elea. Es ist erstaunlich, du wirst es eines Tages verstehen, wenn du selbst Kinder hast.

Elea begreift, dass das Zurückdenken an die verschiedenen Phasen der Kinder ihr hauptsächlich helle Momente in Erinnerung bringt, obwohl die guten Momente im Alltag unweigerlich von etlichen Schwierigkeiten und Belastungen unterbrochen werden: Elliot, der in quälenden Selbstvorwürfen feststeckt, weil er aus Versehen einen Ast an der Ufer-Erle abgebrochen hat, die Schmollanfälle von Iiris, Ottos abrupter Ausbruch vor den Kindern, sie selbst, wie sie deswegen wütend auf ihren Mann wird, und schon ist der Tag auf ein Gleis geraten, auf dem ihn niemand haben wollte, von wo ihn aber auch niemand wieder herunterbekommt.

Der Frühling war eine besonders schwere Zeit, weil der Lebenskreis durch die Pandemie kleiner wurde und sich der ganze Druck auf die Familie richtete. Dennoch genoss es Elea insgeheim auch, dass sich die sonst von Aktivitäten zerrissenen Abende in ruhige Freizeitabende verwandelten und dass der Fernunterricht die Möglichkeit eröffnete, neue Seiten an den Kindern zu sehen – ihr Schul-Ich. Sie hatte geglaubt, Elliot wäre in der Klasse schüchtern, aber er teilte bereitwillig sein Wissen über Phänomene aus Geschichte und Natur. In einer Ethikstunde hielt er ein Referat über die Philosophie von Spinoza. Ihn faszinierte der pantheistische Gedanke der Einheit alles Existierenden. Auch wenn man nicht bei allem mit Spinoza einer Meinung sei, meinte er, könnte man sich die Frage stellen, wie es wäre, wenn er recht hätte.

Iiris erledigte ihre Schularbeit wohlweislich in ihrem Zimmer, präsentierte aber immerhin ihre Kunstprojekte. Von diesen ist Elea ein monochromes, fast abstraktes Gouache-Gemälde von Wassertropfen auf roten Purpurglöckchen in Erinnerung geblieben. Die meditative Stimmung vermittelte die Vergänglichkeit des Augenblicks: Nach dem Regen glitzerten die Tropfen auf den Blättern, würden aber bald verdunsten.

In der Hauswirtschaftsstunde holte sich Iiris Inspiration bei einem Spitzenkoch, der aus Quarantänemahlzeiten Gourmetgerichte bastelte. Mit der Schere zerschnitt sie Hamburger und Salat zu Bausteinen, die sie zu atemberaubenden Mosaiken arrangierte. Kunst kann man immer machen. In Pessoas *Das Buch der Unruhe* heißt es irgendwo in etwa, dass für einen Menschen, der zur Nachdenklichkeit neigt, das ganze Weltall in Reichweite liegt, selbst wenn er nie sein Heimatdorf verlässt: »Das Unendliche findet sich in einer Zelle wie in einer Wüste.«

Bald würden die Kinder fortgehen, in ihr eigenes Leben. Für die Kinder gehört es sich zu gehen, nicht für sie, Elea, die ein fester Bestandteil der Welt ihrer Kinder sein sollte, aber nun plötzlich in eine Metamorphose geraten ist und nicht weiß, in was sie sich verwandeln wird. Was ist das Schlimmste, das passieren kann? Dass sie sich in Wasser und Feuer verwandelt? Auch Rost ist langsames Verbrennen. Die Arten des Verbrennens wechseln von der allmählichen Zersetzung bis zum hell lodernden Brand, aber wir alle verbrennen unwiderruflich, in kleinen und in großen Flammen vor der Dunkelheit des Nichtseins, bis unser Flackern erlischt und andere an der Reihe sind, entzündet zu werden und lichterloh zu brennen.

Elea glaubt nicht an das Schicksal oder an eine höhere Macht, die das Gute und das Schlechte auf der Welt plant. Das hat etwas für sich, denkt sie. Man muss sich nicht fragen, für welche Sünden der Krebs die Strafe ist. Es gibt keinen Superagenten, der den Lauf der Dinge bestimmt, sondern bloß den blinden Zufall, dem die Menschen Bedeutungen zuschreiben. Auf der anderen Seite gibt es aber auch keine schützende Instanz, die man um Hilfe bitten kann. Ihre Mutter sagt, sie habe noch nie so viel gebetet wie jetzt. Beten ist eine Methode, sich das Gefühl zu geben, etwas tun zu können in einer Situation, in der man nichts tun kann. Für Elea ist es jedoch befreiend zu denken, dass die Dinge einfach geschehen. Zu allen Zeiten haben die Menschen ihre Glaubensvorstellungen gehabt, die als Trost und Belastung gedient haben. Früher glaubten die Leute in Finnland an das Gesetz des Gleichgewichts – also dass es auf der Welt nur eine bestimmte Menge an Glück gäbe. Darum hatte man das Unglück der anderen im Blick, verbarg sein eigenes Glück, schützte sich vor schädigendem Verhalten anderer. Zum Glück muss Elea das nicht tun.

Aber jeder glaubt an etwas. Elea glaubt, dass alles fließt und nichts losgelöst vom Übrigen existiert. Das Dasein bedeutet, sich in einem Zustand der Veränderung und der Entwicklung zu befinden, in dem kleine Metamorphosen von großen gegliedert werden, bei denen man sich in etwas völlig anderes verwandelt. Dann ist man Mächten ausgeliefert, die größer sind, als man selbst es ist, Mächten wie der Geburt, dem Tod oder der Liebe, und dies auf eine Art, die einen stoppt und in eine neue Wirklichkeit führt. Solche Umwälzungen und Erschütterungen des Daseins erleben alle Menschen auf ihre ganz eigene Art und in verschiedenen Lebensphasen. Nicht alle werden Mütter oder erkranken schwer. Für manche kann es eine Metamorphose sein, sich zu verlieben oder den eigenen Lebensweg zu finden – man kann durch einen neuen Menschen oder durch einen neuen Lebenstraum eine andere Person werden –, oder es beginnt nach der Kleinkindphase ein neues Leben, in dem man sich nicht mehr darauf konzentrieren muss, zu bauen, sich zu vermehren, seine Fertigkeiten unter Beweis zu stellen, sondern in dem man die Freiheit genießen kann, ohne den Druck großer Lebensentscheidungen zu leben.

Ohne die Krankheit hätte vielleicht auch Elea eine sanfte Metamorphose vor sich, den allmählichen Übergang in eine Zeit, in der man noch glaubt, jung zu sein, aber im Körper bereits spürt, dass einem nicht unbegrenzt Zeit zur Verfügung steht, und erkennt: Wichtiger als bauen und sich anstrengen ist es, Abstand zu nehmen, loszulassen, die Vergangenheit zu reflektieren. An die Stelle des allmählichen Übergangs ist aber nun etwas anderes getreten: die abrupte Zerschmetterung und bei aller Verzweiflung die unerwartete Hoffnung, dass aus dem Horror doch etwas Bedeutungsvolles entsteht.

6

Beim Rauchen auf der Veranda des Saunagebäudes begreift Aura, dass sie ihren Mann schon lange nicht mehr gesehen hat. Elea sitzt am Ufer, die anderen tummeln sich im Wasser, aber Matias ist nicht dabei. Aura geht im Haus nachsehen, aber es ist leer. Sie kehrt ans Ufer zurück, fragt Elea und ruft dann Otto und Salma im Wasser zu:

»Wo ist Matias?«

»Ich glaube, er ist mit dem SUP-Board raus«, sagt Salma.

»Hatte er eine Schwimmweste an?«

»Bestimmt nicht. Matias ist ein guter Schwimmer«, antwortet Otto.

»Es kann immer was passieren.«

Aura versucht, ruhig zu sprechen, hört aber die Anspannung in ihrer Stimme, unter der die Sorge Blasen bildet, bereit, sich zu etwas Schlimmerem aufzublähen, an das sie noch nicht denken mag.

Alle versammeln sich am Ufer, beteuern, dass Matias bald zurückkommen wird, jeden Moment.

Aber der Moment vergeht, ein zweiter, viele Momente.

Sie können nicht anders als aufs Meer schauen, und es hat noch nie so leer ausgesehen wie jetzt.

Die Sonne nähert sich langsam dem Horizont wie eine glühende Tontaube. Die Wasseroberfläche scheint zu erzittern, aber als Aura sich anspannt, um genauer hinzusehen, wellt sie sich wie zuvor. Schließlich muss sie fragen:

»Wann soll man die Seenotrettung anrufen?«

»Matias ist bestimmt zu irgendeiner kleinen Insel gepaddelt«, sagt Salma.

»Oder er schaut nach, ob bei den Nachbarn eine bessere Party stattfindet«, schlägt Otto vor.

»Das ist nicht seine Art. Einfach so zu verschwinden, ohne etwas zu sagen«, stellt Aura fest.

»Es hat bestimmt mit der Situation hier zu tun, dass man bei allem gleich das Schlimmste befürchtet«, sagt Elea.

»Weißt du noch, Elea, vor zwei Tagen in der Sauna?«, fragt Otto. »Du hast voll die Panik gekriegt wegen eines Muttermals an Iiris' Bein.«

»Ja, es sah dunkler aus als vorher. Und man schien zusehen zu können, wie es wächst.«

»Iiris beteuerte, dass es sich nicht verändert habe, aber Elea beruhigte sich erst, nachdem der Arzt aus der Nachbarschaft es sich angeschaut hatte.«

»Verständlich«, sagt Salma und fügt erschrocken hinzu: »Wo sind eigentlich die Kinder?«

»Die sind zurück in den Wald.«

Auras Schläfen schmerzen. Sie kann nichts anderes tun, als stumm aufs leere Meer zu schauen. Den anderen fällt es immer schwerer, das Gespräch in Gang zu halten, und es gelingt ihnen nicht mehr, sie einzubeziehen.

Ihr kommt ein Bild in den Sinn, in dem Matias ins Taumeln gerät, mit dem Kopf auf einem Felsen aufschlägt, im Wasser versinkt. Kleine Fische knabbern an ihm, und niemand kommt zu Hilfe.

»Aura, bist du okay?«, fragt Elea vorsichtig.

»Rate mal«, gibt Aura zurück.

Die anderen sehen aus, als wollten sie sagen, dass alles gut wird, sich dabei aber fragen: Und wenn nicht?

»Ich weiß, dass Matias in Elea verliebt ist«, fügt Aura kurz darauf hinzu. »Das war er immer und wird er immer sein. Aber das macht nichts, das halte ich schon aus. Wenn er nur zurückkommt.«

Elea wird blass.

»Man kann zwei Menschen gleichzeitig lieben. Das ist das Leben«, sagt Aura.

Sie schaut aufs Meer. Es liegt noch immer offen und leer da, still und gleichgültig.

7

Matias steht auf dem SUP-Board und lässt sich auf die in der Abendsonne glitzernde offene Meeresfläche treiben. Er hätte Lust, alles hinter sich zu lassen und einfach mit den Wellen davonzugleiten. Wenig später merkt er, dass er bereits weit vom Ufer entfernt ist.

Er spürt die langsamen Bewegungen von Wasser und Luft um sich herum und denkt an all die Winkel der Welt, in die ihn die Meeresströmung treiben könnte. Sich dem Wasser zu ergeben, hat etwas Befreiendes und Einnehmendes. Als wäre es die Hingabe an all das, was in uns ungezwungen und frei ist, wild und ungebändigt.

Es dürfte kein Zufall sein, dass in dem Roman *Die Liebe in den Zeiten der Cholera*, den er im Frühling auf Eleas Empfehlung hin gelesen hat, die Liebenden sich am Ende auf einem Flussdampfer einander hingeben. Ein Fluss ist eine Welt für sich, ein Grenzgebiet, in dem die Kategorien und Normen des Alltags nicht gelten. In den Augen der Gesellschaft waren sie zuerst zu jung füreinander, dann zu alt. Der Fluss bringt sie weg von alldem, unerreichbar für die Regeln der Konvention. Es gibt Tage, an denen stickige Luft über dem Fluss steht, sodass er nach den Tiefen des Dschungels riecht und aufgequollene, von der Cholera übel zugerichtete Leichen darin treiben, und es gibt Tage, an denen der Fluss unaufhaltsam dahinfließt, die Liebenden die Karibik-Manatis im Flussdelta betrachten, ihre Glückstiere, und nicht von Bord gehen wollen, weil sie wissen, dass es in der Welt außerhalb des Flusses keinen Platz für ihre Liebe gibt.

Matias kommt an Felsen vorbei, die aussehen, als würden sie mit dem Rücken voran aus dem Wasser aufsteigen. Er sieht Cyanobakterien gelblich grün auf dem Meer treiben, in zerfledderten Teppichen. Die Menschen wissen, dass diese Bakterien Leber- und Nervengifte absondern, aber die wenigsten wissen, dass sie, weil sie als Nebenprodukt der Assimilation Sauerstoff freisetzen, eine wichtige Rolle innehatten, als sich die sauerstoffarme Erdatmosphäre zu einem Bestandteil der sauerstoffgesättigten, für die jetzigen Organismen günstigen Biosphäre verwandelte. Inzwischen sind sie jedoch Teil des komplizierten Teufelskreises der Klimaerwärmung und des Artensterbens geworden.

Matias nähert sich einer kleinen Insel und beschließt, an Land zu gehen. Eigentlich ist es bloß eine von Möwenkacke gesprenkelte, karge, steinige Klippe. Das eine Ende bildet eine vom Meer ausgewaschene Bucht, wie ein natürlicher Hafen. Er steigt vom Brett in flaches Wasser mit sandigem Boden. Der Schädel eines Hechts ist in die Bucht getrieben worden. Matias klettert auf einen Felsen, in den die Wellen ihre salzigen Spuren gegraben haben. Eine Krüppelkiefer scheint direkt aus dem Stein emporzuwachsen. Unter ihr gedeihen trockene Flechten und Mauerpfeffer.

Matias legt sich auf den glatten Fels, der die Wärme des Spätsommers verströmt, und versucht, innerlich leer zu werden, aber er ist zu erregt. Bruchstücke von Sätzen der anderen drängen sich in willkürlicher Reihenfolge in sein Bewusstsein.

Er denkt an Meeres- und Inselgeschichten, an *Robinson Crusoe* und die Helden der *Schatzinsel*, an die verlogene Selbstgerechtigkeit männlicher Abenteuerhelden – als würden sie ihre zwischenmenschlichen Beziehungen nicht mit auf die Insel nehmen. Eine Fahrt auf eine Insel ist kein neuer Anfang, bei dem man reinen Tisch macht. Die anderen sind immer in uns und wir in ihnen, die Grenzen zwischen den Menschen in Bewegung. Wir gleiten in die anderen hinein und die anderen in uns.

Wenn jeder Mensch eine Insel ist, sind diese Inseln voller Leute. Jeder bringt die Menschen seines Lebens auf die Insel mit, seine eigene Version von ihnen.

Beim Liegen auf dem warmen Fels versinkt er in Halbschlaf, und sein Zeitgefühl zerfällt. Er ist nicht sicher, ob er eingeschlafen ist, aber als er die Augen aufmacht, merkt er, dass ringsum weitere Feuer angezündet worden sind.

Obwohl er weiß, dass er zurückpaddeln sollte, will Matias noch eine Weile liegen bleiben und die Rückkehr hinauszögern. Er denkt an die Zeit, die nach und nach alles zerfrisst. Elea hat recht: Das Verschwinden der Zeit ist schwer zu begreifen – das Verschwinden und Verrotten, das ein ebenso wesentlicher Bestandteil des Lebenszyklus ist wie das Zeugen von etwas Neuem.

Matias schließt die Augen und stellt sich Eleas Gesicht vor, wünscht, er könnte es mit seinen Händen schützen wie eine bedrohte Blume.

Was sagte sie noch über die Geschichten als Aufleuchten über dem Meer? Eigentlich ist es erstaunlich, dass sich aus all der Wahllosigkeit des Lebens manchmal bedeutsame Momente herauskristallisieren, die hell und klar erstrahlen, aller Wahrscheinlichkeit zum Trotz mitten im Chaos glänzen und alles um sich herum erleuchten. Für diese Momente leben wir, denkt er. In ihrem Licht wärmen wir uns in den Winternächten.

8

Elea versucht, gelassen zu wirken, aber in ihren Schläfen pocht die Angst, dass Matias etwas zugestoßen ist, dass er gekentert, mit dem Kopf aufs Board gefallen, langsam in den Schoß des Meeres gesunken ist.

Eine gewaltige Zärtlichkeit für Matias überkommt sie. Es

ist ihr durchaus recht gewesen, all die Jahre das Objekt seiner Bewunderung gewesen zu sein, aber ist sie ihrem Bewunderer gegenüber auch fair gewesen? Sie hat immer seine schüchtern-hilfsbereite, unbedingt verlässliche Freundlichkeit gemocht, die wie ein fester, warmer Felsen ist, wenn alles andere ins Wanken gerät. Gleichzeitig begreift sie zu ihrer Schande, dass sie die Lebensentscheidungen ihres Freundes für etwas fragwürdig gehalten hat: bürgerlicher Beruf, sicheres Auskommen, anerkannte Tätigkeit, mit der einzigen Herausforderung, die Monotonie des Alltags und die etwas instabile Ehefrau auszuhalten. Und doch ist Matias der Einzige von ihnen, der Leben rettet. Er ist ein guter Mensch. Er ist außerdem zärtlich, fürsorglich, wunderbar. Elea merkt, dass sie sich nach seinem Blick sehnt, nach der dunklen, volltönenden Stimme, nach seiner kräftigen, breitschultrigen, verlässlichen Erscheinung.

Sie starrt auf die Lebensfeuer, die am Ufer gegenüber brennen und mit denen derer gedacht wird, die nicht zurückgekehrt sind.

Es rauscht in ihrem Kopf. Sie steht auf, dabei hört sie Aura etwas sagen, versteht es aber nicht, obwohl sie sich unmittelbar neben ihr befindet. Es ist, als blieben Auras Worte in der Luft hängen und fügten sich nicht zu einem sinnvollen Satz. Elea wird schwarz vor Augen. Sie senkt den Kopf, damit sie nicht ohnmächtig wird. Das passiert ihr oft, wenn sie zu schnell aufsteht. Sie hat einen so niedrigen Blutdruck und einen so langsamen Puls, dass man sie im Frühling deswegen zu Untersuchungen schickte, bei denen allerdings nichts gefunden wurde. Das ist dein Spitzensportlerinnenherz, neckte Matias sie damals. Millimeter für Millimeter untersuchten sie das Herz, und während dieser ganzen Zeit befanden sich über ihm die Krebstumore, die niemand sah, weil sie den Blick an ihnen vorbei richteten.

»Mama, was ist los?«, ruft Elliot vom Bootssteg aus. Plötzlich ist er dort mit seinem Fernglas aufgetaucht.

»Keine Panik! Ich bin nur zu plötzlich aufgestanden«, ruft Elea zurück.

Kurz darauf stößt Elliot einen Schrei aus und deutet auf die Landspitze:

»Da ist Matias! Der Arzt kommt genau rechtzeitig!«

Elea blickt aufs Meer. Matias ist tatsächlich hinter der Landspitze aufgetaucht. Er sieht dramatisch aus im glühenden Schein des Sonnenuntergangs. Alle seufzen vor Erleichterung.

Matias geht es gut. Nicht immer geschieht das Schlimmste, denkt Elea. Wie seltsam, dass sie sich auch diese Selbstverständlichkeit beibringen muss wie einem Kind, dessen Vertrauen ins Leben gebrochen ist.

9

Otto trocknet sich auf der Saunaveranda mit dem groben Frotteehandtuch ab, an dem der salzige Geruch des Meeres haftet. In seinem Kopf wirbeln Auras Worte umher. Sie enthalten nichts, was er nicht auf einer gewissen Ebene schon lange gewusst hat. Als sie einmal in Matias' Studentenzimmer saßen und Depeche Mode, Radiohead, Kate Bush, alles Mögliche hörten, fielen Otto die Bücher auf dem Nachttisch auf, die Elea Matias geliehen hatte: *Mrs. Dalloway*, *Auf der Suche nach der verlorenen Zeit*, *Der Mann ohne Eigenschaften*, *Sie kam und blieb*,

Gedichte von Pessoa, *Die Stunden, Der Gott der kleinen Dinge.* Das hatte etwas sonderbar Intimes. Elea unterstrich beim Lesen immer etwas und schrieb Notizen an den Rand. Auf Matias' Schreibtisch lag somit ein wesentlicher Teil der Welt von Ottos Freundin. Sie redeten über die Platten, die sie hörten, und Matias sagte, zum Glück hätten sie bei der Musik den gleichen Geschmack. Otto entgegnete: Und bei den Frauen. Matias wurde rot und wechselte das Thema. Es stand immer zwischen ihnen, auch wenn es nicht offen ausgesprochen wurde. Jetzt machten Auras Worte es sichtbar wie einen Schatten mit scharfen Umrissen.

Beim Hantieren am Feuer sieht Matias in seinen Schwimmshorts stark und energisch aus. Otto kann die Gefühle, die in ihm kreisen, nicht ordnen. Er kann nicht sagen, dass er überhaupt keine Eifersucht empfindet, aber gleichzeitig ist er auch stolz auf seine Frau, auf ihre Anziehungskraft, und hat nicht vor, der Typ Mann zu sein, der andere Männer dazu bringt, sich bedroht zu fühlen. Matias' hundewelpenartige Vergötterung hat etwas beinahe Rührendes. Otto vertraut darauf, dass Elea sich am Ende doch für ihn entscheidet, für sie, für ihre Familie. Gefühle kann man nicht erzwingen, nicht verneinen, man muss sie kommen und gehen lassen. Wesentlich ist, bei wem Elea bleibt. Und dass sie überhaupt bleibt, dass sie überlebt.

Auch Otto selbst hat im Lauf der Jahre allerlei Gefühle gehabt. In einer langen Ehe dürfte das unvermeidlich sein. Im Rausch des Augenblicks kann er Lust empfinden, aber sie flaut schnell ab, wenn er an all das Chaos denkt, das folgen würde, wenn er sich auf einen fremden Menschen einließe.

Außerdem hat Eleas Erkrankung klargemacht, dass er all das, was sie gemeinsam aufgebaut haben, niemals gefährden und dadurch die Welt ihrer Kinder zertrümmern würde. Otto hat auch so schon das Gefühl, dass die Kinder gnadenlos beurteilen, was er sagt und tut. Vater von Teenagern zu sein ist, wie ständig vor Gericht zu stehen. Oder auf Bewährung zu sein. Nicht das geringste Vergehen lassen sie einem durchgehen. Manchmal kommt ihm die Absolutheit der Jugend, die Striktheit ihrer Urteile, maßlos vor. Man darf kein Fleisch essen, nicht Auto fahren, kein Bier trinken, nicht einmal laut werden, auch wenn die Kinder noch so quengeln und maulen. Manchmal gelingt es ihm, die Kritik zu übergehen, indem er denkt, man muss eben ein bisschen älter werden, bevor man versteht, dass nichts im Leben schwarz-weiß ist. Aber dann wieder gibt es niederschmetternde Momente, in denen er das Gefühl hat, nicht sanft genug zu den Kindern sein zu können, nicht geduldig genug.

Otto weiß, dass ihm in seinem Jähzorn Dinge herausrutschen können, die er später bereut, aber er begründet es für sich so: Das ist die Rauheit des Lebens. Er will ein Vater sein, der seine Gefühle zeigt und aufflammen lässt und sie nicht für sich behält, so wie es seine Eltern getan haben. Die dämmten alles ein, das Gute und das Schlechte, bis es ihre Familie von innen heraus faulen ließ. Otto ist nie ein überfürsorglicher Vater gewesen. Er hat nie Unsinn geredet und die Kinder nicht kleiner gemacht, sondern mit ihnen philosophiert und ihnen die besten Filme gezeigt, ohne sich um die Altersbeschränkung zu kümmern. Iiris sagt, in anderen Familien gucken sie Disney-Filme, bei ihnen Holocaust-Filme. Hat er sie Dingen ausgesetzt, die zu viel für sie gewesen sind? Vielleicht, aber er hat sie auch immer ernst genommen.

Schopenhauer hatte recht, denkt Otto: Das Leben ist blinde Fortpflanzung, ein Stochern nach hier und dort, irrationales Hin-und-her-Springen. Nur die Meditation vor der Kunst kann für Momente vom Leiden befreien. Auch wenn er kein geglättetes Leben will, sehnt auch er sich manchmal nach lichten, klaren Stunden, in denen das Chaotische des Lebens zurückweicht. Etwas in der Art sucht er vielleicht, wenn er seinen Steingarten arrangiert und einen meditativen Umgang mit den alltäglichen Verrichtungen zu finden versucht. Jetzt kommt ihm all das bloß noch wie vergebliche Liebesmüh vor.

Er lehnt sich an die Wand und schließt kurz die Augen, um sich herum das Summen des Meeres und die hellen, erleichterten Stimmen der Menschen.

10

Elea sitzt wieder im Liegestuhl und zuckt wegen eines stechenden Schmerzes an der Schulter zusammen. Eine Goldaugenbremse klammert sich an ihre Haut, starrt sie mit grün schillernden Augen an und spreizt die gepunkteten Flügel. Elea schlägt nach ihr, aber die Bremse fliegt nicht davon.

Das Pochen in der Schulter macht Elea schlagartig bewusst, dass sie ihr ganzes Leben ohne die Erfahrung anhaltenden Schmerzes hat verbringen dürfen. All ihre Schmerzen sind vorübergehend gewesen: das Stoßen des Zehs an der Türschwelle, die aufgeschürfte Hand bei einer Rudertour, die leichten Prellungen, nachdem sie mit dem Fahrrad oder beim Skifahren hingefallen war, die Schnittwunde durch einen scharfen Papierrand, die gynäkologischen Untersuchungen, das Einsetzen der Spirale nach der Geburt, das Zusammenpressen der Brüste zwischen den Mammografieplatten, die Migräneanfälle, die schmerzhaften Verspannungen in Nacken und Schultern.

Die stärkste Empfindung ist der Geburtsschmerz gewesen, aber auch das war ein guter Schmerz: von begrenzter Dauer und danach als Belohnung etwas unermesslich Kostbares. Sie hat nie von einem Tag zum anderen fortdauernde Schmerzen ertragen müssen, die sie am Einschlafen gehindert oder in der Nacht aufgeweckt hätten.

Jetzt spürt sie als Nachhall des abklingenden Schmerzes die Schmerzlosigkeit. Sie vibriert im Fleisch und in den Nervenbahnen. Vielleicht kann nur ein Mensch, der die Pein des chronischen Schmerzes und den Moment, in dem der Schmerz nachlässt, durchlebt hat, die Seligkeit der Schmerzlosigkeit konkret fühlen, vollständig, mit jeder Zelle, wie eine matte Zärtlichkeit, die sich in den Gliedmaßen ausbreitet.

Ob eine so starke Erfahrung bleibt? Oder vergeht auch das Gefühl von der Abwesenheit des Schmerzes unweigerlich mit der Zeit?

Elea weiß noch nicht, welche Schmerzen mit der Krebstherapie und mit dem Krebs selbst verbunden sind, wenn er zum Beispiel in die Knochen streut, aber das sind beliebte Gesprächsthemen in der Selbsthilfegruppe. Nach der Operation hat man eine Woche lang eine Drainage, durch die Gewebeflüssigkeit in einen Plastikbeutel läuft. Häufig verursacht sie einen starken, krampfhaften Schmerz an der Stelle, wo der Schlauch an der Haut festgenäht ist. Eine Woche ist jedoch eine begrenzte Zeit: Man hält es aus, wenn man weiß, dass man den Schlauch wieder loswird. Und der stechende Schmerz in den Innenorganen durch die Zytostatika? Den wird sie bald kennenlernen. In der Selbsthilfegruppe hat jemand gesagt: Wenn der Krebs in die Knochen streut, kapiert man erst, dass die Schmerzen der Therapie gute Schmerzen waren.

Krebsschmerz kann schneidend oder stumpf sein, aber fast immer ist er anhaltend, zehrend, und keine Haltung bringt

Erleichterung. Es ist ein Schmerz, der nicht aufhört. Eine junge Frau, deren Krebs sich in die Rückenwirbel ausgebreitet hat, meinte: Wenn man hustet, fühlt sich das an, als würde einem jemand ein Messer im Rücken umdrehen. Der Krebsschmerz verläuft nicht in Wellen und lässt auch nicht zwischendurch nach, sondern wird stufenweise schlimmer und schließlich so schrecklich, dass der Tod eine Erleichterung ist.

Jeder Krebs ist individuell, hat man Elea in den letzten Tagen immer wieder gesagt. Die Erfahrung damit umso individueller. Dennoch erleben die Patienten und Patientinnen in verschiedenen Varianten die gleichen, für Zellgifte typischen Nebenwirkungen: Haarausfall, Austrocknen der Schleimhäute, abwechselnd Verstopfung und Durchfall. Die Erfahrung der Unsicherheit ist allen gemein.

Millionen Krebskranke vor mir haben diese Ängste durchgemacht, denkt Elea und fühlt sich durch diesen Gedanken sonderbar bestärkt. In ihrer Vorstellung wird sie Teil einer jahrtausendealten Kette von Krebsschwestern und -brüdern. Alle haben ihre eigene Art zu trauern, und gleichzeitig haben sich zwischen ihnen gemeinsame Mythologien herausgebildet, Gewebe von miteinander geteilten Geschichten. Hier im Norden haben sie eine melancholische Färbung. Es fehlt ihnen die pinke Pseudomunterkeit. Es gibt traurige Lieder: »Ich schick den schönsten Drachen auf die Reise. Er darf fliegen auf des Windes Wegen.« Es gibt die Geschichte von einer Frau, die an fortgeschrittenem Brustkrebs erkrankt war und immer zu einem Teich im nahe gelegenen Wald ging, wenn eine ihrer Selbsthilfeschwestern gestorben war. An einem Tag im Herbst war der Teich voller Schwäne. Einer davon flog so dicht über sie hinweg, dass sie ihn hätte berühren können. Die Frau dachte, dass die an Krebs Gestorbenen vielleicht in Schwanengestalt zurückgekommen sind, um ihre Schwestern zu grüßen. Als sie im Frühjahr starb, entzündeten ihre Schwestern an dem Teich Kerzen zum Gedenken an sie und die anderen Krebspatientinnen. So entstand die Tradition der Schwanennacht, die zum Frühlingsanfang begangen wird – eine Kette aus Tausenden Flammen, die an verschiedenen Orten des Landes in der Dunkelheit flackern.

11

Nass und erleichtert sind die Freunde zum Feuer zurückgekehrt. Aura hat sich ein blaues Handtuch als Turban umgeschlungen. Otto zupft zerstreut auf seiner Gitarre. Matias geht für Elea Wasser holen.

»Der Tag ist so heiß gewesen, dass man nicht vergessen darf, genug zu trinken«, sagt er.

Elea amüsiert es, wie Matias die Rolle des fürsorglichen Arztes einnimmt. Während sie trinkt, redet er über das Wasser, aus dem der größte Teil des Körpers besteht: beim Embryo zu fünfundneunzig Prozent, bei erwachsenen Männern zu zwei Dritteln und bei Frauen zur Hälfte, weil sie im Schnitt mehr Fett haben. Beim Blubbern durch die Adern und die Lymphgefäße reguliert es die Körpertemperatur, transportiert Nährstoffe und spült die Schlacke hinweg. Elea denkt an all dieses Fließen: an die Gewebeflüssigkeit, die entsteht, wenn aus dem Blut Wasser durch die Kapillaren ins Gewebe sickert, an das Wasser, das beim Schwitzen verdunstet, in den Verzweigungen des Bronchialsystems verdampft, als Urin, als Monatsblut, als Tränenflüssigkeit abfließt. In uns zirkuliert dasselbe Wasser, das als Regen rinnt, als Hochwasser anrollt, als Taufe aus der Hand gegossen wird, das zu Eis gefriert und zu Bächen schmilzt.

Elea versinkt in ihre Gedanken. Was die anderen sagen, wird zum löchrigen Stimmengewirr, aus dem sie nur Satzfragmente heraushört. Der Rhythmus des Gewirrs ist wie ein Atmen. Im Hintergrund seufzt das Meer. Es atmet ebenfalls, schläfrig wie im entspannten Zustand der Unwissenheit. Mit friedlicher Unausweichlichkeit plätschern die Wellen ans Ufer. Wir sind nur scheinbar voneinander getrennte, zutiefst zerbrechliche Wasserkörper, die für einen Moment flattern, im Meer und auf dem Land, nebeneinander, jeder für sich. In uns steigt und sinkt dasselbe Wasser.

Elea denkt an die Geflechte ihres Genoms, die sie mit den Meerestieren verbinden. Sie erinnert sich an den Roman von David Grossman, den sie von Matias bekommen hat, in dem es vom Duft des Meeres heißt, man rieche ihn nicht mit der Nase, sondern »mit den Lungenlappen der Sehnsucht, die im Gehirn des Fisches sind.« Fische und Säuger haben ungefähr so viel Salz im Blut, wie im Meerwasser enthalten ist, als Souvenir aus unserer gemeinsamen Urheimat, in der sich zu Anbeginn der Zeit unsere Vorfahren von Einzellern in Mehrzeller verwandelten. Und trotzdem verstand man erst im 19. Jahrhundert, dass die Menschen und die Tiere wie Pflanzen aus Zellen bestehen: dass die Zellatmung – der Kreislauf von Sauerstoff und Blut – alles Lebendige zusammenhält.

Vor zwei Jahren beteiligte sich Elea an der Kampagne einer Umweltorganisation, bei der man den Quecksilbergehalt seiner Haare testen lassen konnte. Bei ihr fand man einen hohen Giftgehalt, und man kann unmöglich wissen, wie er in ihre Haare geraten ist. Alles zirkuliert in der Biosphäre, Giftstoffe werden durch die Nahrungskette Bestandteile unserer Haut, unserer Darmflora, des Keratins unserer Nägel und Haare.

Den Tod stellt man sich als Rückkehr zur Erde vor – »aus der Erde kommst du, und zu Erde wirst du werden« –, aber ebenso gut könnte man ihn sich als Rückkehr in den Wasserkreislauf vorstellen, denkt Elea. Aus dem Wasser kommst du, und zu Wasser wirst du werden.

In ihr fließt so vieles, von dem sie nichts weiß – von früheren Generationen übertragene Gewohnheiten und physiologische Abläufe, die sich gerade unbeobachtet in den Tiefen ihres Körpers entspinnen. Ihr wird schwindlig, wenn sie an all die stille Arbeit in den Zellen und zwischen den Zellen denkt, an die schwebenden Blutplättchen im dunklen Universum ihres Inneren, an die Kooperation und die Reibung der Organe, die kleinen Störungen und ihre Reparatur, den langsamen Verfall und die rührend hartnäckige Erneuerung, die Abnutzung und das Ersetzen, das unablässige Tauziehen zwischen den Kräften des Lebens und des Todes in ihrem Gewebe, dem zugleich starken und verwundbaren.

Eigentlich ist es erstaunlich, dass wir überhaupt kurz in Menschengestalt pulsieren, als komplizierte Organismen, in denen so vieles schiefgehen kann. Das Spektrum der Krankheiten und Störungen ist endlos. Und früher oder später geht auch etwas schief. Wie kann man akzeptieren, dass man einer grundsätzlich unbeherrschbaren Kette von Ursachen und Wirkungen ausgeliefert ist? Wirren, unsicheren Prozessen, die in jedem Körper von Geburt an im Gange sind, der unaufhörlichen Vervielfältigung der Zellen, bei der jederzeit ein Fehler passieren kann.

»Der Neuanfang mutet uns immer wie ein Wunder an«, sagte Hannah Arendt, für die nur die Menschen mit der Fähigkeit ausgestattet sind, durch Handeln in der Welt einen Neubeginn herbeizuführen. Jetzt bin ich gezwungen, mich der Einsicht zu fügen, dass auch nicht menschliche Faktoren wie Krebszellen auf der Welt einen neuen Anfang machen können, denkt Elea. Sie können sich teilen und mit unbändiger Kraft in den Tiefen meines Gewebes sternförmige Tumore wachsen lassen. Auch das sind neue Anfänge, einem Wunder gleich.

12

Elliot kauert auf dem Bootssteg und schaut mit dem Fernglas aufs Meer. Auf der stillen Oberfläche bewegen sich Wasserläufer. Sie haben Wasser abweisende Härchen auf den Tarsen, die Senken in die Wasseroberfläche drücken, ohne deren Spannung zu brechen. Mit rhythmischen Stößen skatet der Wasserläufer vorwärts und stößt sich dabei mit den mittleren Beinen ab. Mit den hinteren Beinen reguliert er die Richtung und stabilisiert das Gleiten.

Der Wasserläufer stoppt. Dann macht er ein paar ruckartige Bewegungen und schnappt sich einen Käfer, der ins Wasser gefallen ist.

Die Fische lassen den Wasserläufer in Ruhe übers Wasser paddeln. Für sie sieht es sicher so aus, als wäre er komplett auf der anderen Seite, in der gespiegelten Welt oberhalb der Wassermembran. Elliot stellt sich das Aufblitzen der Wasserläuferfüße wie bewegliche Reflexionen aus einer anderen Wirklichkeit vor.

Er legt sich mit dem Bauch auf den Steg und spürt die raue Oberfläche der ausgeblichenen Bretter an den Ellbogen. Als eine Lachmöwe auf die Wasseroberfläche zufliegt, schießt der Wasserläufer vorwärts. Elliot bewegt das Fernglas, sieht ihn aber nicht mehr. An der Stelle, zu der er gestürmt ist, ist die Oberflächenspannung gebrochen. Silberne Ringe breiten sich aus, als wollten sie sich über das gesamte Meer erstrecken. Dann wird das Wasser wieder zur glatten Fläche, in der sich die Wolkensegel am Himmel spiegeln. Sie liegt da und schimmert, und Elliot versucht zu erkennen, ob in den Wolkenfalten kleine Blaualgenflocken treiben.

Matias ist zurückgekommen, aber Elliot wird das Gefühl der drohenden Gefahr nicht los. Das Blut rauscht in seinen Ohren. Er glaubt, in seiner Wachsamkeit keinen Augenblick nachlassen zu dürfen.

13

Otto bemerkt, dass seine Frau schon wieder in Gedanken versunken ist, wie schon so oft an diesem Abend. In ihr reiben sich die Welten, weil eine neue Wirklichkeit sich ihren Platz sucht. Elea fährt auf, begegnet seinem Blick und fragt:

»Wer hat seine Meeresgeschichte noch nicht erzählt?«

»Genau! Erzähl uns eine Geschichte, Otto«, ruft Matias begeistert.

»Ich hatte schon gehofft, ihr wärt zu betrunken, um noch daran zu denken«, murmelt Otto.

»Bilde dir das bloß nicht ein«, meint Aura grinsend.

»Vielleicht lässt sich da noch etwas machen«, sagt Otto und schnappt sich die Weinflasche. Er gießt Matias und Aura Wein in die Gläser.

»Haut nicht hin. Wir wollen deine Meeresgeschichte hören«, sagt Salma und hält die Hand über ihr Glas.

Otto hält inne und schaut alle der Reihe nach an.

»Also gut«, seufzt er und stellt die Flasche weg. »Here goes nothing.«

Er setzt ein konzentriertes Gesicht auf und deklamiert:

Rauer Wellengang!
Weit nach Sado hinüber spannt sich
Der Himmelsfluss.

Um das Haiku herum schließt sich die Stille.

»Bashō?«, fragt Matias.

»Wer?«, fragt Aura.

»Matsuo Bashō, der größte japanische Haiku-Dichter. 17. Jahrhundert«, erklärt Matias.

»Irgendwie schien mir das zu passen«, sagt Otto.

»Wieso?«, will Aura wissen.

Weil uns die Worte ausgehen und die Geschichten zerfallen, denkt Otto, sagt aber nur:

»So spät am Abend kriegt man mehr nicht hin.«

Otto mag das Ungestüme des Meeres. In einer anderen Situation hätte er gern darüber gesprochen, dass in dem Meeres-Haiku die *Fueki-Ryuko*-Ästhetik sichtbar wird: die Spannung zwischen dem Bleibenden und dem sich Verändernden. Die Phänomene erscheinen momentweise, aber das, was sie ausdrücken, bleibt erhalten: Die Menschen kommen und gehen, das Leben geht weiter. In Bashōs Haikus verdichtet sich die gesamte fernöstliche Lebenskunst, in der die Bewegungen wie das Wasser keinen Anfang und kein Ende haben. Es gibt nur die Strömung, die wie ein Atem unablässig alles durchzieht.

»Bashōs Haiku löst in meiner zen-buddhistischen Seite Resonanz aus«, sagt Otto. »Ich möchte die alltäglichen Verrichtungen mit der gleichen Ungezwungenheit erledigen, mit der ein Wassertropfen vom Blatt rollt, ohne sie zu etwas anderem zu machen, als sie sind.«

»Du bist schon immer so ein Seher gewesen«, meint Salma lachend.

»Ottos Wesen ist die ungezwungen fließende Bewegung«, fügt Matias schmunzelnd hinzu.

Für einen Moment perlt Lachen unter ihnen, dann erlischt es.

»Das ist ja ein alter Witz, dass sich in mir ein Samurai und ein Zen-Mönch im Armdrücken messen. Ich möchte kämpfen und gleichzeitig Abstand davon gewinnen«, sagt Otto.

»Manchmal wäre es nett, wenn es auch etwas anderes gäbe als immer nur On und Off«, sagt Elea. »Etwas anderes als Kampfmodus oder alles hinter sich lassen.«

Otto erzählt ihnen von Bashō, der ein Meister des Verzichts war. In eine Samuraifamilie hineingeboren, wurde er mit zwölf bereits Halbwaise, so wie Otto. Sein erster Dienstherr war der nur zwei Jahre ältere Sohn der örtlichen Feudalherrenfamilie, mit dem er sich anfreundete und im *Haikai no Renga*, dem Schreiben von Kettengedichten, übte. Als sein Dienstherr jung verstarb, gab Bashō seinen Samuraistand auf und widmete sich der Dichtung. In Ottos Alter führte er ein angenehmes Leben als Meister, der für seinen leichten Stil bekannt war, aber das Gefühl hatte, als Dichter auf der Stelle zu treten. Er beschloss, alles hinter sich zu lassen und in eine Einsiedlerhütte an den Ufern von Fukagawa zu ziehen. Dort nahmen seine Gedichte einen persönlicheren, dunkleren Ton an. Dann brannte ein großes Feuer, das in der Gegend wütete, seine Hütte nieder. Zur gleichen Zeit starb seine Mutter. Wieder ließ er alles hinter sich und brach zur langen Wanderung in seine Heimatgegend auf.

Von seinen Wanderungen schrieb Bashō Reiseerzählungen, sogenannte *Kikos*, in denen Fakten und Fiktion, Prosa und Dichtung, Beobachtungen, Erinnerungen und Tagebucheintragungen miteinander verknüpft werden. *Auf schmalen Pfaden durchs Hinterland* ist eine Reiseerzählung, in die Haikus eingestreut sind. Sie werden für eigenständige Perlen gehalten, aber ursprünglich waren sie Bestandteile von Kettengedichten, die Bashō zusammen mit anderen geschrieben hatte. Eines setzte da an, wo das vorige aufgehört hatte. Bashō dachte, er sei am besten im Herstellen von Verbindungen: im Zusammenfügen der Verse verschiedener Schreiber.

»Bashō hatte eine soziale und eine eigenbrötlerische Seite«, sagt Otto. »Auch ich war früher ein einsamer Wolf, den Elea dann sozialisierte und gesellschaftstauglich machte.«

»Das klingt, als wärst du so etwas wie ein Wilder gewesen«, meint Aura lachend.

»Als ich Elea kennenlernte, hatte ich gerade vor, auf eine Insel zu ziehen, in eine Hütte ohne Strom und fließendes Wasser. Ich habe mich immer für eine Art Zen-Eremiten gehalten, aber das ist nicht immer so einfach. Schon gar nicht jetzt.«

Ihm bleiben die Worte im Hals stecken.

»Es hat in den letzten Tagen schon dunkle Stunden gegeben«, fügt er noch hinzu, obwohl er hört, wie seine Stimme bricht.

Es kommt ihm vor, als wären sämtliche alten Schrecken wieder an die Oberfläche gekommen, und er, der bereits als Kind Beschädigte, weiß nicht, wie er mit alldem fertigwerden soll. Er stützt den Kopf in die Hände und kann für einen Moment nichts sagen. Dann trinkt er einen großen Schluck Bier.

14

Elea fliegt ein Erinnerungsbild aus der Zeit zu, als sie erst kurz ein Paar waren. Eine Woche vor dem Beginn ihres Studiums beschlossen sie, zu einer Fahrradtour über die Schären-Ringstraße nach Åland aufzubrechen. Es war Ende August und heiß, so wie jetzt, aber damals lagen kühle Wochen hinter ihnen. Der Sommer hatte auf sich warten lassen und öffnete sich ihnen mit seiner späten Wärme weit und träge inmitten der still gewordenen Gegend. Sie fuhren von einer Schäre zur nächsten und liebten sich in Wäldern und auf kleinen Klippeninseln. Am Abend lasen sie sich gegenseitig Gedichte von Pentti Saarikoski vor. Elea lag bäuchlings auf dem offenen Schlafsack, nackt, und Otto zeichnete Muster auf ihren Rücken und deklamierte *Das Gesicht des Mondes*:

Geschichten werden erzählt.
Sie leben. Und sie werden vergessen.
Und der Tod dreht das Gesicht
immer andersherum,

so zeichnet man den Mond:
Auge
Auge
Nase
Mund,
abkühlender Gärten
Mond!

Und Elea antwortete:

ich liebe dich
wie fremdes land
felsen und brücke
wie einen einsamen abend mit büchergeruch
ich gehe auf dich zu in der welt
unter atmosphären
zwischen zwei lichtern
mein gedanke der geschnitzt ist und aus dir

Als sie vier Jahre später heirateten, lasen sie diese Gedichte bei der standesamtlichen Trauung vor. Der Augustsamstag bordete über vor Sonne und Wind, und sie waren unfassbar jung, obwohl sie das damals nicht wussten. Sie tanzten mit den Gästen bis zum Morgen und gingen bei Sonnenaufgang leichten Schrittes am Fluss entlang nach Hause.

15

Otto wirft zwei kleine Holzscheite ins Feuer. Elea betrachtet ihn mit zärtlicher Sorge durch die heiß flimmernde Luft des Feuers. Obwohl er immer das einfache, erdnahe Leben ohne ständiges Streben nach mehr idealisiert hat, gibt es in ihm eine wilde Leidenschaft, die oft überquillt, eine Energie, die sich dem Manischen nähert. In einer Schreibphase kann er wie in Ekstase bis spät in die Nacht auf die Tastatur einschlagen, sodass man es bis in den ersten Stock hört. Aber diese Energie kann so plötzlich versiegen, wie sie eingesetzt hat, die Lähmung durch scheinbar geringe Widerstände zuschlagen. Es ist, als würde sie ihn nicht nähren, sondern in reißenden Schüben in sein ansonsten steifes Wesen fahren. Vielleicht bewundert Otto gerade deshalb die fernöstlichen Weisen: weil er weiß, wie schwer es ist, das Gleichgewicht zu finden – die wiederkehrenden Gedankenketten zu bändigen und die zwanghaft wachsenden Leidenschaften zu temperieren.

Ottos Blick ist schwer, wie er so ins Feuer starrt und von seinem Bier trinkt. Elea wünschte, in den Augen ihres Mannes würde der Funke aufblitzen, der sein Gesicht fast ständig erleuchtete, als er jung war. Als sie sich kennenlernten, nahm sie Ottos betörende Intensität für ihn ein, seine vorbehaltlose Art, präsent zu sein. Er war mit jeder Faser seines Daseins lebendig.

Er hatte einen Stolz an sich, wie ihm Elea bei niemandem sonst begegnet ist. Er war unerbittlich in seinem Willen, selbst die Regeln zu bestimmen, nach denen gelebt werden sollte. Für die anderen Jungen, die Elea kannte, war das Leben ein Spiel, dessen Ziel darin bestand, Geld zu verdienen oder abwechselnd Betäubung und das Einschießen von Adrenalin zu spüren.

Elea erinnert sich an den Abend, an dem sie sich auf dem Campingplatz Ruissalo neben Otto ans Lagerfeuer setzte. Sie war erst siebzehn und spürte Ottos Blick auf ihrer Wange glühen, bevor sie es wagte, sich zu ihm umzudrehen und zu fragen, ob es recht sei, wenn sie sich setze. Den Rest des Abends spazierten sie die Uferpromenade von Ruissalo entlang und suchten auf den Felsen nach Spuren von Kanonenkugeln der Briten aus dem Krimkrieg.

Bei ihrer ersten Verabredung, in der Nacht der alten Feuer, zeigte Otto ihr seine liebsten Orte in den Schären. Der Abend war so warm wie heute, und sie kletterten auf einen hohen Felsen, von dem aus man die magische Kette der Feuer sah. Seitdem begleitet sie das Bild von ihnen beiden auf dem Felsen sitzend, Hand in Hand, ein bisschen schüchtern, aber die Seele offen füreinander, das ganze Leben vor sich.

Otto hat eine Seele in einer Welt, in der immer mehr Menschen ohne Seele unterwegs sind. Er hat einmal gesagt, dass es ihm manchmal so vorkomme, als habe Matias die existenzielle Handbremse angezogen. Otto hat das nicht. In seiner Art zu existieren ist alles offen und atmet.

Oft atmet das Leben allerdings in unterschiedlichem Takt in ihnen. Elea hat schon vor Langem begriffen, dass sie einen vollkommen unterschiedlichen Rhythmus haben. Otto will den aufgehenden Morgen nicht in die Zwangsjacke von Plänen stecken. Wenn Elea vorschlägt, etwas zusammen zu unternehmen – einen Ausflug, einen Spaziergang, ein Brettspiel –, erwidert Otto: Schauen wir mal, wie sich die Lage entwickelt, lass uns locker bleiben, go with the flow. Otto ist es wichtig, dass die Dinge wie von selbst geschehen, ungezwungen. Was meistens bedeutet, dass nichts geschieht. Am Ende bleibt es Elea überlassen, aktiv zu werden, dafür zu sorgen, dass der Alltag der Kinder läuft und sie wenigstens ab und zu etwas als Familie machen. In Ottos Elternhaus wurden nie Brett- oder Geländespiele gemacht. Elea hat das Gefühl, als würde im Ökosystem ihrer Familie ihre auf Zusammenhalt und Bewegung ausgerichtete Energie ständig auf das Ideal der Ungebundenheit und Ungezwungenheit ihres Mannes prallen. Die Krebsdiagnose hat die Taktunterschiede weiter zugespitzt: Elea flattert noch heftiger umher, Otto liegt zusammengerollt auf dem Bett oder versinkt in langen Meditationen.

In Otto gibt es einen unversöhnlichen Widerspruch. Er idealisiert das Leben im Augenblick, aber die Vergangenheit und die Zukunft lasten auf ihm. Nur die Veränderung ist dauerhaft, sagt er ständig und hofft, dass sich nichts ändert.

Bisweilen ist sein Wankelmut schwer zu ertragen: Immer muss man sich fragen, woher heute der Wind weht. Für Elea bedeutet Elternsein, dass man über seine eigenen Befindlichkeiten hinausgehen muss. Im Alltag braucht man Zähigkeit und Flexibilität, kleine Maßnahmen, mit denen man die Bedürfnisse der Kinder nach Nahrung, Ruhe, Zärtlichkeit und Aufmerksamkeit versorgt. Elea fällt die Aufgabe zu, das Gleichgewicht aufrechtzuerhalten, die Familie im Alltag zu tragen. Gleichzeitig hat sie Wege in eine mögliche Zukunft skizziert und ein gemeinsames Gedächtnis aufgebaut, hat dokumentiert, weil die Kinder einmal das Gefühl haben sollen, dass ihr alltägliches Leben der Erinnerung wert gewesen ist. Ihre Aufgabe ist es gewesen, den Boden für das zeitliche Kontinuum zu bereiten, dafür, dass ihr gemeinsames Leben eine Vergangenheit und eine Zukunft hat, einen Weg, auf dem sie von irgendwoher nach irgendwohin gehen und nicht nur von einem Augenblick in den nächsten stolpern. Jetzt ist das Kontinuum unterbrochen, das Künftige von dichtem Nebel verhüllt.

Als sie jung waren, pulsierte in ihnen beiden der Hunger, unterschiedliche Formen des Denkens und des In-der-Welt-Seins zu verstehen, aber bis jetzt ist die Welt Eleas Leidenschaft mehr entgegengekommen. Sie ist zielstrebiger gewesen und hat mehr Glück gehabt. Otto sagt oft zu seinen Freunden, seine Frau habe viel gewollt und viel bekommen. Nach Rückschlägen ist Elea hartnäckig wieder aufgestanden und hat einen neuen Versuch unternommen. Bei Otto wiederum müssen die Dinge von selbst geschehen, ansonsten dürfen sie ungeschehen bleiben. Er wollte Wissenschaftler werden, aber seine Magisterarbeit zog sich hin, und schließlich wurde der Druck im Hinblick auf ihr Niveau so groß, dass sich daraus eine unmögliche Gleichung ergab. Elea fällt es schwer zu sehen, wie eine freie Seele wie Otto am Ende die Extremkonkurrenz in der akademischen Welt ertragen hätte. Eleas Meinung nach hat er immer unterperformt, dabei ist er begabter und origineller als sie, aber eben ohne ihren Ehrgeiz. Otto glänzt als Übersetzer von Philosophie und scheint sich neue Sprachen im Schlaf anzueignen, ist aber auch gut mit den Händen, beim Heimwerken, in der Gartenpflege. In früheren Zeiten hätte man ihn vielleicht als Universalgenie bezeichnet. In unserer Zeit, die verlangt, dass man sich spezialisiert und seine Kompetenz zur Marke macht, ist die Wertschätzung für Menschen wie ihn gering.

Wichtiger als weltliche Errungenschaften ist für Otto, was hier und jetzt geschieht und dann vergeht. Er ist sich seiner intellektuellen Gewandtheit bewusst, will sie aber nicht in den Dienst einer Institution stellen, als gäbe es in ihm ein grundlegendes Misstrauen gegen hierarchische Gemeinschaften. Er ist wohl in einem so eisigen Wind aufgewachsen, dass er an dem Gedanken festhalten muss, allein zurechtzukommen und die Knappheit in die Kunst des Alltagslebens zu verwandeln. Elea weiß nicht, ob sie ihren Mann auf die Art lieben kann, die er bräuchte. Sie möchte ihn beschützen, auch vor sich selbst, aber vielleicht hat Otto recht: Sie sollte eher lernen, einfach nur loszulassen.

Elea sieht ihren Mann an, der das Bierglas zum Mund führt, und in ihrem Bauch regt sich die Angst. Was wird sein, wenn sie es doch nicht fertigbringen, diese Finsternis miteinander zu teilen, in die sie ungefragt hineingeworfen worden sind? Als sie jung waren, konnten sie sich ganz und gar füreinander öffnen. Sie durchströmten sich gegenseitig mit ihrer Freude und ihrer Traurigkeit, sie gingen Hand in Hand, schliefen Haut an Haut. Im Lauf der Jahre hat der Alltag sie so steif gemacht, dass sie nicht immer die Kraft aufgebracht haben, aufeinander zuzugehen. Jetzt hat die Katastrophe sie wieder zueinander getrieben, aber in ihrer Nähe liegt die krampfhafte Verzweiflung des Ausnahmezustands. Es ist nicht klar, dass daraus eine neue Zeit der alltäglichen Zärtlichkeit folgen wird, auch wenn sich Elea genau das wünscht, mehr als alles andere. Vielleicht schrumpft sie in den Augen ihres Mannes zur Patientin zusammen, zur Last. Er hat schon einmal im Streit gesagt: Ich werde jetzt deine Pflegeperson. Der Ausdruck traf Elea wie ein Peitschenhieb.

Auch wenn sie sich jetzt aneinanderklammern, gibt es zwischen ihnen eine Angst, die sie nicht miteinander teilen können. Am schlimmsten ist die Ungewissheit, was mit den Kindern wird. Wenn diese Angst in Elea aufsteigt, ist sie einsamer als je zuvor. Sie kam sofort mit voller Kraft über sie, als die schlechte Nachricht kam, und anfangs hatte Elea nicht verstanden, dass sie sie ihrem Mann nicht zeigen konnte. Vor ein paar Tagen heulte sie mit der animalischen Stimme einer Wolfsmutter: »Wie sollen die Kinder ohne ihre Mutter auskommen?« Wie soll ein Mensch, der auf so üble Art ohne die Fürsorge seiner Mutter geblieben ist, ganz allein den Kindern all die Liebe geben, die sie brauchen?

Otto ist ein guter Vater, Elea weiß das. Aber die Kinder brauchen so viel Wärme, Zärtlichkeit, Geduld, Nähe. Wenn sie keine Mutter mehr haben, wer hört dann aufmerksam hin, was sie beschäftigt, und ist da, bis es ihnen gelingt, ihren Kummer auszusprechen? Wer gibt den Kindern die Möglichkeiten, sich nach einem harten Schultag die schlechte Stimmung von der Seele zu reden? Wer nimmt sie in den Arm, macht mit ihnen lange Spaziergänge, wenn sie bedrückt sind und nicht wissen, warum? Wer hilft ihnen bei den Hausaufgaben und unterhält sich mit ihnen über die Bücher, die sie gelesen haben? Wer macht ihnen an dunklen Herbstmorgen das Frühstück?

Solche Frage stellt sich Elea wie eine quälende, hängen gebliebene Platte. Ihr kommt eine Situation von vor ein paar Tagen in den Sinn.

Elliot ruft: Papa!

Otto reagiert nicht, weil er mit seinem Noise-Cancelling-Kopfhörer Musik hört.

Der Junge ruft lauter: Pa-paa!

Und noch ein drittes Mal, so laut er kann. Sein Vater hört ihn nicht. Egal, sagt der Junge und verzieht sich in sein Zimmer.

Elea hat Angst, dass diese Stimmung für ihr Zuhause charakteristisch wird, wenn sie als Mutter nicht mehr da ist. Hinter ihren Schädelknochen pocht die Angst, dass Otto die Kraft fehlt, so hinzuhören wie sie, aufmerksam zu sein, um jede Geste und jede Veränderung im Gesichtsausdruck wahrzunehmen, Kummer und Bedrückung, bereit, zu interpretieren, zu verbalisieren, zu trösten. Sie hat so sehr Angst davor, dass sich ihr Herz verkrampft, aber es ist ihr unmöglich, darüber zu reden.

Otto räumt die schmutzigen Teller vom Tisch und trägt sie ins Haus. Die anderen bieten sich an, ihm zu helfen, aber Otto sagt, er mache gern sauber, das wüssten sie doch. Was für Elea ein kleiner Tod ist, ist für Otto Alltagslebenskunst. Elea sieht zu, wie ihr Mann den Tellerstapel zum Haus hinauf balanciert und dabei ein Lied von CMX vor sich hin singt: »Kein Tag ist sinnlos, und wenn doch, dann ist es das ganze Leben.«

16

Früher hätte sich Aura nach dem Essen zusammen mit Veera eine Zigarette angesteckt. Sie erinnert sich daran, sich einmal etwas neidisch gefragt zu haben, ob Salma und Veera das Lieblingspärchen von Elea und Otto sind. Sie haben Aida, die für Iiris und Elliot wie eine Schwester ist. Aura fühlte sich ihnen gegenüber mangelhaft. Jetzt ist ihre Konstellation aus drei Paaren für immer zerbrochen. Nur die Formation der Kinder ist erhalten geblieben, wenngleich sie durch Veeras Tod sicherlich auch Sprünge bekommen hat.

Aura spaziert zu dem Leuchtturm, den die Kinder gebaut haben und neben dem Elliot mit dem Fernglas aufs Meer schaut, oder vielleicht auch auf die Libellen. Strahlend blau schwirren sie wie in einem ruckartigen Tanz über dem Wasser.

»Das sind aber schöne Libellen.«

»Revierkampf zwischen den Männchen.«

»Meine Oma hatte Angst vor Libellen. Sie sagte, wenn eine über einen fliege, bringe das Unglück.«

»Was für ein Unglück?« Elliot wird sofort hellhörig.

Aura begreift, dass sie mit ihm nicht über solche Dinge reden sollte, der Junge ist einer, der sich immer schrecklich viele Sorgen macht. Sie erinnert sich noch an weitere Warnungen: Laut ihrer Oma kann eine Libelle nachts einem Menschen ein Haar stehlen und in einem Baumstumpf verstecken. Wird der Stumpf morsch, stirbt der Mensch. Libellen können einem auch die Augen ausstechen, wenn man im Freien schläft.

»Das ist bloß so ein Quatsch aus den alten Zeiten«, murmelt Aura.

»Ich habe mich schon gefragt, warum Libellen oft nach Sachen benannt werden, die Angst machen. Auf Englisch heißen sie Drachenfliegen, auf Deutsch wurden sie früher Teufelsnadeln genannt. Aber die Japaner lieben Libellen.«

»Ach ja?«

»Für sie verkörpern sie Mut und Kraft.«

»Wusstest du, dass zur Zeit der Dinosaurier auch die Libellen riesig waren?«, fragt Aura.

»Ah. Wusste ich nicht. Aber wusstest du, dass die Dinosaurier schon vor 80 Millionen Jahren Krebs hatten?«

»Nein.«

»Ob in den Libellen noch Reste von ihren Vorfahren stecken?«

»Bestimmt. Ist das nicht bei uns allen so?«

Vielleicht könnte Aura den Jungen einmal ins naturhistorische Museum von Oxford mitnehmen, um ihm die Libellenfossilien aus dem Jura zu zeigen. Sie hat dort unzählige Stunden verbracht und Tiere gezeichnet. Iiris könnte das auch gefallen.

Sie könnte vielleicht ab und zu die Ersatzmutter sein, wenn Elea durch die Krebstherapie in schlechter Verfassung wäre. Vielleicht wäre sie, die exzentrische Patentante, dann doch mal für etwas gut. Die Vorstellung sorgt in ihr für einen unerwarteten Ausbruch von Freude.

17

Nachdem er das Geschirr weggebracht hat, geht Otto an den vorderen Rand des Stegs und greift nach der Spinnangel. Auf dem Wasser treibt ein Stück Rinde. Otto holt aus und schleudert die Rute mit einer schnellen, scharfen Bewegung nach vorne. Er befreit die Spule und schickt den silbernen Köder auf die Reise. Er landet in der Nähe des Schilfs. Langsam fängt er an, die Schnur einzuholen.

Sollte die Midlife-Crisis nicht dem Druck der Routinen entspringen, die einander ohne Überraschung folgen – der Tatsache, dass man auf der Welt zu sehr in die Enge geraten ist? Er hingegen hat nie den Schritt vom wankelmütigen Lebensstil der Jugend in die Welt der Erwachsenen gemacht, in der der Wert eines Menschen im Verhältnis zu seiner Lohnarbeit bestimmt wird. Jetzt nagt an ihm zum ersten Mal die Unsicherheit, von der er geglaubt hat, er wäre für sie nicht erreichbar. Sein Leben lang hat er an seiner halbseidenen Lebenskünstleridentität festgehalten: an dem Gedanken, dass man tut, was man tut, weil es einen Wert an sich hat, und nicht, um etwas zu verkaufen. Das ist das Denken eines privilegierten Menschen gewesen und zugleich der zwanghafte Versuch, sich die um ihn herum klaffende Unsicherheit vom Leib zu halten. Elea hat für den Unterhalt gesorgt und ist auch sonst der Fels in der Brandung gewesen. Jetzt quält ihn die Sorge, wie er die Kinder ernähren soll, wenn er allein bleibt. Wie soll er überhaupt damit fertigwerden? In seinem Inneren wühlt die Übelkeit.

Der Blinker kommt leer zurück. Es hängt nur ein kleines Büschel Wasserhahnenfuß daran, das Otto vor dem nächsten Wurf entfernt. Er erinnert sich, wie er als Kind vor der zerstrittenen Atmosphäre zu Hause zum Angeln floh. Das Wasser, das bei der Stromschnelle Halistenkoski über die Steine schoss, beruhigte ihn. An der Stelle, an der die aus dem Wasser ragenden Felsen einen unterbrochenen Weg bildeten, sprang er von einem zum anderen, hin und zurück. Dann kam das Weihnachten, an dem er von seinem Patenonkel eine Spinnangel bekam. Seine Mutter sagte, er sei zu klein zum Fliegenfischen, und legte das Geschenk zur Seite, versprach aber: Im Sommer darfst du es ausprobieren. Als er im Sommer dann um die Angel bat, war sie nirgendwo aufzufinden.

Seine Mutter verbrachte ihre Tage im abgedunkelten Schlafzimmer, in dem ein muffiger Geruch lag. Zwischen riesigen Bergen aus allen möglichen Sachen verliefen schmale Pfade vom Bett zum Kleiderschrank und ins Bad. Als Kind der schlechten Zeit gab seine Mutter nichts weg, als sammelte sie, indem sie mitten im Müll lag, Kraft und Dinge für ein Leben, das in unbestimmter Zukunft beginnen sollte, aber schließlich nie kam. Sie schnitt sich auch nicht die Haare, als wollte sie diese ebenfalls aufsparen. Sie hingen ihr in einem Strang bis auf die Hüften; wenn sie aus dem Haus ging, schlang sie sie zu einem großen Dutt zusammen. Otto weiß nicht, was seiner Mutter so früh den Lebenswillen ausgesogen hat, aber das Bedrängende und Vorwurfsvolle, das der Vater ausstrahlte, hat es ihr gewiss nicht leichter gemacht und auch nicht das Gefühl von einer Familie entstehen lassen, der irgendjemand angehören wollte.

Otto tauscht den Köder gegen einen glänzenden Jerkbait. Er schleudert ihn bis an den Rand des Schilfs und holt die Schnur mit kurzen, ruckartigen Bewegungen ein. Dabei denkt er an den Tag zurück, an dem er mit acht Jahren nach der Schule durch den Wald nach Hause ging und ihn ein komisches Gefühl des Grauens überkam, als er darüber nachdachte, wieso das Wort *Stein* den Steinbrocken, der da liegt, darstellen soll. Im Verhältnis von Welt und Wörtern gab es etwas Unheimliches, das er nicht benennen konnte. Vielleicht war gerade dieser grundsätzliche Horror vor der Unverhältnismäßigkeit von Sprache und Welt dafür verantwortlich, dass er sich als Teenager vom Zen-Buddhismus einnehmen ließ. Er fühlte sich instinktiv von dem Gedanken angezogen, dass die Wörter die Wirklichkeit aufsplittern, diese aber einfach weiterfließt, ohne sich um irgendetwas zu scheren. Diesen Wind nahm er auf, und damit öffnete sich endlich ein Leben, das ihm gehörte. Von da an kamen ihm die Denkmuster und Erwartungen der Menschen nicht mehr so bedrängend vor. Wenn er zum Horizont schaute, wusste er, dass dieser sich um nichts kümmerte und er es darum auch nicht tun musste.

Dann kam Elea, und das Eremitenleben, das er für sich entworfen hatte, ging entzwei. Elea glaubte fest daran, dass wir uns als Menschen entwickeln, mehrdimensionaler werden und unser Talent in den Dienst der Gesellschaft stellen müssen. Otto war es gewohnt, zu denken, dass es genügt, wenn man jeden einzelnen Tag übersteht, am liebsten ohne sich selbst in die vorgegebenen Formen der anderen zu zwängen. Laut Elea müssen wir aus dem blinden Lebensprozess etwas Bedeutsames schaffen, die Verbindungen zwischen den Dingen umreißen und mit unseren Entwürfen einen kleinen Beitrag zur Vielfalt der menschlichen Perspektiven leisten: Wir sind hier, um etwas aufzubauen, um einen Anfang zu machen. Für Otto ist es überhaupt nicht so eindeutig, dass wir solche Verpflichtungen haben. Warum reicht es nicht, die Last der aufeinanderfolgenden Tage zu ertragen und in allem Vergänglichen die Schönheit zu sehen?

Sein Ideal ist es, dass die kleinen Tätigkeiten des Alltags Lebenskunst sind: das Saubermachen, das Rasieren, das Kaffeekochen, das Feuermachen, das Schneeschieben, das Fischen. Er sucht die Konzentration, die den alltäglichen Tätigkeiten die Heiligkeit des Rituals verleiht. Er braucht keine außergewöhnlichen Stunden, so wie Elea, sondern will die Würde der gewöhnlichen, alltäglichen Momente in Ehren halten. Auch von ihnen wiederholt sich keiner in vollkommen gleicher Weise. Er möchte bereit sein, jederzeit alles hinter sich zu lassen, so leicht wegzugehen, wie ein Herbstblatt sich vom Baum löst, aber dabei weiß er, dass er erstarren würde ohne die Wärme und Geborgenheit der gewohnten Umgebung ihres gemeinsamen Lebens. Er begreift den Widerspruch, der ihn innerlich zerreißt: Er meditiert gern über die Begrenztheit der menschlichen Existenz, ist aber überhaupt nicht darauf vorbereitet, dass sie ihm in Form des drohenden Todes seiner Frau ins Gesicht geknallt wird.

Otto denkt an die verschiedenen Wege, die sich von diesem Abend aus in unterschiedliche Zukünfte hin auftun. Auf einigen dieser Wege überlebt Elea, auf anderen stirbt sie. Leibniz zufolge sei unsere Welt die bestmögliche, aber Schopenhauer dürfte näher an der Wahrheit dran gewesen sein: Unsere Welt ist die schlechtestmögliche, denn wäre sie noch einen Hauch schlechter, würde sie aufhören zu existieren. In Ottos Ohren tönen zufällige Sätze aus Gesprächen der letzten Tage. Eleas Worte: Wenn ich sterbe, kann nicht mehr alles um deine empfindliche innere Ruhe kreisen. Ein erwachsener Mensch kann seine Tage nicht für ein Puzzle verwenden, wenn er Kinder zu versorgen hat.

Und seine eigenen Worte, gekränkt und verletzt: Dreht sich jetzt alles um deinen Krebs? Ich werde zum Pfleger, und niemand verschwendet einen Gedanken daran, wie ich mit alldem fertigwerde.

Was passiert gerade mit ihnen? Der Kreis der Gedanken wird vom Rucken des Köders unter Wasser unterbrochen. Otto weiß sofort, dass ein Fisch angebissen hat.

18

Ottos Freudenschrei bringt die Gäste dazu, auf den Bootssteg zu stürmen. Sie bewundern den prächtigen Hecht, der am Haken zappelt. Otto löst den Fisch und schlägt ihm mit einem Stein auf den Kopf.

»Mensch, was für eine Hecht-Oma«, gluckst Aura.

»Ein ganz schöner Brocken«, sagt Matias.

Otto sieht, wie Elea mit dem Werkzeug zum Schuppen und Ausnehmen auf den Bootssteg zukommt, so wie zahllose Male im Lauf der Jahre. Seine alte Fischkameradin. Als das Sommerhaus bei der Scheidung an Eleas Vater fiel, stand es oft leer, und in der Studienzeit flohen sie so oft sie konnten aus ihrer kleinen Einzimmerwohnung hierher. Es ist von Anfang an ein grundlegender Teil ihres gemeinsamen Lebens gewesen. Wenn es an den Augustabenden wieder dunkel wurde, legten sie sich auf den Bootssteg und hielten nach Sternschnuppen Ausschau, obwohl nur Flugzeuge und Satelliten über den Himmel zogen.

Die hellen Nächte im Hochsommer und die sternklaren Nächte am Ende des Sommers. Im Dunkeln sieht man die Lichter besser, bei zu viel Licht herrscht Blindheit. Otto denkt an Jun'ichirō Tanizakis Essay *Lob des Schattens*, daran, wie die einfache Schönheit japanischer Häuser auf dem Wechsel nuancenreicher Schatten durch indirektes Licht beruht: Entscheidend ist der zarte Schein der Lichtstrahlen, bevor sie im Dunkel der dezent gestrichenen Wände nachlassen und zur Ruhe sinken. Er hat versucht, im Wohnzimmer des Sommerhauses und daheim mit Papierlampen ein solches Licht zu erreichen – und an diesem Abend mit den LED-Lampions am Ufer.

Letzte Nacht gingen sie auf den Bootssteg wie in jungen Jahren: legten sich auf die ausgeblichenen Bretter und erforschten die Sterne. Dann stellte Elea fest, dass sie auf Möwenkacke lag.

Sie sagte, das Wissen um den Tod, der hinter der nächsten Ecke lauere, ändere die ganze Sicht auf das Leben. Kleine Unannehmlichkeiten und geringe körperliche Beschwerden erscheinen jetzt als Zeichen des Lebens. Eine Blase, die von der gestrigen Rudertour auf der Hand zurückgeblieben ist, ein Haar im Kaffee, Monatsblut im Slip – für Elea sind das alles Zeichen dafür, dass sie noch am Leben ist. Im Schuh von Toten piksen keine Steinchen, die Toten müssen sich kein Haar aus dem Mund fischen, Tote werden nicht von Vogelkacke auf der Strickjacke geplagt. Es ist ein Geschenk, das erleben zu dürfen – auf dem von Möwen verschmutzten Steg liegen, atmen zu dürfen, über sich der weite Sternenhimmel. Seine kleine, närrische Elea, so niedlich in ihrer verkackten Strickjacke.

19

Während Otto den Hecht filetiert, geht Elea hinter die Sauna, um Alufolie zu holen, in die man die Filets einwickeln kann. Ihr kommt ein ähnlich spiegelglatter Augustabend vor Jahren wieder in den Sinn, an dem sie in der Abendsonne angelten und sich danach in die Sauna schleppten. Als er einen Aufguss machte, sagte Otto, sie seien so erschütternd jung zusammengekommen, dass er es nicht richtig finde, Eleas Liebesleben auf einen Mann zu beschränken, und er es ihr eigentlich nicht übel nehme, wenn sie ein Verhältnis mit einem anderen anfinge, sofern es keine Auswirkungen auf ihr Familienleben hätte. Elea erschrak bei dem Vorschlag und wusste nichts zu sagen. Sie hatte mit den kleinen Kindern alle Hände voll zu tun. Für Liebesabenteuer hatte sie keine Zeit. Vielleicht machte sie eine abwehrende Geste, denn sie erinnert sich, dass Otto rasch sagte: Dann nicht, vergiss es einfach. Dennoch blieb der Gedanke hängen und keimte irgendwo am Rand ihres Bewusstseins. Im Nachhinein kam er ihr wie eine Erlaubnis vor. Eine Erlaubnis wozu? Elea war sich nicht sicher. Sie dachte, vielleicht habe Otto selbst jemanden im Sinn oder etwas getan, wofür er Eleas Zustimmung wolle. Sie waren nie mehr auf das Thema zurückgekommen.

Als sie vor zwei Jahren auf einer Konferenz eine renommierte amerikanische Wissenschaftlerin kennenlernte, die eine Zusammenarbeit vorschlug, und sich aus dem Mailwechsel ein Freundschaftsverhältnis entwickelte, in dem Zärtlichkeit und mehr lag, flimmerte in ihrem Hinterkopf der Gedanke, dass sie sich in andere verlieben dürfe, ohne dass es etwas ausmache. Die treffende und doch warme Art der Frau, über Geschichten zu sprechen, die uns klein oder groß machen, betörte Elea. Sie setzten ihr intensives Gespräch bei einem Abendessen fort, an dessen Ende sie Elea einen leichten Kuss auf die Wange gab. Anfangs schrieben sie sich über berufliche Dinge, dann nahmen die Mails einen persönlicheren Ton an, sie analysierten ihre Beziehungen und die Frage, wie Beruf und Mutterschaft ineinander übergingen, wie beklemmend die Forderung schien, beides voneinander zu trennen, der Gedanke, man dürfe keine lesende und schreibende Mutter sein, sondern müsse in Gegenwart der Kinder seinen Geist von allem eigenen leeren. Zwischen ihnen wuchs eine Verbindung, die für ein Kribbeln in Eleas Bauch sorgte. Jedes Mal, wenn eine neue Mail kam, flatterte ihr Herz vor Aufregung.

Sie tauschten Fotos von ihren Kindern, und einmal schickte Elea der anderen spontan ein Bild, auf dem sie Iiris stillte. Sie fläzte im Garten in einem Liegestuhl, und ihre durch die Milch angeschwollene Brust quoll aus dem offenen Sommerkleid. Die Frau sagte, sie habe noch nie etwas so Heißes gesehen, und schickte ein Foto, auf dem sie in Bikini und mit Sonnenbrille bäuchlings im Sand lag: Das Licht fiel auf ihre vollen Brüste, den schlanken Rücken, den runden Po. Von da an gab es zwischen ihnen Flirt und Anspielungen, Lust und Begehren, die in ihnen anwuchsen und die Form veränderten.

Letzten Sommer trafen sie sich auf einer Konferenz in Rom wieder. Elea ging leichten Schrittes durch die mittelalterlichen terrakottafarbenen, verwinkelten Gassen von Trastevere und ließ die Maifrische in sich einströmen. Als sie die Frau im Foyer des Hotels sah, wirkte diese wie eine Göttin auf sie: Die dunklen Gazellenaugen funkelten vor leidenschaftlichem Licht, das kurze Kleid betonte die straffen, gebräunten Beine. Nach dem Abendessen lockte sie Elea in einem Club auf die Tanzfläche, deren Pulsieren sämtliche Grenzen zu verwischen schien. Die weichen Brüste der anderen drückten sich an sie, und Elea ließ zu, dass die fremden Hände über ihren Körper wanderten, sich unter ihre Bluse schoben, die Brustwarzen rieben, bis sie hart wurden, und es zwischen den Beinen zu pochen begann. Nach dem Tanzen zogen sie sich ins Halbdunkel einer Sitzecke zurück, wo sich die heißen Lippen der Frau auf ihren Mund drückten und zärtliche Hände die Senke ihres Rückens, die Ohrläppchen, das Halsgrübchen streichelten, als wollten sie Elea auswendig lernen. Das Zusammenspiel von Wein und Musik führte sie in eine Welt, in der etwas passieren konnte, wofür es in ihrem wirklichen Leben keinen Platz gab. Die Finger der Frau glitten unter den Rand ihrer Spitzenunterhose, fanden ihre im Dunkeln pochenden, angeschwollenen

Schamlippen, ihre Feuchtigkeit, streichelten sie zärtlicher als jemals jemand zuvor. Die Erregung entlud sich in einem Laut, der vom Stampfen der Musik übertönt wurde.

Die Frau aktivierte in Eleas Zellen einen Hunger, von dem sie nichts gewusst hatte: Sie machte aus ihr eine zärtlichkeitsbedürftige Wildkatze, die nicht genug bekam von den Liebkosungen ohne Anfang und Ende, von einer Berührung, die nicht dem vertrauten, manchmal nach Vollzug schmeckenden Schema folgte, vom Vorspiel zum Orgasmus, der den Sex beendete wie ein Punkt den Satz. In den Armen der Frau waren die Liebkosungen ohne Ziel, sie hatten etwas neckisch Verspieltes an sich und eine neugierige Zärtlichkeit, sie verlangten und versprachen nichts, deuteten nur an und schlugen vor und waren genau deswegen so erregend.

Dann öffnete sich in der Verliebtheit etwas Größeres: Es kam Tiefe hinein, eine von der Leidenschaft genährte Zuneigung, die man nur als Liebe bezeichnen konnte. Elea dachte: Es ist eine so große Kraft, dass sie sich selbst legitimiert. Sie hatte das Gefühl, auf eine Art geliebt zu werden, die etwas sonderbar Reines hatte – mit einer Liebe, in der es kein Besitzen und keine Bequemlichkeit gab, sondern die unvernünftig war, zum Untergang verdammt und ohne Platz auf dieser Welt. Sie war ein Teil ihres Lebens, der mit keinem anderen Teil zusammenpasste. Von dort verlief kein Weg in einen gemeinsamen Alltag, das war ihnen von Anfang an klar. Am Ende hatte es mehr mit Träumen und Fantasien gemein als mit einem greifbaren Leben. Sie hat nie mit jemandem darüber gesprochen, weil es keine Worte dafür gibt, keine Sprache, keine Kategorien.

Hinter der Sauna greift Elea nach der Rolle Alufolie. Wie weit weg sie jetzt von dieser traumartigen Welt ist, die sie für einen kurzen Moment mit der anderen Frau geteilt hat. In ihrem Kopf ertönt deren dunkle Stimme, als sie ihr Joni Mitchells *A Case of You* vorsang, das erste Mal in Rom bei einem nächtlichen Spaziergang, dann am Telefon, als die Sehnsucht unerträglich war:

You said, »Love is touching souls«
Surely you touched mine
'Cause part of you pours out of me
In these lines from time to time

Sie sollten sich diesen Sommer wiedersehen, auf einer Konferenz in Prag, aber dann hielt die Pandemie die Welt an, und jetzt wird Elea die Brust abgeschnitten, und sie würde nirgendwo mehr hinfahren. Sie möchte denken, dass das Namenlose, das passierte, ein guter Teil ihres Lebens ist. Dass davon, solange es im Verborgenen bleiben darf, etwas Gutes – Energie, Leidenschaft – auf ihr übriges Leben ausstrahlt. Nur wenn es ans Tageslicht käme, würde es hässlich und zerstörerisch werden und könnte alles gefährden.

Und dennoch hat sie es in sich getragen wie einen dunklen Fleck, wie ein Gefühl des Fallens. Ein ums andere Mal ist sie mit dem von Horror durchsetzten Gefühl aufgewacht, einen entscheidenden Fehler begangen zu haben, der nun zur endgültigen Zerstörung führt, dazu, dass alles in Scherben geht. Es hat sie das Gefühl geplagt, alles, was ihr wichtig ist, gefährdet zu haben, ohne selbst zu verstehen, warum.

Die meisten tragen wohl einen dunklen Fleck mit sich herum: schmerzliche Widersprüche, mit brennender Scham besetzte Verirrungen, nagende Selbstvorwürfe. Niemand ist rein. Jetzt hat sie Angst, Krebs bekommen zu haben, weil sie genau dieses Dunkle in sich getragen hat. Ist der Krebs ihre Strafe? Kann sie damit ihre Sünde sühnen? Aus welchen obskuren Schichten der Kindheit quellen solche überkommenen Gedankengänge hervor? Sie hat geglaubt, sie bereits an der Schwelle zum Erwachsenenalter hinter sich gelassen zu haben.

Elea geht zum Bootssteg zurück und bleibt unterwegs kurz stehen, um die Männer zu betrachten, die mit dem Hecht beschäftigt sind. Sie verliebte sich in eine Frau, ohne dass es im Geringsten die Liebe zu Otto verringert hätte. Hat sie sich verboten, sich in Matias zu verlieben, weil die Freundschaft zu ihm ein so wichtiger Teil ihres Lebens ist? Weil sie Angst hat, unvorhersehbare Zerstörungsprozesse in Gang zu setzen?

Jetzt ist die andere Frau nicht hier; plötzlich ist die Distanz zwischen ihnen dicht und schwer geworden. Wenn man erkrankt, nützen einem diejenigen, die anderswo sind, nichts. Dann konkretisiert sich, dass wir am Ende nur ein Leben haben, in dieser Zeit und an diesem Ort, in diesem Körper, und die von Fantasie erfüllten parallelen Leben sind dazu verurteilt, sich als Träume in Luft aufzulösen. Ihr Leben ist hier, bei diesen Menschen. Sie sind diejenigen, die Elea bei diesem Absturz tragen, und sie werden bis zum Ende an ihrer Seite bleiben.

20

Otto kehrt mit Elea und Matias zum Feuer zurück und schwenkt dabei die Hechtfilets. Aura schlägt die Hände zusammen und ruft lachend:

»Der heldenhafte Fischer erscheint!«

»Der alte Mann und der Fisch«, scherzt Otto.

Aura holt sich vom Beistelltisch noch etwas zu trinken und schenkt auch den anderen ein, ohne zu fragen. Ihre Bewegungen und Gesten haben etwas Wackliges und Haltloses: Ihre Art, mit der Hand auszuschlagen und ein bisschen zu laut zu lachen, erinnert Otto an die Instabilität seiner Mutter.

Er reibt die Hechtfilets mit Salz ein, wirft sie auf den Rost und nimmt einen großen Schluck aus dem Bierglas. Er hat Lust, sich in den Rausch sinken zu lassen wie in warmes Wasser, in dem er treiben kann und nichts anderes tun muss, sich nicht beteiligen und keine Verantwortung tragen, nur trinken, bis der Schmerz auf dem Absatz kehrtmacht und an seine Stelle das Gefühl stumpfen Losgelöstseins tritt. Er weiß, dass er das nicht tun sollte, dass Elea es nicht mag, aber an diesem Abend muss er einfach. Manchmal dreht er zu sehr auf, wenn er zu viel trinkt, aber heute wird ihm das nicht passieren. Er nimmt einen weiteren Schluck und sieht, dass Elea ihn besorgt anschaut. Seine Frau hat Krebs. Wenn man da nicht trinken darf, wann dann?

Laut Schopenhauer ist das Leben eine Pendelbewegung zwischen Schmerz und Langeweile. Derzeit befindet sich das Pendel weit im Schmerz.

Otto hat sich immer zu Denkrichtungen hingezogen gefühlt, in denen versucht wird, vom Leiden loszukommen, indem man die Verbindung zum vorhandenen Ganzen findet und Teil davon wird. Dennoch hat diese intellektuelle Neigung etwas Abstraktes an sich. Er begreift, dass auf der Gefühlsebene nur Elea und die Kinder für ihn von Bedeutung sind, nichts sonst. Ohne sie käme er nicht aus. Es hat Stunden gegeben, in denen er das Gefühl gehabt hat, bei allem, was von Belang ist, als Vater oder Ehepartner gescheitert zu sein, und im Kielwasser dieses Gefühls ist der tiefe Wunsch zu sterben in ihn eingedrungen. Das Gefühl ist jedes Mal verflogen, aber wie würde es diesmal sein?

Die anderen lachen über einen Witz, der an Otto vorbeigegangen ist. Der Rausch ist bereits in seine Glieder vorgedrungen, und er hat keine Lust mehr, sich anzustrengen, um gesellig zu bleiben.

»Otto, du wirkst so düster«, sagt Aura und schenkt ihm Bier nach.

»Ja. Manchmal frage ich mich, ob ich von meinen Eltern den schwachen Lebenswillen geerbt habe. Ehrlich gesagt verspüre ich keinen besonders starken Wunsch, jeden Morgen von Neuem aufzuwachen. Jedenfalls nicht so stark wie Elea.«

Die anderen schweigen. Otto fügt hinzu:

»Wenn es mit Elea schlecht ausgeht, glaube ich nicht, dass ich darüber hinwegkomme. Und doch weiß ich, dass ich es muss. Wegen der Kinder.«

Stille. Und dann: »Ich will nicht lügen. Es ist für mich immer ein befreiendes Gefühl gewesen, dass die eine Tür offen bleibt – dass ich mich immer umbringen kann, wenn das Leid zu groß wird. Das hat wohl auch meine Mutter getan. Aber wenn Elea stirbt, gibt es diese Option nicht mehr. Das finde ich niederschmetternd.«

»Ihr werdet da wieder herauskommen«, sagt Salma, aber ihre Stimme zittert unsicher.

»Das glaube ich meistens auch. Aber dann kommen diese dunklen Stunden.«

Otto versagt die Stimme. Sie schweigen. Der schrille Ruf eines Rotschenkels tönt über das Wasser.

Die anderen verstehen nicht, dass alles in Scherben geht, unwiderruflich, wenn Elea stirbt. Eine Seite von ihm weiß, dass er dann stärker als je zuvor sein müsste, Stütze und Schutz für die Kinder. Er weiß nur nicht, ob er dazu fähig sein wird.

Die Stille am Feuer hat an Schärfe zugenommen. Ein Windhauch weht Otto beißenden Rauch in die Augen.

»Wenn ich an all das denke, was wir zusammen aufgebaut haben, ertrage ich einfach den Gedanken nicht, dass das alles plötzlich ausgelöscht sein soll, einfach so.«

In Ottos Stimme liegt blanke Verzweiflung, vor der er selbst erschrickt.

»Aber es würde nicht ausgelöscht werden«, sagt Salma. »Es würde in den Menschen, die bleiben, weiterleben.«

»Jetzt redet nicht so, als wäre ich schon tot«, sagt Elea und versucht, ihre Rührung zu verscheuchen.

Otto schaut seine Frau an, die da sitzt, aussieht wie immer, aber in deren Brust etwas Fürchterliches passiert ist. Ihn quält das Gefühl, dass etwas zerbrochen ist und er es nicht reparieren kann. Eine wilde Zärtlichkeit durchfährt ihn. Er möchte sagen: Hier bin ich, und ich gehe nicht weg.

21

Die Dämmerung drückt in hartnäckiger, zunehmender Trübheit auf die Erde. Die Umrisse verschwimmen, das Feuer spuckt Funken in den Abend, die Schatten werden länger und verschlingen sich miteinander.

Im Halbdunkel des vergehenden Tages kriechen die Nachttiere aus ihren Löchern, Funkelaugen, Beutemacher, Schleicher im Schutz der Finsternis. Die Dämmerung ist voller Geflüster und Rauschen. Tiere rascheln unruhig in ihren Höhlen, als wüssten sie, dass sie Zeugen der Massenvernichtung der Arten sind, des Moments, in dem selbst die Stärksten gefährdet sind. Alles ist gefährdet, die Aale sind es, die Korallenriffe, sogar die Meeresströmungen; ihre tausendjährige Bewegung wird langsamer, das süße Wasser schmelzender Gletscher bringt die Senkbewegung des kühlen Salzwassers durcheinander.

Und doch tragen die Wasser weiter, was sie können: Meerestiere und Landtiere, Menschen und Waren, Verstoßene und Verschwundene, Erinnerungen, Träume und Vergessenes.

Das Leben atmet in allem, was sich bewegt und verändert. In allem, was nicht in die von Menschen gegossenen Formen passt. In allem, was pulsiert und Wellen schlägt: im Beben der Kontinentalplatten, in den Regungen der tiefen Gewässer, in allem, was sich fortpflanzt, was keimt, wächst, welkt und verwest.

6. TEIL

DAS ALTERTÜM-LICHE GRAB

»Die große Offenbarung war nie gekommen.
Stattdessen gab es kleine tägliche Wunder,
Erleuchtungen, Zündhölzer, die unerwartet
im Dunkeln angerissen wurden;
hier war so eins.«

Virginia Woolf, *Zum Leuchtturm*

1

Unmerklich wie leiser Regen hat sich die Dämmerung rund ums Feuer gesenkt. Bald wird es zu dunkel sein, um durch den Wald zu gehen, denkt Elea und schlägt vor:

»Wollen wir uns ein bisschen die Beine vertreten? Wir könnten zum Beispiel zum Hügelgrab gehen.«

»Gute Idee!«, juchzt Salma und streckt die Beine.

»Elea muss immer in Bewegung sein«, sagt Otto. »Viele würden nach der Krebsdiagnose auf der Couch liegen bleiben. Elea hat ihre Laufrunden bloß noch verlängert.«

Wie man in einem solchen Ausnahmezustand stillhalten kann, begreift Elea nicht. Ihre aufgeschreckte Psyche beruhigt sich nur in Bewegung.

»Im Wald gibt es bestimmt Mücken«, nuschelt Aura missmutig.

»Wir könnten an der Grabstätte ein Feuer anzünden«, meint Matias. »Oder meinetwegen eine Kerze.«

»Gute Idee«, stimmt Elea begeistert zu.

»Die Stimme der Vorsitzenden entscheidet«, sagt Otto. »Und jetzt hat sie auch noch die Krebs-Karte.«

»Otto!«, weist ihn Salma zurecht, streckt die Hand aus und zieht ihn hoch.

Als Elea ein Kind war, schlängelte sich ein Waldweg vom Haus auf den Hügel und weiter bis zu dem altertümlichen Grab. Inzwischen ist ein Teil des Weges zugewachsen, als versuchte er, sich vor Fußgängern zu verstecken. Als sie sich zu diesem Weg begeben, sehen sie im Fichtenwäldchen den Schein eines Lagerfeuers. *Smells Like Teen Spirit* tönt zu ihnen hinüber. Stark und tief erschallt Aidas Gesang, die Stimme von Iiris klingt höher und zarter.

»Wollen wir einen Blick auf die Hütte der Kinder werfen?«, schlägt Elea vor.

»Teenager müsste man wohl eher sagen«, meint Matias.

»Genau, der Teenager-Spirit riecht bis hierher«, stellt Otto fest.

Als sie näher herankommen, hören sie Getuschel.

»Was kommen da für Typen?«, fragt Aida mit gespieltem Misstrauen.

»Parole?«, fordert Elliots Stimme.

Iiris späht hinter dem Fichtenzaun hervor.

»Sie sehen eher harmlos aus«, teilt sie mit.

»We come in peace«, sagt Otto.

»Willkommen in unserer bescheidenen Hütte«, spricht Elliot feierlich und fügt hinzu:

»Nasal.«

»Ist das unsere Parole?«, prustet Aida.

Die Besucher bewundern die aus dünnen Stämmen und Fichtenzweigen gebaute Behausung. Sie hat eine umzäunte Terrasse, die die Mädchen mit Muscheln und Steinen dekoriert haben. Am Rand stehen die Staffeleien der Mädchen, in der Mitte flackert ein Feuer. Die Kinder sitzen mit leuchtenden Gesichtern im Feuerschein, als wäre der Glanz des Nadelwaldes über sie ausgestreut worden.

»Wie gemütlich ihr es hier habt!«, sagt Salma.

»Kommt ihr mit uns zum alten Hügelgrab?«, fragt Elea.

Auf dem Weg, der sich den Hang hinaufwindet, fällt Eleas Blick auf einen herzförmigen Knorren. Sollte der nicht näher am Fichtenwäldchen sein? Mit der dichter werdenden Dämmerung ändern die vertrauten Landmarken ihre Gestalt, und der Geist fängt an, Streiche zu spielen. Elea weiß nicht, ob sie zum Grab finden wird, aber zum Glück sausen die Kinder voran.

Aura und Salma entdecken Pfifferlinge im Moos unter den Farnen. Otto hilft ihnen, Steinpilze von Birkenpilzen und Gallenröhrlingen zu unterscheiden. Er mag es nicht, die Natur in menschliche Kategorien einzuteilen, aber bei Pilzen ist er zum Glück bereit, eine Ausnahme zu machen. Matias schließt zu Elea auf und fragt sie:

»Wie geht's?«

»Physisch sehr gut. Psychisch wechselhaft.«

»Ich kann nur versuchen, es mir vorzustellen.«

Elea spürt die Feuchtigkeit des Torfmooses an ihren Füßen, die in Sandalen stecken. Sie blickt aufs Meer hinab und sieht es glitzern wie einen golddurchwirkten Stoff.

Als sie zu einem großen Findling kommen, ruft Aida:

»Auf den müssen wir klettern!«

Sie schwingt sich behände hinauf und zieht Iiris hinter sich her. Wie die Herrscherinnen über die Welt stehen die Mädchen auf dem Stein und schmettern ein Lied: »Auf dem Felsen, auf der Höhe, baue ich meine Hütte.«

Der Himmel hinter ihnen glüht in Gelb- und Rottönen. Unten schimmert das Meer, umrandet von einem Band aus Feuern. Hier könnte ich bleiben, denkt Elea. Von ihr aus dürfte die Welt anhalten und sie mit allem sättigen, wovon dieser Augenblick so dicht gefüllt ist. Aber das Lied geht zu Ende, und sie setzen ihren leicht schwankenden Gang im unebenen Gelände fort, in das die Dämmerung ihre dunklen Pinselstriche zieht.

Plötzlich wirkt der Wald vollkommen fremd, als kehrte er ihnen den Rücken zu. Das Halbdunkel bindet die Bäume zu einer durchgehenden Wand zusammen, in der man die hellen Stämme der Birken unterscheiden kann. Zwischen den Fichten hört man es rascheln und scharren.

Eine italienische Kollegin von Elea hat einmal behauptet, der Wald sei im kollektiven Unterbewusstsein ein beängstigender Ort, das sehe man an den Albträumen, unabhängig von der Kultur. Elea widersprach: Für die Finnen ist der Wald ein Schutz- und Ruheort, Versteck und Geborgenheit.

Manchmal will der Wald den Wanderer aber nicht in seine Obhut nehmen, sondern führt ihn in die Irre und wendet sich nach innen: Er verstummt, kein Wind bringt mehr die Blätter zum Rascheln, keine Pfoten kratzen am Moos, vertraute Pfade sehen fremd aus und führen nicht mehr weiter. Dann ist der Wanderer in die Waldfalle geraten. Wenn der Wald wieder versöhnlich wird und sich beruhigt, nimmt er wieder seine vertraute Erscheinung an.

Kann ein Mensch in die Waldfalle geraten?, fragt sich Elea.

In die Lebensfalle?

Der dunkle Wald, der zu Kopf gestiegene Wein und alles, was geschehen ist, bringen in Elea das Gefühl hervor, eine Traumlandschaft zu durchwandern.

Matias gerät im Dunkeln derart ins Taumeln, dass er das Gleichgewicht verliert und nach Elea greift, wie um Halt zu finden. Elea packt seine Hand, und Matias hält die ihre ein wenig länger fest, als nötig wäre. Die Wärme von Matias' Hand hält sich in ihrer. Es ist eine durch und durch wirkliche Sinneswahrnehmung. Ja, dies geschieht wirklich. Ein warmer Strom breitet sich in Elea aus.

2

Elliot versucht, den Mädchen auf den Fersen zu bleiben. Sie jagen in einem solchen Tempo den Weg entlang, dass sie fast im Dunkeln verschwinden.

»Hier!«, ruft Aida.

Das Hügelgrab liegt hinter hohen Kiefern und so weit abseits des Weges, dass man es nicht sieht, wenn man nicht weiß, wo man suchen soll. Im Lauf der Jahrtausende sind die Steinbrocken vermoost, und der mittlere Teil ist eingesunken und liegt tiefer als die Ränder. In der Mitte wachsen kleine dunkelgrüne Tüpfelfarnfächer, und aus dem Widertonmoos schiebt sich eine zarte rote Blüte, die Elliot nicht kennt. Sie setzen sich auf die höchsten Brocken des Steinkreises.

»Da wären wir nun, an einem alten Grab in der Nacht der alten Feuer«, stellt Salma fest.

Elliot sieht zu, wie seine Mutter eine Kerze aus der Tasche ihrer Strickjacke nimmt, anzündet und auf das Grabgeröll stellt. Zu wessen Gedenken brennt sie?

»Stellt euch vor, hier liegt vielleicht ein altes Stammesoberhaupt begraben«, sagt Iiris.

»Ein Wikinger, oder was?«, fragt Aida.

»Das ist ein Grab aus der Bronzezeit«, korrigiert Elliot. »Damals wurden die Toten an solchen prominenten Stellen am Meer bestattet, vielleicht als Landmarke oder damit sie aufs Meer schauen konnten. Zwar sind auch Wikinger in diese Gegend gekommen, aber erst in der Eisenzeit, ungefähr im 11. Jahrhundert.«

Elliot frustriert es, wie wenig seine Schwester über Geschichte weiß. Die Mädchen stellen Fragen nach den Wikingern, und Elliot erzählt ihnen von Forschungsfahrten und Raubzügen und vom Handel mit den Jägern und Fischern in den Schären.

»Es waren auch Kriegerinnen dabei«, sagt er.

»Now you're talking!«, ruft Aida aus und macht mit einem Stock Fechtbewegungen.

»Go, girl!«, lacht Iiris.

Elliot erinnert sich, dass die Wikinger unter Umständen Menschen opferten, um die Götter zu beschwichtigen. Man fesselte den Opfern Hände und Füße und begrub sie bei lebendigem Leib. Die Wikinger verehrten den Meeresgott Njörd, der die Seefahrer beschützte und die Winde und die Wellen des Meeres beherrschte. Am Ende der Wikingerzeit wurden Angriffe und Raubzüge häufiger, und man fing an, bei der Verteidigung auf Wallburgen zu setzen.

»Seht ihr die hohe, runde Insel mit den steilen Hängen da drüben? Das ist Bårnholm, eine Wallburg aus der Eisenzeit«, erklärt Elliot und deutet aufs Meer.

Aber die Mädchen hören ihm nicht mehr zu, sie spielen Wikingerinnen.

Elliot wendet sich an die Erwachsenen und erzählt ihnen von Olav dem Heiligen aus Norwegen, der im 11. Jahrhundert an der finnischen Südküste plünderte. Sein Raubzug endete in der Schlacht bei Herdaler. Olav geriet in einen finnischen Hinterhalt und verlor viele Männer. Ein Sturm kam auf, aber er befahl seinen Männern trotzdem, an der Küste entlangzusegeln. Der Legende nach kamen die Finnen an Land ebenso schnell voran wie Olav auf der stürmischen See.

»Olav konnte entkommen und wurde später König von Norwegen, Olav der Heilige«, sagt Elliot.

»Vom Seeräuber zum Heiligen«, stellt Matias lachend fest.

»Die hohe Insel da drüben ist Kaasivuori, diejenige, auf der das größte Feuer brennt. Es ist die höchste Stelle in den Schären.« Elliot zeigt es Matias, der am interessiertesten zu sein scheint.

Elliot erzählt, die Spitze dieser Insel habe am Ende der Eiszeit als erste aus dem Wasser geragt. In der Wikingerzeit war Kaasivuori die wichtigste Wachtfeuerstelle. Der Name kam von *kaasituli*, womit die Feuer bezeichnet wurden, mit denen die Schärenbewohner vor ankommenden Feinden warnten. Diese Warnfeuer wurden in einer Kette auf Erhebungen entzündet, jeweils in Sichtweite zueinander, auf Seezeichen, die aus Steinen oder Holz aufgeschichtet waren und die *kaasi* hießen. Tagsüber wurde das Signal mit Rauchzeichen in der Kette weitergegeben, nachts mit Feuern. Die Kette aus Warnfeuern reichte von hier bis nach Schweden. In der Sage von Olav dem Heiligen wird die Küste Finnlands auch als Küste der Scheiterhaufen bezeichnet.

»Wir haben vor zwei Wochen einen Ausflug nach Kaasivuori gemacht. Von dort aus sieht man den Dom von Turku«, erzählt Iiris an Aida gewandt. Anscheinend hat sie doch zugehört.

Elliot denkt an die deutschen Minenschiffe, die sich zu Beginn des Fortsetzungskrieges vor den Steilfelsen auf der Nordseite von Kaasivuori versteckt hielten, bevor sie den Minengürtel legten, der den Finnischen Meerbusen schloss. Neben der nahen Insel Delholm liegt noch immer das Wrack eines russischen Bombers. Die Kriege haben Spuren in der Landschaft hinterlassen, und Elliot quält der Gedanke, dass es Warnzeichen sind, deren Botschaft er nicht zu lesen versteht.

3

Die Kinder stürmen zu einer alten Kiefer, die seitlich des Hügelgrabs aufragt und als Kletterbaum wie geschaffen ist. Vor zwei Wochen aßen sie bei einer ganz ähnlichen Kiefer oben auf Kaasivuori ihren Proviant, mit atemberaubender Aussicht auf die Inseln rund um Själö. Elea späht aufs Meer und fragt sich, ob eine der Inseln, die sich in der Ferne abzeichnen, Själö sein könnte. Vor zwei Sommern verbrachte sie dort eine Woche im Schreib-Retreat. In das Krankenhaus, das Gustav II. Adolf Anfang des 17. Jahrhunderts auf der Insel gegründet hatte, wurden die Aussätzigen und die Bewohner des Turkuer Armenhauses eingeliefert – Arme, Taube, Blinde, manchmal auch Andersdenkende. Viele wurden mit Gewalt in die Klinik gebracht, weil allgemein bekannt war, dass es von dort keine Rückkehr gab. Man musste etwas Bargeld und Bretter für seinen eigenen Sarg bei sich haben. Elea erinnert sich an den Verschlag für die Aussätzigen in der Kirche und an die Holzkreuze auf dem Friedhof. Als die Lepra aus dem Land verschwand, machte man aus dem Krankenhaus eine Irrenanstalt. Chronische Patientinnen wurden wie in einem Gefängnis isoliert, in lebenslanger Quarantäne, ohne Hoffnung, jemals wieder herauszukommen. Auf den umliegenden Inseln erzählte man sich Geschichten von Frauen, die in weißen Hemden über das zugefrorene Meer flohen.

Im Europa des 19. Jahrhunderts wurden auch Frauen, die an Krebs erkrankt waren, in Kliniken außerhalb der Städte gesperrt, denn man glaubte, dass sie die Luft um sich herum verunreinigten. Elea fragt sich, ob man auch sie in ihrer Krankheit isoliert, so wie es von Gemeinschaften über die Zeiten hinweg bei Pestkranken, Aussätzigen und Krebskranken, bei Krüppeln, Hysterikerinnen und Schwachsinnigen gehandhabt wurde.

Sie starrt auf die Kerze, die auf dem Hügelgrab flackert. Woran mochte der Mensch, der hier begraben wurde, gestorben sein? Damals lauerte der plötzliche Tod überall. Von einer kleinen Wunde konnte man eine Blutvergiftung bekommen. Die meisten Frauen auf Själö starben hingegen langsam im Lauf der Jahre, von der Lepra oder dem Wahnsinn nach und nach ausgezehrt, vom Stempel der Krankheit allmählich zerfressen.

Elea überlegt, wie groß der Unterschied ist, wenn man unerwartet stirbt oder wenn man einen langsamen Prozess des Sterbens durchläuft. Früher hat sie an den Tod vor allem als schnellen Tod gedacht. Die Vorstellung löste eine ungläubige Irritation aus, wie sie einen Menschen überkommt, wenn ein Elch krachend durch die Windschutzscheibe bricht, ein Schmerz in der Brust explodiert, weil das Herz versagt, oder wenn man auf einen Baum geklettert ist und ein Ast bricht und man für einen flüchtigen Moment begreift, dass man mit dem Kopf voran dem unten wartenden Felsen entgegenstürzt. Elea ist nie in den Sinn gekommen, dass sie als junge Erwachsene langsam leidend an Krebs sterben könnte.

Der abrupte Abbruch des Lebens ist bloß ein Ende, wohingegen der langsame Tod eine ganze Lebensphase ist, zu der es gehört, Abschied zu nehmen, zurückzublicken, alles neu zu bewerten, die Angehörigen auf das eigene Verschwinden vorzubereiten. Das kann voller Sinngebung sein, ein Ausstrecken in die Vergangenheit und in die Zukunft. Nie zuvor hat sie gewusst, dass es eine schöne und bedeutsame Lebensphase sein kann. Sie dachte schlichtweg, dass der Tod nur der Moment ist, in dem man aufhört zu existieren: bloß eine Grenze, etwas, das man nicht wissen und nicht erfahren kann. Und vor dem man, wie die Stoiker sagten, deshalb keine Angst haben müsse. Wenn es geschieht, ist man nicht mehr da.

»Würdet ihr lieber plötzlich oder langsam sterben?«, fragt Elea.

»Ich weiß nicht«, sagt Aura, überlegt und fügt hinzu: »Ein plötzlicher Tod ist sicher für die Angehörigen traumatischer, ein langsamer Tod dagegen für den Sterbenden.«

»Der Krebstod ist wohl üblicherweise langsam – und schmerzhaft«, sagt Elea leise.

»Die Schmerztherapie hat sich allerdings enorm entwickelt.«

Mit seinen Worten breitet sich auf Matias' Gesicht eine leichte Röte aus. Er dürfte wissen, was ihr für entsetzliche Krebsschmerzen bevorstehen könnten.

»Ich möchte bei klarem Verstand gehen, nicht benommen von Medikamenten«, sagt Elea. »Aber ich würde trotzdem lieber den langsamen Tod nehmen. Ich will mich verabschieden, die Kinder auf meinen Tod vorbereiten, Dinge sagen, die ungesagt geblieben sind.«

Und mit leichtem Lachen fügt sie hinzu:

»Wie ihr seht, bin ich gleich aktiv geworden und habe für euch das Fest organisiert.«

Die anderen schmunzeln und starren auf die Kerzenflamme inmitten des Grabgerölls. Elea fragt sich, wie es wäre, den Abschied in den Blicken der Menschen zu sehen, bei jeder Begegnung. Ihr kommt ein undeutlicher Gedanke an ein Archiv in den Sinn, in dem sie Geschichten und Bilder, Schnipsel voller Bedeutung sammelt, in denen ihre Kinder und Kindeskinder Trost und Rat suchen könnten, die Erfahrung von Verbundenheit, wenn sie nicht mehr ist. Aber sie dürfte zur Archivarin nicht geeignet sein. Von ihr bleiben nur zufällige Spuren, die auf eine Art und Weise vergessen oder erinnert werden, auf die sie keinen Einfluss nehmen kann.

Elea denkt an ihre Metamorphose. Unabhängig davon, ob sie schnell oder langsam stirbt, ist sie von nun an ein Wesen, das weiß, dass es sterben wird – ein Wesen, das seine Sterblichkeit als starkes Brennen in den Knochen und im Innersten spürt. Oder würde sich dieses Gefühl mit der Zeit verlieren, wenn sie doch nicht stirbt? Sie erinnert sich an Auras Worte: Halte an dem Gefühl fest, wach zu sein.

Elea merkt, dass Elliot auf der Stelle erstarrt ist, als hörte er dem Gespräch der Erwachsenen zu, obwohl er mit den Mädchen etwas abseits steht. Der Junge ist so: immer die Ohren gespitzt und die Sorgen der Erwachsenen in sich aufsaugend.

Am anderen Hang des bewaldeten Höhenzugs blitzt ein Holzhäuschen auf, das schon seit Jahren leer steht. Elea weiß noch, dass die runzlige Alte, die darin wohnte, an Krebs starb. Als die Kinder klein waren, begegneten sie ihr manchmal beim Blaubeerenpflücken und wechselten ein paar Worte mit ihr. Die alte Frau hatte freundliche, neugierige Augen, aber sie schien auf ihren gebeugten Schultern die Last der Einsamkeit zu tragen wie einen alten, wohlvertrauten Mantel. Ihr einziger Sohn war im Eis eingebrochen, andere Verwandte hatte sie keine mehr. Elea schämt sich, als sie sich erinnert, oft daran gedacht zu haben, die alte, kranke Frau zu besuchen oder sie zum Kaffee einzuladen, es aber bei der Absicht geblieben war. Sie weiß nicht einmal mehr, an welchem Krebs die Alte starb. Vielleicht an Schilddrüsenkrebs? Einmal hatte die Frau laut darüber nachgedacht, ob der radioaktive Niederschlag von Tschernobyl möglicherweise ihr Blaubeerrevier verseucht habe.

Zu ihrer Schande begreift Elea, dass sie vor ihrer eigenen Erkrankung einen intuitiven Abscheu gegenüber Kranken und Sterbenden empfunden hat. Als Wissenschaftlerin war sie theoretisch an der narrativen Dimension der Medizin interessiert, an Krankengeschichten, an der Übertragung von Anfang und Ende in Erzählungen, aber die Krankheiten realer Menschen haben eine seltsame Verlegenheit in ihr ausgelöst. Als hätten die Kranken – aus Faulheit oder Unwissenheit – einen fatalen Fehler begangen, der ihr selbst nicht unterlaufen würde. Die Bedrängnis der Kranken verursachte in ihr die gleiche Unbehaglichkeit wie ein alter Mensch, der sich eingenässt hatte, oder eine alte Frau, die sich für ein Fest herausgeputzt hatte und bei der die Spachtelmasse und das teure Abendkleid die schlaffe Haut und die schwabbelnden Arme nur noch stärker betonten. Für einen flüchtigen Augenblick weiß man, dass es am Ende bei jedem so kommen wird, aber man schiebt den Gedanken zur Seite, damit man sich nicht seiner eigenen Sterblichkeit stellen muss. Als wäre bei Alten und Kranken sicher, dass sie sterben, und bei den anderen würde sich in dieser Angelegenheit ein Keim von Unsicherheit verbergen.

Nun glühen ihre Ohren. Sie versteht, wie viel sie von sich und den anderen verlangt hat, wie wenig Geduld sie für Schwäche, Langsamkeit und Zerbrechlichkeit gehabt hat.

Auf der Ebene der Gedanken ist sie immer auf der Seite der Schwachen gewesen, selbstverständlich, aber das hat immer etwas Äußerliches gehabt. Obwohl sie das Leid anderer mitfühlen wollte, spürte sie nur selten, wie das Mitgefühl sie bis zum Grund durchdrang – wie es strömte, so wie es jetzt strömt, weil ihre eigene Erfahrung es nährt, das Wissen des Körpers, wie Krankheit, Schwäche und Hilflosigkeit in jedem und jeder wohnen und selbst den Stärksten umwerfen können, jederzeit. Jetzt, da ihr Körper als Resonanzboden wirkt, kann jedes kranke Kind, jeder vor Not erstarrte Erwachsene, jeder sterbende alte Mensch sie aus der Fassung bringen.

Gestern sah sie im Krankenhaus einen kleinen, blassen Jungen, dem es schlecht ging. Eine Krankenschwester schob ihn im Rollstuhl von der Chemotherapie auf die Station zurück. Die Not des Jungen und der brechende Blick der Mutter, die neben ihm herging, trieben Elea Tränen in die Augen. In ihrem alten Leben hätte sie sich geschämt, vor den anderen zu weinen. Jetzt kam ihr eine solche Scham seltsam fern vor, und sie dachte: Was soll's. Der Junge stirbt, die Welt seiner Mutter ist eingestürzt, es interessiert niemanden, ob eine fremde Frau ein paar Tränen vergießt. Jetzt denkt sie, dass sie keine echten Probleme hatte in ihrem früheren Leben, wenn sie sich für ihre geröteten Augen genierte. Oder doch, obschon sie es damals nicht erkannte: Sie hatte etwas Kaltes und Gefühlloses an sich, eine Gleichgültigkeit gegenüber dem Leid anderer.

Elea schaut aufs Meer hinunter. Es gleicht einem rasch hingeworfenen Aquarell, auf dem Töne von Rot und Orange für einen Moment feucht und frisch strahlen, bevor sie vom Papier aufgesogen werden und verblassen. Der Tag schließt sich zum Kreis und stürzt sie in die Finsternis, sie hier, die Menschenwesen an dem frühzeitlichen Grab, umgeben von den Geistern des Waldes.

Wieder scheint die dritte Metamorphose in ihr auf. Nie zuvor ist ihre Verbindung zu anderen Lebewesen so stark auf das Physische, auf das in jeder Zelle pochende Gefühl für den Körper gegründet gewesen: dass es um sie herum andere lebendigen Wesen gibt, wie sie aus Wasser und Sternenstaub geformt, in denen die gleiche Fähigkeit pulsiert, sich zu freuen und zu leiden, zu wachsen und zu altern, sich durch die Tage zu zittern, ständig der willkürlichen Zerstörung ausgesetzt.

Elea hört, wie die Kinder *Wir haben ein Feuer im Wald* singen. Salma und Otto stimmen ein, dann Matias und Aura, schließlich auch Elea. Sie begreift: Auch wenn sie nun offiziell Bewohner verschiedener Reiche sind, ist die Grenzmauer porös und imaginär. Jetzt, da Krankheit und Gesundheit nicht mehr nur abstrakte Kategorien für sie sind, versteht sie, dass sie keine scharf umgrenzten Phänomene innerhalb der Weltordnung zum Ausdruck bringen.

Krankheit und Gesundheit sind keine Gegensätze, sondern verflechten sich im Gewebe des Lebens. Der Mensch ist nicht entweder gesund oder krank, sondern beides, manchmal abwechselnd, oft gleichzeitig. Niemand ist immer gesund. Jeder kann jederzeit krank werden, diese Möglichkeit färbt auch die Tage der Gesündesten. Aber niemand ist auch ausschließlich krank, der Erkrankte kennt die Gesundheit, die Stunden der Lebenskraft, der Sinnhaftigkeit und des Wohlbefindens. Sie ist jetzt offiziell krank, aber dennoch hat sie ungeheuer viel Gesundheit in ihrem Körper.

Normalerweise ist Gesundheit unsichtbar. Gesund zu sein bedeutet, dass man sich über gesundheitliche Angelegenheiten keine Gedanken machen muss, so wie Wohlstand bedeutet, dass man das Geld vergessen kann, und Frieden, dass man nicht gezwungen ist, an den Krieg zu denken. Erst wenn eine Erkrankung die Gesundheit sichtbar macht, wird sie zu etwas, das man am eigenen Leib spüren kann. Sie wird zu einer lebendigen Erfahrung, zu dem Gefühl, am Leben zu sein. Auch das hat Elea nicht gewusst: dass Krankheit lebendig machen kann.

In ihr ist das Leben ausgebrochen wie ein Feuer. Der Schock

hat den Brand so wütend auflodern lassen, dass sie nicht weiß, ob er sie verbrennen oder ob er das Leben noch wilder in ihr zum Ausbruch bringen wird, sodass alles in ihr hochschlägt, was hier und jetzt da ist, und sie keinem Drang, zu lamentieren oder sich zu verstecken, nachgeben wird, sich nichts fügen wird, was das Leben immer ein Stück weiter wegschiebt.

Wenn Gesundheit die Fähigkeit ist, lebendig da zu sein, empfänglich für das, was hier und jetzt geschieht, offenen Sinnes, dann kann die ernste Erkrankung gesünder machen, als man es vor der Krankheit gewesen ist.

Elea denkt: Hier bin ich. Jetzt. Möge kommen, was kommen mag. Ich weiche nicht aus, ich fliehe nicht, ich werde mich nicht betäuben. Sie sagt es sich selbst so entschlossen, als spräche sie einen Eid oder eine Beschwörungsformel.

4

Otto fährt zusammen, als Elea aufspringt und anfängt, auf dem äußeren Steinring zu balancieren. Es sieht aus, als zuckte in ihren Muskeln eine explosive Energie, die sich entladen müsste. Seine Frau macht Ballettbewegungen, deren französische Namen sie ihm vor Jahren beigebracht hat: *jeté, grand battement, pas de bourrée, adagio.*

»Pass auf!«, sagt Matias und starrt Elea wie verzaubert an.

»Warum? Ich bin dieselbe Tänzerin wie früher. Noch bin ich nicht krank.«

»Ach ja? Zählt der Krebs nicht?«, fragt Aura.

»Zumindest spüre ich ihn nicht. Vielleicht haben die Ärzte die Unterlagen vertauscht.«

Elea dreht eine Pirouette und verliert fast das Gleichgewicht, findet Halt an einem Fichtenast, der über das Hügelgrab ragt, sucht die Balance, macht noch einen kleinen Sprung und setzt sich dann auf einen großen, moosbewachsenen Stein.

»Sie tanzt wie eine junge Ballerina«, sagt Aura.

»Blöd, wie ich bin, habe ich mich tatsächlich für jung gehalten. Vielleicht, weil ich so jung Wissenschaftlerin geworden bin, ein Beruf, der lange das Reich alter Männer war. Und jetzt habe ich die Krankheit alter Frauen. Nie zuvor habe ich so oft den Satz ›Du bist noch so jung‹ zu hören bekommen.«

»Wenn man also hören will, dass man jung ist, sollte man zusehen, dass man Krebs bekommt«, stellt Aura lachend fest, aber niemand lacht mit.

Otto merkt, dass unter dem Stein neben seinem linken Fuß etwas Helles aufblitzt. Er versucht den Stein zu lösen, aber er sitzt fest. Nun stochert er mit einem Stock nach dem weißen Ding und stellt fest, dass es sich um eine Maske handelt. Wie ist die unter den bemoosten Stein geraten?

Dies ist ein merkwürdiges Jahr, denkt er. Nach und nach wachte die Menschheit auf und bekam einen Blick für die Umweltzerstörung – wusste, dass sie nicht weitermachen konnte wie bisher, und tat es trotzdem –, und dann kam die Pandemie, die zeigte, dass man Dinge verändern kann, wenn die Erfahrung der Not stark genug ist. Es wurden Einschränkungen durchgesetzt, die anfangs niemand für möglich gehalten hätte. Manche dachten, jetzt ist die westliche Lebensweise am Ende ihres Weges angelangt, aber inzwischen sieht es schon wieder so aus, als ob man nichts aus alldem gelernt hätte. Die meisten hoffen nur noch auf die Rückkehr zum Alten, und diejenigen, die es nicht hoffen, werden sich nicht einig darüber, wie man die Welt verändern soll. Als im Frühling alle davon redeten, wie zerbrechlich das Leben sei, schmunzelte Otto, weil er glaubte, das schon immer gewusst zu haben. Erst jetzt begreift er, dass er nichts gewusst hatte. Es gelingt ihm, die Maske unter dem Stein herauszuangeln, und er schwenkt sie an der Spitze des Stocks.

»Die kranke Welt«, sagt er.

»Solche archäologischen Schichten werden künftigen Generationen von diesem Krieg bleiben«, seufzt Matias.

»Außer dass es kein Krieg ist«, stellt Elea fest.

»Stimmt, du magst es ja nicht, wenn so kämpferisch geredet wird. Dürfen nicht mal wir Ärzte gegen Krankheiten kämpfen?«

»Doch, solange ihr daran denkt, dass Krankheiten keine Feinde sind. Sie planen keine Angriffe.«

»Und in vielen Ländern wird mit kriegerischen Reden das Massensterben von unterbezahlten Krankenschwestern legitimiert«, sagt Salma. »Im Krieg braucht man schließlich Opfer.«

»Warum muss man so militant über Krankheiten sprechen? Auch der offizielle Name meines Geschwürs lautet *invasives* Karzinom.«

»Genau, eigentlich handelt es sich nur um das Wachstum von Zellen, aber die Vorstellung von Wachstum ist zu positiv«, sagt Matias. »Darum stellt man es sich als Feind vor, der auf neues Gebiet vordringt, Gewebe erobert, Organe kolonisiert.«

»Aber es sind meine eigenen Zellen, die sich entschlossen haben, zu stark zu wachsen.«

»Ist meine Frau ein Kriegsschauplatz?«

»Auch über die Vorstellung von Wachstum müsste man genauer nachdenken«, sagt Elea. »Nicht jedes Wachstum ist positiv. Das Wirtschaftswachstum droht die ganze Erde ins Verderben zu stürzen, und trotzdem wird es nicht als Krebs bezeichnet.«

Otto erinnert sich an einen Artikel über Tiefenökologie, in dem die Wirtschaft mit Krebs verglichen wurde, betrachtet aber nur seine Frau, in deren Augen eine herausfordernde Glut entbrannt ist. Meine kleine Intellektuelle, denkt er, auch wenn sie krank ist, muss sie noch diskutieren. Und Matias verliert sofort die Fassung, wenn er in der Diskussion auf die andere Seite gerät.

»Ich will natürlich auch von Veera nicht denken, dass sie nicht tapfer genug gekämpft hat«, sagt Salma. »Bestimmt hat sie ihr Bestes getan, so wie alle Kranken.«

Plötzlich hat Otto Sehnsucht nach Veera, nach ihrer beruhigenden Erscheinung mit dem schwarzen Hut, die jetzt unwiderruflich fort ist. Sie war immer so zuversichtlich auf ihre eigene, unwiderstehliche, sorglose Art.

5

Matias kommen die Phasen im Frühjahr in den Sinn, als man sich in der Klinik auf das Schlimmste gefasst machte. Er wurde für zwei Monate auf eine Station geschickt, die Corona-Patienten behandelte, aber am Ende verging ein großer Teil des Arbeitstages damit, auf Patienten zu warten, die nie kamen. Sie hatten Glück, in vielen Ländern war es genau andersherum.

Er kümmerte sich vor allem um erkrankte Kinder, von denen es nur eine Handvoll gab. Die meisten durften nach einer kurzen Beobachtung wieder nach Hause. Ihm ist jedoch eine kleine Leukämiepatientin im Gedächtnis geblieben, deren

Immunabwehr von den Zellgiften zerstört worden war. Sie bekam Sauerstoff, wurde aber Tag für Tag schwächer. Matias erinnert sich an die wachsende Verzweiflung in den Augen der Mutter und an das bleiche Gesicht des Mädchens, an die großen dunklen Augen, die ruhig entgegennahmen, was kam. Der beste Tag im Frühling war der, an dem er der Mutter von der Wendung zum Besseren berichten konnte.

Weil viele Ärzte krank waren, übernahm Matias auch einige Schichten auf der Erwachsenenstation. Er kann nicht den Mann mittleren Alters vergessen, dessen Sauerstoffgehalt im Blut abrupt einbrach. Der Mann war sportlich und verließ sich auf die Fähigkeit seines Körpers, mit dem Virus fertigzuwerden. Da schien es noch auszureichen, zusätzlichen Sauerstoff zu geben. Eines Morgens erzählte er Matias, er sei immer ein schüchterner Junggeselle gewesen, der jahrzehntelang allein gelebt habe, bis er auf einer Silvesterparty eine Frau kennengelernt und sich schlagartig in sie verliebt habe. Und jetzt erwarteten sie ein Baby. Seine Augen leuchteten, als er fragte, ob Ella oder Liona der bessere Name für ein Mädchen sei. Am nächsten Tag musste er auf die Intensivstation verlegt werden. Eine Woche später füllte sich seine Lunge mit Flüssigkeit, und er starb langsam durch Ertrinken, so, wie so viele jetzt, in jedem Augenblick.

Bei der Arbeit als Arzt wird der Tod alltäglich, trotzdem gewöhnt man sich nie ganz daran. Derzeit scheint er von allen Seiten anzugreifen. Vor zwei Wochen dachte ein britischer Kollege von Matias darüber nach, ob man in den kommenden Jahren mehr Lebensjahre durch verzögerte Krebsvorsorge und -behandlungen verlieren würde als durch Corona-Infektionen. Wissenschaftler schätzen, dass weltweit mehr als eine Million Kinder an den indirekten Folgen der Pandemie sterben werden, aufgrund verschlimmerter Hungersnot oder unterbrochener Impfkampagnen für Kleinkinder. Alles hängt mit allem zusammen: Staut man einen Totenfluss, kommt kurz darauf der nächste angeschossen.

Krebs und ein schwerer Verlauf von Corona, denkt Matias, bei beiden unterliegt das Abwehrsystem einer Fehleinschätzung. Bei beiden spielen die Zellen verrückt. Der Organismus überdreht und findet das Gleichgewicht nicht. Er reagiert so heftig auf das Virus, dass eine Entzündungsreaktion auflodert, die Gewebe zerstört. Beim Krebs fangen die Zellen an, sich unaufhaltsam zu teilen, und das Abwehrsystem erkennt das Wachstum nicht als bösartig. Bei beiden wendet sich der Körper gegen sich selbst. Wenn man überlebt, kann man sich nicht sicher sein, ob die Krankheit in irgendeiner Form zurückkommt und ob von ihr oder den Therapien Spätfolgen bleiben.

Bei beiden verknüpfen sich die verwundbaren Stellen des Abwehrsystems des Einzelnen und des Ökosystems der Erde miteinander, und zwar so vielfaserig, dass niemand alle Verbindungen erfassen kann. Wenn die Erwärmung des Klimas und die Zerstörung der natürlichen Umgebung Tiere dazu zwingen, ihre angestammten Lebensräume zu verlassen, entstehen neue Kontakte, und die Krankheiten werden von einer Spezies auf die andere übertragen. Das weiß man. Man weiß auch, dass das Krebsrisiko von Menschen, die anderswo geboren wurden, sofort zunimmt, sobald sie in westliche Länder ziehen. Aber es gibt vieles, was man nicht weiß, und die Unsicherheit ist quälend, vor allem weil der Maßstab der Vernichtung riesig ist. Diesen Frühling mussten Ärzte wie auch Politiker zugeben, dass sie nicht wissen, was die beste Vorgehensweise ist, weil so etwas noch nie vorgekommen war.

Sicher ist nur, dass wir vollkommen den anderen Lebewesen ausgeliefert sind. Der Mensch hat mehr als dreißig Billionen Mikroben in seinem Körper. Wir haben mehr Mikroben in uns als menschliche Zellen.

Elea hat recht, denkt Matias: Leben heißt nicht kämpfen, sondern sich auf andere stützen. Wir denken die Natur als große evolutive Konkurrenz, aber grundlegender als der Kampf ist die gegenseitige Abhängigkeit.

Wie porös wir doch sind; wie wir ineinanderfließen!

Die Notlage hat zum Vorschein gebracht, wie sehr der Mensch ein kooperatives Tier ist. Als die Pandemie die Landesgrenzen schloss, hat die Wissenschaftsgemeinde ihre Grenzen geöffnet. Seit chinesische und australische Wissenschaftler Anfang des Jahres das Genom des Virus zur freien Verwendung veröffentlicht haben, suchen Forscher auf der ganzen Welt fieberhaft nach einer Lösung für die Pandemie, die die ganze Menschheit bedroht. Fremde Menschen fragen einander um Rat, und das Wissen wird in einer offenen Datenbank gesammelt. Auch Matias ist an einem Projekt beteiligt, bei dem es darum geht, einen für Kinder geeigneten Impfstoff zu entwickeln. Dennoch bedeutet die Offenheit der Wissenschaft nicht, dass die Impfstoffe für alle gleichermaßen zugänglich sind. In der Krise werden viele Strukturen der globalen Ungleichheit noch stärker deutlich. Die Welt wird entzweigerissen.

Krebs und Pandemie: Das Ausmaß des menschlichen Leids und der wirtschaftlichen Kosten übersteigt bei beiden das Fassungsvermögen, aber der Krebs wird als unvermeidlicher Bestandteil der Ordnung der Dinge akzeptiert, ungeachtet dessen, dass jedes Jahr zehn Millionen Menschen daran sterben, und es werden immer mehr. Die Krebsforschung ist eine langwierige Angelegenheit, von der man schwer Heldengeschichten erzählen kann. Nur die Pandemie wird als Problem wahrgenommen, für das eine schnelle technische Lösung gefunden werden muss. Hätte Elea bessere Chancen zu überleben, wenn die Krebsforschung unter dem gleichen Eindruck einer akuten Notlage betrieben würde?

Die dämmrige Landschaft dreht und wölbt sich wie im Traum. Matias kneift die Augen zusammen. Es ist, als wäre etwas in Schieflage geraten, gerade so viel, dass man es sieht, wenn man sich stark genug konzentriert.

6

»Wie bist du klargekommen in der letzten Zeit, Salma?«, fragt Elea. »Ich kann nur versuchen, mir vorzustellen, wie es ist, die Lebensgefährtin zu verlieren.«

Salma spürt den Blick der anderen auf ihrer Haut. Als suchten sie an ihr nach Zeichen des Verlusts, nach Furchen, die die Trauer heimlich in die Haut gezogen hat. Sie glauben wahrscheinlich, dass das Zusammenleben mit Veera perfekt gewesen ist. Genau das kommt ihr auf einmal unerträglich vor, obwohl sie selbst über ihre Probleme geschwiegen hat, weil sie die anderen nicht mit ihren Sorgen belasten wollte.

»Ich weiß nicht, ob ihr es wusstet, aber es war absolut nicht sicher, dass wir zusammengeblieben wären«, sagt Salma.

»Ach. Das war mir nicht bewusst«, antwortet Elea und wirft Salma einen erstaunten Blick zu.

»Veera war aus beruflichen Gründen nach New York gezogen, und ich wollte nicht mitkommen. Wir hatten nichts Endgültiges entschieden, aber es schien schwierig, zusammenzubleiben. Eigentlich habe ich erst nach Veeras Tod kapiert, wie sehr ich sie brauche.«

Es kommt Salma vor, als wäre ein Teil von ihr gestorben, weil es niemanden mehr gibt, mit dem sie an all das zurückdenken kann, was sie gemeinsam erlebt haben. Die Menschen sprechen von Trauerarbeit, aber das ist keine Arbeit, die man erledigen und hinter sich lassen kann. Die Forderung weiterzugehen ist niederschmetternd. Die Trauer geht nicht weg und kommt nicht zu einem Ende. Die Gefühle schieben sich über- und ineinander, durchdringen sich gegenseitig, sodass hin und wieder eines an die Oberfläche kommt und dann wieder versinkt, sich verflüchtigt, aber nicht vergeht. Der Grundton der Trauer klingt ständig im Hintergrund. Das ist eine Art, den geliebten Menschen bei sich zu tragen.

In Ausnahmesituationen sind für jeden Menschen andere Dinge schwer. Salma macht besonders zu schaffen, dass die Menschen nicht zusammen trauern können. Zum Glück sind ihre Freunde da. Sie möchte mit ihnen zusammen an Veera zurückdenken. Dennoch hat ihre Trauer auch Züge, die sie den anderen nur schwer eröffnen kann. Zeitweise hat sie das Gefühl, nun die Veera zurückbekommen zu haben, die sie am meisten liebte, weil diese sie in den Erinnerungen begleitet. Und gleichzeitig steht all das, was nicht mehr korrigiert werden kann, dauerhaft zwischen ihnen.

»Ich vermisse Veera sehr«, sagt Elea.

»Jeden Tag mache ich Musik an, die wir zusammen gehört haben«, sagt Salma. »Ich nehme Dinge in die Hand, die mit gemeinsamen Erinnerungen verbunden sind, ich lese Gedichte, die wir beide mochten. Hätten wir eine Beerdigung haben dürfen, hätte ich dort welche davon vorgelesen.«

Sie denkt an die »tiefen, stillen Welten« in Eeva-Liisa Manners *Tote Wasser*, in denen sie in den letzten Wochen getrieben ist. Dann schießen ihr plötzlich Verse von Louise Glück in den Kopf. Sie zitiert sie laut:

Und dann fallen wir nur noch –
Und die Welt zieht vorüber,
alle Welten, eine schöner als die andere.

Plötzlich kommt es Salma vor, als würde die Kerze, die mitten auf dem Hügelgrab flattert, im Gedenken an Veera brennen – als begingen sie hier gemeinsam Veeras Begräbnis. Sie blinzelt, um das Gefühl der Unwirklichkeit loszuwerden. Oder begehen sie das vorzeitige Begräbnis von Elea? Die Bilder vor ihrem inneren Auge wechseln und legen sich in irritierender Form übereinander.

7

Elea betrachtet ihre Freunde, die an diesem Augustabend an einem frühzeitlichen Grab hocken und über den Tod nachdenken. Salma ist in das Land der Trauernden geraten, das Elea sich bestenfalls vorstellen kann, und sie selbst driftet ins Krebsland ab, dessen Sprache und Gebräuche sie erst lernen muss. Salma erzählt von ihrer Trauergruppe, Elea von ihrer Selbsthilfegruppe im Internet.

»Das ist eine Welt für sich«, sagt sie. »Man tauscht sich darüber aus, wer als Kojak aus dem Haus geht und wer mit Perry, wem die künstliche Titte abhandengekommen ist und was für Missgeschicke das Zytohirn uns Krebslern mal wieder verursacht hat.«

»Wer ist Perry?«, will Otto wissen.

»Die Perücke.«

Sie lächeln leicht verlegen, als wüssten sie nicht, ob der

Krebshumor einer ist, über den nur Leute lachen dürfen, die Krebs haben.

»Du hörst da bestimmt viele Geschichten von Frauen, die es überstanden haben und nach der Behandlung ein gutes Leben führen?«, fragt Salma.

»Die gibt es auch, aber es gibt auch viele schlimme Schicksale. Nicht bei allen geht es gut aus.«

Elea merkt, dass dies nicht der Kommentar ist, den sie hören wollen. Ihre Freunde wirken verwirrt. Niemand weiß, wie es ihr ergehen wird.

»Hast du schon eine Prognose bekommen?«, fragt Aura.

»Noch nicht. Die bekomme ich wohl nach der OP.«

Es ist nur eine Wahrscheinlichkeitsrechnung, aber wer weiß, vielleicht würde sie bei den Werten Trost finden, in einer Situation, in der sich alles Stabile auflöst.

»Ich würde es wahrscheinlich nicht wissen wollen«, sagt Otto.

»Aber ich will es wissen. Alles, was man wissen kann. Ungeglättet und ungeschönt.«

»Heutzutage gibt es solche Rechner sogar im Netz«, sagt Matias.

»Was?«

»Na ja, solche Wahrscheinlichkeitsrechner. Ein befreundeter Onkologe hat sie mir mal gezeigt. Zumindest der Predict-Rechner, den die Universität Cambridge entwickelt hat, ist angeblich zuverlässig. Sogar Ärzte benutzen ihn.«

»Puh!«, sagt Elea. »Das muss ich sofort testen.« Sie zieht das Handy aus der Tasche.

»Bist du sicher? Das klingt ziemlich krass«, sagt Salma.

»Ja, ganz sicher.«

Elea gibt im Suchfeld *predict breast cancer* ein. Der Rechner kommt als erster Treffer. Er fragt nach ihrem Krebstyp, Alter,

Größe des Geschwürs. Die endgültigen Daten werden erst aus dem pathologischen Gutachten nach der Operation hervorgehen, aber sie probiert es mit den vorläufigen Informationen, die sie hat. Die Größe des Krebses ist nicht klar: Es sind mehrere Tumore, und man weiß noch nicht, ob sie sich miteinander verbunden haben. Sie gibt die Größe des Krebsclusters an, wie sie es vom ärztlichen Gutachten in Erinnerung hat. Der Rechner fragt, ob sie mit einer Chemotherapie der dritten Generation behandelt wird. Elea zuckt zusammen: Genau, tatsächlich, die verschiedenen Krebstherapien liegen nicht annähernd für alle in gleicher Reichweite. In wenigen Ländern ist der Zugang zur Therapie so gerecht wie in den skandinavischen. Inmitten der Katastrophe hat sie Glück. Zum Schluss fragt der Rechner nach der Menge der befallenen Lymphknoten. Das wird sich erst nach der Operation herausstellen. Sie trägt an der Stelle eine Null ein.

Auf dem Display bauen sich Kurven auf, die darstellen, mit welcher Wahrscheinlichkeit sie in fünf, zehn und fünfzehn Jahren noch leben wird.

»Überlebenschance von zweiunddreißig Prozent, wenn die Behandlung nur aus der Operation besteht, neunundfünfzig Prozent mit Chemotherapie und Hormonbehandlung. Die Frage nach den Lymphdrüsen konnte ich nicht beantworten.«

»Die geben wohl einen ziemlich großen Ausschlag«, sagt Matias, wirft ihr einen schnellen Blick zu und schaut dann verlegen auf seine Schuhe, als bereute er, was ihm gerade herausgerutscht ist.

Elea probiert es mit einer befallenen Lymphdrüse. Die Überlebenschance sinkt auf vierundvierzig Prozent. Bei zwei Drüsen fällt sie auf dreiunddreißig. Eleas Bauch verkrampft sich: Es ist, als würden ihre Chancen komplett schwinden. In der Selbsthilfegruppe ist der Krebs bei vielen zum Zeitpunkt der OP in mehr als zwanzig Lymphknoten vorgedrungen. Elea bemerkt die Vergleichszahl unter dem Ergebnis.

»Hier steht, dass vier Prozent der Menschen in unserem Alter innerhalb von fünfzehn Jahren ›durch andere Ursachen‹ sterben.«

»Na ja, das ist jetzt nicht so überraschend«, stellt Matias fest. »Niemand hat eine Prognose von hundert Prozent.«

»Irre, dass ich daran nicht gedacht habe«, sagt Elea ein bisschen verlegen.

Die Menschen in der Generation ihrer Eltern haben alle eine eher schlechte »Prognose«, befinden sich deswegen aber trotzdem nicht in einer Krise. Vielleicht denken sie einfach nicht daran, oder ihr Verständnis für die eigene Sterblichkeit hat sich im Lauf der Jahre insgeheim gelegt. Jedenfalls sind sie aus Eleas Perspektive betrachtet bereits alt. Die Ordnung der Dinge wird gebrochen, wenn man als junger Mensch in eine Situation gerät, in der man sich erst als alter Mensch befinden sollte. Elea kommt gegen diesen Gedanken nicht an, obwohl sie weiß, wie relativ die Kategorien des Alters sind.

In Filmen und Romanen kann man sich darauf verlassen, dass die Hauptfigur nicht mittendrin umkommt. Der dramatische Bogen, der uns von klein auf mitgegeben worden ist, hat sich uns tief eingeprägt: Als Protagonist unseres eigenen Lebens können wir nur schwer glauben, dass alles mit einem Schlag zu Ende sein soll. Elea ist wohl davon ausgegangen, im Alter mal eine diffuse Befriedigung darüber zu verspüren, dass sie ein so langes, erfülltes Leben gehabt hat. Und sie hat offenbar geglaubt, dass eine Zeit kommen würde, in der sie zum Sterben bereit wäre. Bei wie vielen Menschen ist das überhaupt der Fall?

Falls sie sechzig Jahre alt werden darf, wird sie sich wahrscheinlich weiterhin jung fühlen und bei der Erneuerung des

Krebses befürchten, dass sich ihre Enkelkinder nicht an sie erinnern werden oder sie das Buch, an dem sie arbeitet, nicht zu Ende schreiben kann. Vielleicht ist nie eine gute Zeit zum Sterben. Immer ist etwas Wichtiges noch nicht fertig. Dylan Thomas hatte recht: Unabhängig vom Alter haben wir alle einen Grund, zu brennen und zu rasen, wenn der Tag endet: »Rase, rase gegen das Sterben des Lichts.«

8

Aura findet es irgendwie widerlich, an einem alten Grab herumzuhängen. Als wäre man gezwungen worden, zum Tatort zurückzukehren. Aus Zapfen arrangiert sie einen kleinen Haufen auf einem vermoosten Stein: ein Hügelgrab auf einem Hügelgrab. Dann teilt sie nuschelnd mit, sie wolle Pfifferlinge suchen gehen, und verschwindet leicht schwankend in dem Birkenwäldchen neben dem Grab.

Ihr schießen Ereignisse in den Kopf, die einige Jahre zurückliegen und ihr ebenso unwirklich vorkommen wie dieser Abend. Zu Beginn jenes Sommers schien es klar zu sein, dass die Kinderwunschbehandlung zu nichts führen würde. Obwohl ein Teil von ihr es letztlich nie für besonders wichtig gehalten hatte, sich zu vermehren, führte die Tatsache, dass es für sie außer Reichweite geriet, dazu, dass sie es umso fieberhafter wollte. Aura taumelte durch albtraumhafte Tage, auf der Suche nach Bestätigung für den Gedanken, dass sie zutiefst unbrauchbar ist. In ihr stieg die unwiderstehliche Lust auf, etwas kaputt zu machen, als wäre das Brennen in ihr leichter zu ertragen, wenn es Löcher in der tadellosen äußeren Hülle ihres Lebens verursachte. Im Nachhinein betrachtet schien sie mit ihrem unbändigen Verhalten geradezu darum zu betteln, dass Matias sie verließ, aber er war mit einer erstaunlichen Unnachgiebigkeit in ihrem Leben geblieben, als hätte er beschlossen, der Welt zu beweisen, dass er niemanden verließe, der leidet, selbst wenn es sich um das niedrigste Wesen handelte.

Damals waren sie an Mittsommer als Erwachsene unter sich. Elea, Otto, Salma und Veera hatten ihre Kinder zu den Großeltern gebracht, und als sie am Ufer auf den Sommer anstießen, sprühten sie vor Freiheitsrausch. Im Lauf des Abends planten sie einen Abstecher zum Hügelgrab, aber nach der Sauna sorgte die Müdigkeit nach vielen unterbrochenen Nächten dafür, dass die Eltern kleiner Kinder nur noch ins Bett fielen. Aura war nicht müde, und sie war auf das Hügelgrab fixiert. Und auf Otto. Als wollte sie sich beweisen, dass sie ebenso gut Eleas Leben hätte führen können, in dem nichts kaputt war und in dem es einen Mann gab, der ein pausbäckiges, samtäugiges Kind nach dem anderen zeugte. Nach langem Betteln konnte sie Otto dazu überreden, mit zum Hügelgrab zu kommen. Und da passierte etwas in ihr. Sie weiß nicht, was damals in sie gefahren ist.

Otto lehnte an einem Stein am Rand des Grabs, und Aura geriet ins Torkeln (oder tat so, als ob, da ist sie sich nicht mehr sicher), drückte sich an Otto und blieb so, obwohl Otto sich wehrte. Was soll der Scheiß, Aura! Der Ausruf hallt noch immer in ihren Ohren wider. Aber sein Widerstand hatte etwas Halbherziges, und Aura spürte am Oberschenkel, wie sein Glied steif wurde. Einzelne Bilder blitzen in ihrem Bewusstsein auf: wie sie sich auf die Knie niederlässt, wie sie Ottos Reißverschluss aufmacht, wie die Steinbrocken an den Knien scheuern, wie Otto sie mit Abscheu im Gesicht von sich stößt.

Aura will es vergessen, aber gleichzeitig weigert sich etwas in ihr, es zu tun. Sie weiß, dass Otto sie wollte, und ein Teil von ihr wünscht sich, dass er es zugeben würde – vielleicht sogar, dass wieder etwas passiert, als könnte die Wiederholung die Falte in der Oberfläche der Wirklichkeit glätten, anstatt sie zu zerreißen.

Aura bemerkt auf einem Mooshöcker einen braunen, trichterförmigen Pilz mit zartem Velumgürtel.

»Otto! Pilzexperte, hierher!«, ruft Aura.

»Was ist?«, ruft Otto zurück, trottet kurz darauf aber los, um nachzusehen.

»Ist das da einer von den Pilzen, auf die die Japaner so scharf sind? Matsutake?«

»Nein. Das ist ein Spitzgebuckelter Raukopf.«

Aura zündet sich eine Zigarette an und lehnt sich an einen bemoosten Findling. Sie stupst Otto an der Schulter an und sagt:

»Erinnerst du dich noch an das letzte Mal beim Hügelgrab?«

Otto zuckt zurück und sagt:

»Das war bescheuert.«

»Spiel nicht den widerlichen Tugendbold«, faucht ihn Aura an.

»Hör auf, du bist betrunken.«

»Hör selber auf. Siehst du nicht, wie heiß Matias und Elea aufeinander sind?«

Otto zuckt nur gezwungen ausdruckslos mit den Schultern und schaut weg. In Aura steigt die Wut auf.

»Du solltest dich langsam mal nach einer neuen Frau umsehen, für den Fall, dass die jetzige den Löffel abgibt.«

Aura bereut im selben Moment, was ihr da über die Lippen gekommen ist.

»Was sagst du da?«

Ottos Worte durchschneiden die Luft.

Aura schämt sich, aber sie kann nicht aufhören.

»Du tust so, als wärst du ein Scheiß-Zen-Samurai, aber in Wirklichkeit bist du bloß ein Schlappschwanz!«

Ottos Gesicht versteinert, und er macht auf dem Absatz kehrt.

»He, komm schon, das war bloß ein blöder Witz«, versucht Aura zurückzurudern.

Aber Otto geht bereits mit energischen Schritten zum Hügelgrab zurück. Brennende Scham durchfährt Aura. In ihrem Kopf rauscht es. Sie nimmt noch ein paar Züge, bis sie merkt, wie sich ihr Blut beruhigt, und tritt dann die glühende Kippe am Wegrand aus.

9

Aura schwankt zum Hügelgrab zurück, und als ihr Blick zu den anderen fliegt, hat es für Elea den Anschein, als liege etwas Verstohlenes darin.

»Diese verdammten Mücken«, sagt Aura und klatscht sich auf die Schulter.

Auch die Kinder tauchen wieder am Grab auf. Sie suchen nach Schalensteinen. Elliot erklärt, man könne manchmal Steine mit runden Vertiefungen aus der Bronzezeit finden, in denen bei Heilungszeremonien Kräuter zerstampft wurden. Oder man brachte Gnomen, Feen oder den Verstorbenen der Sippe in den Aushöhlungen Opfer, zum Beispiel Getreide, in der Hoffnung auf gutes Jagdglück. Von dem Regenwasser, das sich in den Schalensteinen sammelte, glaubte man, dass es

Krankheiten heilte. Sollte sie es ausprobieren? Ihre Brust mit Heilwasser begießen?, überlegt Elea mit einem Lächeln.

Sie denkt an ihre To-do-Liste, auf der über Monate hinaus Aufgaben stehen. Jetzt muss sie auch das noch hinzufügen: Bereite dich auf deinen Tod vor. Sie weiß nicht, wie sie das tun soll, obwohl die Vorbereitung auf den Tod mit der Pandemie zu einem blühenden Wirtschaftszweig geworden ist. In der *New York Times* hat sie einen Artikel über Start-up-Unternehmen gelesen, die Dienstleistungen für die Endphase des Lebens anbieten. Auf neuen Plattformen kann man seinen Tod nach eigenen Vorstellungen planen, am letzten Tweet feilen, einen Grabsteingenerator ausprobieren und mitteilen, ob man seine Asche irgendwo verstreut haben möchte oder ob sie zu einem Diamanten gepresst werden soll. Junge Frauen haben die Branche von alten Männern und deren verstaubten Bestattungstraditionen gekapert. Eines der neuen Start-ups heißt New Narrative. Der eigene Tod soll zu einer Geschichte gemacht werden, vorab, weil es im Nachhinein nicht mehr geht. Ein Traum für jeden Kontrollfreak. Endlich kann man auch das in den Griff bekommen, was sich jeglicher Kontrolle entzieht.

Die Kinder richten die Taschenlampen ihrer Handys auf die moosbewachsenen Steine. Iiris stößt einen Laut aus: Zwischen den Granitbrocken blitzt etwas auf. Sie wälzen einen zur Seite und bringen eine alte Glasflasche zum Vorschein.

»Eine Flaschenpost!«, ruft Aida. Die Kinder kreischen fast bis zum Ersticken.

Iiris stößt die Flasche mit einem Stock an und schafft es, ein matschiges Stück Papier herauszuangeln.

»Mist, das kann man nicht mehr lesen.«

Elliot nimmt das Stück Papier und untersucht es mit der Handylampe.

»Vielleicht ein Etikett. Nko und FA.«

Otto schnappt sich das Etikett. »Die gute alte Aurinko Jaffa-Limo!«

»Der Zaubertrank unserer Kindheit«, begeistert sich Matias.

Elea spielte früher mit ihren Geschwistern am Hügelgrab Flaschendrehen, weiß aber nicht mehr, was für eine Flasche sie dabei benutzten. Ihre kleine Schwester zog sie mit Matias auf, der ihr eine Karte zum Valentinstag geschickt hatte. Nachdem sie gedreht hatte, sollte sie eine Ameise essen, die ihr kleiner Bruder zerquetscht hatte. Sie konnte es nicht. Ihr Bruder verschlang sie, ohne mit der Wimper zu zucken.

Unter der Woche durften sie keine Limonade trinken, aber ihre Mutter gab ihnen Jaffa, wenn sie krank waren. Oft war ihre Mutter sehr fordernd. Als energische Frau, die etwas zuwege brachte, erwartete sie auch von allen anderen Tüchtigkeit und Flinkheit. Aber wenn sie krank waren, war die Mutter sanft zu ihnen und sang *Der kleine Bär ist krank*. Elea erinnert sich an das Gefühl, von den Pflichten des Alltags in die losgelöst dahintreibende Zeit zu gleiten, in der es genügte, dass man einfach nur da war. Jetzt müsste sie wieder fähig sein, sich zum Objekt der Fürsorge machen zu lassen. Vielleicht verbirgt sich darin auch etwas Gutes, aber einfach wird es nicht.

Als Kind befürchtete sie oft, dass sie mit ihren Symptomen übertrieb und ihre Mutter und der Arzt es merkten. Die Grenze zwischen Hypochondrie und Selbstfürsorge ist manchmal unscharf. Kann zum Dasein als körperliches Wesen ein Hochstaplersyndrom gehören? Einmal, als sie schon mit Otto zusammen war, ging sie zum Arzt, um die geplatzten Äderchen auf ihren Lidern zu zeigen. Später stellte sie fest, dass sie die immer bekam, wenn sie etwas heftigeren Sex hatte, vor allem wenn sie beim Orgasmus die Luft anhielt. Danach ist sie nur wenige Male beim Arzt gewesen. Ihre Sorgen haben sich stets als grundlos erwiesen, und sie ist sich wie eine Simulantin vorgekommen. In diese Kette reihten sich dann die ärztlichen Beteuerungen ein, ihre Knoten seien harmlos. *Beruhigen Sie sich, junge Frau.* Plötzlich bemächtigt sich ihrer ein verquerer Gedanke: Hat sie ihren Krebs irgendwie erfinden können? Vielleicht wäre nichts passiert, wenn sie nicht eine Ereigniskette in Gang gesetzt hätte, indem sie mit einem winzigen Knötchen zum Arzt gegangen war.

Elea starrt auf die Kerzenflamme zwischen den Steinen und fragt sich, ob von ihrer Welt am Ende bloß ein Steinhaufen bleiben wird, an dem sich jemand einmal fragt, was für eine Lebensform auf diese Ruine passt. Wie mögen die Menschen der Zukunft ihre Welt beurteilen?

Für frühere Generationen war der Holocaust ein Prüfstein der ethischen Selbsterforschung. Elea erinnert sich an Kneipengespräche aus der Studienzeit darüber, wie es möglich sein konnte, dass im Herzen der europäischen Zivilisation ein Massenmord an Millionen von Menschen stattfand, und was sie selbst getan hätten, wenn sie damals gelebt hätten. Und heute? Heute werden die entscheidenden Maßnahmen zur Rettung oder zur Zerstörung der Welt ergriffen. Künftige Generationen werden fragen, wie es möglich sein konnte, dass wir unsere einzige Heimat verbrennen ließen. Werden ihre Enkelkinder, falls sie das erleben wird, Elea einmal fragen: Was hast du damals getan?

Sicher ist nur, dass die Gegenwart für ihre Kinder bald die Vergangenheit sein wird, deren Auswirkungen sie am eigenen Leib spüren. Die Vergangenheit, für die wir Rechenschaft ablegen müssen, denkt Elea. Um die Richtung der Geschichten, die die Welt dominieren, zu ändern, müssten wir in der

Lage sein, gemeinsam zwei Generationen vorauszudenken, die kommende Zerstörung so genau zu sehen, dass ihr die Antriebskraft zu einem anderen Handeln entspringt. Aber vielleicht reicht die Fantasie der Menschen dafür einfach nicht aus. Es ist schon kompliziert zu begreifen, wie lange die Pandemie anhalten wird. Geschichten sind im Nachhinein leichter zu erzählen. Elea erinnert sich an eine Geschichtsstunde, in der sie einen Brief von der Front des Dreißigjährigen Krieges nach Hause schreiben sollten. Ein Klassenkamerad schrieb: »Hallo, Mama und Papa! Es geht mir hier ganz gut, aber schade, dass wir noch dreißig Jahre hierbleiben müssen.«

Elea fährt aus ihren Gedanken hoch, als Matias eine Geschichte erzählt, die er von seinem Vater gehört hat. Sie handelt von dem internationalen Konflikt, den die Limonade mit dem Namen Aurinko Jaffa 1975 bei der KSZE-Konferenz in Helsinki ausgelöst hatte. Als den Konferenzteilnehmern Jaffa serviert wurde, das beliebteste Erfrischungsgetränk Finnlands, argwöhnten die Vertreter der arabischen Länder eine finnische Intrige mit ihrem Erzfeind, weil das Getränk nach der Stadt Jaffa benannt war. Damals war noch niemand von uns auf der Welt, denkt Elea. Sie schaut auf die Kinder, die über die Steine hüpfen. Würden sie eines Tages am Hügelgrab zusammenkommen, um ihren eigenen Kindern von der Jaffa-Flasche zu erzählen – in einer Welt, in der es sie, Elea, nicht mehr gäbe –, und würde diese Flechte unter ihrer Hand das Wachstum auf diesen Steinen auch noch in der fernen Welt fortsetzen, in der es den Menschen nicht mehr gäbe?

10

»Verdammte Mücken! Fressen die euch nicht bei lebendigem Leib auf? Sollen wir nicht wieder ans Ufer gehen?«, schlägt Aura vor.

»Ja, es wird ein bisschen kühl«, sagt Salma. Elea pustet die Kerze aus.

»Tschüs, ihr frühzeitlichen Menschen!«, verabschiedet sich Iiris von dem Hügelgrab.

Als sie den Pfad hinuntergehen, sieht es für Elea so aus, als neigten sich die Baumstämme der Dunkelheit zu. Von den letzten Tagesresten ist nur noch ein blasser Streifen am Horizont übrig. Ein Handy klingelt.

»Ah, jetzt ruft der Onkologe zurück«, sagt Matias und bleibt stehen.

Elea versucht zu hören, worüber sie sprechen, kann aber nur einzelne Wörter ausmachen. Wenig später legt Matias auf und holt sie mit großen Schritten ein. Er wirkt erleichtert.

»Die perineurale Invasion sollte keine Auswirkung auf die Brustkrebsprognose haben«, sagt er. »Angeblich wird das normalerweise nicht einmal angeführt.«

»Also, dieser Pathologe hat es jedenfalls angeführt, gleich zwei Mal«, sagt Elea. »Sowohl am Anfang als auch am Schluss steht: ›Die Probe zeigt eine perineurale Invasion.‹ Das klingt, als ob die Krebszellen sich über die Nervenfasern auf mein Gehirn zubewegen. Durch die Wiederholung wird unterstrichen, was von besonderer Bedeutung ist. Die wichtigsten Dinge schreibt man an den Anfang und an den Schluss.«

»Du interpretierst die Texte von Ärzten wie Lyrik, in der es von versteckten Bedeutungen wimmelt.«

Die Frustration, die Matias mühsam zurückhält, sickert zwischen seinen Worten durch. Ist sie eine schwierige Patientin? Würde sie ihm zur Last fallen?

»Was bleibt mir denn anderes übrig?«, fragt Elea und schaut ihn ratlos an, in all ihrer Angst.

Zärtlichkeit erfüllt Matias' Stimme und Blick. Elea seufzt erleichtert.

»Es wäre toll, wenn du mir geduldig erklären könntest, warum bestimmte Katastrophenszenarien, die mein Kopf entwickelt hat, nicht realistisch sind.«

»Ja, na klar. Frag mich einfach. Jederzeit.«

»Danke. Für den Anfang erst mal: Kann erhöhter Blutdruck die Verbreitung der Krebszellen intensivieren? Also wenn ich zum Beispiel laufen gehe. Breitet sich der Krebs dann schneller aus?«

»Nein. Das ist nicht der Fall.«

Elea atmet auf. Wen fragen diejenigen, die keine Ärzte als Freunde haben, wenn sie Angst haben und verwirrt sind und nicht verstehen, wie die Dinge zusammenhängen?

»Okay. Gut.« Sie lächelt und fügt hinzu: »Danke.«

Unbeholfen berührt sie Matias am Arm, um ihre Dankbarkeit auszudrücken, wird aber verlegen, weil sie nicht sicher ist, ob das bei ihm richtig angekommen ist. Es beschleicht sie das irritierende Gefühl, einer fremden Choreografie zu folgen, die sie selbst nicht versteht.

11

Als sie den bewaldeten Hang hinuntergehen, fliegt zwischen den Bäumen ein Waldkauz auf, Veeras Totemtier. Salma hat wieder das Telefonat mit Veera im Kopf, das das letzte gewesen sein sollte. Sie überlegten, die Reise nach Marokko um einen Monat zu verschieben. Veera hatte lediglich ihre Lunge kontrollieren lassen sollen, aber diese war in einem so schlechten Zustand, dass sie im Krankenhaus bleiben musste. Wir telefonieren heute Abend, sagte sie heiser. Aber am Abend hieß es im Telefon nur: Der gewünschte Gesprächspartner ist zurzeit nicht erreichbar. Salma stand auf dem Balkon von Veeras kleinem Apartment, schloss die Augen und ließ die Stadt in Lichtflecken und Streifen zerfallen. Eine neue Welt aus Geräuschen hatte New York eingenommen. Die Sirenen heulten Tag und Nacht, die Straßen leerten sich, aus der vor Leben brodelnden Metropole wurde eine Stadt des Todes.

Salma machte mit Aida einen Spaziergang im Central Park, als der Anruf mit der schlechten Nachricht kam. Sie starrte auf einen erblühenden Kirschbaum. Die Stimme am Telefon schien aus der Ferne zu kommen, und Salma wollte die Bedeutung der Worte nicht verstehen. Der Frühlingstag war auf irritierende Weise voller Geburt und Tod zugleich. Die Menschen gingen ihrer Wege, von ihren Terminen gescheucht. Salma begriff nicht, wie sie alle so viel Hoffnung im Herzen haben konnten, dass sie mit energischen, federnden Schritten durch den Park gingen. Sie drückte Aidas Kopf an sich, und in ihrem Inneren kreisten in Endlosschleife die Verse von Suheir Hammad, die Veera ihr, nur einen Tag bevor sie in die Klinik musste, aufgesagt hatte: »*we got to carry each other now.*«

Am Anfang wurden von den Opfern das Alter und das Geschlecht genannt. Auch wenn die Informationen spärlich waren, halfen sie doch, sich die Opfer und die Trauernden um sie herum real vorzustellen. Die Verstorbenen waren noch Eltern, Partner, Geliebte von jemandem. Lange waren die Tode von Kindern und Jugendlichen eine Nachricht wert: ein zwölfjähriges Mädchen in Belgien, ein dreizehnjähriger Junge in Großbritannien. Bald nach Veeras Tod starben in New York jeden Tag mehr Menschen als beim Anschlag auf die Zwillingstürme. Das schwimmende Marinekrankenhaus *Comfort* glitt auf dem Hudson River nach Manhattan. Als die Leichenhallen voll waren, wurden Kühl-Trucks in die Stadt gebracht, und Gefängnisinsassen mussten auf dem Friedhof von Hart Island Massengräber ausheben.

Bald wurden aus den Opfern nur noch Zahlen, die zu einer gesichtslosen Flutwelle des Todes zerliefen. Anonyme Statistiken überdeckten das konkrete Leid von Millionen Menschen. Die meisten stumpften schnell ab – für sie waren die Sterbenden hauptsächlich *andere*, Alte und Kranke.

Es widert Salma an zu sehen, wie vielen das Thema inzwischen auf die Nerven geht. Für sie ist es immer da: Veera, die an der von ihrer eigenen Lunge produzierten Flüssigkeit ertrinkt. Hätte sie Veera Geld geschickt, hätte sie vielleicht nicht in dem Restaurant arbeiten müssen, in dem sie sich angesteckt hat. Warum hat sie nicht kapiert, dass Veera in New York nicht über die Runden kam in ihrem Traumjob als Teilzeitredakteurin eines Kunstmagazins, sondern sich als Kellnerin etwas dazuverdienen musste?

Die sorglose und zuversichtliche Veera glaubte immer, dass sich alles regeln werde, und war stur der Meinung, dass sie in New York glücklicher wären. Sie wusste, wie hart es für Salma manchmal ist, unter lauter Menschen zu leben, für die das eigene Weißsein unsichtbar und eine Selbstverständlichkeit ist. Doch sie verstand nicht, dass Salma nicht noch einmal jenseits eines neuen Meeres von vorne anfangen wollte, nach allem, was sie erlebt hatte.

Veera bestand auch darauf, dass Salma nach Marokko fahren, zu ihren Wurzeln zurückkehren sollte. Salma hingegen hat die Vorstellung einer ethnischen Herkunft, zu der man einen Menschen zurückführen kann, nie akzeptiert. Sie ist viel mehr Finnin als Marokkanerin. Außerdem liegen ihre Wurzeln laut Herkunftsanalyse nicht nur in Nordafrika, sondern auch in Spanien und Südamerika. Sie hat sich schon immer mehr für die Wachstumsrichtung als für die Wurzeln interessiert, für die Bewegung, für das, wonach wir uns strecken. Dennoch hat sie jetzt das Gefühl, dass sie eines Tages zusammen mit Aida das Atlasgebirge besteigen will.

Während sie den bewaldeten Hügel hinuntergehen, setzt das schimmernde Meer eine Reihe von Erinnerungsbildern vom gemeinsamen Sommerhaus auf der Insel Kemiö in Gang: Veera mit ihrem schwarzen Filzhut, wie sie Barsche aus den Netzen löst, Veera mit Wind in den Haaren, dem Meer, den Möwen, den Quallen ein Lied singend. Ihre Freundinnen und Freunde beim Essen der Fischsuppe, die Veera zubereitet hat, unter den alten Apfelbäumen, auf dem Gras, das die Sonne mit Glanz bestreicht. Die Sturmnacht im vergangenen Herbst. Veera liebte den Sturm, der die Wellen krachend auf die Felsen schlagen ließ. Salma hingegen sah in den wild heranbrausenden Wellen auch die tödliche Kraft des Meeres, die Gnadenlosigkeit, mit der es verschlang, wen es wollte. Der Wind heulte in allen Ecken, Veera zündete eine Sturmlampe an und nahm Salma in den Arm, hielt sie so. Sehnsucht durchströmt Salma, schlägt schmerzliche Wellen unter der Haut. Das Abwesende und das Anwesende greifen ineinander.

Würde die Zeit irgendwann wieder so dahinfließen, dass man eines Tages merkt, sich sogar an das gewöhnt zu haben, von dem man glaubte, sich nie daran gewöhnen zu können? Aus den Gesprächen mit ihren Klientinnen weiß Salma, dass die Pandemie auch für viele, die keinen nahestehenden Menschen verloren haben, einen Bruch in der Zeit darstellt. Sie hat die Schwierigkeit hervorgerufen, das Vergangene und das Künftige zu erfassen. Das Gedächtnis scheint schlechter geworden und die Zeit verschwunden zu sein, weil an die Stelle von einprägsamen Momenten gleichförmig dahinkriechende Tage getreten sind, die vergehen, ohne Spuren zu hinterlassen. Manche Menschen rauschen im Wellengang der Trauer durch die Tage, andere treiben fühllos im stehenden Gewässer der Eintönigkeit dahin.

Die vertraute Bedrückung, die die Sehnsucht hervorbringt, lässt nach, aber abrupt und stechend meldet sich ein neuer Schmerz in Salmas Unterleib. Ovulationsschmerz vielleicht? Sie hat ihre Mutter nicht fragen können, wie die Frauenkörper in ihrer Verwandtschaft funktionieren, wie sie auf den Mondzyklus und auf das Altern reagieren. Abgeschnittene Kontinuität der Frauen. Ungewollt ist sie in die Position der Urmutter geraten. Sie muss Aida auch all das beibringen, was sie von ihrer eigenen Mutter nicht mehr lernen konnte.

Die Trauer um Veera mischt sich mit der Trauer um ihre Mutter, von der sie nur unzusammenhängende Erinnerungsbilder hat: das vom Gedächtnis des Körpers aufgesogene Gefühl von der Umarmung der Mutter, ihre tröstenden Worte, der Geschmack von Couscous mit Zimt, Mutters vollklingender Gesang, der das Haus erfüllte, wenn sie von einem Zimmer ins andere sauste. Ihre Mutter, die Krankenschwester, kannte Pflanzen und Heilmittel und sang wie Nina Simone. Ihre Oma erzählte, die Mutter hätte das Singen vor dem Sprechen gelernt. Das Fehlen von ihrem Gesang in ihrem Leben, in Aidas Leben, ist wie ein langsamer Schmerz, der sich über alles legt. Und doch kommt es Salma manchmal so vor, als hallte in Aidas dunkel getöntem leisem Singen etwas von der Stimme ihrer Mutter wider.

Als sie zum Haus kommen, muss Salma kurz allein sein. Sie zieht sich aufs Klo zurück, schließt die Tür hinter sich und lehnt sich an die weißen Kacheln mit den blassen Segelbooten darauf. Als sie sich an den Kacheln nach unten gleiten lässt, hat sie das Gefühl, dass alle Stärke und alles Mitgefühl aus ihr herausfließen. Sie kauert eine Weile auf dem Boden, wiegt sich hin und her, die Arme um die Knie geschlungen. Sie schafft es jetzt nicht, jemandem eine Stütze zu sein, und sagt sich, dass das nicht schlimm ist.

Sie blickt auf Eleas Sachen im Fach des Spiegelschranks: Feuchtigkeitscreme, Lippenbalsam, Wimperntusche. Wenn Elea stirbt, werden diese Dinge stur ihre Existenz fortsetzen, obwohl sie nicht mehr gebraucht werden.

Salma denkt an die Gegenstände, die Veera hinterlassen hat und die sie Abend für Abend in die Hand nimmt: die abstrakte Holzskulptur, ein Geschenk von Aura, die sich in eine gespannt-verschraubte Bewegung gedreht zu haben scheint, der schlichte Jadeanhänger, der Haarreif aus Samt, der Eulenmagnet am Kühlschrank und das Foto von Veera in dem Zinnrahmen mit der Patina der Zeit, auf dem sie Aida im Arm hält, die mit einem Leuchten in den Augen und abstehenden Zöpfen lacht. Die Dinge tragen den Menschen, dem sie gehören, seine Abwesenheit und seine Anwesenheit. Lange nachdem es den Menschen nicht mehr gibt, leben seine Spuren als Abdrücke in den Falten der Welt weiter.

12

Auf dem Weg nach unten bewundert Elea die Aussicht. An den Ufern der Insel glimmen die Lebensfeuer, so weit das Auge reicht.

Sowohl die Pandemie als auch der Krebs, denkt Elea, können nicht zu bändigende Feuer sein, die alles niederbrennen, oder Warnfeuer, die dazu aufrufen, innezuhalten und alles neu zu beurteilen. Die Pandemie ist ohne Absicht oder Plan ausgebrochen, aber man sollte sie dennoch als Warnsignal nehmen. Für die meisten dürfte sie bloß keine ausreichend konkrete körperliche Erfahrung sein, um das Gefühl für eine Notsituation zu wecken.

Vielleicht handelt es sich auch bei der Haltung des Menschen zum Klimawandel um eine Anpassungsstörung, überlegt sich Elea. Um eine Störung der übertriebenen Anpassung. Wir gewöhnen uns an alles, auch daran, dass wir die ganze Erde krank machen. Anstatt dass wir, von intensiver Not getrieben, nach einem Medikament suchen, machen wir weiter, als ginge nichts Dramatisches vor.

Wir befinden uns immer an einem Kreuzungspunkt: Von jedem Augenblick gehen Wege in unterschiedliche Zukunftsrichtungen aus. Aber in manchen Momenten zeichnen sich die Wege deutlicher ab, so wie jetzt, da die Pandemie die Geschichten, die die gemeinsame Wirklichkeit zusammenhalten, zunichtegemacht hat. Man ist an den Gedanken gewöhnt, dass sich Strukturen und Handlungsweisen nicht schlagartig ändern lassen. Nun hat man gesehen, dass sich die Menschen sehr schnell neue Praktiken aneignen können, sogar neue körperliche Stilformen – die Geometrie der Entfernungen, die

Choreografie der Sorge um den nötigen Abstand. Das wirft die Frage auf, welche Todesströme stillschweigend als unumgänglich akzeptiert werden und an welchem Punkt man das Gefühl hat, dass man sie stoppen muss. Warum wird hingenommen, dass jedes Jahr neun Millionen Menschen an Hunger sterben? Warum stehen von ihnen nicht jeden Tag Balkendiagramme in der Zeitung?

Große Krisen werfen uns immer an die Grenzen der Welten. Elea denkt über Zwischenräume und Grenzzonen nach – Meeresufer, Flüsse, die ins Totenreich führen – und über Warteräume: in Krankenhäusern, auf Flughäfen. An der Grenze welcher Welt befindet sie sich jetzt? An der Grenze zum Tod oder an der Grenze zu einem neuen Leben? Sie weiß nur, dass es keine Rückkehr zum alten geben wird. Und die Menschheit: An die Grenze welcher Welt haben uns die Pandemie und die Umweltkrise geworfen? Ist die Pandemie nur ein Moment, in dem wir einen flüchtigen Blick auf eine andere Welt erhaschen, bevor wir wieder auf den alten Pfad zurückkehren, obwohl wir wissen, dass an dessen Ende nur Ruinen und Asche auf uns warten? Oder ist sie der Anstoß, einen anderen Weg zu beschreiten, einen mit Gestrüpp und sumpfigem Boden, schwer zu begehen, an dessen Ende irgendwo in der Ferne ein Planet pulsiert, auf dem es genügend Wasser und Sauerstoff für alle Lebenden gibt? Oder bringt die Ausnahmesituation verrückte Diktatoren dazu, von vergangenen großen Zeiten zu träumen, um jeden Preis, auch wenn die Gefahr des nuklearen Winters droht, die Zerstörung allen Lebens?

Das Dunkel wabert an den Rändern des Meeres. Elea späht nach Kaasivuori hinüber, auf deren Höhe ein Feuer über allen anderen brennt. Sie erinnert sich an den Naturpfad, der bei der Sprungschanze losging und sich durch sumpfiges Gelände bis zu dem von einem offenen Felsen beherrschten Berggipfel hinaufschlängelte. Die Schanze baute einst ein Mann aus Nauvo, der wollte, dass sein Sohn Skispringer wurde, und noch in den 1990er-Jahren, als es schneereichere Winter gab, wurden dort lokale Skisprungwettbewerbe ausgetragen. Jetzt steht die Schanze als Erinnerung an die Zeit vor der Klimaerwärmung in der Landschaft.

Elea denkt an die Kette der Signalfeuer in der Eisenzeit und erinnert sich, dass sie auch Verfolgungsfeuer genannt wurden. Die Warnfeuer sprenkeln die Schären, aber wovor warnen sie? Es ist nicht mehr klar, wer der Feind ist. Eleas eigener Körper hat sich gegen sie gewendet, unmerklich, ohne Vorwarnung. Oder hat er Warnsignale geschickt, die ihr nicht aufgefallen sind?

Die Krankheit bricht aus, man versucht sie einzudämmen, aber am Ende brennt sie, wie sie brennen muss, nach ihren eigenen Gesetzen, unvorhersehbar, lodert wild auf oder verglimmt und erstickt. Sie kann verkohlte Ruinen hinterlassen oder schwarze Spuren, die wie die Patina auf Porzellangeschirr an die Lebensmomente erinnern, die brennen und formen, an die Flammen, die wütend flackern und dann erlöschen.

Falls die Pandemie ein Warnfeuer ist, sieht es dann jemand? Sehen es ausreichend viele? Falls der Krebs ein Warnfeuer ist, wovor warnt er dann und wen?

Die Feuer strecken sich in beide Richtungen der Zeit: Sie erinnern an die Vergangenheit und warnen vor der Zukunft. Kann man sich gleichzeitig an diejenigen erinnern, die nicht zurückgekehrt sind, und an diejenigen, die in Gefahr sind, zu verschwinden?

13

Alle sind ans Lagerfeuer zurückgekehrt. In den Bäumen am Ufer glimmen Lampions mit LED-Lampen, die nun zur Geltung kommen, weil sich die Dämmerung während des Ausflugs in den Wald verdichtet hat. Elliot zündet die Schwedenfackel an, die er aus einer abgestorbenen Kiefer geschnitzt hat. Am Wasser brennen Gartenkerzen und ein kleines Lebensfeuer. Otto legt Holz nach, die anderen wickeln sich in Wolldecken. Sie lauschen dem Prasseln und schauen auf die flackernden Feuer beiderseits des Wassers. Elea hat das Gefühl, nicht in diesen reinen Sommerabend zu passen, als klänge sie in einer falschen Tonart. Wieder steigt die Erregung in ihr auf, sie kommt und geht wie Ebbe und Flut.

Natürlich hat sie immer gewusst, dass sie nur begrenzt auf den Verlauf ihres Lebens einwirken kann, und dennoch, versteht sie jetzt, hat sie sich trotz allem auf einer gewissen Ebene vorgestellt, ihr Leben zu beherrschen. Sie ist blindlings in diese Falle gelaufen, wie es nur einem Menschen passieren kann, dem noch nie etwas wirklich Schlimmes zugestoßen ist. Es ist etwas anderes, ob man es abstrakt weiß oder ob man am eigenen Körper spürt, wie an die Stelle des Kontrollgefühls die primitive, untröstliche Not tritt. Alle scheinen zu denken, das Problem sei diese Not, man müsse ein Mittel finden, sie zu beseitigen, um die Ordnung wiederherzustellen, aber vielleicht ist die Not das Einzige, was jetzt richtig und angemessen ist.

Vielleicht ist das Problem ja die Illusion der Kontrolle, die von der Not entlarvt wird. Die ganze Welt ringsum will krampfhaft an dem Irrglauben der Unverwundbarkeit festhalten. Wenn eine unerwartete Katastrophe eintritt, versucht man die Lage in den Griff zu bekommen, indem man Krisentherapie anbietet und eine detaillierte Unfallursachenforschung vornimmt, als könnte das gründliche Aufklären der Ereignisse die aus den Fugen geratene Ordnung wiederherstellen. Bei den einzelnen Menschen zielen die Untersuchungen, Behandlungen und Therapien auf das Gleiche ab: auf die Korrektur der Störung, auf die Wiederherstellung des Kontrollgefühls.

Und dennoch hat niemand die wichtigsten Dinge des Lebens unter Kontrolle: die Liebe, die Geburt und den Tod.

Elea bietet an, die Sauna zu heizen. Normalerweise erledigt das Otto, aber sie will zeigen, dass sie weiterhin handlungsfähig ist. Während sie Holzscheite in den Ofen schichtet, fragt sie sich, warum sie, nachdem sie die schlechte Nachricht erhalten hat, blödsinnigerweise dachte, es müsste ein Fehler passiert sein, denn sie schaffte es doch spielend, zehn Kilometer zu laufen. Wir sind offenbar so darauf konditioniert, an unsere Fähigkeit zu glauben, Krankheiten durch die entschlossene Sorge um die eigene Gesundheit verhindern zu können, dass wir auf verquere Art glauben, es funktioniere auch umgekehrt: als müssten wir nur beweisen, in Topform zu sein, damit die Krankheit versteht, dass sie sich geirrt hat, dass sie in den falschen Körper eingezogen ist, und sich dann in aller Stille wieder davonmacht.

Und natürlich möchte Elea jetzt denken, dass sich alles zum Guten wendet, wenn sie nur wieder alles richtig macht – die Therapien durchläuft, sich noch gesünder ernährt, die Zähne zusammenbeißt und kämpft. Aber so funktioniert es nicht. Wir haben keinen Zugang zu den stillen Ketten der Zellteilungen.

Die Welt ist kein Hindernisparcours, kein Labyrinth, in

dessen Mitte man einen Schatz findet, wenn man nur zäh und clever genug ist. Sie ist ein verworrener Ort, zu dessen Charakter Unberechenbarkeit und Unvorhersehbarkeit gehören, eine Komplexität, die man bestenfalls unvollständig verstehen kann. Manche glauben, dass alles einen Sinn hat, aber für Elea ist es eine Erleichterung, dass es keinen vorab festgelegten Sinn gibt, sondern unser Los im vorsichtigen Erfassen bedeutsamer Zusammenhänge besteht, immer wieder von Neuem.

Sie legt die dünnen Holzscheite luftig in die Brennkammer des Saunaofens. Als Anzünder gibt sie Birkenrinde, Späne und Zeitung hinzu. Das Papier brennt als Erstes, dann die Rinde. Elea sieht zu, wie sich die goldenen Flammen langsam ausbreiten, wie sie am Holz lecken, als wollten sie es überreden, Feuer zu fangen, bis die hellen Holzfasern knisternd und knallend brennen. Sie schließt die Klappe und bleibt noch einen Moment in der dunklen Sauna, um dem Rauschen zuzuhören.

Sie denkt sich, dass sie mehr als Vertrauen ins Leben und in die Ärzte jetzt die Fähigkeit braucht, offenen Sinnes dem zu begegnen, was sie nicht verstehen und nicht kontrollieren kann. *Docta ignorantia*: Echtes Wissen ist das Wissen, dass man nichts weiß – das Verständnis, dass die Dinge nicht so sind, wie man geglaubt hat. Etwas Derartiges sucht in ihr tastend nach einer Form. Auf diffuse Weise spürt sie, dass sich im Leben eine tiefere, wirklichere Perspektive auftut, auch wenn ihr alles genommen wird.

Allmählich steigt die Temperatur in der Sauna. Der Ofen ächzt. Elea legt noch ein Scheit nach, drückt die verrußte Klappe wieder zu und tritt auf die Veranda des Saunagebäudes.

Sie denkt an ihre dritte Metamorphose. Sie hat überraschend viel gemeinsam mit dem Kinderkriegen. Auch das ist mühsam und mit vielen kleinen Unannehmlichkeiten verbunden, mit

Schmerz und Unbequemlichkeit, mit brüchigem Schlaf und mit Sorgen. Aber gleichzeitig eröffnet sich eine schwindelerregend weite Perspektive aufs Leben, die unermesslich kostbar ist und die man gegen nichts eintauschen würde. Kinderlose können ihre Freunde bemitleiden, weil deren Leben zu einer Umlaufbahn von Tagen zwischen Windelwechseln und Sandkasten geschrumpft ist. Diejenigen, die vom Krebs verschont geblieben sind, halten Krebs oft für die schlimmste Katastrophe, die den Menschen treffen kann. Aber ihr Blickwinkel ist der von Außenstehenden.

Elea denkt, dass man in allen drei Metamorphosen – im Übergang zum Leben nach der Kindheit, in das Leben nach der Entbindung und in das Leben nach einer ernsten Erkrankung – sein altes, ungestörtes Leben voller Sicherheit und Bequemlichkeit aufgeben muss, zugleich aber begreift, dass diesem die strahlende Tiefe fehlte, die man nicht sieht, bevor die Wände des vorigen Lebens bersten und sich ein unerhörter, ungeschönter Blick auftut: Das ist das Leben, ungestüm, planlos, voller Momente des Schmerzes, der Angst und des Glücks, die sich gegenseitig durchdringen und beleuchten. Es hat nichts Sauberes oder Reines an sich, sondern es ist durch und durch unordentlich, durch wirre Handlungsverläufe aus den Fugen gebracht und von unerwartet auftauchenden Lichtpunkten erhellt.

Auf der Saunaveranda spürt sie einen leichten Windhauch auf der Haut, in dem sich die nachtkühle Frische und die späte Wärme des vergangenen Hitzetages mischen. Unmerklich hat sich der Abend zur Nacht verdichtet.

14

Mit der Ankunft der Nacht dreht sich das Meer schweigsam um: Es summt kaum hörbar, und in seinen Tiefen umspült das dunkle Wasser die Fische. Auf der Oberfläche zittert eine rissige Brücke aus Mondlicht. Die Nacht liegt still über den Inseln.

Aus diesen Gewässern verlaufen Strömungen in Meere, auf denen diejenigen treiben, die an den Rand des Todes geraten sind: Kranke, Verwundete, Menschen auf der Suche nach einem neuen Leben. Notleidende fliehen im Schutz der Nacht, in Schlauchbooten und auf Holzflößen, rudernd, paddelnd, mit den Händen schaufelnd.

Hinter den Ozeanen liegt der zum Feuermeer entbrannte Wald, der auch in dieser Nacht mit brutalem, alles verschlingendem Lodern brennt. Auf dem Fluss, der ihn durchfließt, treiben verbrannte Leichen: von Faultieren, von Tapiren, von Menschen. Das Mondlicht ringelt sich auf dem vom Feuer versengten Strom, der die Toten ins Meer entlässt. Nach und nach verzehrt sie das Wasser, die dem Meer Gehörigen, bis sich das Fleisch aufgelöst hat und die sauber geleckten Knochen im Meeresbauch versinken.

Das Meer ist Gebärmutter und Grab. Es ist das Schaukeln des Wassers, das Schwanken steigender und sinkender Wellen. Leben und Tod treiben im Meer Arm in Arm, im Takt desselben Wellenschlags.

7. TEIL

WÖRTER, TÖNE, STRICHE

»Man kann diesen Brunnen nicht ausschöpfen, dieser Brunnen
ist verbunden mit den tiefen Wassern, in denen
wir als Kinder spielten, und dort, in den
bodenlosen Tiefen der Ozeane wurden
unsere Träume vom Fliegen geboren.«

Claes Andersson, *Morgen am Meer*

1

Das Lagerfeuer schleudert Feuertropfen ins ringsum dichter werdende Dunkel. Otto greift zur Gitarre und spielt ein paar Akkorde. Dann erschallt tief und voll *Bridge Over Troubled Water.* Die Melodie steigt in ihnen allen auf und schwillt an, verbindet sie mit dem Zittern des Meeres.

»Sail on silver girl, sail on by«, singen sie gemeinsam.

Elea bekommt Gänsehaut. Sie ist das Silbermädchen, das von den Worten und Tönen aller früheren Silbermädchen vorangepustet wird – auf etwas zu, von dem sie nichts weiß, dem sie aber mit offenen Augen begegnen will.

Bald würde sich all das, was sich hier zwischen ihnen auftut, aufgelöst haben und nie mehr wiederkehren. Was jetzt im Glanz des Daseins entbrennt, als unwahrscheinliches Aufflammen vor dem Dunkel des Nichtseins, erlischt nur wenig später, kann aber etwas in Bewegung setzen, was niemand vorhersagen kann.

Otto sucht den Anfang des nächsten Stücks. Elea fragt sich, ob es über das Wasser zum gegenüberliegenden Ufer schallt, wo kleine und große Lebensfeuer brennen. Als die dunkle Melodie beginnt, singt Salma mit: *»You want it darker, we kill the flame.«* Im Rhythmus der Musik verdichtet sich die Zeit und dehnt sich dann wieder.

»Was darf es als Nächstes sein?«, fragt Otto.

»Irgendwas von Kate Bush. Zum Beispiel *Hello Earth*«, bittet Elea.

Noch lieber hätte sie etwas von Astrid Swans Album *From the Bed and Beyond* gehört. Aber die anderen wissen nichts von dieser neuen Musik, die Elea erobert. Auch sie hat sie erst gestern entdeckt. Gefunden wie einen Schatz. Sie weiß, dass sie in den kommenden Wochen und Monaten in ihr klingen wird.

Einzelne Zeilen von Swan gehen ihr durch den Kopf: *»I wear my bruises like pearls.«* Sie vermischen sich mit Kate Bushs Melodie wie übereinanderliegende, transparente Membrane. Otto singt: »Tiefer, tiefer, irgendwo in der Tiefe gibt es ein Licht.« Durch Eleas Vorstellung treiben Ertrunkene und Ertränkte, mit Blumen in den Haaren und Steinen in den Taschen, vom Strom Mitgerissene und aufs offene Meer hinaus Geschwommene, Kranke und Sterbende, zu früh mit Blumen Versehene.

2

Zum Glück gibt es die Kunst, denkt Elea, die Signalfeuer für diejenigen, die im Dunkeln nach Orientierung suchen: Man kann eine Form für Erfahrungen finden, die man selbst nicht in Worte, Bilder, Töne verwandeln könnte. Sie weiß nicht, wie sie ohne auskommen sollte. Die Kunst wird für überflüssigen Luxus gehalten, obwohl sie für das Überleben ebenso wichtig ist wie Essen und Trinken. Man trägt seine eigenen Menschen mit sich, aber auch all die Songs, Bücher und Filme, die einen berührt und das eigene Dasein in der Welt geformt haben. Durch sie erhält eine neue Erfahrung Gestalt, und neuen Werken begegnet man stets an dem Punkt, an den einen das Leben jeweils geworfen hat.

Sobald sie von ihrem Krebs gehört hatte, holte sich Elea in

der Bibliothek einen Stapel Bücher. Als Erstes verschlang sie Audre Lordes Krebstagebuch. Es war ein beeindruckendes gesellschaftliches Statement, auch wenn es Elea fremd blieb, wie Lorde versuchte, Frauen, die den Krebs überlebt haben, dadurch zu stärken, dass sie von ihnen als Kriegerinnen, Amazonen spricht, die stolz die Zeichen des siegreichen Kampfes tragen sollten, ohne ihre Einbrüstigkeit zu verhüllen. Lorde wurde unmittelbar nach der Operation eine künstliche Brust aus Watte mitgegeben, aber sie wollte sie nicht tragen. Die Krankenschwester sagte daraufhin abfällig, in die Klinik dürfe sie aber nicht einbrüstig kommen, denn »das drückt den Kampfeswillen.« Eine Frau mit nur einer Brust wurde als peinlich empfunden, und so ist es immer noch. Lorde ermuntert alle, die eine Brust verloren haben, ihre Kräfte zu bündeln, um das Schweigen zu brechen, die Unsichtbarkeit zu beenden, den Krebs als gesellschaftliche Frage in die Diskussion einzubringen. Anstatt Individuen zu beschuldigen und in ihrer jeweiligen Krankheit zu isolieren, müsse man fragen, was an unserer Lebensumgebung so viele krank werden lasse.

Erst beim Lesen von Lorde begriff Elea, dass kein Arzt und keine Ärztin die Möglichkeit, ohne Brust zu bleiben, auch nur erwähnt hatte – ein Leben als *Einhorn* zu führen, wie die Leute aus der Selbsthilfegruppe sagen. Es ging immer nur um verschiedene Möglichkeiten der Rekonstruktion. Es würde ihr schwerfallen, sich den Empfehlungen der Ärzteschaft zu widersetzen, so wie Lorde es tat, als sie sich den Behandlungen, die über die Brustamputation hinausgingen, verweigerte, mit der Begründung, sie seien unnatürlich und karzinogen. Natürlich ist ein ebenso ideologischer Begriff wie einheimisch. Ist nicht alles, was in der Natur vorkommt, natürlich? Ist nicht jedes ausländische Produkt für jemanden ein einheimisches? Elea erinnert sich, wie ihre Gynäkologin einst die Vorteile einer Hormonspirale anpries und dabei immer wieder sagte, man habe es mit einer *rein finnischen Produktentwicklung* zu tun. Jetzt hat sie dann wohl einen rein finnischen Bio-Krebs.

Elea fragt sich, ob sie eine schwache Frau ist, die den Erwartungen der Umgebung nachgibt, weil sie nicht fähig ist, die Rolle der Amazone anzunehmen. Aber gleichzeitig tickt in ihr das vage Gefühl, dass es noch andere Möglichkeiten geben muss. Selbst wenn man ihr im Zusammenhang mit der Brustkrebs-OP eine neue Brust konstruiert, könnte sie den Krebs auf andere Weise sichtbar machen. Sie kann darüber sprechen und schreiben. Sie kann mit Glatze herumlaufen.

Sie empfindet Erleichterung darüber, ihre Krankheit nicht verstecken zu müssen, neben allem anderen auch verstohlenes Getue und Heimlichtuerei aushalten und ständig überlegen zu müssen, wer es weiß und wer nicht. Hätte sie einen befristeten Arbeitsvertrag, so wie die meisten in dieser Branche noch in ihrem Alter, wäre alles wesentlich komplizierter. Krebs ist kein Trumpf im Lebenslauf. Sie muss über ihren Krebs sprechen und schreiben, weil sie die Möglichkeit dazu hat. Vielleicht könnte sie wie Lorde einen Text verfassen, in dem das Theoretische, das Gesellschaftliche und das zutiefst Persönliche ineinander übergehen.

Sie könnte auch die Modelle von Erzählungen sichtbar machen, die wir von klein auf wie Schwämme aufsaugen, aus Märchen, Kindersendungen und Gesprächen am Esstisch, unbewusste Muster, die uns steuern, auf bestimmte Art zu erzählen, was ein gutes Leben, was Liebe und was Erfolg, was Krankheit und was Heilung ist. Ihr ist in den letzten Tagen schmerzlich klar geworden, wie man vom Brustkrebs erzählen soll: Ich entdeckte einen Knoten, durchlief anstrengende Therapien, kämpfte, überlebte als Siegerin und bin jetzt ein besserer Mensch. Die Krankheitsgeschichte, die dem Schema dieser

Kampfeserzählung folgt, wird im Nachhinein erzählt, und sie hat ein glückliches, erhebendes Ende. Sie bietet keinen Resonanzboden dafür, mit den widersprüchlichen Gefühlen fertigzuwerden, die sie erfüllen und von denen niemand etwas hören will, mit der Erfahrung, sich aufzulösen und aus der Spur zu geraten, die den Schock prägt, mit all dem, was unfertig und nicht entschieden ist.

Geschichten sind nicht bloß nachträgliche Erklärungen, was passiert ist, denkt Elea. Sie formen, wie wir die Dinge ursprünglich erleben und wie wir uns auf das Künftige ausrichten; sie eröffnen Möglichkeiten und schließen andere aus. Kulturkritikerinnen wie Susan Sontag wehrten sich dagegen, in Sprachbildern über Krankheiten nachzudenken, aber der Mensch kann nicht anders, als die Welt durch die Vermittlung von Bildern und Geschichten zu gliedern. Anstatt uns davon freizustrampeln, hin zu einer imaginären Reinheit purer Tatsachen, sollten wir darüber nachdenken, auf welche unterschiedlichen Weisen wir die Welt in Geschichten kleiden. Die vorherrschenden Modelle können genau dann deutlich werden, wenn sich die eigene Erfahrung an ihnen reibt.

Warum wird Krebs in Büchern und Filmen weiterhin so oft als Folge der Taten und der Charaktereigenschaften einer Figur dargestellt, als zehrende Krankheit, die innere Konflikte und unterdrückte Gefühle symbolisiert? Vor zwei Tagen las Elea Philippe Claudels Roman *Die Kostbarkeit des flüchtigen Lebens.* Darin erkrankt Eugene, der beste Freund des Erzählers, an Lungenkrebs und denkt, dass sich in der Krankheit sämtliche Rückschläge und negativen Energien seines Lebens verdichten, schiefgelaufene Liebesaffären, berufliche Misserfolge und schlechtes Selbstwertgefühl. Dieser Philosophie nach ist die Krankheit eine Tür, die wir selbst geöffnet haben – bewusst oder unbewusst. Der Gedanke ärgert Elea, aber sie mochte den Mythos vom Baum der Toraja, der in dem Roman vorkommt, die Art und Weise, wie die Bewohner der indonesischen Insel Sulawesi mit ihren Toten zusammenleben. Stirbt ein Kind als Baby, wird es gewickelt und in eine Höhle eines riesigen Baums gelegt. Wenn der Baum wächst, steigen die kleinen Körper dem Himmel entgegen. Der Baum trägt die Toten und verknüpft Leben und Tod.

So tragen auch wir die Toten mit uns, denkt Elea. Die Toten leben in uns weiter, verändern sich, wachsen mit uns und verändern uns dabei. Verliert man eine Freundin, verliert man auch das Selbst, das mit der Freundin zusammen war. Veeras trockener, warmer Humor lockte Eleas entspannte, zuversichtliche Seite hervor. Und schon durchfährt sie die Sehnsucht. Vielleicht kann das Sprechen und Schreiben über Veera einen Baum errichten, in dem ihre Freundschaft weiterlebt. Elea betrachtet ihre Freunde rund um das Lagerfeuer und fragt sich, ob auch zwischen ihnen etwas wie ein Baum der Toraja wachsen kann.

Jetzt, da alles unwirklich ist, merkt Elea, wie sie nach Worten dürstet, die exakt das ausdrücken, was für sie erst Gestalt annimmt. Die Literatur kann der Komplexität der inneren Welt eine Form geben. Nie zuvor hat sie das so dringend gebraucht. Sie liest wie eine Ertrinkende, sucht in den Worten nach etwas, das sie über Wasser hält.

In den schlimmsten Stunden lähmt die Erschütterung ihren Geist so sehr, dass er nicht im Rhythmus des Textes dahinfließt; dann springen die Wörter auf der Seite hin und her und lassen Elea nicht ein. Ihre Augen mögen einer Zeile nach der anderen folgen, aber die Buchstaben starren sie nur an und weigern sich, zu bedeutungshaltigen Sätzen zu werden. Dann macht sie mit einem Hörbuch in den Ohren einen Spaziergang. Es ist tröstlich, der Stimme eines anderen Menschen zuzuhören, wenn man selbst nicht lesen kann.

In Elea entfaltet sich der vage Wunsch, aus den Wörtern, den gelesenen und geschriebenen, möge sich ein Seil bilden, mit dem sie sich aus dem Auge des Sturms, von dem sie hier gebeutelt wird, herausziehen kann. In ihr brennt der Durst, ihren Weg zur eigenen Sprache zu suchen. Die kann man nur finden, indem man innehält und Ausdrücke, Blickwinkel, Wahrnehmungen von anderen aufnimmt. Das ist Lesen. Es ist nicht nur die Art von produktiver Tätigkeit, wie sie die Universität heute verlangt. Elea fällt das Gerücht über einen Professor ein, der eine Mitarbeiterin mit einem Buch in der Hand in ihrem Büro sitzen sah, in den Raum stürmte und rief: Was? Wird hier während der Arbeitszeit gelesen?

Nun ist in Elea eine Metamorphose in Gang gekommen, die von der Suche nach neuen Sprachen und deren Aneignung geprägt ist. Sie denkt an die Sprachen, zu denen sie früher ein Verhältnis aufgebaut hat: Englisch, Französisch, Deutsch, an die Welten, die sie eröffneten, an die Freude, neue Formulierungen zu finden, an das unbeholfene Stolpern und an die seltenen Momente, in denen sie in einer Sprache tanzte und sich dabei vergaß.

Später lernte sie die Sprache des Mutterseins: beteiligte sich an den endlosen Gesprächen der Müttergemeinschaft darüber, wie man durchhält, wenn der eigene Körper zur Milchbar und zum Lasttier geworden ist und man nicht mehr weiß, wer man ist. Jetzt muss sie für sich eine Sprache finden, mit der sie der Krankheit und dem Tod begegnet, sie braucht Mittel, um Gefühlen eine Form zu geben, die sie noch nie in Worte gekleidet hat, weil sie von ihrer Existenz nichts wusste.

Wenn etwas geschieht, was die früheren Bedeutungsraster

bricht, stolpert man eine Weile ohne Worte vor sich hin. Brüche sind schwer zu verbalisieren, und die Sprache tut sich schwer damit, etwas auszudrücken, was nicht endet. Der Krebs endet nicht, die Unsicherheit bleibt dauerhaft ein Teil des Lebens, und dennoch verlangt die Umgebung, dass es weitergehen muss. Vielleicht endet auch die Pandemie nicht mit einem eindeutigen Moment. Sie kommt nicht auf die Bühne, verneigt sich und tritt ab. Wir gewöhnen uns einfach an sie, und eines Tages werden andere Sorgen wichtiger. Für die Umweltkrise ist keine Lösung in Sicht, die sie zu unserer Lebenszeit von der Tagesordnung nehmen könnte; sie endet nicht, und sie müsste ständig die wichtigste Nachricht sein, auch wenn die Logik der Nachrichten so nicht funktioniert. Jeder Tag ist eine Notlage, aber wir schauen weg, um zu vergessen.

Elea erinnert sich, dass sich Virginia Woolf ihr ganzes Leben lang die Fähigkeit bewahrte, »plötzliche Schocks zu erhalten«, und glaubte, dass sie genau das zur Schriftstellerin machte. Ihr hatten sich aus der Kindheit außergewöhnliche Momente eingeprägt, in denen sie Absturz und Entsetzen erlebt hatte, Augenblicke des Daseins, die klar und deutlich aus der Watte von Augenblicken des Nicht-Seins herausragten, sich strahlend von den Alltagstätigkeiten abhoben, in denen die Menschen unbewusst versanken. Am allerkostbarsten waren für sie die Momente des Schocks, die man hin und her drehen und untersuchen konnte, um das Muster zu finden, das sich hinter der Watte verbirgt. Elea begreift, dass es auch in ihrer Not darum geht: um die Fähigkeit, Erschütterung zu erleben. Aber genau das scheinen ihr so viele streitig machen zu wollen.

Vielleicht wäre es nötig, so etwas auch kollektiv zu pflegen: dass man sich öffnet für die Erfahrung der Erschütterung. Eine Beeinträchtigung der Ordnung wird grundsätzlich als etwas Schlechtes betrachtet, Risse will man flicken, Störungen beheben, Feuer löschen. Aber oft lodert hinter einem kleinen Feuer ein großes; man verschließt vor den Warnfeuern die Augen, obwohl im Hintergrund ständig riesige Flammen wüten und die Lunge der Erde zu Asche verbrennen. Wenn Elea nicht stirbt, wird auch ihr Krisenzustand allmählich vergehen. Sie fragt sich, ob sich noch andere Wege auftun als der, der in den Untergang führt, und der, auf dem die Not verfliegt und alles weitergeht wie früher. Gibt es einen Weg zu einem Ort, an dem sie nicht stirbt, aber die Sensibilität für die Zerbrechlichkeit alles Lebenden behält, das Gefühl der Verbundenheit? Indem sie nach Worten für ihre Erfahrung sucht, könnte sie die Erschütterung bewahren, die man möglichst effektiv zähmen, abtöten, wegwischen will.

3

Elliot hockt im dichter werdenden Dunkel neben der Eiche und beobachtet mit dem Fernglas einen Schwarzspecht, der zwischen Wald und Ufer hin- und herfliegt. Der Vogel ruft *krück-krück-krück*, als er über die Feuerstelle fliegt. Schließt man die Augen, hört man die Stimme noch deutlicher. Sie mischt sich mit dem Rauschen des Meeres, dem Zirpen der Ruderwanzen, dem Spiel der Zikaden und dem Gesang der Eisenten: *Aa-aa-aallii.*

Elliot öffnet die Augen und sucht den Vogel. Bald ist es zu dunkel. Er stützt das Fernglas auf den Knien ab. Kurz darauf erkennt er den roten Oberkopf, der sich leuchtend vom kohlrabenschwarzen Federkleid abhebt. Der dolchartige Schnabel und die Augen glänzen hell in der Dämmerung. Der Specht fliegt, als schwämme er in hohen Wellen, und als er auf einer Kiefer landet, ruft er *kli-öh*.

Kurz hält der schwarze Vogel wachsam inne. Ob auch er die Stimmen der Menschen am Lagerfeuer hört? Mit schnellen, ruckartigen Bewegungen dreht er den Kopf und ruft erregt *kui-kui-kui*. Dann trommelt er: in langen, weit hörbaren Serien. Wieder schließt Elliot die Augen. Man hört etwas wie ein Echo. Vielleicht kommt übers Wasser die Botschaft eines anderen Vogels, der vom Ufer gegenüber zurückruft.

Elliot streicht mit der Hand über die knorrige Rinde der Eiche, versucht, die chemischen Botschaften wahrzunehmen, die sie aussendet, und den Saft, der unter der Rinde fließt. Er hört, dass am Feuer Musik gemacht wird. Sein Vater spielt Gitarre, einige singen mit. Vielleicht ist alles doch nicht so schlimm, wenn sie so singen. Andererseits ist es ein trauriges Lied. Elliot lässt sich all das durch den Kopf gehen und spürt wieder die Angst aufkommen. Er versucht, die Stimme des Schwarzspechts zu hören, aber die Musik übertönt sie.

Elliot legt das Fernglas neben sich auf den Stein. Mit weiterhin geschlossenen Augen fährt er mit der Hand am Bein entlang bis zum Fußgelenk, greift mit der anderen Hand nach der Kniekehle und zieht das Bein dichter an den Körper, um nicht vom Stein zu fallen. Als seine Hand auf einen Punkt stößt, der von der Haut absteht, reißt er die Augen auf. Er beugt sich nach vorn, um ihn sich anzusehen. In der Kniebeuge zappelt eine Zecke.

4

»Was hast du jetzt vor, nach der Diagnose?«, fragt Aura und wirft eine zerknüllte Serviette ins Feuer.

»Mit den Kindern zusammen zu sein. Ich habe das Gefühl, dass nur noch die Menschen wichtig sind: die Familie, ihr.«

Elea überlegt kurz und fügt hinzu: »Außerdem möchte ich schreiben.«

»Was?«, will Aura wissen.

»Ich weiß nicht. Vielleicht etwas über das Leben am Rand des Todes.«

Elea weiß nicht, ob sie in der Ichform oder in der dritten Person schreiben sollte. Vielleicht schwankt sie zwischen beiden. Schließlich ist das Leben letzten Endes so: ein Schwanken zwischen der ersten und der dritten Person. Wir sind für uns selbst der Punkt, an dem sich die ganze Welt auftut, für die anderen sind wir nur einer unter vielen.

Wenn ich in der dritten Person schreibe, denkt Elea, würde die Ichform vielleicht mit Gewalt an die Oberfläche drängen. Es fasziniert sie, wie das Schreiben es möglich macht, sich von außen zu betrachten, als Figur in einem Roman. Es bietet Distanz und erlaubt es, sich etwas vorzustellen – zu ergänzen, was geschehen ist, mit dem, was hätte geschehen können. Die Fiktion kann eine bestimmte Erfahrung des In-der-Welt-Seins besser einfangen als alles andere.

Und die Nichtfiktion ist ebenfalls von Vorstellung durchdrungen. Fiktion und Nichtfiktion fließen ineinander; beide Definitionen sind falsch. Die Fiktion ist wirklicher, als wir zu sehen bereit sind, die Nichtfiktion erfundener, als wir denken wollen. In Elea steigt das zwingende Bedürfnis auf, die noch gestaltlose Umwälzung schreibend zu erkunden, die sich ihres Gewebes, ihrer Lymph- und Nervenbahnen bemächtigt hat, der Verflechtungen ihrer Seele und ihres Körpers, die in Verbindung stehen mit allem, was sie umgibt.

Sie schaut aufs Meer, holt Atem und denkt, dass sie über das Meer schreiben könnte, über die Geschichten, die es bringt und mitnimmt, über die Lichter, die an seinen Ufern flackern, über die Blitze, die die dunkle Weite durchzucken. Sie denkt an einen strömenden, wogenden Text, in dem sich die Perspektiven der Figuren am Ende immer an der Perspektive des Meeres reiben – die Bewegungen des Wassers würden sie rhythmisch gliedern und alle Einschlüsse auflösen.

Sie stellt sich ein Schreiben vor, in dem die Ebenen des Daseins und die Ausmaße der Not sich gegenseitig so durchdringen, dass der alltägliche Gang des Lebens von Tauchgängen in unendlich tiefe Gewässer durchbrochen wird.

Das Meer hat keinen Anfang und kein Ende. Es gleitet nicht in die Form der Erzählung. Muss man das Leben also in eine Geschichte zwingen, wenn es sich nicht fügen will?

Erzählungen gibt es jedoch viele, denkt Elea. Es gibt steife, aufgeblasene Geschichten, die versuchen, eine Gesamterklärung für das Rätsel des Lebens zu liefern, und stockende, sich sträubende Geschichten, die im Dunkeln aufleuchten und alles offenlassen. Es gibt fließende Geschichten, die aus früheren entstehen und sich in anderen fortsetzen, sodass die Anfänge und Schlüsse sich wie in Wasser auflösen. Manche Erzählungen tarnen sich, andere denken offen über ihre eigene Natur nach. Manche bilden vom Anfang her über den Mittelteil bis zum Ende einen geschlossenen Kreis und lassen keine alternativen Wege aufscheinen. In wieder anderen befindet man sich mittendrin, unablässig, ohne dass es andere Orte gäbe.

Mit dem Wunsch zu schreiben verbindet sich auch der Gedanke, eine Spur zu hinterlassen – als zweitrangiger Nachgedanke zwar, aber trotzdem. Damit etwas, was wir jetzt denken, hoffen und befürchten, bleibt und eine zerfledderte Karte zeichnet für diejenigen, die nach uns kommen.

In Elea kämpfen lähmende Selbstkritik und der Wunsch, trotz allem zu schreiben, miteinander. Obwohl alles schon gesagt worden ist, hat niemand über genau diese Erfahrung des In-der-Welt-Seins geschrieben. Niemand sonst befindet sich an genau diesem Kreuzungspunkt von persönlicher und globaler Not, obwohl in jedem Augenblick so viele an einer Kreuzung von privater und kollektiver Krise stehen.

Vielleicht schreibt sie in der Hoffnung, dass es etwas in Bewegung setzt, tastende Verbindungen knüpft, ein momentanes Licht für jemanden wirft, der in der Finsternis wandelt, oder eine abgedunkelte Zuflucht für jemanden bietet, der von zu viel Licht geblendet wird. Sie möchte mit ihrem kleinen Anteil an einem Raum des Fragens mitbauen, in dem man in Ruhe Erfahrungen des Verirrens, der Verwirrung und der Komplexität erforschen kann, grundlegende Fragen, auf die es keine Antworten gibt und die gerade deshalb immer wieder gestellt werden müssen.

Als sie jung war, hatte sie beim Schreiben Angst, festgelegt zu werden: Ihre Gedanken waren unfertig und sahen in gedruckter Form beklemmend endgültig aus. Sie wollte nicht, dass man sie auf das reduzierte, was sie in einer zufälligen Stunde geschrieben hatte. Bei der wissenschaftlichen Arbeit hat sie jedoch vorzeiten schon eines gelernt: Schlimmer, als gelesen zu werden, ist es, wenn sich niemand für einen interessiert. Inzwischen kommt ihr das gedruckte Wort nicht mehr so endgültig vor – es ist nur eine Spur, die von einem bestimmten Moment geblieben ist, von einer Konstellation aus

Erfahrungen, Gedanken, Erinnerungen, Gefühlen und Ausdrucksweisen, die zu einer bestimmten Zeit Form angenommen hat, ein Konstrukt, das im Dialog mit früheren Traditionen des Sagens und Tuns erstellt worden ist. Es ist nur ein Teil in der endlosen Kontinuität der Wörter, das bald von Zeit und Vergessen hinweggespült wird.

5

Elea sieht Elliot ängstlich ans Ufer gerannt kommen. Er ruft:

»Mama! Eine Zecke!«

»Keine Panik, die machen wir weg.«

Elliot hat die Zeckenzange aus dem Bad geholt und zeigt damit auf seine Kniekehle.

»Wäre das ein Fall für den Arzt?«, fragt Elea.

Matias nickt und geht hinter Elliot in die Hocke, greift mit routinierten Bewegungen nach dem platten Hinterteil der Zecke und zieht sie fest nach oben, bis sie sich löst.

»Hast du sie ganz rausgekriegt?«, fragt Elliot. In seinen Augen flackert die Sorge.

»Ja. Komplett.«

»Nasal«, sagt Elliot.

»Popliteal«, erwidert Matias.

»Was?«

»Damit wird der Bereich der Kniekehle bezeichnet. Dort verläuft die *Arteria poplitea*, und dort kann sich eine popliteale Zyste bilden, eine Flüssigkeitsblase«, erklärt Matias.

»Popliteal«, sagt Elliot und scheint das Wort zu kosten wie eine neue Beere.

Er steht da wie gebannt und blickt in die Ferne.

»Geh nur wieder zu den Mädchen, mein Schatz«, sagt Elea.

Elliot zuckt zusammen und sagt das Wort noch einmal, wie eine Beschwörungsformel, »popliteal«, und flitzt dann zurück in den Wald.

Durch die Klimaerwärmung haben die Schildzecken auf der Insel explosionsartig zugenommen. Elea kann sich nicht erinnern, als Kind jemals eine gesehen zu haben. Jetzt hängen jeden Sommer dutzendweise Zecken an ihnen fest. Sie kennen die Stellen, an denen sie sich vermehren, zum Beispiel im feuchten Moos vor der Werkstatt. Früher ließen sie Iiris dort im Kinderwagen schlafen. Aber dann ragten einmal, als Elea das Baby holen wollte, drei Zeckenhinterteile aus dessen seidenweicher Wange: vierundzwanzig schwarze Beine.

Vor einigen Jahren erkrankte Otto an Borreliose, aber sie bemerkten den größer werdenden roten Ring rechtzeitig und konnten die Krankheit im Anfangsstadium behandeln lassen. Es war zu erwarten gewesen, dass früher oder später jemand von ihnen krank würde – das ist der Preis, den man für das Leben in den Schären in Zeiten des Klimawandels zahlen muss. Ein Schwindelgefühl durchfährt Elea, wenn sie daran denkt, wie komplex die Umweltzerstörung mit der Gesundheit von Menschen und anderen Tieren verflochten ist. Die Gesundheit wird als etwas Privates betrachtet, dabei ist sie etwas durch und durch Kollektives, ganz und gar von Abhängigkeitsverhältnissen geprägt.

Auch die Zecken sind Warnungen, begreift Elea: Sie weckten sie vor Jahren auf, als sie an der Wange ihres Babys zappelten, aber nach und nach gewöhnte sie sich an sie. Inzwischen haben sie sich gegen FSME impfen lassen und führen jeden Abend eine Zeckenkontrolle durch. Das Problem ist die übertriebene Anpassung, die Gewohnheit, die Tatsache, dass wir nicht wach bleiben, dass das Angstgefühl versiegt und wir das Klima wärmer werden lassen und uns damit begnügen, uns und unsere Nächsten so gut es geht zu schützen, anstatt radikale Maßnahmen zur Rettung der Erde zu ergreifen.

Durch unsere Zeit zieht sich als Webfaden, der Erfahrungen von unterschiedlichen Stellen der Welt miteinander verknüpft, die Vorstellung von zukünftigen Wesen, die schwankend am Rand des Abgrunds stehen, und das Bewusstsein, dass niemand eine Insel ist, losgelöst von den anderen. Und dennoch leben wir, vertieft in unser alltägliches Tun, als gäbe es keine Krise.

Kann es etwas geben, auf das man nicht verzichten kann, wenn das Leben insgesamt gefährdet ist? Bekommt man eine Krebsdiagnose, merkt man, dass man letztendlich auf fast alles verzichten kann, wenn man nur sein Leben und die Liebsten um sich herum behalten darf. Einen derartigen Perspektivenwechsel bräuchte es auch kollektiv: die Erkenntnis, dass das Leben geschützt werden, seine Vielfalt gewahrt werden muss. Alles andere ist zweitrangig. Die Pandemie hätte eine Möglichkeit sein können, das Vertraute als etwas Fremdes, das Normale als unnormal zu betrachten, die übliche Lebensform als etwas, das die Erde ins Verderben stürzt. Doch das Krisenempfinden, das sie hervorgebracht hat, ebbt bereits ab. Für viele scheint sie nur eine schnöde technische Störung zu sein, wie ein Stromausfall, von dem man schnell loskommen muss, einer neuen, großartigen Zeit heftigen Wirtschaftswachstums und des aktiven Vergessens unserer Verwundbarkeit entgegen.

6

Elea stellt in der Küche Kaffeetassen aufs Tablett. Aura verteilt Himbeeren und Blaubeeren auf dem Schokoladenkuchen, der über Nacht gestockt ist. Elea merkt, wie ihre Gedanken zu Auras totem Kind abschweifen. Als Elliot und Iiris klein waren, kam Aura seltener zu Besuch und schien dafür allerlei Vorwände zu erfinden. Jetzt versteht Elea, warum die Rolle der Patentante so schwer für Aura gewesen ist.

»Ich hoffe, es macht dir nichts aus, dass ich frage, aber wie hast du am Ende die Trauer über den Verlust des Kindes überwunden?«, fragt sie vorsichtig und mit einem kurzen Blick auf Aura.

»Die überwindet man nicht. Die Trauer wird nur mit der Zeit gedämpft. Gedichte haben mir über das Schlimmste hinweggeholfen. Zu bestimmten Gedichten bin ich so oft zurückgekehrt, dass ich sie immer noch auswendig kann.«

»Sag eins davon auf.«

»Ach.«

»Sei so lieb.«

Aura sieht sie leicht ungläubig an, streckt dann aber den Rücken durch und rezitiert Sylvia Plath:

> Das Warten liegt mir schwer auf meinen Lidern.
> Es liegt dort wie ein Schlaf,
> Ein großes Meer. Weit, weit fort, die erste Welle
> Schlägt mir mit Todeskraft entgegen, unentrinnbar,
> zeitenbestimmt.
> Und ich, eine Schale, ein Echo bloß an diesem
> weißen Strand

Seh ins Gesicht der Stimmen, die mich
überwältigen, schreckliches Element.

»Das ist großartig. Ich liebe den Moment, in dem man von einem Gedicht aufgerüttelt wird«, sagt Elea.

Sie erinnert sich an den Gedichtband von Sylvia Plath, den sie vor Jahren von Aura bekommen hat. Sie las darin, bis er Eselsohren hatte, und unterstrich ihre Lieblingsstellen, wie die Verse »das kalte tote Zentrum, wo gebrochene Leben gerinnen und zu Geschichte erstarren.« Elea begreift, dass sie Plath von Aura bekam, wie sie Schopenhauer von Otto, Grossman von Matias, Manner und Hammad von Salma bekommen hat. Sie haben nicht nur eine gemeinsame Vergangenheit, die bis in ihre Jugendjahre reicht, sondern auch eine gemeinsame Lesehistorie, von den Lesekreisen in der Studienzeit bis zu den Meeresgeschichten dieses Abends. In all den Jahren sind ihre Erfahrungen in diesem gemeinsamen literarischen Universum von verschiedenen Seiten beleuchtet worden, in dem ständig Fragmente von Geschichten sich verknoten, sich verhaken, Stränge bilden, die sich dann wieder auflösen, zerfasern.

»Es war seltsam festzustellen, dass einen auch so ein höllischer Schock in seiner Routine aufrütteln und dazu bringen kann, alles stärker zu empfinden«, sagt Aura.

»Das kenne ich. Meine Sinne befinden sich gerade im Alarmzustand. Ein bisschen weniger Intensität würde auch reichen.«

Elea hat das Gefühl, aus dem andauernden Zeitverlauf von Erzählungen mit weitem Bogen in die stockende, immer wieder abreißende Zeit von Gedichten und Erzählfragmenten gefallen zu sein.

»Und doch, wie du selbst gesagt hast: Später kann man sich danach sehnen«, fügt Elea hinzu.

Auras Augen leuchten derart auf, dass es Elea für einen Moment so vorkommt, als werde sie von ihrer Freundin in dem, was sie gerade durchmacht, verstanden. Aber dann trübt sich der Blick wieder und scheint sich auf den Kuchen zu fokussieren. Elea erzählt Aura vom Baum der Toraja, obwohl sie sich nicht sicher ist, ob Aura ihr überhaupt zuhört. Die Freundin scheint ihre ganze Aufmerksamkeit auf die Beeren zu richten, die sie in psychedelischen Mustern auf dem Kuchen arrangiert.

Ein bisschen geht es Elea auf die Nerven, wie pedantisch Aura die Himbeeren und Blaubeeren anordnet – als fertigte sie ein großes Kunstwerk an, das die Welt verändern wird. Unaufhörlich rückt sie einzelne Beeren zurecht, offenbar hat sie schon so viel getrunken, dass es beim ersten Versuch nicht richtig geklappt hat.

Warum darf Aura trinken und rauchen und trotzdem gesund bleiben, denkt Elea frustriert. Alkohol erhöht das Brustkrebsrisiko linear, bei einer Einheit täglich um zehn Prozent. Elea lebt bereits so gesund, dass es nicht viel zu verbessern gibt. Soll sie jetzt auch noch auf die wenigen Gläser Wein verzichten, die sie bei Festen für gewöhnlich trinkt? Und warum darf Aura immer diejenige sein, die sagt, was sie denkt, und warum wird es als spontane Äußerung ihrer Künstlerinnenseele gesehen, wenn sie mit etwas herausplatzt? Vielleicht sollte auch sie, Elea, lernen, sich direkter auszudrücken, Dampf abzulassen.

»Reicht das nicht?«, fragt sie.

»Noch nicht. Wir haben's doch nicht eilig, oder? Ich will uns einen schönen Kuchen machen.«

»Na ja, aber es ist doch nur ein Kuchen.«

»Musst du immer so ungeduldig sein, auch noch als Kranke?«

»Das sagt sich leicht, wenn man immer gesund ist und unendlich viel Zeit hat.«

Eleas Stimme klingt gereizter als gewollt.

»He, Schätzchen, hör auf!«

Aura stupst Elea mit himbeerroten Fingern am Arm an.

7

Während sie den Kuchen ans Ufer hinunterträgt, spürt Aura den Wein in ihrem Blut. Elea geht neben ihr, mit wehendem bronzenem Kleid, in der Haltung einer Tänzerin. Schon komisch, dass nicht einmal der Krebs sie dazu bringt, sich ordentlich zu betrinken. Elea redet von der Illusion der Kontrolle, kann aber selbst nicht loslassen.

Sylvia Plath bringt Aura die ersten verregneten Wochen in Oxford in Erinnerung. Die düsteren Verse gaben ihren Schritten an den Flüssen und Kanälen der Stadt den Rhythmus vor: »Die Stimmen der Einsamkeit, die Stimmen der Trauer lecken gnadenlos an meinem Rücken.« Ein Teil der Wege im Park der Universität waren gesperrt, weil der Cherwell Hochwasser führte. Der Morgen, an dem der Mesopotamia Walk endlich wieder geöffnet wurde, kam ihr wie der Zutritt zu einem geheimen Garten vor. Auf beiden Seiten des schmalen Landstreifens strömte ein Fluss, Trauerweiden hingen bis aufs Wasser herab, und es schien Gold von ihnen zu tropfen.

Auf dem betonierten Weg sah man Fuß- und Pfotenspuren, Abdrücke von Wesen aus der Zeit, als die Fläche noch feucht war. Es wirkte wie eine grobe Skulptur, geformt aus den Spuren Fortgegangener. Aura dachte an die Menschen und Tiere, die einst auf diesem Weg gegangen waren: Was hatten sie gewollt, wovor hatten sie Angst gehabt? Die fernen Echos davongegangener Wesen hallten nach. Sie bildeten ein gespensterhaftes Gewebe aus Ab- und Anwesenheit.

Aura fand Trost bei dem riesigen Mammutbaum im Universitätspark. Seine Wurzeln waren wie knorrige Kreaturen mit eigener Persönlichkeit. Von Jahrhundert zu Jahrhundert hatten sie Menschen und Tiere kommen und gehen sehen. Die gewaltigen Äste des Riesen breiteten sich beruhigend und mit majestätischem Stolz über ihr aus. Als Elea vom Baum der Toraja sprach, musste sich Aura zusammenreißen, um nicht zu weinen. Hätte nur auch sie ihr kleines Kind wickeln und in den Mammutbaum legen dürfen, um zu sehen, wie es dem Himmel entgegenwächst.

Plötzlich mischt sich unter die Sehnsucht und den Verlust ein Gefühl des Loslassens. Ein Zustand der Schwerelosigkeit und Ungebundenheit überkommt sie. Als wäre ein Teil von ihr auf den Grund gesunken und dortgeblieben, der andere Teil jedoch leicht davongeschwommen. Sie spürt eine jähe Erleichterung darüber, letzten Endes niemandem gegenüber verantwortlich zu sein, außer sich selbst. Manchmal wäre es schön, Zeit mit Elliot, Iiris und Aida zu verbringen, falls sie das wollten, aber die Zukunft der Kinder hängt nicht von ihr, Aura, ab. Sie ist frei, dorthin zu fliegen, wo sie will, zu feiern, wie sie möchte, ohne die abschätzigen Blicke von Halbwüchsigen, die jede ihrer Bewegungen beobachten. Sie muss kein Wesen mehr auf diese unglückliche Welt bringen. Und was ihre Tage betrifft: Die öffnen sich nur ihr.

8

Als sie ans Ufer zurückgehen, denkt Elea, dass Aura recht hat: Sie ist immer ungeduldig gewesen. Was sie schwer ertragen kann, ist Schlange stehen, warten, mechanische Alltagsverrichtungen, monotone Tätigkeiten, die dem Menschen nach und nach jede Urkraft natürlicher Kreativität aussaugen.

Alle scheinen darauf zu warten, dass sie zur Patientin schrumpft, als wäre das jetzt ihre einzige Aufgabe, aber darauf wird sie sich nicht einlassen. Die Patientin ist eins mit ihrer Krankheit, mit ihrem Körper, selbst wenn ganz andere Dinge an ihr wesentlich sind als die Blutwerte und die Teilungsgeschwindigkeit der Krebszellen. Sie will von niemandem hören, was sie tun kann, was sie schafft. Sogar Otto hat in den letzten Tagen mehrmals gefragt, ob sie sich nicht mehr ausruhen sollte. Sie ist nie eine gewesen, die sich ausruht, und in diesem Zustand der Erregung kommt ihr schon die Vorstellung, auf der Couch zu liegen, unerträglich vor. Wie wird sie das fortgesetzte Warten ertragen, das ein wesentlicher Bestandteil des Lebens mit Krebs ist?

Elea kommt das Buch *L'usage de la photo* in den Sinn, das Annie Ernaux zusammen mit ihrem Liebhaber geschrieben hat und das parallel von einer Liebesbeziehung und einer Brustkrebsbehandlung erzählt. Sie fotografierten die Kleiderhaufen, die sie hinterließen, wenn sie sich liebten. Ernaux bricht das Bild der Brustkrebspatientin als asexuelles, auf die Rolle der Patientin reduziertes Wesen, schiebt aber zugleich all das Entsetzen zur Seite, das mit dem Erkranken verbunden ist. Durch das Buch kann der Eindruck entstehen, dass auch Krebs auszuhalten ist, solange man nur begehrenswert und lustvoll bleibt. Elea selbst hat derzeit nicht gerade ein Liebesabenteuer im Sinn, aber man weiß nie. Jedenfalls wäre es schrecklich, wenn sie gerade dann auf Berührungen verzichten müsste, wenn sie sie am meisten braucht.

Früher ist ihr Weiblichkeit nicht so wichtig gewesen. Sie wollte vor allem eine Intellektuelle sein, körperliche Dinge waren zweitrangig. Sie hat gehofft, die Tatsache, dass sie eine Frau ist, würde ihr keine Grenzen setzen – kein Grund sein, sie als Mensch, Wissenschaftlerin, Autorin, Denkerin nicht ernst zu nehmen. Sie hat ihre Sinnlichkeit genossen, das Stillen und andere Mutterfreuden, ihre Weiblichkeit auf einer gewissen Ebene aber als selbstverständlich hingenommen.

Als sie jung war, sagte sie, das Aussehen sei ihr einerlei, und glaubte ehrlich daran. Sie verliebte sich nicht in Otto, weil er gut aussah, wie man so sagt, oder weil er ein Mann war, nicht aus äußerlichen oder allgemeinen Gründen, sondern weil er der einzigartige Typ war, der er ist. Sie hielt die Schönheit der Jugend auf die gleiche Art für demütigend wie das Altern und den fleischlichen Verfall. Es hatte etwas durch und durch Ärgerliches, fast Erniedrigendes, an einen bestimmten zufälligen Körper gebunden zu sein. Was für eine Überheblichkeit und Naivität der Jugend! Außerdem hatte es etwas Scheinheiliges, als wäre sie ein rein geistiges Wesen, obwohl sie in Wahrheit wegen ihres Äußeren unsicher war und gern ein weniger kindliches Gesicht gehabt hätte, große, tiefe, seelenvolle Augen, die prägnante Nase einer Intellektuellen und lange, imposante Beine anstelle ihres kurzbeinigen, zarten Körpers – sie hätte sich gewünscht, auf eine so stolze Art schön zu sein, dass niemand sie süß oder niedlich oder hübsch nennen, solche reduzierenden Begriffe auf sie anwenden könnte.

Elea spürt in ihren Gliedern den Widerstreit von Erzählungen, die einen kleinmachen, und von solchen, die einen in Bewegung versetzen. Niemand will »die mit dem Krebs« sein. Ihre Mutter forderte sie auf, darüber nachzudenken, ob sie überhaupt öffentlich über ihre Krankheit sprechen sollte. Der Hintergrund dieser Aufforderung dürfte der Wunsch der Mutter sein, ihr Kind zu schützen, aber auch der Gedanke, dass man keine Schwächen zeigen soll, weil man nie weiß, wer sie einmal gegen einen verwendet. Wie kann man da jemals vom Stigma der Schmach loskommen, die mit dem Krebs verbunden ist? Wie befreit man sich von der Kultur des Alleinzurechtkommen-Müssens und des Verschweigens, wenn immer neue Generationen lernen, ihre Beschädigungen, Schrammen, Narben zu verbergen?

Elea denkt an ihre Studierenden, denen sie Anfang der Woche von ihrer Erkrankung berichtete, weil sie nicht wollte, dass sie auf Gerüchte angewiesen wären. Sie hoffte, präsenter für sie zu sein, wenn sie es ihnen mitteilte, ihnen erzählte, dass eine solche Erfahrung unweigerlich alles verändert – die Art, wie man die Welt sieht, wie man denkt und liest –, und wer weiß, vielleicht würde sie das ermutigen, selbst als ganze Menschen präsent zu sein, mit ihrer Freude und ihrer Traurigkeit, mit ihren zarten Träumen. Sie schenkten ihr einen leuchtenden Blumenstrauß und ein Gedicht von Tomas Tranströmer, das so beginnt:

> Auf wieviel wir uns verlassen müssen, um unseren Alltag
> leben zu können, ohne durch die Erde zu sinken!
> Uns auf die Schneemassen verlassen, die sich an den
> Berghang oberhalb der Stadt festklammern.
> Uns auf die Schweigeversprechen und auf das einverständige Lachen verlassen, uns darauf verlassen, dass
> die Unglückstelegramme nicht uns gelten und dass
> der jähe Axthieb von innen nicht kommt. (...)

Aber nichts von dem da ist eigentlich unseres Vertrauens
wert.

Elea stellte die Karte mit dem Gedicht auf das Regal neben der Couch, sodass sie es anschauen kann, wenn sie die Festigkeit der Erde unter ihren Füßen nicht mehr spürt. In einem plötzlichen Anfall von Zärtlichkeit kam es ihr vor, als wären die Studierenden Teil ihrer Familie geworden: Noch ein Grund, warum ich nicht sterben darf – sonst werden meine Studierenden zu Waisenkindern. Der alberne Gedanke bringt sie zum Lächeln. Sie weiß, dass die jungen Leute klarkommen werden.

Der Anblick des Ufers im Licht der Lampions und der Feuer ist magisch.

»Ein herrliches venezianisches Fest«, sagt Aura.

Sie spricht beharrlich vom venezianischen Fest, denkt Elea, obwohl die Feuerfeiern in jenen Gegenden einen anderen Charakter haben. Andererseits verschränkt sich gerade in Venedig die Ausgelassenheit an den Ufern mit dem Tod, der in den Kanälen treibt, Pest und Cholera, vor denen die Masken schützten, wie man glaubte. Elea denkt an *Der Tod in Venedig*, wo das Meer als Lebens- und als Todeskraft dargestellt wird, als Element der Undifferenziertheit und des Urchaos. Der Ruf des Meeres ist die Einladung, zu verschmelzen, sich aufzulösen.

»Die Nacht der alten Feuer«, sagt Elea. »Kein Karneval.«

»Meine Oma bezeichnete Blitze ohne Donner als Lebensfeuer.«

Gemeint war wohl das Wetterleuchten. Elea erinnert sich an eine Augustnacht vor langer Zeit, in der ihr kleiner Bruder erschrocken am Schlafzimmerfenster stand und rief: Am Strand ist ein Ufo! Es sah tatsächlich so aus, als würde am

Himmel über dem Ufer etwas schwanken, das runde Lichtflecken auf den Sandstrand schickte, mitten in die Finsternis. Mit pochendem Herzen rannten sie an den Strand, um es sich anzusehen. Dort hörte man nur den Wind heulen und eine Eule kummervoll rufen. Ihre Mutter wachte auf und erzählte, die Lichter stammten von einem Wetterleuchten, das so weit weg sei, dass man das Donnern nicht höre, sondern nur ein stilles Aufblitzen sehe. Es gebe sie den ganzen Sommer über, aber erst im August sei es dunkel genug, um sie zu sehen. Elea lernte damals, dass es für furchterregende Phänomene oft eine harmlose Erklärung gibt. Warum hat das nicht auch jetzt so kommen können?

Sie denkt, dass das Wetterleuchten wie Leuchtturmlicht ohne Leuchtturm ist: von oben aufblitzende Lichter, die dem Chaos momentweise Gestalt verleihen. Lichter, die die Dunkelheit brauchen, um gesehen zu werden.

9

Am Lagerfeuer kommt das Gespräch beim Kuchenessen vom Hundertsten ins Tausendste. Elea reißt sich zusammen, um aufmerksam zu bleiben für das, was die anderen sagen, aber die Sätze zersplittern. Sie kann nicht anders, als sich zu fragen, ob dies ihr letzter gemeinsamer Abend an einem Feuer ist.

Bereits seit einer Woche verfolgt sie der Gedanke an das letzte Mal. Am Tag nach der Diagnose ging sie zur Ballettstunde. Die ganze Stunde hindurch war sie von der Frage besessen, ob das ihr letzter Tanz sein würde. Als sie sich im Saal im Spiegel sah, war sie überrascht von der Flüssigkeit ihrer Bewegungen. Früher hatte sie sich in den Stunden mit Scham betrachtet, mit dem Wunsch, eleganter zu sein, stolzer, kraftvoller. Jetzt kam es ihr vor, als läge eine unbekannte Weisheit in ihren Bewegungen, eine neuartige emotionale Kraft.

Es rührte sie zu Tränen, als sie im Spiegel sah, was sie in ihrem Körper spürte – dass unendlich viel Lebenskraft in ihr steckte. Es erfasste sie die Trauer über den Widerspruch, dass ein blöder, zufälliger Zellvermehrungsfehler ein Wesen töten kann, in dem noch so ungeheuer viel Gesundheit steckt und das hier voller Lebensfeuer tanzt.

Die Willkür des Ganzen drückte auf ihre Glieder, aber sie tanzte die Stunde durch. Es war wie eine Arznei: Jede Bewegung, jeder Hüpfer, jeder Schwung und jede Drehung waren wie eine Bewegung auf das Leben und dessen Dauer zu. Mit sonderbarer Inbrunst stürzte sie sich in den Tanz. Als könnte ihr nichts etwas anhaben, solange sie tanzte.

Im Nachhinein schämte sie sich für ihre Sentimentalität. Was für ein Mensch ist von seinem eigenen Spiegelbild gerührt? Schließlich tanzen wir alle letzten Endes dem Tod entgegen. Elea erinnert sich an Notkes *Totentanz*-Fresko, das sie vor Jahren in Tallinn in der Nikolaikirche gesehen hat. Es entstand zur Zeit des Schwarzen Todes, um an die Vergänglichkeit des Lebens zu erinnern und daran, dass vor dem Tod alle gleich sind. Sie würde gerne glauben, dass wir uns alle in derselben Situation befinden, alle gleich verwundbar sind. Aber warum empfindet sie es nicht so? Warum hat sie das Gefühl, dass man ihr gerade alles weggenommen hat, als wäre sie mitten im Tanz zu Boden geschlagen worden, während die anderen leichten Schrittes ihr sicheres, von den Gewohnheiten bequem geschliffenes Leben fortsetzen dürfen?

In der Selbsthilfegruppe hat sie gehört, dass der Körper ein langes Gedächtnis hat. Darum kann es sein, dass man noch lange, nachdem die Haare ausgefallen sind, instinktiv versucht, sie zur Seite zu werfen, wenn man beim Schlafengehen den Kopf aufs Kissen legt. Frauen, die eine große Brust verloren haben, heben sie unter der Dusche an, um sich darunter zu waschen, und wundern sich, warum die Hand abrutscht und die Brust nicht zu fassen bekommt, bis sie begreifen, dass sie nicht mehr da ist.

Und dennoch ahnt sie, dass ihr Körper auch eine stille Weisheit besitzen kann, auf die sie lernen muss zu hören. Könnte sie im kommenden Winter lernen, sich durch die Krankheit zu tanzen? Als Teil ihrer neuen Metamorphose muss sie eine neue Bewegungssprache lernen: Jetzt braucht es zusammenhanglose Folgen von ungebändigten, unwirschen Bewegungen, in denen neben der Leichtigkeit auch Stolpern und Schwindel, Wanken und Fallen Gestalt gewinnen.

10

Durch den sich ringelnden Rauch hindurch betrachtet Elea die anderen. Otto kommt aus der Sauna und wirft ein paar Scheite ins Feuer. Die Flammen steigen hoch in die Sommernacht auf. Elea bemerkt in Auras und Ottos Blick die Trübung durch die Trunkenheit. Matias schielt zu ihr herüber und seufzt so schwer, dass man es nicht überhören kann.

»Was ist?«, fragt Aura ungehalten.

»Nichts. Ich dachte bloß, dass wir hier bis in alle Ewigkeit über Kunst reden können, sie aber trotzdem nicht die Welt verbessert und auch sonst nichts«, erwidert Matias frustriert.

»Was verbessert sie denn? Die Medizin?«, fragt Otto.

»Matias meint lediglich, dass ich und meine Kunst nicht gebraucht werden«, platzt es aus Aura heraus.

»Es geht nicht bei allem immer um dich«, sagt Matias.

»Allerdings nicht. Es geht bei allem immer um Elea.«

»Das ist für uns alle nicht leicht, aber Elea ist nun mal diejenige, die Krebs hat, könnten wir also zusammen versuchen, sie zu unterstützen?«, wirft Salma ein.

»Musst du immer so versöhnlich sein? So empathisch, dass es zum Kotzen ist«, sagt Aura.

»Oh, danke.«

»Salma, du bist wunderbar, aber vielleicht denkst du manchmal wirklich zu sehr an die anderen. Ich sterbe *vielleicht*, aber dir ist wirklich die Partnerin gestorben.«

»Na ja, kann schon sein, dass ich mir im Frühling ein bisschen mehr Unterstützung von euch erhofft hätte. Auch wenn ich nicht darum bitten konnte.«

Die Offenheit in Salmas Blick lässt etwas in Elea zerbrechen.

»Salma, es tut mir so leid«, sagt sie mit belegter Stimme. »Ich bin eine miserable Freundin.«

»Das bist du ganz und gar nicht. Ich bin schlecht darin, meine Trauer mitzuteilen. Aber das Leben ist kein Leidenswettbewerb.«

»Sollten wir nicht von Moment zu Moment denken?«, fragt Otto.

»Otto will immer im Hier und Jetzt leben, wie ein Zen-Meister«, stellt Elea fest.

»Das ist immer noch besser, als die Zukunft totzuplanen«, sagt Otto. »Du kannst einfach nicht loslassen. Kapierst du nicht? Jetzt musst du. Niemand weiß, was passieren wird. Könntest du die Dinge endlich einmal laufen lassen?«

»Du wartest eindeutig darauf, dass ich bald nicht mehr da

bin, um dein Leben zu regulieren. Dann kannst du endlich in Ruhe deine Puzzles machen und Bier trinken«, sagt Elea und versteht selbst nicht, warum sie plötzlich so außer Fassung ist.

»Das ist immer noch besser als Matias' Stil, sich hinter der Rolle des Heldenarztes zu verstecken. So weit, dass keiner weiß, was er eigentlich will, schon gar nicht er selbst«, sagt Aura, und ein scharfer Schatten huscht über ihr Gesicht.

»Hör auf, Aura! Musst du so gemein sein?«, reagiert Elea mit glühenden Wangen.

»Wow, Elea! Ich bin lieber ein fieses Miststück als immer nur vornehm gereizt, obwohl ich noch so schlecht drauf bin.«

Etwas an Auras boshaftem Ton trifft Elea auf unerträgliche Weise.

»Jetzt ist auch das endlich klar.«

Gleichzeitig schämt sie sich für das Selbstmitleid, in das sie sich selbst getrieben hat. Rasch fügt sie hinzu:

»Ich habe den ganzen Abend versucht, zum Ausdruck zu bringen, dass ich diese Angst und diesen Zerfall durchleben will, ohne dass pathologisiert oder vorgebracht wird, ich könne keine richtige Patientin sein.«

»Hat jemand behauptet, du wärst eine falsche Patientin?«, fragt Aura.

»Ja, in der Tat. Ich soll nicht nach Informationen suchen und soll die Angst mit Psychopharmaka behandeln. Als hätte die Medizin die Lösung für alles parat.«

»Für irgendetwas sollte die Medizin schon gut sein, wenn wir über Krebs sprechen«, sagt Matias.

»Die Medizin kann mir das Leben retten, aber sie löst nicht die existenzielle Krise, die durch die Krankheit ausgelöst wird.«

»Was löst sie dann?«, fragt Matias.

»Nichts«, antwortet Elea. »Das ist genau der Punkt. Manchmal kann man im Leben in eine Situation geraten, für die es keine Lösung gibt.«

Sie versucht ihren Freunden zu erklären, wieder mit etwas anderen Worten, dass das Bedürfnis, die Not zwanghaft mit einer technischen Lösung unter Kontrolle zu bekommen, Teil des Problems ist. Warum versucht man diejenigen, die aus der Illusion der Kontrolle aufwachen, mit Gewalt wieder in einen zufriedenen, zahmen Zustand zurück zu sedieren? Alle nicken, und Elea hat das Gefühl, dass sie sie verstehen oder zumindest auf ihrer Seite sind.

»Elea, du bist uns wichtig«, sagt Salma. Etwas Schweres zieht über ihr Gesicht. Sie fügt hinzu: »Und wir haben sonst keine Familie mehr, Aida und ich. Ihr seid jetzt unsere Familie.«

»Und unsere auch«, sagt Aura leise.

Elea erschrickt über die Verzweiflung und die Zärtlichkeit in ihren Stimmen. Plötzlich überkommt sie wieder der Gedanke an das letzte Mal: die letzte Nacht der alten Feuer, der letzte Abend mit ihren Freundinnen und Freunden.

»Das hier könnte unser letzter gemeinsamer Abend sein«, stellt sie fest.

»Quatsch, wir werden noch unzählige Abende zusammen verbringen«, entgegnet Matias.

»Nein, nicht in dieser Zusammensetzung. Ihr könnt es nicht wissen. Und selbst wenn es so kommt, werde ich nicht dieselbe sein. Dies ist der letzte Abend in dieser Form. Ich weiß nicht, wie ich mich verändern werde, aber ich werde zumindest eine Brust und die Haare verlieren – was sonst noch, das weiß ich noch nicht.«

»Vielleicht kann die Veränderung auch etwas Gutes haben«, meint Aura vorsichtig.

»Ja, vielleicht, oder auch nicht. Ich bin nicht der Meinung, dass man in allem Schrecklichen etwas Positives finden muss.«

Elea weiß, dass Geschichten, in denen Leid veredelnd wirkt, beliebt sind, weil man darin auch unter den entsetzlichsten Umständen Trost suchen kann. Im wirklichen Leben folgt einem Unglück selten etwas Erhabenes. Leid ist oft die Folge struktureller Ungerechtigkeit oder des puren Zufalls und führt zur wahllosen Verheerung, aus der niemand etwas lernt oder sich zum besseren Menschen entwickelt.

»Niemand weiß, was wird, aber es kann gut sein, dass es richtig schlecht kommt.«

Heiß und pochend sickern ihr Tränen in die Augen. Ihr Taschentuch ist bald nur noch eine nasse Pampe. Sie hätte besser eine ganze Rolle Klopapier mit ans Ufer genommen. Das Salzwasser, das hinter ihren Augen ganz von sich aus steigt und sinkt, irritiert sie, denn sie hat früher nie geweint. Sie erinnert sich wieder an das Kind im Krankenhaus, an dessen Augen, wie die eines Tiers in der Falle. Im selben Moment begreift sie, dass dieser Abend nicht nur der letzte ist, sondern auch der erste – der erste ohne Veera. Ihre Augen brennen.

»Entschuldigt, ich muss Papier holen gehen«, sagt sie mit erstickter Stimme, steht auf und geht mit schnellen Schritten zum Haus.

11

Matias' Herz ist hin- und hergerissen. Um etwas zu tun, beugt er sich nach vorn und schürt das Feuer.

»Ich gehe mal nachsehen, ob Elea okay ist«, nuschelt er dann und steht auf.

Er merkt, dass Otto und Aura einen kurzen Blick tauschen,

aber sie sagen nichts. Während er zum Haus eilt, scheint die Landschaft zu rucken, als wäre sie im Begriff, ihre Stabilität zu verlieren, und ihre Oberfläche könnte zarte Risse bekommen, die fast unmerklich in jeder Sekunde stärker werden. Er sucht einen Fixpunkt bei der Sturmlampe, die auf dem Fensterbrett des Wohnzimmers leuchtet.

Drinnen hört Matias, wie sich Elea im Badezimmer schnäuzt. Er geht in die halbdunkle Küche und fängt nervös an, schmutziges Geschirr ins Waschbecken zu stellen. Wenig später kommt Elea herein, mit roter Nase vom Weinen und mit zarten Flecken auf den Wangen. Dennoch ist sie für Matias auf ihre eigene, selbstverständliche Art unfassbar schön. Er weiß nicht, was er sagen oder tun soll. Er tritt auf sie zu, nimmt unbeholfen ihre Hand und hält sie wie ein kleines, empfindliches Tier.

»Ich wünsche mir nichts mehr, als dass du das überstehst. Sonst werden es viele von uns nicht überstehen.«

Elea scheint nicht zu wissen, was sie sagen soll. Auch Matias weiß es nicht, aber er möchte Elea festhalten, damit nichts unwiderruflich Schlimmes passieren kann oder sie plötzlich einfach aufhört zu existieren. Mit einer abrupten, ruckartigen Bewegung schlingt Elea die Arme um ihn und ist da, still an ihn gedrückt, sie riecht nach Wind und frisch entbrannten Flammen. Dann, viel zu schnell, löst sie sich von ihm und schnäuzt sich.

»Ich bin völlig fertig.«

Matias nimmt ihr Gesicht zwischen die Hände, bleibt bei ihren Augen, sinkt in einen traumartigen Zustand, in dem Worte und Gesten sich von den Ursache-Wirkungs-Ketten trennen. Dann kommen ihm die Wörter unwirklich, schwerelos leicht von den Lippen:

»Du weißt, dass ich dich liebe.«

Als Eleas Wangen rot werden, begreift Matias, was er gesagt hat.

»Hoffentlich ist es nicht unpassend, das zu sagen. Aber es stimmt.«

Dann fügt er rasch hinzu:

»Und man weiß nie, ob es eine zweite Gelegenheit geben wird.«

Matias hat das Gefühl, als wären das Vergangene und das Künftige verflogen und übrig wäre nur dieser Augenblick, in dem sie treiben, als hätten sämtliche mit dem Vergangenen und Künftigen verbundenen Pflichten und Bindungen ihre klaren Grenzen verloren und wären vage geworden.

»Es spielt eigentlich keine Rolle, aber ich bin sicher, dass du nach alldem noch schöner sein wirst als zuvor.«

»Wie das?« In Eleas Blick flimmert Verlegenheit.

»Du kennst bestimmt die japanische Kunst, etwas mit Gold zu reparieren?«

Elea nickt. Matias plagt plötzlich das Gefühl, Wörter zu benutzen, die er Otto gestohlen hat. Vielleicht reden Otto und Elea die ganze Zeit über die Brustkrebs-OP als Reparatur mit Gold. Die Frage scheint in ihm auf, aber er wischt sie weg und sagt stockend:

»Das Vollkommene, Makellose ist nicht so schön … nicht so interessant … wie jemand, den das Leben gezeichnet hat, der aber geliebt wird …«

Elea wendet den Blick nicht von ihm ab, obwohl sie verlegen wirkt. Ihre Lippen berühren sich warm und weich für einen Moment, an den sie sich beide, da ist sich Matias sicher, immer erinnern werden. Dann weicht Elea zurück.

»Nein«, sagt sie leise, unsicher, obwohl ihre Augen etwas anderes zu sagen scheinen. »Ich will unsere Freundschaft nicht kaputt machen. Und auch sonst nichts.«

»Entschuldige«, sagt Matias.

»Du musst nicht … so etwas sagen«, murmelt Elea. Und fügt hinzu: »Du bist wunderbar.«

Sie nimmt seine Hand und drückt sie fest, und Matias möchte nicht, dass es aufhört. Aber da lässt Elea schon los, und Matias errät bereits, was sie sagen wird, während die Worte sich noch von ihren Lippen lösen:

»Die anderen warten bestimmt schon.«

Matias muss unweigerlich denken, wie kurz der Schritt in das andere Leben gewesen wäre, das sich jetzt vor seinen Augen auflöst wie eine Luftspiegelung. Und doch fühlt er sich sonderbar erfüllt und leicht.

12

Elea schaut auf die dunklen Silhouetten ihrer Freundinnen und Freunde am Lagerfeuer: auf ihre offenen, warmen Gesichter, ihre lebendigen, versonnenen Mienen, auf die einander zugewandten Körper im Eifer des Gesprächs. Für einen Augenblick sehen sie aus, als wären sie ein und dasselbe Lebewesen – als wären die Grenzen zwischen ihnen nur scheinbare und sie würden mit jedem Atemzug und jeder Äußerung mehr ineinanderfließen, mit dem Puls jeder Frage und Antwort, jedes Auflachens und jedes zustimmenden Tons.

Die Nähe des Todes entfacht auch in ihnen ein Feuer, denkt Elea. Dieser Abend: dass sie sind, wie sie sind, die an diesem Abend zusammengekommenen Menschen hier, mit ihren Schrammen und ihren sich kreuzenden Wegen. Diese Begegnung wird sich nie wiederholen. Wie unwahrscheinlich ist es, dass all das geschieht: dass ausgerechnet wir geboren wurden und infolge zufälliger Ereignisse diese Augustnacht miteinander teilen, die Feuer und das strömende Wasser, die Nähe des Todes und das Wunder des Lebens.

Elea weiß nicht, was sie von dem, was im Haus passiert ist, halten soll. In der Geste, mit der Matias ihre Hand hielt, lag eine so ergreifende Zärtlichkeit, dass sie Elea entflammte, auf gute Art, aber gleichzeitig hielt sie der Gedanke gefangen, nichts kaputt machen zu wollen. Sie weiß nicht, ob es richtig ist, eine so unheimliche Angst vor der Zerstörungskraft zu haben, die in ihr flackert. Oder wäre es sogar noch zerstörerischer, sie zu leugnen?

Als sie sich dem Lagerfeuer nähert, gliedert sich das Stimmengewirr mehr und mehr in Wörter und Sätze. Es ist noch immer die Rede vom »letzten Mal«. Salma spricht vom März, als sich die Pandemie-Lage so schnell zuspitzte, dass sie erst im Nachhinein begriff, dass die Mahlzeit am Donnerstag vorerst das letzte Abendessen in einem Restaurant bleiben würde, das Konzert vom Wochenende das letzte Kunsterlebnis und der Skiurlaub in den Winterferien die letzte Auslandsreise. Die letzten Male mit Veera erwähnt sie nicht – den letzten Abend, das letzte Telefonat, den letzten Gutenachtwunsch –, aber Elea ist sicher, dass alle daran denken.

Als Elea und Matias zum Lagerfeuer kommen, werfen ihnen die anderen aufmerksame, kurze Blicke zu, setzen aber das Gespräch fort. Aura hat ihren Skizzenblock hervorgeholt und zeichnet mit schnellen Strichen etwas. Vielleicht zeichnet sie Salma, weil sie immer wieder auf sie blickt.

»Die ersten Male erlebt man im Hier und Jetzt«, sagt Otto und schaut Elea an. »Die letzten benennt man erst im Nachhinein.«

Eleas Herz schlägt heftig, aber sie will nicht weiter darüber nachdenken, was Otto meint. Rasch sagt sie:

»Erst jetzt weiß ich, dass der vergangene Sommer mein letzter sorgloser Sommer war, mein letzter Noch-nicht-vom-Krebs-überschatteter-Sommer. Aber damals kam er mir nicht sonderlich sorglos vor – der Alltag war voller kleiner, trivialer Sorgen.«

»Das gilt fürs ganze Leben«, sagt Salma. »Was wir haben, verstehen wir erst, wenn wir es verlieren.«

Mit dem Gedanken an das letzte Mal ist die Frage verbunden, was man noch erreichen will, auch wenn man nicht weiß, ob man je hinkommen, ob genügend Zeit bleiben wird. Salma erzählt, dass es, psychologischen Studien zufolge, der Psyche guttue, Zukunftspläne zu machen, auch wenn alles unsicher sei. Es sei wichtig, dass es etwas gebe, auf das man zugeht.

In alten Büchern taucht immer wieder der Wunsch auf, das Meer zu sehen, bevor man stirbt. Elea fragt sich, ob auch jetzt eine Generation von Kindern heranwächst, die nicht reisen können und vom Meer träumen. In diesem Frühling hieß es in den Nachrichten, in Wuhan sähen viele Menschen durch den Stillstand des Verkehrs zum ersten Mal den blauen Himmel. Man müsste das Recht, den Himmel und wenigstens ein Mal im Leben das Meer zu sehen, in die Menschenrechtserklärung aufnehmen.

Elea wacht aus ihren Gedanken auf, als Salma fragt:

»Darf ich mal sehen?«

Aura reicht den Block herum. Er enthält mit wenigen Strichen skizzierte Croquis, als Letztes ein Bild von Salma, wie sie spricht und dabei die Hände bewegt, und ein anderes, auf dem sie sich nachdenklich auf die Hände stützt. Elea blättert zurück. Sie findet ein Bild von Otto in einer Haltung, die an Rodins *Der Denker* erinnert, und dann: ein Bild, auf dem eine

Person, die wie Elea aussieht, in die Ferne starrt. Die Zeichnung besteht nur aus wenigen Strichen, aber sie hat etwas ätherisch Wehmütiges und dennoch Starkes.

»Du hast es offenbar nicht gemerkt, als ich das gezeichnet habe? Du hast ausgesehen, als wärst du in deine eigene Welt versunken. Kein Wunder in dieser Situation.«

»Das könnt ihr bei meiner Beerdigung zeigen.«

Elea mag das Unfertige der Skizze, die Bewegung, die Spannung zwischen dem Zeitlosen und dem Momentanen.

13

Das Feuer knistert und prasselt zwischen ihnen. Salma denkt an ihre Großmutter, die ihre Heilmittel auf dem Feuer kochte.

»Kein Wunder, dass man sich zu Heilritualen schon immer am Feuer versammelt hat«, sagt Salma.

»Meine Oma hatte etwas von einer alten Heilerin an sich«, erzählt Aura. »Sie glaubte, dass Feuer verwandelt, reinigt und erneuert. Wenn sie Feuer machte, sang sie: ›Ich schaukele das Feuerchen, ich wiege das Flammenkind ...‹«

»Konnte sie sich zwischen den Welten bewegen, von hier aus in die obere und in die untere?«

»Das weiß ich nicht. Aber sag mal, Salma, sind Therapeutinnen nicht die Schamaninnen von heute?«, ereifert sich Aura.

»Vielleicht nicht ganz ... Obwohl wir schon an der Frage interessiert sind, wie man ohne Medikamente heilen kann.«

»Du wirst uns jetzt aber nicht erzählen, dass man auch von Krebs geheilt werden kann, indem man richtig atmet?«, fragt Elea.

»Nein«, antwortet Salma lachend. »Aber Meditation schadet trotzdem nicht.«

Salma hat in der letzten Zeit Entspannungsübungen entwickelt, für die sie spielerisch aus verschiedenen Volkstraditionen schöpft. An diesem Morgen noch hat sie gedacht, dass eine solche Übung zu diesem Abend passen würde, eine kleine Zeremonie zur Feier der Freundschaft und des Übergangs vom Sommer zum Herbst. Sie hat das nötige Zubehör eingepackt, sich aber schon gedacht, dass nichts daraus würde. Jetzt gibt ihr etwas den Impuls, einen Vorschlag zu machen:

»Hättet ihr Lust, eine südamerikanische Kakaozeremonie auszuprobieren?«

»Ja, fantastisch!«, ruft Elea begeistert, und die anderen stimmen ein.

Salma freut sich und geht ins Haus, um Vorbereitungen zu treffen. In einer großen Thermosflasche mischt sie den Trank: Zeremonie-Kakao, Vanille, Chili, Lakritzpulver, Honig, Kokosmilch, Quellwasser. Der starke Kakaoduft steigt ihr in die Nase, und sie lässt ihn vom Kreislauf absorbieren. Kein Wunder, dass die Maya ihn als Speise der Götter bezeichneten.

Während sie das Getränk mischt, summt sie etwas von Ella Fitzgerald, das sie an solchen warmen Sommerabenden immer mit Veera sang: *»Summertime, and the livin' is easy …«*

Salma kehrt ans Ufer zurück, in der einen Hand die Instrumententasche, in der anderen den Kakao. Am Feuer herrscht freudige Erwartung. Alle folgen Salmas Anweisungen: breiten Wolldecken auf dem Sand aus und legen sich darauf, schließen die Augen. Salma spielt Maraca, Maultrommel und Bendir-Trommel.

»Die Kakaozeremonie dient der Öffnung des Herzens, dem

Stillwerden, der Erdung und der Selbsterforschung. Zuerst meditieren wir, und dann nehmen wir den Kakao zu uns.«

»Ganz schön hippiemäßig«, meint Matias. Jemand prustet.

»Ruhe, Matias!«, sagt Salma. »Versuch dich darauf einzulassen.«

Nach einer kurzen anfänglichen Unruhe liegen sie still im Sand und hören zu.

»Atmet tief, vom Zwerchfell aus, sodass ein Gefühl der Gelassenheit in den Körper einströmt. Ich werde jetzt die Himmelsrichtungen öffnen und ihre Kräfte herbeirufen.«

> Seid gegrüßt, Kräfte des Ostens! Im Osten geht die Sonne auf, dort entsteht der neue Mensch.
> Seid gegrüßt, Kräfte des Südens! Der Süden erleuchtet uns, alles, was wir jetzt in unserem Körper fühlen.
> Seid gegrüßt, Kräfte des Westens! Dort geht die Sonne unter, dort wohnen unsere Vorfahren.
> Seid gegrüßt, Kräfte des Nordens, von dort rufen wir unsere Totemtiere zu Hilfe.
> Sei gegrüßt, Mutter Erde! Bringerin des neuen Lebens, Ernährerin, Zersetzerin, Bewahrerin des Kreislaufs des Lebens.
> Seid gegrüßt, Firmament, Sterne und Galaxien, alles, was wir nicht verstehen.

Salma schlägt die Trommel und rasselt mit der Maraca. Dann beginnt sie mit einer Beschwörung und bittet die anderen, einzustimmen: »Hilf mir, Natur, gib mir Kraft, stärke mein Blut.«

Anfangs müssen sie lachen, aber dann sagen sie das Mantra gemeinsam, immer wieder von vorn: »Hilf mir, Natur, gib mir Kraft, stärke mein Blut.«

Salma ist zufrieden, als sie merkt, dass sie sich von Mal zu Mal mehr mitreißen lassen. Gemeinsam immer wieder ausgesprochen, scheint sich in den Worten eine sonderbare Kraft zu verdichten.

14

Salmas klangvolle Stimme und das Vibrieren der Musik im ganzen Körper, ihre Unmittelbarkeit, beruhigen Elea. Es klingt in ihr, pulsiert in ihrem Bauch und dröhnt in ihren Knochen, ohne dass sie es bedenken oder interpretieren muss. Es fühlt sich gut an, still dazuliegen, umgeben vom Kreislauf des Wassers, unter sich das leichte Reiben der Sandkörner, über sich der matte Glanz des Sternenhimmels, alles, was nicht beherrscht werden kann. Als sie die Augen schließt, werden die Gerüche des Meeres, des Feuers und der Pflanzen am Ufer stärker. Eine Brise streift ihr über die Haut.

Sie spürt etwas in ihrem Körper aufsteigen, als strömte das Blut freier und schickte ihr Kräfte in die Brust. Das amüsiert sie, denn sie ist überhaupt nicht abergläubisch, aber gleichzeitig freut sie sich darüber, sich auf dieses Spiel einlassen und es in sich kreisen lassen zu können.

Während die Trommel im Bauch pulsiert, spürt Elea die Insel fest unter ihrem Rücken und denkt an die verschiedenen Zeitlichkeiten, die dort aufeinanderstoßen: die Zeit des Universums und des Sternenstaubs, die langsam aufeinanderfolgenden geologischen Zeitalter, vom Kambrium bis zum Anthropozän, in deren Verlauf sich die Insel nach und nach aus dem Meer erhoben hat, um von den Menschen traktiert zu werden, die zyklische Zeit des Jahreslaufs, die Reihe der Tage, die von den Alltagssorgen weitergewälzt werden, bis die Sturzflut des Todes sie schließlich spurlos hinwegspült.

Im Vergleich zu den durchgeplanten Tagen in der Stadt, die die Menschen transportieren wie ein Zug, findet ein Tag am Meer nahezu außerhalb der Zeit statt. Als sie in den vergangenen Monaten zum ersten Mal von der Insel aus unterrichtete und an Besprechungen teilnahm, schienen sich die langsame Inselzeit und die Hast des Arbeitslebens zu reiben. Der Geist kommt nicht immer mit, wenn es keine Übergänge in Zeit und Raum gibt, sondern sich unterschiedliche Zeiten kreuzen und in die jeweils eigene Richtung ziehen: einerseits das Beharren der sozialen Medien auf der Illusion des unmittelbaren Jetzt-Moments und andererseits der träge Fortgang auf der Insel, die Rotation der Planeten und die Langsamkeit, mit der das Wasser den Felsrand schleift.

Oft wünscht sich Elea bei dem, was sie alltäglich zu tun hat, dass ihre Gedanken nicht ständig unterbrochen, von hier nach da springen, zerfallen würden, noch bevor sie ihre Form gefunden haben, sondern sie dorthin führten, wo es ihnen gefällt, ohne dass Geräusche und Launen von anderen ihren Flug unterbrechen, sie sofort verstümmeln, sodass sie bald so geringfügig wirken, dass man sich kurz darauf nicht einmal mehr an sie erinnert. Manchmal ist es ermüdend, ständig auf die Mitteilungen und Bitten, Bedürfnisse und Gefühlsäußerungen anderer zu reagieren. Ein entstehender Gedanke oder eine Idee, die Form annimmt, kann am Klingeln einer eintreffenden Mail, am Geräusch der Tür oder an den Zankgeräuschen der Kinder zerbrechen. Auf der Insel dürfen die Gedanken in Ruhe umherschweifen, sich ausdehnen und verändern, tauchen und fliegen. Vielleicht kann sie in der frei dahintreibenden Zeit der Insel noch eine Gestalt für dieses Durcheinander von Gefühlen finden, das in ihr Wellen schlägt.

Im Rhythmus der Musik breitet sich Mattigkeit in Eleas Körper aus. Sie denkt an die neuen Kräfte, die seit den letzten Tagen die Ströme von Schlaf und Wachen in ihrem Gewebe bestimmen. Nacht für Nacht liegt sie im Halbschlaf da, weil ihr erregtes Herz zu schnell galoppiert, um sie zur tiefen Ruhe finden zu lassen, als versuchte etwas unbeirrbar in ihr, die Lösung für ein Problem zu finden, für das es keine Lösung gibt. Als müsste sie unbedingt alles durchdenken, was sie möglicherweise vergessen könnte, und nicht nur denken, sondern auch träumen, wie der Schlaflose bei Pessoa, voller Angst, weil nur so wenig Zeit bleibt: »Mag sein, dass ich mitnehmen darf, was ich träumte, in eine andere Welt, aber kann ich in eine andere Welt mitnehmen, was ich zu träumen vergaß?«

Eine unerträgliche Wehmut lässt sie erbeben, als sie sich vor Augen führt, was ihr widerfahren ist und was ihr noch widerfahren könnte. Wie kann sie Nostalgie für die Zukunft empfinden, für das, was in ihrem Leben noch kommen mag, falls sie das hier übersteht? Und wenn sie es nur in ihren Träumen leben darf, wie gelingt es ihr dann, alles Wichtige zu träumen?

Die Träume, auch sie haben sich verflüchtigt. Mit dem Ende ihres alten Lebens sind sie zerfleddert – als hätten sie es eilig, anderswohin zu kommen, als blieben ihr nur Abfälle von ihnen. Wenn sie schlafen geht, erwartet sie nicht mehr ein watteweiches Netz, in das sie sich vertrauensvoll fallen lassen kann. Der Schlaf wiegt sie nicht mehr bis zum Morgen in den Armen; er ist nicht mehr bereit, Geborgenheit und Erholung zu bieten. Es hat sich etwas Ruheloses und Misstrauisches darin herausgebildet. Sie kann sich schwer hineinbegeben, und wenn es ihr gelingt, reißt die Hülle immer wieder, und der Schlaf entzieht sich, versteckt sich. Sie muss ihm die ganze Nacht nachjagen, von einem Fetzen zum nächsten springen.

Sie wird von Bildern unter die Oberfläche gedrückt, die ihr Geist in einer Endlosschleife produziert: die Schritte vom Wartebereich um die Ecke und dort der Blick auf das Arztzimmer, in dem eine rothaarige Frau sitzt, Unheil verkündend wie ein Ausrufezeichen in der Landschaft. In ihren Albträumen sind Einzelheiten der Bilder gespeichert, die aus dem Wachgedächtnis getilgt sind: der Waschmittelgeruch in der Luft, die schiefe Schnalle an der Sandale der Krankenschwester, der verkrampfte Blick und der zu gerade Rücken der Rothaarigen, als wäre sie eine Statue, in eine Szene gerückt, in die sie nicht gehört.

Und dennoch erkennt sie auch nach solchen Nächten, wenn sie sich nicht erinnern kann, überhaupt geschlafen zu haben, an kleinen, fast unsichtbaren Zeichen, dass die Spinnweben des Schlafs sie doch eingewickelt haben und dass etwas weitergerückt ist.

Während zu Beginn der Nacht die Ränder zwischen Schlaf und Wachen noch hart sind und sie bewusst die Stellung ändern muss, im Wechsel von Hitze und Kälte die Decke wegnimmt und wieder über sich zieht, ist ihr Körper am Ende der Nacht so mit dem Geflecht des Schlafs verwachsen, dass sie Decke und Position regulieren kann, ohne dass auch nur der leichteste Abdruck eines Erinnerungsbildes davon bleibt. Der Schlaf umfängt sie also doch mit seinem rissigen Schleier, wie insgeheim.

Salma summt eine hypnotische Melodie. Wie von dieser hervorgelockt, blitzt in Elea ein Traum aus der vorigen Nacht auf, der von allen anderen abwich. Halb verstand sie, dass sie schlief, merkte dabei aber, dass sie die Kraft besaß, von der Erde abzuheben und zu fliegen. Eine gewaltige Freude und ein Gefühl des Losgelöstseins überkamen sie, als sie begriff, dass sie in die Lüfte aufsteigen und schweben konnte. Indem sie ihren Oberkörper nach vorn lehnte und die Füße von der Erde hob, gelang es ihr zunächst, waagerecht dicht über der Erdoberfläche zu gleiten. Dann spannte sie die Rückenmuskeln an und spreizte die Arme zu kräftigen Schwingen. Sie flog, als schwämme sie im Meer, beschleunigte mit Beinschlägen, aber alles war luftig, leicht, schwerelos. Nach und nach vertraute sie ihren Gliedern und gewann durch Flügelschläge an Geschwindigkeit. Immer höher stieg sie auf und zog mit ausholenden Bewegungen über Häuser, Gärten und Schotterstraßen hinweg. Das Glück der Freiheit schwoll in ihr an – alles schien möglich.

Nach dem Erwachen trug die Erinnerung an den Flug sie weit durch den Tag. Versuchte das Unterbewusstsein ihr durch den Flugtraum etwas zu vermitteln? Vielleicht verfügte ihr Körper über geheimes Wissen, als flüsterte er: Ich besitze verborgene Kräfte, ich werde die Krankheit noch abschütteln und mich aufschwingen.

Oder ging es in dem Traum um die Möglichkeit des Sterbens? Elea denkt an Hypnos und Thanatos, an Schlaf und Tod, die von den antiken Griechen als Zwillingsbrüder dargestellt wurden. Kam Hypnos zu ihr, um sie an seinen Zwillingsbruder zu erinnern? Oder wollte er Verstecken spielen, ihr zeigen, wie man vor dem Bruder davonfliegen kann? Ein Choral von Bach geht ihr durch den Kopf, dessen Text Johann Franck nach dem Dreißigjährigen Krieg schrieb: »Komm, o Tod, du Schlafes Bruder …«

Das erstarrte, versteinerte Entsetzen des Wartezimmeralbtraums und die mühelose Leichtigkeit des Flugtraums: alles, was sich zwischen ihnen spannt.

Das Fliegen im Traum war ein aktives Tun und ein Sich-treiben-Lassen zugleich: Es kam aus ihr selbst, aber sie ließ sich auch nur einfach von den Lüften tragen.

Die Kraft, die sie in die Höhe hob, war nicht bloß Willenskraft, sondern es lag auch eine unbekannte Weisheit darin, die aus den Tiefen ihres Körpers kam, als wäre eine primitiv ererbte, schlummernde Kraft aus der Zeit der Flugsaurier in sie eingegangen, die sie nicht verstand, aber die sie trug, wenn sie es zuließ. Etwas in der Art muss sie jetzt lernen: gleiten und gleichzeitig loslassen.

Umherschweifende Verse, die sie in der vorigen Nacht beim Gleiten im Grenzgebiet von Schlaf und Wachen aufgelesen hat, schweben heran wie im Wasser treibende Satzfetzen.

Sie lässt die Musik in sich einströmen und setzt die Verse in ihrem Rhythmus zusammen, hängt sie in die Augustnacht.

15

Ich schwanke am dünnen Rand des Schlafs
stürze
in meinem Zimmer in klaffendes Dunkel
das sich weigert
für den neuen Tag ein Fundament zu weben.
Aufgeschlitzte Dünung, ich taste
nach Traumfetzen, die mich tragen

wohin auch immer
noch nicht hierher
um eingesperrt zu warten
auf einen hell auflebenden Tag, der nicht der meine ist.

Keuchendes Meer
ich lasse mich vom ankommenden Morgen
durchlodern
und plötzlich: Das Hier und das Anderswo
durchdringen, durchsickern sich

Die Landschaft reißt
wie die krampfende Folie eines Traums
in der Wunde das pochende Herz
das wilde Tier
das seinen Rhythmus verloren hat.

Und doch: Bei allem Entsetzen und Stürzen
erkenne ich, ergriffen von unerwarteter Freude
unwahrscheinliche, matt schimmernde Verse
ihre Fremdheit und ihr Glühen
dass ich auch das erleben darf

Gleichzeitigkeit verschiedener Zeiten und Maßstäbe
die Wesen der Welt auf verschiedenen Wegen an den Rand
desselben Untergangs fallend
die Figuren des Fallens immer anders
weltraumgroßes Rhizom
und das seltene Klirren, das es durchsticht
wenn der Sturz zum Flug entflammt.

8. TEIL

ZUSAMMEN

»Jemand ergriff meine Hand und die einsamen Teile fügten sich
Augen Lippen Herz alles durchströmend

und ich dachte, wir sind aus Wasser gemacht, aus Sehnsucht
und aus Staubpartikeln im Abendwind«

Tua Forsström, *An einem Oktoberabend ruderte ich auf den See*

1

Die Dunkelheit hat sich um die Feuer gelegt. Eine frische Kühle liegt in der Luft, wie eine Ahnung vom Herbst, der unweigerlich kommen wird, so schlecht es um die Welt auch stehen mag. Elea stellt fest, dass allmählich Nachtfeuchte durch die Kleider dringt.

Otto kommt mit langen, schlenkernden Schritten von der Sauna zum Feuer und verkündet:

»Die Sauna ist so weit, verehrte Gäste.«

»Gehen wir alle zusammen?«, fragt Aura.

»Wie wäre es mit Frauen zuerst?«, schlägt Salma vor.

»Klingt gut«, stimmt Elea zu.

»Kann man nichts machen«, sagt Otto. »Na, Matias und ich werden schon klarkommen.«

»Ja, ja, lasst euch Zeit«, sagt Matias.

In der Sauna werden die Frauen vom Duft feuchter Birkenblätter begrüßt. Als sich Elea auszieht, durchfährt sie wieder der Gedanke an die letzten Male: Würde dies ihre letzte Sauna sein? Zumindest die letzte als ihr altes Selbst: mit Brüsten, Haaren, Schambehaarung.

Nacheinander steigen sie nackt auf die Pritschen. Sie legen die Füße aufs Geländer vor dem Saunaofen und lassen sich sinken. Das hat bei aller Gewohnheit immer etwas Magisches: sich dem uralten Ritual hinzugeben, das den Alltag anhält, in eine andere Zeit führt und die vom Leben Ramponierten stärkt.

Aura wirft die erste Kelle Wasser.

»Herrlich«, seufzt Salma, als die Wärme sie durchdringt.

Der Ofen dröhnt und knallt, dann zischt und raschelt er, bis man nur noch das Flackern des Feuers in der Brennkammer hört. Die Wärme schließt die Frauen in ihre matte Umarmung.

»Hier ist der Dampf immer außergewöhnlich sanft gewesen«, sagt Aura.

Kein Wunder, denkt Elea, dass *löyly*, das finnische Wort für die Saunahitze, ursprünglich Seele bedeutete – der Geist, der die Dauer und die Kraft des Lebens widerspiegelt. *Löyly* ist die Seele der Sauna und in jeder Sauna anders. In dieser Sauna hat man schon immer gut atmen können.

»Ich habe einmal einem britischen Kollegen zu erklären versucht, dass *löyly* nicht nur vom Ofen abhängt, sondern von der ganzen Sauna, von ihrem Charakter und von der Stelle, an der sie steht«, erzählt Elea.

Der Mann sah sie befremdet an, als sie ihm darlegte, eine gute Sauna müsse am Wasser stehen, denn die Luftfeuchtigkeit wirke sich auf die Weichheit des Dampfes aus. Sie versuchte zu beschreiben, was der Unterschied ist zwischen aufzischender Hitze, die auf der Haut brennt, und dem langsam liebkosenden Dampf einer Holzsauna, der eine bis ins Mark reichende Entspannung bewirkt, aber das war schwierig, weil es in England den Begriff *löyly* nicht gibt. Wie soll man die Sauna verstehen, wenn man eine Sprache spricht, in der der Dampf in der Sauna und der Dampf, der aus dem Kartoffeltopf aufsteigt, ein und dasselbe sind? Als sie von der Tradition sprach, sich mit Birkenbüscheln zu schlagen, fragte der Mann ungläubig: Ihr schlagt also nackt mit Ästen aufeinander ein?

»Elliot witzelt immer, dass Briten ohnmächtig werden, wenn sie sich nackt sehen«, sagt Elea.

»Da ist allerdings was dran«, meint Aura lachend. »Als ich

in Oxford beim Gynäkologen war, legte mir die Sprechstundenhilfe ein Papiertuch auf den Bauch, damit ich meinen Unterleib nicht sehen konnte.«

Als Aura sich erkundigte, wozu man den Sichtschutz aus Papier benötige, antwortete die Sprechstundenhilfe: So ist es für alle angenehmer. Aura hakte nach, ob man mit der übertrieben verschämten Papiervorrichtung nicht erst ein Problem aus etwas mache, das ansonsten das Natürlichste von der Welt wäre. Als ginge etwas Dubioses und Perverses vor sich. Später erfuhr Aura von einer Freundin, dass es im Mittelalter auch auf den Britischen Inseln Saunas gegeben habe, aber das seien Amüsierorte in der Art von Cafés oder Freudenhäusern gewesen, wo man gegessen, getrunken und miteinander geschlafen habe. Als sich die Syphilis und andere Seuchen ausbreiteten, warnten die Ärzte vor diesen Orten, und so erlosch die Saunakultur allmählich.

»Vielleicht haben sie aus jenen Zeiten die Vorstellung behalten, dass die Sauna etwas Lasterhaftes hat«, sagt Aura.

Elea überlässt sich der Saunazeit, in der auch die Stille eine spezielle ist: gelassen, natürlich. Sie denkt an das Profane und das Heilige, an das Leben und den Tod, die sich in der Sauna begegnen, wo über die Zeiten hinweg Kinder geboren und Tote auf die letzte Reise vorbereitet wurden. Der erdnahe Ort der Reinigung öffnet Raum für die Erneuerung, den Übergang, die Metamorphose.

Sie fragt sich, ob sich mit ihrer Erkrankung ein neues Wesen entpuppt, das sich nun endlich traut, aus sich herauszutreten, nachdem sie mit ihrer Freude und ihrer Sorge immer privat und für sich geblieben ist. Sie hat sich in die Stille geflüchtet, sie um sich geschlungen wie einen schützenden Mantel, der unsichtbar macht, aber jetzt begreift sie, dass sie, ohne es zu wissen, von klein auf in der Sauna geübt hat, ihre Verletzlichkeit zu zeigen und sie mit anderen zu teilen. Sie hat dort Körper in allen Größen und Formen gesehen. Erinnerungsbilder aus der Kindheit strömen in sie ein: Nackte dicke Omas schwatzen in der großen Sauna des Schwimmbads und erzählen Geschichten, unter ihnen eine Frau, die nur eine riesige Brust hatte und an der Stelle der anderen eine Narbe wie ein langer Reißverschluss.

Im Dämmerlicht der Sauna glotzt man nicht. Man ist zusammen, und keine ist wertvoller als die andere. Ähnlich ist es beim Schreiben: Als würde man nackt vor die anderen treten, in der Hoffnung, nicht zum Objekt ihrer analysierenden, taxierenden Blicke zu werden, sondern mit dem Wunsch, eine menschliche Erfahrung und den Versuch, eine Form dafür zu finden, teilen zu dürfen. Aus sich herauszugehen, macht Angst. Wie ein Schatten folgt unweigerlich die Gefahr, falsch gesehen zu werden. Man muss sich trauen, in den gemeinsamen Raum zwischen den Menschen zu treten, ohne den Schutz des Sauna-Halbdunkels, damit man sich nach den anderen strecken und bei allem Aneinander-Vorbeireden klare Momente des Erkennens und der Zusammengehörigkeit erleben kann. Erst wenn man von den anderen gesehen wird, wird man auch für sich selbst sichtbar.

2

Aura blickt auf Eleas straffe Beine und fragt sich, ob Eleas krebskranke Brust anders aussieht als die andere, wagt es aber nicht, hinzuschauen. Der nektarsüße Dampf erinnert sie an die alte ockergelbe Hofsauna ihrer Oma. Oft erzählte ihre Oma von den Arbeiten, an denen sie als Kind beteiligt war: In der Sauna trocknete man das Getreide, wusch die Wäsche, teerte die Skier und heilte die Kranken. Die Gesundheitssauna musste immer mit Holz geheizt werden, in das der Blitz eingeschlagen hatte, aber auch Treibholz und Erle vom Ufer waren erlaubt. Wer die Seuche hatte, kam in der Sauna in Quarantäne.

In den Zaubersprüchen ihrer Oma wurde Kiputyttö, das Schmerzmädchen, die Tochter von Tuoni, dem Tod, angerufen, um die Krankheiten einzufangen. Das Mädchen saß an der Kreuzung von drei Flüssen auf einem großen Stein und ließ diesen kreisen, damit die Krankheiten darunter zerrieben wurden wie Körner zwischen Mühlsteinen. Wenn sie dem Stein entkamen und zur Plage der Menschen wurden, bat man das Schmerzmädchen, sie wieder mit dem Stein einzufangen oder sie im Meer zu versenken. Ihre Schwestern sind Tuonetar, die Göttin der Unterwelt, die die Lebenden über den Fluss ins Totenreich Tuonela bringt, und die blinde Loviatar, die, nachdem sie vom Nordwind schwanger geworden war, unter großen Schmerzen neun kleine Jungen zur Welt brachte. Jeder von ihnen verursachte eine schlimme Krankheit. Pest, Gicht, Abszess, was sonst noch alles, verflixt?

In den Geschichten ihrer Oma entsprang die Heilkraft der Sauna der Begegnung der höheren mit der mittleren und der unteren Welt. Geeignete Passagen für den Übergang von einer Welt zur anderen waren neben der Sauna Schluchten, Wasserstrudel und Wurzelgeflechte. Matias neckt Aura bei Ausflügen in den Wald gern damit, dass sie bei vermoosten, knotigen Riesenwurzeln so in Verzückung geraten kann. Es fällt nicht schwer zu glauben, dass sich darin die Pforte zu einer anderen Welt öffnet. Aura möchte einmal ein Kunstwerk schaffen, in dem man durch riesige Wurzelgeflechte von einer Welt in die andere kriechen kann.

Das Feuer knistert im Ofen. Salma wirft noch eine Kelle voll Wasser auf die Steine. Es rauscht und braust. Schweißtropfen bilden sich auf der Haut. Aura kommt in den Sinn, dass man, laut ihrer Oma, durch den Saunadampf mit den Vorfahren und mit den Feuer- und Wassergeistern sprechen kann.

»Meine Oma hat immer mit dem Saunaofen gesprochen«, sagt sie.

»Kein Wunder«, meint Salma.

»Wieso?«

»Na, weil ein Saunaofen jedes Mal ein bisschen anders antwortet, wenn man einen Aufguss macht.«

»Genau. Dieses Zischen hören wir von klein auf«, sagt Elea. »Komisch, dass ich nie auf den Gedanken gekommen bin, dass wir auch diese Sprache beherrschen.«

Im Märchen von der kleinen Meerjungfrau begegnen sich ebenfalls drei Welten, begreift Aura: die Bewohner von Wasser, Erde und Luft. Obwohl sich die Meerjungfrau retten könnte, indem sie den Prinzen tötet, löst sie sich lieber in Meeresschaum auf, aber die ersten Strahlen des Morgens verwandeln sie in eine Tochter der Lüfte. Luftgeister können eine unsterbliche Seele bekommen, indem sie fünfhundert Jahre lang gute Taten vollbringen. Sie fliegen in warme Länder, wo die Pest die Menschen tötet, und bringen den Kranken Erfrischung.

Auch Auteretar, die Fee des Saunadampfes im *Kalevala*, dürfte eine Tochter der Lüfte sein. Aura denkt an die Geister von Wasser, Feuer und Luft, die sich um sie, die Erdwürmchen, tummeln. Sie zeichnet einen großen Bogen in die Luft, als setzte sie die Elemente zusammen und würde sie zu einem Kreis, zum Weltwasserfeuer verschmelzen. Eine plötzliche Wehmut überkommt sie, weil sie ihre Oma nicht um Rat fragen kann. Diese sagte, wenn man die Entstehung von etwas kenne, seinen Ursprung, könne man es beherrschen. Heilungsbeschwörungen fingen mit Ursprungsworten an, danach wurde das Böse ausgetrieben. Vielleicht hätte ihre Oma auch einen Zauberspruch parat gehabt, um Elea zu heilen.

3

Elea wischt sich den Schweiß von der linken Brust. Es fällt ihr immer noch schwer zu glauben, dass diese Brust sie wirklich im Stich lässt. Im Lauf der Jahre hat sie ihr viel Freude bereitet. Elea hat immer geglaubt, sie sei auf ihrer Seite. Sie verstand sie als einen guten Teil von sich, auch wenn sie das nicht immer bewusst gedacht hatte. Nur während der Stillzeit war ihr Leben völlig brustzentriert. Vielleicht ist es die passende Strafe dafür, dass ihr das Stoffliche so fremd ist, dass sie vor allem ein Wesen mit Seele sein will, wenn ihre Brust jetzt alle Aufmerksamkeit auf sich zieht.

»Verrückt, dass die sich jetzt als betrügerische Titte erweist«, sagt Elea. »Bis jetzt hat sie so gute Dienste geleistet. Beide Kinder habe ich über ein Jahr lang gestillt.«

»Hauptsache, ihr hattet eure gemeinsamen Momente«, sagt Aura.

»Was war das für eine Zeit!«, seufzt Salma. »Stillen ist wunderbar.«

Im selben Moment fällt Elea ein, dass Aura nicht hat stillen dürfen. Sie versucht, das Gespräch in andere Bahnen zu lenken:

»Im Frühling habe ich noch von einem dritten Kind geträumt. Zum Glück bin ich nicht schwanger geworden. Der Hormonsturm wäre mein letzter Sargnagel gewesen. Dann hätte ich drei Waisen hinterlassen.«

»Geburt und Tod können manchmal sonderbar eng miteinander verschlungen sein«, stellt Aura fest.

»Das Erschütterndste bei den Geburten war nicht der Schmerz, sondern das Gefühl von der Nähe des Todes«, sagt Elea.

Sie erinnert sich, wie groß dabei ihre Angst war zu sterben, zum ersten Mal im Leben. Beim Entbinden wie bei der Krebserkrankung verliert man die Kontrolle. Man muss einfach dem Unbekannten entgegengehen, annehmen, was kommt. Eine Geburt ist nichts, was Frauen machen. Es widerfährt ihnen. Man fällt hinein wie in einen Wirbelsturm, in dem man Kräften ausgeliefert ist, die stärker sind als man selbst, im Rhythmus des Schmerzes, der in Druckwellen kommt, in der Hoffnung, dass das Gefühl zu zerreißen mit der Geburt endet und nicht mit dem Tod. Warum gibt es bei der Geburtsvorbereitung kein Training für den Kontrollverlust? Warum wird so getan, als könnte man die Lage mit der richtigen Atemtechnik in den Griff bekommen? Warum sagt man nicht, dass die Geburt auf das Elternsein vorbereitet, das ebenfalls aus einer Abfolge von Situationen besteht, die man nicht vorhersehen und nicht kontrollieren kann?

Trotz der Hitze laufen Elea Kälteschauer über den Körper. Vielleicht ist das der Tod, der ihre Wange streichelt, seinen eisigen Atem über ihre Haut wehen lässt. Wäre sie mucksmäuschenstill und stellte sich tot, würde er dann sang- und klanglos weggehen oder sie schon für sein Eigentum halten?

»Für manche ist eine Geburt tatsächlich eine Todeserfahrung«, sagt Aura mit leiser, heiserer Stimme, als wäre ihr etwas im Hals stecken geblieben.

»Es tut mir leid«, sagt Elea. »Sollen wir über etwas anderes reden?«

»Warum? Frauen reden in der Sauna doch immer übers Gebären«, meint Aura schmunzelnd.

»Früher wurde in der Sauna entbunden, jetzt verarbeitet man hier seine Geburtstraumata«, sagt Salma.

»Ich habe zwar nicht stillen dürfen, aber mein Geburtstrauma habe ich trotzdem bekommen«, kommentiert Aura lachend.

Elea war beim Geburtsyoga und wünschte sich eine arzneimittelfreie, aktive Geburt, bei der man auf den Beinen und in Bewegung bleibt, bei der man ganz da ist, mit der Kraft des Atems entbindet, vielleicht in der klinikeigenen Gebärwanne, in der das Kind in die Welt gleitet wie ein Fluss ins Meer. Nachdem die Geburt in Gang gekommen war, stellte sich schnell heraus, dass sie nicht in der Wanne gebären würde, ja nicht einmal im Stehen gegen die Schmerzen anatmen konnte. Die Schmerzen waren so erdrückend, dass sie das Bewusstsein verlor. Sie fand sich am Bett angebunden wieder, und die Hebamme sagte: Sie gehen jetzt nirgendwo mehr hin. Danach trieb sie stundenlang hilflos in einem halbbewussten Zustand und nahm jede Schmerzlinderung dankbar an. Sie war keine aktiv Handelnde, sondern ein schwaches, elendes Wesen, das an der Kante des Lebens an einem spinnwebendünnen Faden hing.

Die Ohnmacht ist ein kleiner Tod, der totale Kontrollverlust. Es ist schwer zu akzeptieren, dass es passiert, wenn man eine Löwenmutter sein möchte, die ihr Kind sicher zur Welt bringen und es vor allem beschützen will. Elea weiß nicht, ob sie sich wirklich in Lebensgefahr befand, aber sie schwankte in einem Grenzgebiet des Bewusstseins, von dessen Existenz sie nicht einmal etwas geahnt hatte. Jetzt ist sie erneut in ein

Grenzgebiet geraten, aber diesmal weiß sie nicht, ob es eine Rückkehr gibt. Eine Geburt ist im Maßstab eines Menschenlebens letzten Endes ein schnelles Ereignis. Es ist ein Abstecher in ein fremdes Gebiet, aber man kommt schnell wieder nach Hause und bringt ein neues Leben mit, das die Schatten des Besuchs rasch vergessen lässt. Dies aber ist kein Besuch, sondern ihre neue Heimat.

Elea fährt aus ihren Gedanken hoch. Die beiden Frauen sehen sie an, als wäre jetzt ihre Geburtsgeschichte an der Reihe.

»Im letzten Stadium von Iiris' Geburt ließ Otto die Videokamera auf einem Seitentisch im Kreißsaal laufen. Zuerst war ich wütend, aber jetzt ist es in gewisser Weise ein Geschenk für sie. Dass sie ihren eigenen Anfang sehen kann.«

Elea erinnert sich, wie konfus sie wegen Ottos Idee war, auch weil dieser es normalerweise immer ablehnte, etwas festzuhalten. Offenbar faszinierte ihn das Extreme an der Aufnahme. Geburt und Tod zu filmen gehört sich nicht.

»Wow. In unserer Generation hat wohl kaum jemand ein Video von seiner Geburt«, sagt Salma.

»Wie sah die Entbindung auf Video aus?«, will Aura wissen.

»Schockierend leicht. In meiner Erinnerung brülle ich vor Schmerzen. Aber auf dem Video wimmere und stöhne ich nur ein bisschen, und dann flutscht das Kind auch schon heraus. Das brachte mich auf die Frage, ob immer eine Kluft zwischen dem Inneren und dem Äußeren besteht oder ob ich nur Probleme damit habe, mich auszudrücken.«

»Wahrscheinlich lässt sich ein gewisses Missverhältnis zwischen dem, was man erlebt, und dem, was für die anderen sichtbar wird, nicht vermeiden«, sagt Salma. »Vielleicht wird das im Schmerz und bei anderen, allein erlebten starken körperlichen Erfahrungen noch betont.«

»Darum hat es etwas Tröstliches, in die Sauna zu gehen. Man durchläuft die gleichen körperlichen Zustände, den Wechsel von heiß und kalt, ebenso ungeschützt und nackt«, sagt Elea.

»Und verschwitzt!«, lacht Aura und macht noch einen Aufguss.

»Puh, wäre es nicht Zeit, ins Meer zu springen?«, fragt Salma.

»Ja, nach diesem Aufguss«, sagt Elea.

Sie lassen den Dampf über die Haut rauschen und ducken sich kurz unter der Hitze. Dann springt Elea von der Pritsche und ruft:

»Wer als Letzte im Wasser ist, ist ein faules Ei!«

4

Während sie zum Ufer rennt, kommt Elea schlagartig das letzte Mal in den Sinn, als sie weit aufs Meer hinausschwamm. Damals war sie noch selig unwissend über die Katastrophe, die in ihrer Brust gärte. Sie war eine lange Runde durch den Wald gelaufen, war gerannt, bis sie das Gefühl hatte, nicht nur das rasende Blut in ihren Adern zu spüren, sondern auch den Flug ihrer Beine, den grünen, vibrierenden Wald, die Frische des Seewindes und die Lichtinseln auf den Mooshöckern. Als sie sich zum Abschluss ins Wasser stürzte, war sie noch so erhitzt, dass die Kühle sie wie ein erfrischendes Rauschen durchströmte. Laufen ist eine anhaltende Bewegung, die die Gedanken beflügelt, neue herbeiruft, ihnen Raum schafft: Gefühle und Ideen schweben frei, tauchen auf und zerfließen ungezwungen wie rieselndes Wasser, und nichts bleibt an seinem Platz. Würde sie jemals wieder so leicht und losgelöst laufen können wie in ihrem alten Leben?

Als sie zum Wasser stürmen, hören sie vom Ufer her Ottos Pfeifen. Elea sieht, dass das Feuer am Wasser hochlodert, weil die Männer trockenes Schilf hineinwerfen. Matias hat den Frauen verschämt den Rücken zugekehrt.

»Könnten die Herren uns bitte in Ruhe lassen? Oder müssen wir unsere Badeanzüge holen?«, ruft Elea und hält sich die Hände vor die Brüste.

Otto nuschelt, man sehe im Dunkeln sowieso nichts, macht sich aber mit Matias auf den Weg in Richtung Haus. Elea tritt ins Uferwasser und lässt sich nach und nach tiefer ins Meer sinken. Nach der heißen Sauna vergrößert jeder Schritt das genussvolle Gefühl, sich hinzugeben und zu verschmelzen. Die Wasseroberfläche leckt zuerst über die Hüften, dann über die schmale Taille und die schweren Brüste. Schließlich gehört sie ganz dem Wasser. Die Umarmung des Meeres kühlt ihren dampfenden Körper ab, das Wasser umfängt sie beruhigend, als sie mit langen Zügen hinausschwimmt. Es trägt sie, nimmt ihr Gewicht und verwandelt es in Schwerelosigkeit. Weich kräuselt es sich und liebkost ihre leicht gewordenen Glieder, die ohne Mühe dahingleiten, ihre Haare, ihren Rücken, ihre Beine, es besteht kein Unterschied mehr zwischen innen und außen, alles ist eins – schwebend, wogend, grenzenlos. Leise gleitet sie über die Weite des Wassers, dessen Ränder ein Band aus Feuern sprenkelt.

Elea dreht sich auf den Rücken. Inzwischen sind die Sterne deutlich zu erkennen. Ihr altes Licht streut über Millionen Jahre hinweg. Sie lässt sich von der Unermesslichkeit des Universums durchströmen. Die Zeit des Universums ist nicht ihre

Zeit, aber sein Staub ist ihr Staub. Die alten Griechen nannten die Galaxis ›Milchkreis‹, weil sie glaubten, sie sei durch die Milch entstanden, die die Göttin Hera beim Stillen verspritzte. In vielen Sprachen wird sie dem Wasser zugeschlagen. Die Japaner nennen sie Himmelsfluss, die Chinesen Silberfluss, und auf Hebräisch ist sie der Feuerstrom. Elea denkt an die Kinder der Luft, des Wassers, des Feuers und der Erde, die in der Weltallmilch schwimmen, und sie denkt an sich und die anderen hier, die Noch-nicht-Toten, die in dieser Augustnacht schwimmen dürfen.

Unter den Sternbildern funkelt der Krebs. Er kam im Kampf der Hydra zu Hilfe, indem er mit seinen Scheren Herakles in den Zeh zwickte. Als Dank für den Dienst, den er ihr erwiesen hatte, gab Hera ihm einen Platz in den Gestirnen. Warum aber nannte Hippokrates die Krankheit Krebs, *karkinos*? Weil das Geschwür hart wie die Schale eines Krebses ist oder weil die Adern, die von dem Tumor ausgehen, den Beinen eines Krebses gleichen? Oder weil der Krebs schneidenden Schmerz verursachen und den Menschen ebenso fest im Griff halten kann wie die Scheren eines Krebses?

Als sie in einem Bogen zurück zum Ufer schwimmt, sieht Elea, dass Aura und Salma am Bootssteg geblieben sind und herumalbern. Sie bespritzen sich gegenseitig mit Wasser und kreischen wie kleine Mädchen. Elea schwimmt zu ihnen.

»Was kommt denn da für eine Meerjungfrau!«, ruft Salma.

5

Aura bleibt mit dem Handy auf der Saunaveranda sitzen, nuschelt etwas von der Suche nach einer passenden Beschwörung und sagt, sie komme nach. Elea folgt Salma in die Wärme der Sauna. Das Feuer knistert im Ofen und zaubert eine Schattenpantomime an die Balkenwand. Der Wechsel von Kühle und Wärme wogt wie eine vertraute Melodie in ihnen auf und ab.

Elea denkt an die Schichten der Zeit, die sich in diesem Moment überlagern. In dieser Sauna sind alle früheren Saunaerinnerungen vorhanden, die Weihnachtssauna und die samstägliche Familiensauna, die frei fließenden Saunagespräche, die plötzlich ausbrechenden Saunastreitigkeiten, die schweigsamen und verdichteten Momente, die schwitzenden Körper in verschiedenen Positionen, zusammengekauert und ausgestreckt. Dies ist das Nest, die warme, halbdunkle Höhle, in deren Schutz sie sich fast jeden Samstag zurückgezogen hat, solange sie sich erinnern kann. Dieses Ritual hat die Woche abgerundet.

»Wie kommst du klar?«, fragt Salma.

»Wechselhaft«, antwortet Elea.

In der Wärme der Sauna hat sie momentweise das Gefühl, dass sich alles doch noch finden wird. Die Hoffnung glimmt in ihr wie eine kleine, hartnäckige Flamme, aber um sie herum schwelt das Entsetzen darüber, dass der Krebs schon wer weiß wie lange verborgen in ihrem Gewebe sitzt und sich weiterhin überall versteckt halten kann.

Die unfassbare Einheit von Geist und Körper frappiert sie. Sobald sie erfuhr, dass ihre Brust voller unsichtbarer Tumore ist, eroberten stechende Schmerzen ihren Körper. Ihr Rückgrat tat weh, und in den langen Knochen im Bein pochte es. Vor ihrem inneren Auge sah sie die Metastasen, die sich in die Wirbelsäule geschlichen hatten und die einen schnellen und schmerzhaften Tod bedeuten würden. Sie wusste, dass die Schmerzen wahrscheinlich von einer schlechten Schlafposition oder von der mentalen Belastung stammten, aber das rationale Verstehen hilft nichts, wenn die Angst einen mit ihren knochigen Pranken umklammert. Das Wissen darum, dass bei der MRT-Aufnahme keine Anzeichen für die Ausbreitung des Krebses gefunden wurden, linderte die Schmerzen sofort. Jetzt fühlt sich ihr Körper wieder stärker an, und sie begegnet ihm nicht mehr mit dem gleichen Argwohn, mit dem sie noch vor wenigen Tagen jedes Bauchgrimmen und jedes Knirschen im Gelenk beobachtete.

Dennoch blitzt vor ihren Augen immer wieder eine Serie von Erinnerungsbildern von dem Ganzkörper-MRT auf. Auf der Untersuchungsliege, beim Setzen der Kanüle, das Gefühl, keine Luft zu bekommen. Beim Aufstehen das Zittern am ganzen Leib. Das quälend lange Warten auf die Resultate. Der Moment, in dem die Krankenschwester ihren Namen rief und sie wie in Trance auf das Arztzimmer zuging, mit mechanischen Schritten, und versuchte, das Gesicht der Schwester zu deuten.

Elea macht einen Aufguss und sagt dann zögernd:

»Mir geht ständig eine albtraumhafte Bilderserie durch den Kopf, die ich einfach nicht abschütteln kann.«

»Was für eine?«

Elea erzählt Salma von jenen Sekunden. Das Behandlungszimmer war offen, als sie vom Wartebereich aus um die Ecke bog, mit hämmerndem Herzen ging sie darauf zu und sah: Dort saß eine fremde Frau mit roten Haaren, die weder wie eine Ärztin noch wie eine Schwester aussah. Für den Bruchteil einer Sekunde trafen sich ihre Blicke. Dann glitt der Blick der Frau über Eleas Schulter hinweg, als könnte sie es nicht ertragen, ihr in die Augen zu schauen. Blitzartig begriff Elea: Sie haben jemanden vom Krisendienst gerufen, um ihr zu sagen, dass nichts mehr zu machen war. Ihr Herzschlag hallte durch den ganzen Leib und schickte mit einem solchen Stampfen schwallweise das Blut durch die Adern, dass sie von dem Dröhnen fast taub wurde. Mühsam schritt sie auf ihren bleischweren Beinen voran. Der Weg von der Tür zum Patientenstuhl kam ihr so lang vor wie ein Menschenleben. Sie dachte: Komme ich da je an? Der Stuhl war viel zu orange, so glühend, als könnte sie sich daran verbrennen. Steif ließ sie sich darauf nieder, zwang sich, die Frau anzuschauen, fragte sich, ob deren lächelnder Gesichtsausdruck einstudiert war. Die Sekunden vergingen so langsam wie Stunden.

»Schließlich machte die Ärztin den Mund auf und sagte, dass alles in Ordnung sei, auf den Bildern sehe man keine Anzeichen dafür, dass sich der Krebs ausgebreitet habe.«

»Puh«, sagt Salma.

Aber obwohl sich Eleas ursprüngliche Deutung der Situation als falsch erwies, kann sie sie nicht mehr tilgen. In beiden Nächten danach ist sie aus einem Albtraum aufgewacht, in dem das Gesicht der Frau vom Krisendienst aufleuchtet, der ausweichende Blick über ihre Schulter streicht. Es hilft nichts zu wissen, dass die Rothaarige nur eine Medizinstudentin war. Vielleicht war ihr Blick ausweichend, weil sie schüchtern und unsicher war, oder sie hatte Streit mit ihrem Freund gehabt. Elea kann es drehen und wenden, wie sie will, sie kann die in ihrer Seele aufgerissene Wunde nicht reparieren. In der Dunkelheit der Nacht bricht sie immer wieder auf. Obwohl die Situation schnell vorbei war und das Resultat der Aufnahme erleichternd, lässt sich das Entsetzen nicht abschütteln. Es ist, als könnte die Erleichterung nicht von den Tiefen ihres Gewebes absorbiert werden, sondern bliebe an der Oberfläche, als gehörte es zu einer Filmszene oder wäre nur ein alternatives Szenario und hätte mit ihrem wirklichen Leben nichts zu tun.

Elea wirft einen Blick auf Salma. Deren Augen scheinen feucht zu sein, aber in der Sauna ist alles feucht, sodass sich Elea nicht sicher ist.

»Es ist, als wäre irgendwo tief in meiner Hirnrinde eine Szene eingebrannt, in der ich erfahre, dass der Krebs gestreut hat, und die ich nicht austauschen kann«, sagt sie.

»Ach, Liebes«, seufzt Salma. »Kein Wunder, wenn die Psyche bei so heftigen Entwicklungen nicht mitkommt.«

»Mag sein.«

»Hast du eigentlich mal versucht, über deine Erfahrungen zu schreiben? Ich kann mir vorstellen, dass es für dich eine naheliegende Methode wäre, mit alldem umzugehen.«

»Das habe ich mir auch schon gedacht. Wenn es mir gelingen könnte, meine Erfahrungen zu verbalisieren, würden sie sich allmählich ordnen. Und vielleicht würde es mir helfen zu verinnerlichen, dass das Ganze überhaupt passiert. Es ist überraschend schwer, sich selbst von jetzt auf gleich als Krebskranke zu denken. Vielleicht fällt es mir leichter, wenn ich wie eine Krebspatientin aussehe.«

»Wann werden dir die Haare ausfallen?«

»Normalerweise zwei Wochen nach der ersten Chemo.«

»Ich bin sicher, dass du auch mit Glatze toll aussehen wirst«, sagt Salma zärtlich. Ihrer Stimme hört man an, dass sie es ernst meint.

Elea weiß noch nicht, ob sie kahl sein oder ein Tuch oder eine Perücke tragen will. Das Krankenhaus finanziert die Perücke, sodass sie es wohl ausprobieren und es sich dann überlegen wird. Wahrscheinlich wird sie sich nicht zwischen Perücke, Tuch und Glatze entscheiden wollen, sondern nach Wetter und Stimmung wechseln: eine Perücke tragen, wenn sie die Blicke der Leute nicht erträgt, und mit kahlem Kopf gehen, wenn sie sich stark fühlt. Wenn es ihr gelingt, eine Beziehung zu den verschiedenen Alternativen herzustellen, die etwas Spielerisches und Trotziges hat, kann sie sie vielleicht ein Stück von sich fernhalten, sodass sie nicht davon bestimmt wird.

Sie erinnert sich an eine Wissenschaftlerin, die vor zwei Jahren an Sommerkursen der Universität teilgenommen hatte und sich mitten in der Krebstherapie befand. Ihre Tochter führte mit ihren Freundinnen am Lagerfeuer ein lustiges Stück auf, bei dem sie die Perücke ihrer Mutter als Verkleidung benutzte. Das hatte etwas Tröstliches. Elea dachte, wenn die Frau zulassen kann, dass ihre Tochter mit ihrer Perücke spielt, dann ist die Perücke nur ein Requisit und nichts, was sie definiert, eine Verkleidung, wie sie uns in verschiedenen Situationen des Lebens zugeworfen wird: Wir können sie ausprobieren, damit herumalbern, sie aufstylen, bis sie zu uns passt, oder sie wegwerfen.

6

Salma fährt zusammen, als Aura die Tür aufreißt, begeistert ein Büschel Zweige schwenkt und verkündet:

»So, die Damen, Saunaheilerin Aura steht euch zu Diensten!«

»Du hast einen Quast gemacht?«, fragt Salma.

»Jawoll, nach den Lehren meiner Oma von einer Erle am Ufer.«

Aura legt das Büschel zum Einweichen in den Eimer, behält aber einen Zweig in der Hand.

»Ich habe die Ursprungsworte der Krankheit herausgefunden«, erklärt sie.

Sie wedelt mit dem Zweig wie mit einem Zauberstab und deklamiert feierlich:

»Es war einmal Loviatar, die neun Seuchensöhne gebar. Einer von ihnen war ein Wurm: ein kleiner, heller Wurm mit schwarzem Kopf, dessen Leidenschaft darin bestand, durch eine Schweißpore in die Haut einzudringen und an Fleisch und Knochen zu nagen. Jetzt jage ich ihn zum Teufel!«

Aura schnappt sich das Büschel aus dem Eimer und fängt mit der Beschwörung an. Salma merkt, wie sich Eleas Körper versteift, als das Büschel sie trifft. Aura spricht:

> Gehe dort unter den Stein,
> martre dort, du Mistvieh,
> plage dort, du Plagegeist!

Elea sieht aus, als wäre sie verwirrt und wüsste nicht, wie sie reagieren soll – als möchte sie sich gern auf das Spiel einlassen, während ihr zugleich unbehaglich zumute ist.

»Autsch!«, entweicht es ihr. Das Büschel ist im Wasser noch nicht weich geworden, weshalb es wahrscheinlich unangenehm auf der Haut kratzt.

Aura macht voller Enthusiasmus weiter, als hätte sie nichts gehört:

Lasse, Satan, davon ab
an den Adern zu nagen
die Glieder zu quälen!

Nun scheint Missmut in Elea aufzukommen. Als Aura versucht, mit dem Büschel unbedingt ihre linke Brust zu treffen, hebt sie die Hand zum Schutz und sagt gereizt:

»Danke, das reicht.« Aura hört auf und schaut sie verlegen an.

»Ich dachte halt, in so einer Nacht der alten Feuer würde es passen, alle Mittel anzuwenden«, sagt sie und klingt dabei leicht beleidigt.

Elea schaut Aura an, für einen Moment, der sich in beide Richtungen öffnen kann. Sie schien sich auf die Kakaozeremonie eingelassen zu haben, aber jetzt wirkt sie gereizt. Salma versteht gut, wie empfindlich Elea ist, denn sie hat in ihrer Trauer selbst Phasen gehabt, in denen sie das gut gemeinte Spielerische von anderen nicht aushielt, ohne selbst zu begreifen, warum. Vielleicht hat Elea das Gefühl bekommen, dass der Krebs für Aura nur ein Spiel sei, während er für Elea die Wirklichkeit ist, aus der sie nicht am Ende des Abends davonspazieren kann. Aber dann wird Eleas Blick weich, als würde etwas nachlassen.

»Ja, ja, danke für Eure Dienste, verehrte Saunaheilerin«, sagt sie.

Aura wirkt erleichtert. Im selben Moment reißt Elea ihr das Büschel aus der Hand und versetzt ihr damit einen Schlag auf den Po.

»Und jetzt bist du dran!«, droht sie mit einer Grimasse. »Nein, schon gut. Setz dich nur hin«, fügt sie mit einem Lächeln in den Augen hinzu und tätschelt die Pritsche neben sich.

7

Sie versinken in Saunastille, lauschen stumm dem Rauschen des Feuers und den knackenden Geräuschen des Ofens. Erlenblätter, die sich beim Schlagen mit dem Büschel gelöst haben, kleben auf Eleas Beinen, die auf dem Holzgeländer liegen. Sie streckt die Füße, sodass sich die Waden spannen. Nie zuvor hat ihr Körper sie im Stich gelassen. Als sie jung war, verließ sie sich auf seine Kraft und auf den Schlaf, der am Ende des Tages freigiebig und nährend auf sie wartete. Erst nach dem Kinderkriegen wurde es mit dem Schlaf schlechter: Er konnte von winzigen Störungen unterbrochen werden, von Vogelgesang oder einem Lichtstrahl, der durch den Vorhangspalt drang, als wäre auf Dauer ein leichter Alarmzustand in ihr zurückgeblieben, eine ständige Wachsamkeit. Bis nun dieser Horror hier ihr Leben aus der Bahn geworfen hat, der alle früheren Alarmzustände nichtig erscheinen lässt.

Auch wenn im Lauf der Jahre etliches passiert ist. Wieder flackert in ihr der Vormittag im Herbst auf, als die blauen Karos auf der Küchentischdecke sich in etwas schneidend Materielles verwandelten. Und ein früheres Bild aus dem Hausflur ihres Elternhauses. Wie ihr Vater ihr mitteilt, dass er weggeht, ihr kleiner Bruder im Raum hin und her geht, hin und her, wie ein Tier im Käfig.

Elea wundert sich darüber, wie wenig sie von den schwierigsten Abschnitten ihres Lebens in Erinnerung hat. Ihre Vergangenheit ist voller Spalten und Risse, die sie einfach hinter sich gelassen hat, als würde es ihnen die Kraft nehmen, sie in die Tiefe zu ziehen, solange sie in Bewegung bleibt. Die milden Wasser des Vergessens haben immer ihren Weg bis in die hintersten Winkel von Eleas Innerem gefunden. Sie sind in ihr gestiegen und angeschwollen und haben alles hinweggespült, was besser verschwinden sollte. Wenn sie an vergangene Rückschläge denkt, kommt es ihr vor, als hätte jemand alte Fotos zu feucht abgewischt, sodass sich fast alles Erkennbare auf den Bildern aufgelöst hat und nur diffuse Striche und Schatten geblieben sind. Würde sie sich später an diese Wochen nach der Krebsdiagnose erinnern, falls sie weiterleben darf?

Und doch ist in ihr jetzt der grimmige Wille aufgekommen, diesen Horror zu durchleben, ohne die Augen davor zu verschließen. Sie will ihn nicht vergessen, sondern ihn zu etwas Eigenem machen und zulassen, dass er verändert, was sie ist.

Aura macht noch einen Aufguss und singt leise eine Saunabeschwörung: »Was ich als Wasser auf die Steine werfe, neure sich zu Nektar, mache sich zu Met!«

Elea möchte nicht, dass es aufhört, aber sie weiß, dass die Männer schon warten.

»Wir sollten allmählich zum Waschen übergehen«, sagt sie.

»Soll ich euch den Rücken schrubben?«, fragt Salma.

»Ja, das wäre wunderbar«, seufzt Aura. »Mir hat schon ewig niemand mehr den Rücken gewaschen.«

Elea möchte es auch. Salma macht die Bürste in dem Zuber nass, dessen Wasser nach Erlenlaub duftet, und reibt Seife darauf. Aura und Elea setzen sich mit dem Rücken zu ihr hin. Salma fasst Elea leicht an der Schulter und fängt an, ihr mit langsamen, leichten Bewegungen den Rücken zu massieren. Zuerst ist Elea angespannt, aber dann gibt sie sich den kreisenden Bewegungen hin. Sie stützt sich mit einer Hand an der Wand ab und schließt die Augen. Salmas natürliche, zarte Bewegungen bringen sie zum Schmelzen.

»So ein schöner Rücken«, sagt Salma leise.

Ihre Hand gleitet leicht über Eleas nasse Haut. Ein warmes, vibrierendes Gefühl breitet sich überall in ihrem Körper aus. Nach und nach wandern Salmas massierende Bewegungen nach unten.

Im Zustand der leichten Betrunkenheit schafft das Halbdunkel der Sauna den Eindruck einer anderen Wirklichkeit, in der neuartige Gefühle, Gesten und Arten der Berührung plötzlich möglich werden. Elea will nicht, dass es aufhört. Aber jetzt ist der Rücken gewaschen und Aura an der Reihe. Salma wäscht Auras Rücken mit der gleichen Hingabe.

»Das ist so herrlich entspannend«, stöhnt Aura.

Elea rührt sich nicht vom Fleck. Sie will bleiben, den Moment in die Länge ziehen. Sie wünscht sich, dass Salma sie überall wäscht. Sie dreht sich um und fragt schüchtern:

»Kannst du mich auch auf dieser Seite waschen?«

»Na klar.«

Salma bewegt die Bürste noch behutsamer als zuvor auf Eleas Brustkorb, macht dann leichte, kreisende, liebkosende Bewegungen auf ihren Brüsten, von der eine demnächst zerstückelt werden wird. Während sie die linke Brust wäscht, fragt Salma:

»Ist das die Betrügertitte?«

»Genau. Da war der Knoten. Siehst du die Narbe?«

Sie deutet auf den Rand des Warzenhofs, wo man noch einen zarten blauen Fleck erkennen kann. Sie beugen sich neugierig nach vorn, um es sich anzusehen, können bei dem Licht aber nichts Besonderes erkennen.

»So schöne Brüste«, sagt Aura. »Furchtbar schade, dass du eine hergeben musst.«

»Alles an dir ist schön«, sagt Salma und fügt rasch an Aura gewandt hinzu:

»Und an dir auch.«

Es ist, als ob sich zwischen ihnen dünne Fäden spinnen würden, die sie zusammenhalten. Sie möchten eng beieinander sein, im Dämmerlicht der Sauna, sich gegenseitig halten, zeigen, dass sie einander vor allem Bösen beschützen wollen. Es bildet sich ein Raum, in dem es plötzlich möglich erscheint, etwas zum Ausdruck zu bringen, was zu zweit unpassend wirken könnte. Zu zweit könnte man die Zeichen der Zärtlichkeit falsch interpretieren, sie könnten auf eine Bahn führen, für die sie nicht bereit wären, aber zu dritt fühlen sie sich geborgen und warm, als hätten sie unerwartet die Fähigkeit geschenkt bekommen, sich einer Zärtlichkeit hinzugeben, in der eine sonderbare Einfachheit und Kraft liegt. Konventionelle Kategorien gelten nicht und können sie nicht fesseln. Es scheint, als wäre alles möglich.

Elea bietet sich an, Salma zu waschen. Sie versucht ebenso sanft zu sein, wie diese zu ihr gewesen ist. Die weichen, runden Formen fühlen sich herrlich unter der Bürste an. Zum Schluss gießt Salma Erlenlaubwasser über sie alle. Das Lachen sprudelt aus ihnen heraus, als sich das Wasser im Schwall über ihnen ergießt und sie in einem Strom abspült.

»Vergiss nicht, wie wichtig du uns bist, Elea. Und dass wir da sind«, sagt Salma.

Sie fassen einander an den Schultern und bilden zu dritt einen Kreis, umarmen sich nass und nackt, mit dem Duft von Erlenblättern auf der Haut, bleiben so, wollen nicht, dass es vorbei ist. Sie lassen zu, dass sich der Augenblick dehnt, dass er in ihnen leuchtet, sie auf eine Art miteinander verbindet, die keine von ihnen vergessen wird.

8

Otto sitzt mit Matias am Feuer und spielt Nick Caves Stück *Girl in Amber.* Laut Cave handelt es vom Erstarren seiner Frau in der Trauer, nachdem ihr Sohn gestorben ist, aber was Otto daran fasziniert, ist die Art und Weise, wie An- und Abwesenheit sich gegenseitig durchdringen, wenn die Geliebte aus der miteinander geteilten Zeit fällt, in der die Dinge sich ändern, wachsen und altern. Er versucht, sich all das vorzustellen, was nicht mehr möglich sein wird, wenn Elea stirbt: nicht mehr diese entschlossenen Schritte morgens auf dem Dielenboden, keine Gespräche mehr über die Probleme der Kinder, keine Saunagänge, nicht die Wärme des vertrauten Körpers, die hilft, wieder in den Schlaf zu sinken.

Er möchte mit Matias über Elea reden, weiß aber nicht, was er sagen soll. Vielleicht später. Er wirft ein Stück Holz ins Feuer und genießt den Moment, in dem die Flammen auflodern. Plötzlich überkommt ihn ein unwiderstehlicher Durst nach einem großen Feuer – nach einem lichterlohen Brand, der allen Schmerz verbrennt. Wie eine Flut schwillt der Gedanke in ihm an.

»Lass uns ein großes Feuer machen!«, ruft er übermütig.

Matias wirkt betreten. Er murmelt:

»Ich weiß nicht. Sollten wir nicht zuerst Elea fragen?«

»Hör auf, nichts kann uns hindern«, sagt Otto. Matias widerspricht nicht mehr.

»Habt ihr was zu verbrennen?«, fragt er.

Otto deutet auf den Haufen aus trockenen Schilfhalmen und Reisig. Er greift zur Mistgabel und fängt an, Bestandteile des Haufens zu dem kleinen Lebensfeuer an der Wasserlinie zu tragen. Er weist Matias an weiterzumachen und holt altes Gerümpel, das hinter dem Lagerschuppen liegt – Holzabfall, das Gerippe eines alten Stuhls. Die Landschaft schwankt, als er im Dunkeln das brennbare Zeug ans Ufer schleppt. Dann fallen ihm die Comics ein, die auf dem Dachboden verstauben und die seit Jahren niemand mehr gelesen hat. Stapelweise trägt er Alben von *Lucky Luke*, *Asterix* und *Corto Maltese* zum Feuer und fängt an, sie hineinzuwerfen. Ein reinigendes Gefühl der Leichtigkeit durchdringt ihn, als sie von den Flammen verzehrt werden.

Der Glanz der hoch in die Nacht aufsteigenden Flammen spiegelt sich auf dem schwarzen Wasser. In genau diesem Moment wirkt das Brausen des Feuers wie beruhigende Musik. Das brennende Glühen des Funken sprühenden Flammenvorhangs wärmt Ottos Wangen und die klamme Stelle unter dem Brustbein.

9

Otto sieht Elea mit nassen Haaren von der Sauna ans Ufer stürmen. Sie wirkt schockiert und schreit:

»Was macht ihr da, verdammt? Warum verbrennst du unsere Comics, Otto?«

»Ich hab ein bisschen aufgeräumt, während ihr euch in der Sauna häuslich niedergelassen habt. Die liest doch niemand mehr.«

»Die haben einen ideellen Wert. Ein Teil davon gehört meinen Brüdern. Du hättest wenigstens fragen können.«

»Ach, leck mich doch.«

»Du hast zu viel getrunken. Hör auf, am Feuer rumzutoben.«

»Nein.«

Von wahnsinnigem Trotz getrieben, rennt Otto zur Werkstatt, schnappt sich den Kanister und schüttet angeberisch Benzin auf die Teile des Feuers, die noch etwas zaghaft brennen. Um das Feuer herum liegen trockene Schilfhalme und Zeitungsfetzen. Durch die Bewegung tropft eine Benzinspur auf die Erde, an der entlang das Feuer rasch vorankommt, als leckte die lange Zunge eines Drachen zischend an Ottos Hosenbeinen. Otto erstarrt auf der Stelle und stiert wie ein Traumwandler auf die Flammen. Eine warme Mattigkeit beschleicht ihn. Er erinnert sich, was Elea auf dem Steg gesagt hat: Auch der Schmerz kann ein umgekehrtes Geschenk sein, der Beweis, dass man am Leben ist.

»Otto!« Eleas Schrei erfüllt die Nacht.

Elea stößt ihn in Richtung Wasser, aber er fällt in Erstarrung wie eine Bleiskulptur. Die Zeit steht still, als hätte sie keine Lust, auch nur einen Schritt weiter zu machen. Dann stürzt Matias auf Otto zu, packt ihn und wirft ihn ins Wasser. Die Abkühlung bringt unmittelbare Erleichterung. Zischend erlischt das brennende Hosenbein.

»Wie ist es? Hast du dich schlimm verbrannt?«, fragt Matias keuchend und versucht, im Dunkeln etwas zu sehen. »Spüle es drinnen mit kaltem Wasser ab, hol was aus dem Gefrierfach und halte es mindestens zehn Minuten drauf!«

Elea packt Otto an den Schultern, starrt ihm fassungslos in die Augen und fährt ihn an:

»Du Idiot!«

»Ja, ja, Matias, mach ich gleich«, sagt Otto. »Lass uns einen Moment allein.«

Matias zieht sich zurück.

»Was soll der Scheiß?«, will Elea wissen.

»Ich weiß nicht.«

»Weißt was nicht?«

»Was passiert ist. Irgendwie hat es sich seltsam gut angefühlt, physischen Schmerz zu spüren. Ein Teil von mir wollte einfach nur weg.«

»Was redest du da?«

»Alles wäre so viel leichter, wenn ich derjenige wäre.«

»Wie jetzt?«

»Die falsche Person hat den Krebs gekriegt – zu mir würde es viel besser passen.«

»Kapierst du eigentlich, was für grauenvolles Zeug du da redest? Gibt es vielleicht nichts, was du noch erleben oder tun willst, nichts, was du hinterlassen möchtest?«

»Meine Weisheiten sind nicht so besonders, die Welt kommt gut ohne sie aus.«

»Ich habe immer geglaubt, mit einem Mann zusammen zu sein, der außergewöhnlich ist. Und jetzt muss ich hören, dass das gar nicht stimmt?«

»Anscheinend nicht«, antwortet Otto schwach.

In Eleas Augen scheint kurz ein von Trauer durchsetzter Schrecken auf, aber dann holt sie nur tief Luft und sagt:

»Willst du nicht sehen, wie die Kinder groß werden?«

»Doch.«

Aber Otto bringt nicht das Feuer in seine Worte, das Elea hören möchte.

»Kapierst du, wie kompliziert du alles machst, indem du solche selbstzerstörerischen Scherze treibst? Am allermeisten brauche ich jetzt die Gewissheit, dass den Kindern ein zuverlässiger Erwachsener bleibt, wenn ich sterbe.«

»Niemanden interessiert, was ich brauche«, gibt Otto zurück.

»Natürlich interessiert mich das. Ich überlege mir ständig, wie ihr zu dritt klarkommen würdet. Ich mache mir solche Sorgen um euch, dass ich mich manchmal daran erinnern muss, dass ich diejenige bin, die Krebs hat.«

»Toll, dass du einen Scheiß darauf vertraust, dass ich mit den Kindern fertigwerde.«

»Na klar habe ich Angst um die Kinder. Wie sollte das anders sein?«

»Immer derselbe Mist. Dass ich nicht sanft genug mit ihnen umgehe.«

Elea schweigt kurz und sagt dann mit brechender Stimme, durch die ihr Schmerz durchscheint:

»Kann ich wirklich nicht über meine Ängste sprechen?«

Otto schließt die Augen, atmet tief ein. Dann ergreift er Eleas Schultern.

»Liebling, natürlich würde sich alles ändern, wenn du sterben würdest. Dann müsste ich für die Kinder nicht nur Vater, sondern auch Mutter sein.«

10

In Elea kocht es. Sie hat immer wieder das Bild vor Augen, das sie erwartete, als sie aus der Sauna kam: Otto, der wie besessen am Feuer herumspringt, mit unheimlichem Funkeln in den Augen, mit dem Benzinkanister herumfuhrwerkend, ein Bein im Feuer. Und seine Worte. Er weiß, dass er für die Kinder auch die Mutter sein müsste. Elea beschließt, diese Worte zu einem Anker für sich zu machen. Sie muss daran glauben. *Auf wie viel wir uns verlassen müssen.*

Elea führt Otto ins Haus, stellt seinen Fuß auf einen Stuhl und schiebt vorsichtig das schwarz gewordene Hosenbein hoch. Die Haut am Knöchel und am Unterschenkel ist rot, scheint aber nicht schlimm verbrannt zu sein.

»Komm her.«

Sie nimmt ihn in eine Bärenumarmung, ihre Herzen schlagen gegeneinander. Otto riecht nach Rauch und leicht nach Benzin, aber darunter ist sein eigener, vertrauter Geruch wahrzunehmen.

»Du wolltest doch nicht wirklich sterben?«

»Nein. Ich habe nur gemeint, ich wäre jederzeit zum Sterben bereit, wenn es dich oder die Kinder retten würde. Es wäre nicht schwer. Viel schwerer ist es, wenn es dir schlecht geht. Dass ich nichts dagegen tun kann.«

Elea kommen Eeva-Liisa Manners Verse von den Regenmenschen in den Sinn, die »sich dem Vergessen hingeben, verschwinden wie Tau.« Dass man jederzeit gehen kann, wie Tau, der auf einem Blatt verdunstet. Otto ist so ein Regenmensch. Wenn nur auch sie einer sein könnte. Aber nein: In ihr brennt der unbedingte Wille zu leben. Otto macht sich oft darüber lustig, was für ein typischer Mensch aus dem Westen sie sei, wie sehr sie das Bedürfnis habe, Spuren zu hinterlassen. Und vielleicht ist sie das auch, aber auch die Regenmenschen haben Spuren hinterlassen, die solchen wie Otto den Weg weisen, solchen, die leben wollen wie der Wind, der Atem, der Tau.

11

Matias wartet unruhig am Feuer. Er schämt sich, dumm glotzend danebengestanden zu haben, als Elea und Otto aneinandergeraten sind. Hätte er Otto daran hindern können, Benzin ins Feuer zu schütten? Er sieht ihn allein aus dem Haus kommen.

»Bist du in Ordnung?«

»Ja, ist nix passiert.«

»Wo ist Elea?«

»Sie kommt nach.«

»Wahnsinn, was ihr durchmacht.«

»Ja.«

»Es tut mir schrecklich leid. Wenn ich nur etwas tun könnte.«

»Danke, dass du mich ins Meer geschmissen hast.«

Matias schaut Otto an. Er kann den Ton des Kommentars nicht richtig einordnen.

»Matias, hör zu, ich weiß, wie lieb dir Elea ist.«

Die Worte rasseln kurz in der Luft und fallen dann wie Steine zwischen ihnen zu Boden. Matias weiß nicht, wie er reagieren soll. Er seufzt vor Erleichterung auf, als Otto ihm den Arm um die Schultern legt. In dem Moment kommt Elea mit glühendem Gesicht ans Feuer.

»Ihr habt's anscheinend gerade gefühlvoll hier. Darf ich dazukommen?«

»Für eine Elea ist immer Platz«, sagt Otto und schafft eine Lücke zwischen sich und Matias.

»Du hast eine tolle Frau.«

»Ich weiß.«

Matias kommt wieder der Moment in der Küche in den Sinn – Eleas Gesicht zwischen seinen Händen, der Schritt, den sie nicht gemacht haben. Wieder strömen Begehren und Sehnsucht in ihn ein. Für einen Augenblick möchte er alles hinter sich lassen, sein ganzes von Routineabläufen bestimmtes Leben, das von der Wiederholung gleichförmiger Tage vorangetrieben wird, deren Spanne vom morgendlichen Jogging bis zum abendlichen Bad reicht. Dann denkt er, dass er nichts von der Größe hat, die Elea verdient hätte; er ist nicht so ein Lebenskünstler wie Otto. Und als er die beiden anschaut, diese wirklichen Menschen neben sich, weiß er, dass er nichts zwischen ihnen kaputt machen will. Er denkt an Elliot und an Iiris, an ihr Vertrauen, wenn sie ihm ihre Blessuren zeigen oder erzählen, wie es ihnen geht.

Das Begehren in ihm weicht wieder zurück. Jetzt hofft er nur noch, dass Elea leben darf – die Hoffnung schwillt in ihm an wie ein Gebet, und zugleich pocht darin der Gedanke an eine Liebe, die andauern und wachsen kann, ohne dass sie etwas verdirbt oder zerbricht, an eine Zärtlichkeit, die nichts fordert.

Otto streicht Elea über die feuchten Haare.

»Die werde ich wohl bald abrasieren müssen«, sagt er.

»Hast du wirklich vor, das zu tun?«, fragt Matias, und ohne Vorwarnung sickert ihm brennendes Wasser in die Augen.

»Macht man das nicht so, wenn einem die Haare ausgehen?«, fragt Elea und sieht ihn verwundert an. »Matias, was ist?«

Matias schaut auf Eleas goldbraune Haare, die ihr in leichten Naturlocken auf die Schultern fallen. Er möchte mit den Fingern hindurchfahren. Er hat sie immer gemocht, aber das spielt jetzt keine Rolle. Das Ausfallen der Haare bedrückt ihn wahrscheinlich deshalb, weil sich darin der Krebs konkretisiert, seine Unbestreitbarkeit, die Tatsache, dass sie ihn ihr nicht abnehmen können. Die Möglichkeit des Fortschreitens des Krebses und des Todes. Oh, wie er hofft, mit jeder brennenden Zelle seiner Existenz, dass sie in einem Jahr wieder an den Lebensfeuern sitzen werden und Elea alles überstanden haben wird, den Krebs und die Therapie, und auf ihrem Kopf neues Haar sprießt, zum Zeichen, dass nichts, wirklich gar nichts, das in ihr sprudelnde Leben aufhalten kann.

»Du hast recht, Matias«, sagt Otto. Seine Stimme klingt belegt, als er an Elea gewandt weiterspricht:

»Wir sind seit zwanzig Jahren zusammen, und du hast immer lange Haare gehabt. Ich weiß, dass es nur Haare sind. Aber sie sind trotzdem ein Teil von dir. Vielleicht schaffe ich es doch nicht, sie abzurasieren.«

Mehr bringt Otto nicht heraus. Sein Gesicht sieht verzogen aus, aber Matias kann es im Dunkeln nicht richtig sehen.

»Ach, ihr zwei«, seufzt Elea und legt beiden Männern einen Arm um die Schultern.

12

Elea fragt sich, was am Verlust der Haare für die Männer so schwer ist. Müssen sie an Häftlinge von Konzentrationslagern denken, an die Bestrafung von Frauen, die Verhältnisse mit Feinden hatten, an das Schänden von Frauen, indem man ihnen die Köpfe schert, ihnen das Symbol der Weiblichkeit abschneidet? Elea denkt an die Bedeutungen, die sie wie eine Schleppe hinter sich herziehen müssen, auch wenn es nur um Haare geht, um eine erneuerbare natürliche Ressource.

Als sie sich zwischen die Männer ans Feuer setzt, strömt ein Gefühl der Wärme in sie ein. In jüngeren Jahren glaubte sie, man könnte immer nur einen auf einmal lieben, aber die Liebe wird beim Lieben nicht weniger. Schließlich liebt sie auch ihre beiden Kinder grenzenlos. In der Sauna war sie voller Zärtlichkeit für Salma und Aura, und jetzt möchte sie sich zwischen den Männern einkuscheln, sich in deren Zuneigung wickeln wie in eine weiche Wolldecke. Sie hat Angst, aber von den Männern geht eine enorme Zuneigung in sie ein und mit ihr die Gewissheit, dass sie sie nicht verlassen werden. Auch für die beiden ist das wichtig, begreift sie: Der Schock hat nicht nur sie an den Rand des Abgrunds gebracht, alle stehen sie dort schwankend, jeder auf seine Weise. Ihnen widerfährt das alles ebenso wie ihr.

Wieder kommt die Angst auf, droht, sie mit den bereits vertrauten Wellen zu überspülen. Elea versucht sie zu ergründen. Es ist die Angst vor dem Unbekannten, vor der Unvorhersehbarkeit des Lebens, und in ihrer stärksten Ausprägung mündet sie immer in dieselbe Verzweiflung: Ich werde meine Kinder nicht groß werden sehen. Aber noch ist nichts entschieden; noch ist es möglich, dass es gut ausgehen wird. Und ganz gleich, was kommt, sie hat diese Augustnacht, die zwar nicht bleiben wird, der aber die Vergänglichkeit nichts von ihrer brennenden Schönheit nimmt.

Elea blickt auf das von den Feuern und dem Sternenhimmel umrahmte Meer und denkt, dass jedem und jeder nur diese kurze, von Licht getragene, begrenzte, vergängliche Zeit gegeben ist, in der wir die Möglichkeit haben, zu entflammen und die pulsierende Lebenskraft in uns spüren, bis alles plötzlich vorbei ist. Jeder Augenblick öffnet sich in seinem Glanz – hier, jetzt – und ist dann fort.

Die Lebensfeuer breiten ihren Schein über das schwarz

schimmernde Wasser. Feuer ist magisch, weil es beim Brennen eine so starke Präsenz hat, dabei aber zugleich vergeht wie jeder Augenblick. Elea versteht: Auch wenn ihr Leben kurz bleiben sollte, so ist es doch noch nicht vorbei. Der nächste Moment wird kommen und der übernächste, schwierige Momente, durch die sie sich kämpfen muss, und leuchtende, die sie tragen.

Sie weiß, dass die schlechten Gedanken kommen werden, als triebe sie auf dem Rücken im Meer und die Wellen rollten über sie hinweg, schmetterten sie gegen die Felsen, immer und immer wieder, Schlag um Schlag. Aber dann werden sie sich wieder legen und sich zurückziehen. Sie muss die Kraft aufbringen zu glauben, dass der Ingrimm jener Gedanken mit der Zeit abflaut, dass sie zahm werden, vielleicht sogar ausbleiben oder zumindest seltener kommen und dass in ihnen, wenn sie doch kommen, vielleicht etwas Sanftes und Vertrautes Gestalt angenommen hat, sodass sie schon bei der Ankunft ahnen lassen, dass sie irgendwann abklingen werden. Vielleicht wird es Elea dann möglich sein, sie zu begrüßen wie einen etwas schwierigen Bekannten, wohl wissend, dass wieder ein Wechsel von Gefühlen und Gedanken bevorsteht, eine Auseinandersetzung, die sie jedoch aushalten wird, weil sie versteht, dass diese zwar eine Weile dauern wird, dass danach aber Begegnungen anderer Art folgen werden.

13

Aura und Salma kommen lächelnd und mit nassen Haaren ans Feuer. Elea begreift, dass ihr die Ursprungsworte, die Aura gesprochen hat, nicht aus dem Sinn gehen. Das ist der Kreis, in dem sie sich bewegt: Sie kann die Situation nicht erfassen, weil sie den Grund ihrer Erkrankung nicht kennt. Ohne Wissen um den Anfang kann sie sich nicht in der Zeit orientieren, Momente und Einzelheiten nicht miteinander verbinden. Gleichzeitig lösen sich die Bedeutungszusammenhänge, die sie zuvor mit Mühe hergestellt hat, all die zerbrechlichen Bögen von Geschichten, die von der Vergangenheit ins Jetzt und in die Zukunft reichen.

»Ich komme einfach nicht von der Frage los, warum ich krank geworden bin«, sagt Elea laut, beschämt darüber, in dem Gedanken festzustecken wie in Teer.

»Es hat keinen Zweck, darüber nachzudenken. Das weiß niemand«, sagt Matias.

»Schon, aber ich kann trotzdem nicht anders.«

Sie schweigen kurz. Dann sagt Matias:

»Wie wäre es mit diesem Ansatz: Der Krebs kommt daher, dass sich unser genetischer Fingerabdruck ständig vervielfältigt und dabei Fehler passieren.«

Matias spricht davon, dass es den Korrekturmechanismen der Zellen meistens gelingt, kleine schädliche Abweichungen zu zerstören, aber nicht immer. Mutationen, die zur Reproduktion dazugehören, haben es außerdem möglich gemacht, dass günstige Genvariationen einzelnen Individuen geholfen haben, sich zu vermehren. Dieses nützliche Erbgut hat sich verbreitet, und dadurch hat die ganze Spezies allmählich neue

Eigenschaften angenommen. Der menschliche Verstand, die Fantasie, die Fähigkeit zur Empathie und die Kooperationsfähigkeit haben sich mithilfe von Mutationen entwickelt. Ohne Reproduktionsfehler der Zellen hätten wir keine Wissenschaft und keine Kunst, keine Demokratie und keine Menschenrechte.

»Alles, was großartig an uns ist, geht auf denselben Mechanismus zurück, der auch Krebs verursacht.«

»Danke, Matias, das gefällt mir«, sagt Otto. »Dass Elea krank geworden ist, weil die Möglichkeit, Krebs zu kriegen, in das Prinzip des Lebens selbst eingeschrieben ist.«

»Die Reproduktion der Zellen in meiner Brust ist also schiefgegangen, und das kann mein Schicksal sein, aber ohne Reproduktionsfehler wäre ich nicht diejenige, die ich bin.«

Elea wendet den Gedanken innerlich hin und her. Sie ist krank geworden, weil sich der Mensch aus Fehlern heraus entwickelt hat. Weil Fehler die Motoren der Erneuerung sind. Sie findet sonderbaren Trost bei diesem Gedanken.

Elea spürt, wie das Bedürfnis nach Kontrolle und das Bedürfnis nach Liebe in verschiedene Richtungen ziehen. Vielleicht gilt das für alle Menschen. Die Liebe verlangt, sich etwas hinzugeben, das man nicht beherrschen kann. Vielleicht müsste sie sich wie Silver in *Der Leuchtturmwärter* fragen: »Warum hast du Angst? Egal, was du tust, du wirst ohnehin sterben.« Dass wir so abhängig voneinander sind, habe ich in jungen Jahren nicht gewusst, denkt Elea. Später hat sie es zwar gewusst, aber nicht mit jeder Faser gespürt. Erst jetzt begreift sie, wie sehr ihre Leben miteinander verschlungen sind. Ohne die unsichtbaren Ströme aus Wörtern, Gesten, körperlichen Schwingungen zwischen uns sind wir nichts.

Sie blickt auf ihre Freunde und denkt, dass Liebe der

Wunsch ist, offen für den anderen zu sein: ihn in sich und sich in ihn einströmen zu lassen. Und eine Familie ist nichts anderes als eine Gemeinschaft von Wesen, die mit offener Seele die Hände nacheinander ausstrecken und sich gegenseitig tragen, die das Wachstum des Einzelnen in die jeweils eigene Richtung nähren wollen, weil ihnen aneinander gelegen ist – nichts sonst ist von Belang –, und niemand kann von außen her bestimmen, wer dazugehört.

Elea betrachtet das Lichterband der Lebensfeuer, und die Meeresgeschichten und die Lieder dieses Abends gehen ihr durch den Kopf: der Kampf des alten Mannes, die Sehnsucht der Meerjungfrau, die Neugier des Mädchens und der Großmutter, die Wut des Meeres und die Geschichten, die aufleuchten wie Leuchtturmlicht. Dank dieser Geschenke ist die Meereslandschaft wieder ein Stück vielschichtiger geworden.

Das Feuer schießt Funken in die Nacht. Mit leuchtenden Gesichtern sitzen fünf Menschen im Feuerschein. Elea versucht, in den Formen der Flammen Figuren zu erkennen wie in Wolken, aber sie verändern sich zu schnell; das Feuer pulsiert, die Flammen schießen hoch und schlagen Wellen wie Wasser. Und dennoch wirft das Feuer genau jetzt momentweise Licht auf das Vergangene wie auf das Künftige.

Um das Feuer herum sind sie beisammen. Elea hat bislang nicht gewusst, dass man auf diese Weise von anderen getragen werden kann. Bei aller Trauer und trotz des Abstürzens fühlt sie sich glücklich, dieses Getragenwerden, von dem sie bislang nichts wusste, erfahren zu dürfen. Sie lässt zu, dass es sich seinen Weg in ihre Blutbahnen sucht und sie ganz erfüllt.

Die Dunkelheit hat sich herabgesenkt, und in Elea verschiebt sich etwas. In der dunklen Weichheit des Augusts gibt es Raum für schüchterne, nebelhafte Gefühle, die das durchdringende Licht des Hochsommers scheuen. Womöglich keimt in ihnen etwas Neues, wer weiß.

»Vielleicht bin ich übersentimental geworden, weil ich mitten in diesem Schock lebe«, sagt Elea leise, »aber mich berührt ganz tief im Herzen, wie durch meine Erkrankung all die Zuneigung und Fürsorge sichtbar werden, die im Alltag verborgen bleiben.«

Ihre Stimme klingt belegt, aber sie ist froh, dass sie es gesagt hat, hier und jetzt, das genügt. Noch nie hat sie sich so geliebt gefühlt. Wäre sie plötzlich gestorben, bei einem Unfall zum Beispiel, hätte sie das nicht erfahren dürfen. Wichtiges wäre ungesagt geblieben, oder es wäre erst bei der Beerdigung ausgesprochen worden, wenn es zu spät gewesen wäre.

So vieles, was wir aufschieben, erfüllt sich nie.

Ihre Blicke schimmern in der Dunkelheit. Sie sagen nichts, weil es nicht nötig ist.

14

Während die Nacht sich verdichtet, will Elea die Reste des Abends, die Funken des Feuers noch nicht loslassen.

Otto schnappt sich die Gitarre. Ton für Ton geht *Down to the Waterline* von Dire Straits in sie ein, und alle wiegen sich am Feuer langsam hin und her. Elea gleitet in die Musik wie ins Wasser.

»Wollen wir tanzen?«, fragt Salma und zieht zuerst Elea an der Hand hoch und dann Aura.

Wenig später schließt sich Matias an. Erst durch die lange Zeit der Isolation hat Elea verstanden, dass in ihr nicht nur eine Leseratte, die gern allein ist, steckt, sondern auch ein kinästhetisches Herdentier, das im selben Pulsschlag mit einer ausgelassenen Menge tanzen will.

Das nächste Stück ist *Push the Sky Away* von Nick Cave. Sie schleudern die Sandalen von den Füßen und schwanken im Sand um das Feuer herum, recken die Hände zum Sternenhimmel. Solange die Töne sie verbinden, sind sie ein Tier, und es strömt etwas Leichtes und Weiches in sie ein.

Iiris, Aida und Elliot haben die Musik gehört und laufen zum Ufer hinunter. Die Mädchen machen sofort beim Tanz ums Feuer mit, Elliot schaut kurz zu, wiegt sich aber dann doch mit ihnen.

Otto spielt *Dancing in the Dark*, Salma trommelt den Rhythmus, und sie wirbeln und zappeln wild um das im Dunkeln lodernde Lebensfeuer. Die Töne kreuzen sich im Licht der Flammen und verschlingen sich zu einem Gewebe, das die Farben des Feuers und des Wassers hat. Sie wickeln es um sich wie einen luftigen, wallenden Schleier. Nachdem sie bis zur Erschöpfung getanzt haben, setzen sie sich wieder ans Feuer. Elea merkt, dass sich ein Band aus Mondlicht auf das schwarze Meer gelegt hat.

Als Nächstes präsentieren ihnen die Kinder Iiris' neueste Komposition: *Lebensfeuer*. Darin sind die Feuer sowohl Erinnerung als auch Warnung, und diejenigen, die auf das Feuer zu hören verstehen und mit ihm tanzen, verstehen auch die Verbindungen zwischen allem, was existiert. Aida und Iiris spielen Ukulele, Elliot Gitarre. Iiris' helle Stimme hebt und senkt sich in der Nacht, begleitet von Aidas voller Stimme. Die Lichter werden wie Echos vom Wasser reflektiert und verbinden sich mit der Musik.

Etwas in Elea schmilzt und glüht. Auf ungeheure Weise durchfließt sie etwas Warmes und Inniges, und sie weiß nicht, was sie damit anfangen soll. Sie gibt es weiter, lässt es von sich in die anderen und wieder zurück fließen.

Während sie dem Spielen und Singen der Kinder zuhört, denkt Elea: Ob der Rest meines Lebens nun lang oder kurz sein mag, ich möchte nicht nach Glück streben, sondern nach Momenten, in denen das Licht auf etwas Wirkliches fällt, auch wenn es Risse und Brüche hat, Linien der Trauer, verkohlte Spuren vergangener Brände. Sinn bedeutet am Ende wohl nur die Zärtlichkeit in kleinen Momenten, das Ausstrecken nach anderen, die mit ihnen geteilte Tragweite von Licht und Schatten.

Vom Lagerfeuer ist kaum noch mehr übrig als die verfliegende Wärme des Festes, aber das Herz des Feuers glüht noch, und die Gartenkerzen flackern weiterhin, wie als Antwort auf die am Ufer gegenüber blinkenden Lebensfeuer. Der Tanz von Feuer und Dunkelheit nähert sich dem Ende, aber was noch da ist: der schwarz eingehüllte, von Lichtpunkten gesprenkelte Schärenarchipel.

Sie sitzen an der Glut, saunafrisch, in Wolldecken gewickelt. Menschen in einer Sommernacht, mit ihrer Ungewissheit, mit der Verwunderung darüber, dass das Leben sie hierhergeworfen hat: abrupt und ungefragt. Mit Nachdruck und Leidenschaft halten sie diesen Augenblick fest, der ihnen gehört, trotz allem. Gemeinsam schützen sie ihn vor den ersten Strahlen des Morgens, um zu verhindern, dass er schon zerbricht. So dehnt er sich verdichtet und unversehrt langsam dem Meer und dem aufkommenden Wind entgegen. Hier sind sie, durchdrungen von dem Bewusstsein, dass sie am Ende nur einander haben – und diesen rauschenden, flackernden Augenblick, der nie wiederkehren wird.

LITERATUR

Andersen, H. C.: »Die kleine Seejungfrau«. In: Ders.: *Des Kaisers neue Kleider. Sieben Märchen*. Übersetzung von Heinrich Denhardt. Stuttgart: Reclam 1987.

Andersson, Claes: *Aamu meren rannalla*. Suomentanut Jyrki Kiiskinen. Helsinki: WSOY 2015.

Arendt, Hannah: *Vita activa oder Vom tätigen Leben*. Hg. von Thomas Meyer. Mit einem Nachwort von Hans-Jörg Sigwart. München: Piper 2020.

Bashō: *Auf schmalen Pfaden durchs Hinterland*. Aus dem Japanischen übertragen sowie mit einer Einführung und Annotationen versehen von G. S. Dombrady. Mit einem Nachwort zur Neuauflage von Ekkehard May. Mainz: Dieterich'sche Verlagsbuchhandlung. 8. Aufl. 2021.

de Beauvoir, Simone: *Sie kam und blieb*. Aus dem Französischen von Eva Rechel-Mertens. Neuausgabe. Reinbek: Rowohlt 2004.

Brodsky, Joseph: *Talk to Celestial*, unter: https://brodskiy.su/.

Cavarero, Adriana: *Relating Narratives. Storytelling and Selfhood*. London: Routledge 2000.

Claudel, Philippe: *L'arbre du pays Toraja*. Paris: Stock 2016.

Cunningham, Michael: *Die Stunden*. Aus dem Amerikanischen von Georg Schmidt. München: Luchterhand 2000.

Ernaux, Annie: *L'usage de la photo*. Paris: Gallimard 2005.

Forsström, Tua: *En kväll i oktober rodde jag ut på sjön*. Neuausgabe. Helsingfors: Schildts & Söderströms 2020.

Foucault, Michel: *Schriften in vier Bänden. Dits et Ecrits*.

Hg. von Daniel Defert u. a. Aus dem Französischen von Rainer Ansén u. a. Frankfurt am Main: Suhrkamp 2002.
Glück, Louise: *Winterrezepte aus dem Kollektiv*. Aus dem amerikanischen Englisch von Uta Gosmann. München: Luchterhand 2021.
Grass, Günter: *Im Krebsgang*. Göttingen: Steidl 2002.
Grass, Günter: *Essays und Reden I: 1955–1969. Werkausgabe 14*. Göttingen: Steidl 1997.
Grossman, David: *Stichwort: Liebe*. Aus dem Hebräischen von Judith Brüll. München: Hanser 1991.
Grossman, David: *Eine Frau flieht vor einer Nachricht*. Aus dem Hebräischen von Anne Birkenhauer. München: Hanser 2009.
Hammad, Suheir: »First Writing Since«. In: *Motion Magazine* 7.11.2001.
Hemingway, Ernest: *Der alte Mann und das Meer*. Autorisierte Übersetzung von Annemarie Horschitz-Horst. Hamburg: Rowohlt 1959.
Jansson, Tove: *Sommerbuch*. Deutsch von Birgitta Kicherer. Hamburg: Oetinger 2002.
Jansson, Tove: *Mumins wundersame Inselabenteuer*. Deutsch von Birgitta Kicherer. Würzburg: Arena 2012.
Kaplinski, Jaan: *Sama meri kaikissa meissä*. Suomentanut Anja Salokannel. Helsinki: Otava 1984.
Knausgård, Karl Ove: *Kämpfen*. Aus dem Norwegischen von Paul Berf und Ulrich Sonnenberg. München: Luchterhand 2017.
Larin-Kyösti: *Juhannustulilla. Laulunsekainen kansanpila*. Helsinki: WSOY 1900.
Lönnrot, Elias: *Kalewala. Das finnische Epos*. Übersetzt und mit einem Nachwort von Gisbert Jänicke. Salzburg/Wien: Jung und Jung 2004.

Lorde, Audre: *Auf Leben und Tod. Krebstagebuch.* Aus dem amerikanischen Englisch von Renate Stendhal und Margarete Längsfeld. Berlin: Orlanda 1994.

Mann, Thomas: *Der Tod in Venedig.* Frankfurt am Main: S. Fischer 1992.

Manner, Eeva-Liisa: *Kirjoitettu kivi.* Helsinki: Tammi 1966.

Manner, Eeva-Liisa: *Kuolleet vedet.* Helsinki: Tammi 1977.

Márquez, Gabriel García: *Die Liebe in den Zeiten der Cholera.* Aus dem kolumbianischen Spanisch von Dagmar Ploetz. Köln: Kiepenheuer & Witsch 1987.

Melville, Herman: Moby-Dick oder Der Wal. Deutsch von Matthias Jendis. München: Hanser 2001.

Murdoch, Iris: *Das Meer, das Meer.* Aus dem Englischen von Stefanie Schaffer-de Vries. Wien: Deuticke 2000.

Musil, Robert: *Der Mann ohne Eigenschaften.* Zwei Bände, Sonderausgabe, Reinbek bei Hamburg: Rowohlt 1978.

Nelson, Maggie: *Die Argonauten.* Aus dem Englischen von Jan Wilm. Berlin: Hanser Berlin 2017.

Niemi, A. R.: *Suomi: Kirjoituksia isänmaallisista aineista. Kolmas jakso, 16. osa: Kansanrunoja 1700-luvulta.* Helsinki: SKS 1899.

Nietzsche, Friedrich: *Menschliches, Allzumenschliches. Ein Buch für freie Geister.* Chemnitz: E. Schmeitzner 1878.

Ovid: *Metamorphosen.* Lateinisch – deutsch. Hg. und übersetzt von Gerhard Fink. Berlin/Boston: De Gruyter, 2004. © für das Zitat auf der Seite 113: 2004 Walter de Gruyter GmbH, Berlin

Pessoa, Fernando: *Das Buch der Unruhe des Hilfsbuchhalters Bernardo Soares.* Aus dem Portugiesischen übersetzt und mit einem Nachwort versehen von Georg Rudolf Lind. Frankfurt am Main: S. Fischer 1987.

Pessoa, Fernando: *Álvaro de Campos. Poesias. Dichtungen.* Portugiesisch und Deutsch. Aus dem Portugiesischen übersetzt und mit einem Nachwort versehen von Georg Rudolf Lind. Frankfurt am Main: S. Fischer 1991.

Plath, Sylvia: *Drei Frauen. Three Women. Ein Gedicht für drei Stimmen. A Poem for Three Voices.* Aus dem Englischen von Friederike Roth. Frankfurt am Main: S. Fischer 1994.

Plath, Sylvia: *The Collected Poems.* Edited and with an Introduction by Ted Hughes. New York: HarperCollins 2018.

Proust, Marcel: *Auf der Suche nach der verlorenen Zeit.* Deutsch von Eva Rechel-Mertens. Ausgabe in zehn Bänden. Frankfurt am Main: Suhrkamp 1979.

Roy, Arundhati: *Der Gott der kleinen Dinge.* Aus dem Englischen von Anette Grube. München: Blessing 1997.

Saarikoski, Pentti: *Tähänastiset runot.* Helsinki: Otava 1978.

Schopenhauer, Arthur: *Die Welt als Wille und Vorstellung.* Leipzig: Brockhaus 1819.

Sontag, Susan: *Krankheit als Metapher.* Übersetzt von Karin Kersten und Caroline Neubaur. München: Hanser 1978.

Spinoza: *Ethik.* Aus dem Lateinischen von Jakob Stern [1888]. Hg. von Helmut Seidel. Leipzig: Reclam 1982.

Tanizaki, Jun'ichirō: *Lob des Schattens. Entwurf einer japanischen Ästhetik.* Übersetzt von Eduard Klopfenstein. München: Manesse 2010.

Thomas, Dylan: *The Collected Poems of Dylan Thomas. The New Centenary Edition.* Hg. von John Goodby. London: Weidenfeld and Nicolson 2014.

Tranströmer, Tomas: *Sämtliche Gedichte.* Aus dem Schwedischen von Hanns Grössel. München: Hanser 1997. © für das Zitat auf den Seiten 362f.: 1997 Carl Hanser Verlag GmbH & Co. KG, München

Winterson, Jeanette: *Auf den Körper geschrieben.* Aus dem

Englischen von Stephanie Schaffer-de Vries. Frankfurt am Main: S. Fischer 1993.

Winterson, Jeanette: *Der Leuchtturmwärter.* Aus dem Englischen von Monika Schmalz. Berlin: Berlin Verlag 2006.

Woolf, Virginia: »Moderne Romankunst«. In: Virginia Woolf: *Der gewöhnliche Leser. Essays. Band 1.* Hg. von Klaus Reichert. Deutsch von Hannelore Faden und Helmut Viebrock. Frankfurt am Main: S. Fischer 1989.

Woolf, Virginia: *Zum Leuchtturm.* Hg. und kommentiert von Klaus Reichert. Deutsch von Karin Kersten. Frankfurt am Main: S. Fischer 1991.

Woolf, Virginia: *Die Wellen.* Hg. und kommentiert von Klaus Reichert. Deutsch von Maria Bosse-Sporleder. Frankfurt am Main: S. Fischer 1994.

Woolf, Virginia: *Mrs. Dalloway.* Hg. und kommentiert von Klaus Reichert. Ins Deutsche übertragen und mit einem Nachwort versehen von Walter Boehlich. Frankfurt am Main: S. Fischer 1999.

Woolf, Virginia: *Augenblicke des Daseins. Autobiographische Skizzen.* Deutsch von Brigitte Walitzek. Frankfurt am Main: S. Fischer 2012.

MUSIK

Pirkko Arola und Jukka Salminen: *Tuulien teitä*, 2006.
J. S. Bach: *Kantate 56, Schlusschoral* (»Komm, o Tod, du Schlafes Bruder«), 1726.
Jerzy Braun: *Puolalainen nuotiolaulu* (»Meill' on metsässä nuotiopiiri«), 1918.
Kate Bush: *Hello Earth*, 1985.
Nick Cave and the Bad Seeds: *Girl in Amber*, 2016.
Nick Cave and the Bad Seeds: *Push the Sky Away*, 2013.
Frédéric Chopin: *Nocturne Nr. 20*, 1830.
Leonard Cohen: *You Want It Darker*, 2016.
CMX: *Sielunvihollinen*, 2003.
Dire Straits: *Down to the Waterline*, 1978.
Ella Fitzgerald & Louis Armstrong: *Summertime*, 1959.
Kalliolle kukkulalle, finnisches Volkslied.
Georg Malmstén: *Karhunpoika sairastaa*, 1930.
Joni Mitchell: *A Case of You*, 1971.
Nirvana: *Smells Like Teen Spirit*, 1991.
Franz Schubert: *Fantasie in f-Moll*, 1828.
Simon & Garfunkel: *Bridge Over Troubled Water*, 1970.
Bruce Springsteen: *Dancing in the Dark*, 1984.
Astrid Swan: *Queen of Broken Hearts*, 2017.
Ultra Bra: *Minä suojelen sinua kaikelta*, 1997.

DANK

Dieser Roman ist ein Werk der Fiktion, aber einer seiner wichtigen Ausgangspunkte war meine eigene Krebserkrankung. Ich danke dem finnischen Gesundheitssystem, ohne das ich diese Dankesworte vermutlich nicht schreiben würde, besonders der Abteilung für Brustchirurgie der Universitätsklinik Helsinki und der Krebsklinik des Universitätskrankenhauses Turku. Dank an meine Schwestern, die mit mir gegangen sind, insbesondere in den Gruppen *Kekkoset*, *Rinnakkain* und *Siskola*, sowie im Camp für Krebsfamilien.

Ich danke den Mitarbeiter:innen meines finnischen Verlags WSOY, insbesondere Anna-Riikka Carlson und Jouni Tikkanen, sowie meiner Agentin Elina Ahlbäck und dem mareverlag für ihre Begeisterung und Unterstützung und für den Glauben an meinen Roman. Dank an Stefan Moster für die deutsche Übersetzung und die bereichernden Gespräche während des Übersetzungsprozesses.

Literatur entsteht immer aus dem Dialog heraus, nicht nur mit früher Literatur, sondern auch mit anderen Menschen. Während der intensivsten Schreibphase 2019–2020 verbrachte ich unmittelbar nach meiner Krebstherapie ein Forschungssemester an der Universität Oxford. Das Kollegium am dortigen *Oxford Centre for Life-Writing* war eine inspirierende und anspornende Umgebung für biografisches Schreiben, bei dem sich die persönliche Erfahrung mit ästhetischen, theoretischen und philosophischen Überlegungen verbindet, die den eigenen Forschungsinteressen entspringen. Besonders danke ich Kate Kennedy, Tamarin Norwood und Penelope Hopwood. Ein wichtiger Gesprächspartner war außerdem Colin Davis, von dem ich für auf Englisch geschriebene Romanfragmente scharfsinnige Anmerkungen erhielt. Beim Schreiben haben mich außerdem der Lesekreis *Koulun lukupiiri*, die Leute vom Institut für Komparatistik und vom Forschungszentrum SELMA an der Universität Turku sowie meine Eltern, meine Geschwister und meine Freundinnen und Freunde unterstützt.

Die meisten der Letztgenannten fungierten in der Überarbeitungsphase als Vorableser:innen. Für wertvolle Kommentare danke ich Badr Belkasseh, Päivi Brink, Kaisa Herne, Koko Hubara, Nina Huurrevaara, Eevastiina Kinnunen, Päivi Kosonen, Lotta Kähkönen, Jukka Laine, Pinja Meretoja, Päivi Meretoja, Tuomo Meretoja, Maria Mäkelä, Aino Mäkikalli, Maija Parko, Jaska Poikonen, Paula Poikonen, Jattamarie Rauhaluoto, Niina Repo, Astrid Swan, Jouni Teittinen, Mari Verho und Paula Viljanen-Belkasseh.

Und zum Schluss meine Liebsten, ohne die nichts von Belang wäre: Alma, Eliel und Valtteri. Danke für alles: für eure Unterstützung, eure Geduld und eure Liebe, dafür, dass es euch gibt. Danke, dass ihr leuchtet und meine Tage und Nächte erhellt!

»Eine zeitlose Erkundung dessen, was es bedeutet, eine Familie zu haben, und wie Träume zerplatzen und sich auf überraschende Weise doch noch erfüllen können.« *The New York Times*

Als die elfjährige Bea 1940 von ihren Eltern aus London zu einer Gastfamilie in Boston geschickt wird, um vor den immer häufiger fallenden Bomben in Sicherheit zu sein, ahnt sie nicht, dass sie sich auf der anderen Seite des Atlantiks bald heimischer fühlen wird als in England. Und erst recht nichts von den Folgen dieser Zeit für ihr weiteres Leben …

»In wunderschöner Sprache versetzt uns Laura Spence-Ash in die – äußere wie innere – Welt zweier Familien. Ein unvergesslicher, vollendeter Roman.« Meg Wolitzer

Laura Spence-Ash
UND DAHINTER DAS MEER
Roman
Aus dem amerikanischen Englisch
von Claudia Feldmann

368 Seiten,
gebunden mit Schutzumschlag
und Lesebändchen
€ 25,– [D]
ISBN 978-3-86648-702-4

»Heimweh hat man, wenn man sich nach dem Ort sehnt, an dem man sich geborgen fühlt. Fernweh hat man, wenn man nicht weiß, wo der sein soll, dieser Ort. Fernweh ist Heimweh nach Irgendwo.«

Über den Jahreswechsel hütet Frieda ein geschlossenes Hotel an der portugiesischen Algarve. Doch warum werden ausgerechnet hier Erinnerungen an ein Zuhause wach, das sie verloren hat: eine Tankstelle in der niedersächsischen Provinz?

»Weitholz beobachtet genau, aber nicht überheblich, schreibt manchmal lustig, oft traurig, nie larmoyant.«
Frankfurter Allgemeine Zeitung über *Beinahe Alaska*

Arezu Weitholz
HOTEL PARAÍSO
Roman

176 Seiten,
gebunden mit Schutzumschlag
und Lesebändchen
€ 23,– [D]
ISBN 978-3-86648-744-4

mare